捧 读

触及身心的阅读

赵煦

宋哲宗，原名赵佣。

看起来文弱温柔，却锐气十足，少有大志，希望做一个与他父皇一样的皇帝。

高太后

小名滔滔，宋英宗的皇后，宋神宗的母亲。

廉洁自律，能约束自己，也能约束族人，有「女中尧舜」之称。

耶律信

辽国第一名将。

杀伐果断，计虑深远，深得辽主宠信，对大宋态度强硬。

章 惇

字子厚，宋朝兵部尚书。

面善心狠，性格刚强，野心勃勃，从来不怨天尤人，颇得小皇帝好感。

赵 隆

字子渐,宋朝将领。西军部伍出身,常年在战场摸爬滚打,与敌厮杀,颇有勇略。

韩 宝

辽国名将。名望仅次于『两耶律』,用兵谨慎又刚猛,御敌有方。

段子介

字誉之，宋朝武将。

原是白水潭的学生，后投笔从戎。直性子，为人磊落，正义感强。

萧 岚

辽国签书北枢密院事。

外戚出身，少年得志，可诚恳谦卑，可凶残暴虐，极得辽主耶律濬的信任。

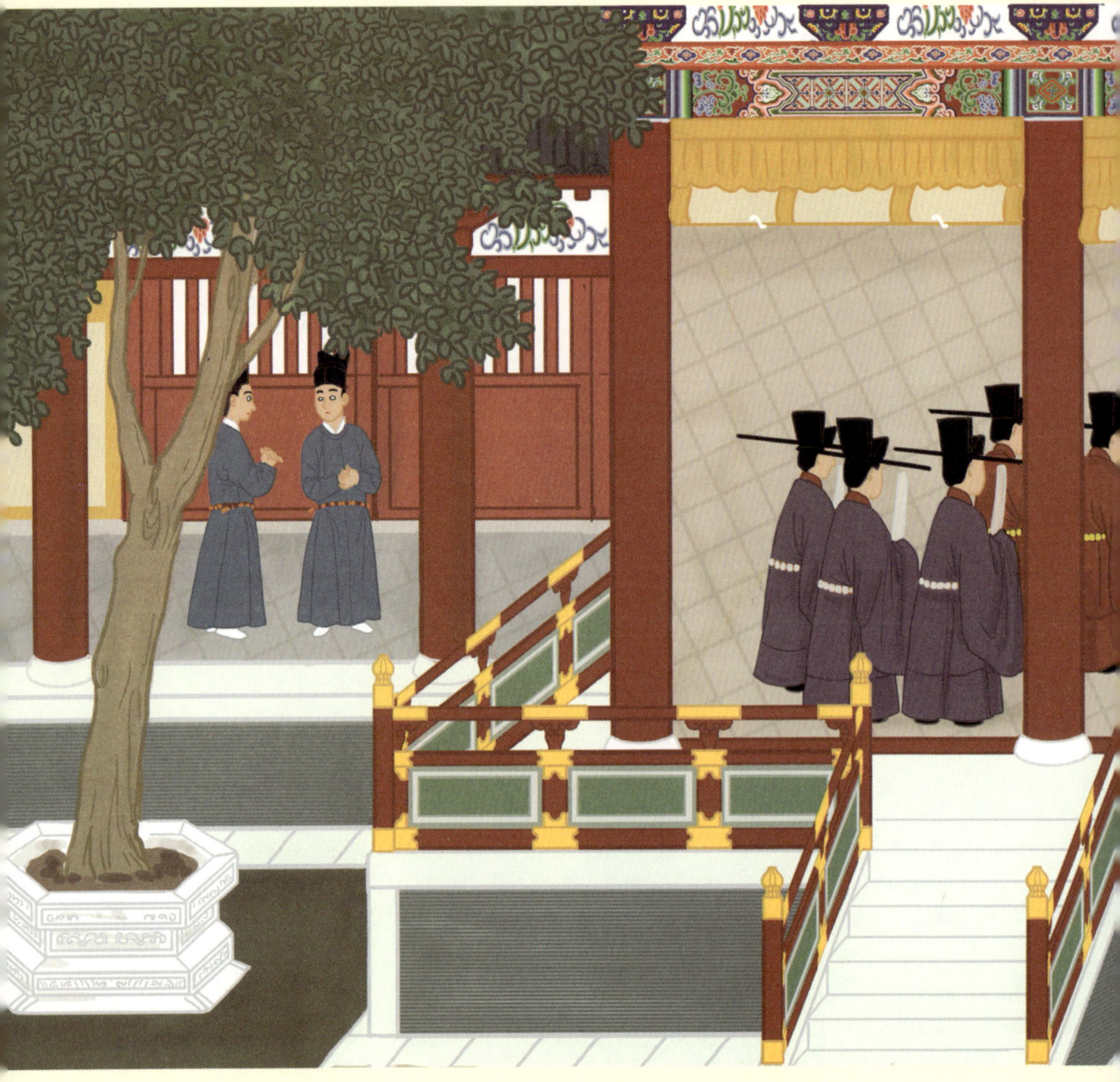

殿内议事图

○ 绍圣七年宋辽之战 第一阶段河北战场形势图

新 ⑨ 宋

·大结局珍藏版·

关于宋朝的大百科全书式小说

阿越 著

河北人民出版社
石家庄

图书在版编目（CIP）数据

新宋. 9 / 阿越著. -- 石家庄：河北人民出版社，2020.2

（新宋·大结局：珍藏版）

ISBN 978-7-202-14384-1

Ⅰ. ①新… Ⅱ. ①阿… Ⅲ. ①长篇历史小说－中国－当代 Ⅳ. ①I247.5

中国版本图书馆CIP数据核字（2019）第261470号

书　　名	新宋·大结局珍藏版（9—12）
著　　者	阿　越
责任编辑	王云弟　刘大伟
美术编辑	于艳红
出版发行	河北人民出版社（石家庄市友谊北大街330号）
印　　刷	天津市仁浩印刷有限公司
开　　本	787毫米×1092毫米　1/16
印　　张	94
字　　数	1 500 000
版　　次	2020年2月第1版　2020年2月第1次印刷
书　　号	ISBN 978-7-202-14384-1
定　　价	180.00元（9—12）

版权所有　翻印必究

目录

新宋·9

第一章 南山伐木 001

第二章 白沟狼烟 060

第三章 陈舒二圣 101

第四章 虎兕出柙 170

第五章 喋血深州 226

第六章 庙堂之忧 286

新宋·10

第七章 圣主如天 355

第八章 人算天算 400

第九章 和战之谋 467

第十章 韩氏北归 512

第十一章 滹沱南北 558

第十二章 雪压飞狐 639

新宋·11

第十三章	汉渡留冰	703
第十四章	归师穷途	760
第十五章	安平钟鼓	824
第十六章	壮心无复	888
第十七章	角愤余声	950
第十八章	孤掌独拍	980

新宋·12

第十九章	天子之贵	1067
第二十章	青袍学士	1101
第二十一章	明诏北伐	1143
第二十二章	各怀金石	1184
第二十三章	幽州画角	1241
第二十四章	谁解春风	1282
尾声		1358
后记		1366
附录一	攻战志	1368
附录二	典章志	1419
附录三	历史年代对照表	1435
附录四	新宋大事简表	1436

本卷目录

第一章　南山伐木　001

第二章　白沟狼烟　060

第三章　陈舒二圣　101

第四章　虎兕出柙　170

第五章　喋血深州　226

第六章　庙堂之忧　286

第一章

南山伐木

君王有意诛骄虏,椎破铜山铸铜虎。

——苏轼《寄刘孝叔》

1

汴京外城城北的阳信侯府，坐落在五丈河畔，占地二十多亩。这是皇帝在绍圣六年赐给田烈武的宅子，原是熙宁朝大宦官王中正的一座宅院，前宅后园，在汴京也是一座有名的园宅。当年王中正仿效王开府王拱辰在洛阳的名园"环溪"的格局，引五丈河之水，人工挖出一条溪河来，环绕花园一周，复流入河中，号称"小环溪"；又效仿洛阳会草坊苗帅园，花了大力气，迁来一株百尺高的七叶树，种于园中，在园中复种竹万余竿，曾一时轰动汴京。不承想，如今那万竿碧竹已长成如苗帅园一般的规模，这园宅却换了主人。

更加讽刺的是，这位新主人对那万竿碧竹毫无喜爱之心，反而嫌它们碍事，从天王寺的旧宅搬过来后，令人花了一个月的时间将这些竹子砍了七七八八，又命人在七叶树下整平土地，修了校武场、马厩、凉亭……那些"收而为溪，放而为池""景物苍老，肇景自然"的景象全部化为乌有。

阳信侯田烈武不是不知道他这是焚琴煮鹤，但不论别人是嘲笑还是惋惜，他都不以为然。田烈武的想法很简单——宅子是要自己住得舒服，不是住给别人看的。而另一方面的事实是，不管他做了什么大煞风景的事，阳信侯府依然是汴京炙手可热的几个地方之一。正巧，阳信侯府所在的五丈河畔，几乎已是绍圣朝新贵们的聚居地。除了阳信侯府，武城侯杨士芳、楼烦侯呼延忠以及现任太仆寺卿的守义侯仁多保忠的府邸都在此处。

这几个人都只是武职，而且杨、田、呼延三侯皆不过是典班直侍卫的侍卫首领。仁多保忠虽是太仆寺卿，号称主管天下马政，实际上却是因为太皇太后终究信不过西夏人，不愿让他久典禁职，才给了他这么一个闲差——如今人人皆知，马政虽是军国大计，但太府寺上头不仅有枢府、兵部横插着一杠，甚至连户部、司农寺都能伸只手进来，说得直白一点儿，太仆寺权力所及，也只能到骐骥院、天驷监，替皇帝养养御马。但是，这些一点儿也没影响到这几个人的地位。因为人人都知道，这几个人都立过保驾勤王之功，是当今天子最信任的武臣。虽然皇帝还没有亲政，军国大事仍旧由垂帘听政的太皇太后决策，可是皇帝毕竟在一天天长大，绍圣七年时他已经十六岁了，亲政已经是看得见的事情了。

因此，田烈武他们不管如何想要洁身自爱，终究不可能彻底把那些抱着"奇货可居"心态的钻营者、汲汲于功名利禄的"干请者"、各种各样在别处碰壁后转而来找他们"自售"的纵横之士拒之门外。

这一日是绍圣七年正月二十四日，不到一个上午，阳信侯田烈武就收到了四份名刺与四份洋洋洒洒的策论。

尽管这些年来见惯了众多高谈阔论不知所云的人物，但田烈武依然不敢小觑天下士人。对于自己今日的身份地位，田烈武始终认为是"暴得富贵"，这倒不是他谦虚，而是他的确时时刻刻怀着一种既惶恐不安又略有几分自卑的心理。田家祖上并没有出现过任何真正显赫的大人物，所以田烈武坚持认为，论祖荫、命相、才德等，比他出色的人有太多，他得到这份富贵完全只是机缘巧合。因此，他不仅无法志得意满，反而时时慎戒。田烈武相信，自己略有可取之处并因此得到太皇太后与皇帝信任的，就是他办事谨慎小心，待人接物谦让有礼，并且对皇帝忠心耿耿，于是，他加倍地维持着自己的这些"可取之处"。

然而，这样的品质有时候也会给他带来不少麻烦。

比如这些策论与它们的主人。

无论看过多少荒唐可笑的"奇谋妙策"，田烈武都数年如一日地要求自己认认真真地读完每一份送上门的策论。如果觉得稍有可赞赏的地方，他就会拿去向李敦敏或者唐康这些他认为有学问的人讨教，倘若连他们也认可，他就会在得便的时候，将这些策论代呈给小皇帝或转述给皇帝听。

尽管一年之中，也许只有一篇策论能被皇帝知道，但是这也会给田烈武带来意想不到的麻烦。皇帝的老师早已不是程颐一人，根据大宋的传统，两府的宰执，还有馆阁的学士们，都会轮流给皇帝讲课——这就是所谓的"经筵"。小皇帝聪明好学，这一点完全继承了先帝的品质。小皇帝在听到田烈武进呈的策论中的一些观点与事情后，有一次竟然拿来在"经筵"上问讲课的宰相。两府诸公都是非常精明的人，虽然在小皇帝面前不动声色，但马上就起了疑心，回过头就一直追查到了田烈武身上。

田烈武并不知道,因为两府的宰相们都知道他为人谨慎,不会乱进"邪说",才没有再追究,只是让他去政事堂谈了一次话。宰相们当然不能说田烈武不能向皇帝举荐人才,也不可能说让他不要在皇帝面前乱说话,甚至连不在其位不谋其政之类的话也半点儿没有提起,他们反而夸赞了田烈武的行为,只是委婉地表示希望他能"慎重"一点儿……

所以,田烈武完全不知道两府诸公其实是希望他能更本分一点儿,反而信以为真,对于此事,更加的用心与谨慎。而此后,两府诸公至少在表面上,也就当这件事完全没发生过了。

于是,阳信侯田烈武连自己在不知不觉中把两府给得罪了都不知道。

这天收到的四篇策论,看起来与往常一样,都是夸夸其谈的迂腐之论。第一篇策论,讲的是如何恢复车战,以车克骑;第二篇,献的是兼并高丽的十条妙策;第三篇则转而向南,大谈谋划大理之策……

田烈武皱着眉头,勉强读完这三篇策论,拿起第四篇,只略扫了一眼,便忍不住摇起头来——这一篇更是老生常谈,献的是攻取燕云之策!

这几年来,向田烈武投书,大谈恢复燕云的人,多得田烈武都记不清了,也许有近百人之多吧!

这些所谓的"平边策",大多不过是书生之见,老于行伍的田烈武自然一眼就看得出其中的天真。但是,汲汲不忘恢复燕云的,可不止这些徒能大言的不得志的书生。

武城侯杨士芳、唐康、李敦敏……在田烈武所交游的人中,对司马相公的"和辽"不满的人,比比皆是。特别是武城侯杨士芳,每每与田烈武多喝上几杯,就会跟他大谈李广、程不识这些汉代名将以及本朝雍熙北伐之失败,一时慷慨激昂,一时痛哭流涕!

在这件事上,田烈武内心深处,其实是无所适从的。

他自己是行伍出身,对于出塞击胡,靖边安国,有一种发自内心的向往。但另一方面,田烈武与普通的汴京市民一样,并不把契丹人看作是生死仇敌,他没有杨士芳、唐康、李敦敏这些人的仇恨感、屈辱感,也没有他们的那种雄心。对田烈武来说，辽国与西夏是不同的。西夏人不断侵扰大宋，他还有亲人在与西夏的战争中战死……而辽国，在他的记忆中，一直是与宋朝和平相处的。

打败西夏后，没有了边事，就该让老百姓好好过日子了！

田烈武心里隐隐约约是这么感觉的。

不过，这种观点与汴京市民也是不一致的。汴京的普通市民虽然并不真正仇恨契丹人，也不会真正有屈辱感，但是他们的态度总是易受左右的，如果白水潭的士子们都说不恢复燕云是一种奇耻大辱的话，用不了几天，他们就会慷慨激昂地相信那真是一种"奇耻大辱"。因为战争对他们来说，始终是那么遥不可及，就如同看戏一样。

田烈武觉得，自己的这种想法也许是在陕西带兵时，不知不觉产生的。

况且，既然是君实相公与子明相公都支持的事，总是有道理的。

他并没有把自己的怀疑告诉过杨士芳或者唐康、李敦敏他们。因为他知道那样做不会有什么结果，他始终都不会知道究竟是谁对谁错。他们的态度一直是不容置疑的，田烈武很清楚，如果他坚持不同的立场，很可能会马上失去这些朋友。

反正这种事情也不是他田烈武所能决定的，他不想在这种事情上费太多的心思。

田烈武一面想着，就在他觉得今天仍然将一无所获的时候，他读到了一行字。

"其六，曰破火炮……"

虽然他对于恢复燕云并不是那么有同感，但是，对于如何应对辽军在阵战时使用火炮，田烈武的兴趣，可一点儿也不亚于任何人。

以前，宋军将领所面对的最大问题是，如何以步破骑。但自从耶律冲哥取得伊丽河大捷以后，取而代之的新问题便是，步兵方阵如何对付辽军的火炮与骑兵。

大宋的谋臣武将们倒是提出来不少办法，但是他们在这个问题上各执己见，争论不休，而事实究竟如何，没有实战的检验，谁也不知道答案。田烈武当然也有自己的想法，但他的想法在枢密院、兵部、三衙都不受到认可。支持他的人倒不是没有，比如章楶就赞同他的想法，而且章质夫可以说是在种谔、刘昌祚这些老将去世后，西军中首屈一指的名将，但是章质夫不是寻常武官，他是省元出身，说到底，也是个正儿八经的书生，他又极受石越、范纯仁的重视，因此，绍圣以后，又换了文资，如今已是河东路转运使，接下来眼见着就是寺卿、侍郎，就算进两府，也未必不可能，但也因为如此，这几年他在军中的影响力大大减弱了。

所以，如章楶的支持，只能算是一种心理安慰。

田烈武的想法不被重视，其实也是理所当然的。因为他的观点显得有点儿消极，甚至是笨拙。

田烈武相信，火炮之应用于野战，实际上是对军队之纪律性与荣誉感提出了更高的要求，因此除了令禁军变得更有纪律，别无良法。

他的观点被认为等于没说。

但是，田烈武不是无的放矢。

熙宁年间的禁军整编，的确加强了军队的纪律性与荣誉感，尤其对西军来说，效果显著。比如在熙宁整编以前，宋军的弓手们，每齐射一次，就必须阵前发放一次赏钱，一旦赏钱不能及时发放，士兵们就随时有一哄而散的可能。这是五代的骄兵悍将们留下来的弊病，在建国之初，连太宗皇帝对此也无可奈何，当年他第一次北伐失败，很重要的原因之一就是攻下北汉后的赏钱没能及时发放。

这些弊病，历经几朝的缓慢整治，有所改变，在熙宁整编后，又经过讲武学堂、节级制度、卫尉寺军法官等改革和战争的考验，西军其实不亚于发生了一次脱胎换骨的改变。但这种改变的发生，若没有仁宗朝以来韩琦、范仲淹们对西军的影响，以及与西夏人持续的战争，也不可能轻易成功。

在这一点上，河朔禁军就是个鲜明的对比。同样经历过整编，在河朔禁军身上，是找不到多少荣誉感的。他们不知道为何而战，也没有严明的纪律。这样的军队，无论想出多少办法来，当火炮轰向他们的头顶，不要说维持阵形，溃散都只是迟早的问题。

即使是西军，也必须有更加严酷的军法约束。

火炮与弓箭完全不同，密集的箭雨看起来吓人，但是在严密的步兵方阵面前，造成的杀伤是有限的。而火炮则会直接落在方阵中间，每一次爆炸，都会造成可观的伤亡。

所以，田烈武认为事情其实很简单，以前是要求士兵在密集的矢石面前，不动如山，维持阵形，直至敌人先发生动摇。而如今，则是要求士兵在火炮面前做到这一点。

但人人都会怕死。

若是士兵们能受节气、礼义的感召，自然不会怕死，这比起赏钱来说更加有用。但这种东西难以依赖，因此平时严厉的训练、严明的军法以及慷慨大方的赏赐，每一样都必不可少。

但是大部分人觉得严明军法不过是老生常谈，许多人都见识过火炮的威力，因此在心底里认为田烈武所要求的军队纪律，是不可能出现的——人人都觉得西军已经够好了，不可能要求再多。对于河朔禁军，他们更是不抱任何希望。

有一些显而易见的事实，总是很容易被人忽略。既然辽人已经有了火炮，这火炮就迟早要落到宋军的头上。因此，田烈武才认为，与其说是琢磨如何对付辽军的火炮，倒不如说就是要学会如何挨炮轰。

而且，人们似乎已经忘记，其实西军已经十多年没有打仗了。

让田烈武意外的是，他手中的这篇策论，竟然也意识到了这一点。这人列了好几条应对辽军火炮的方法，其中第一条便是"明纪律"，此外"兵无常法""增建神卫营"诸条，也皆算是真知灼见，切中要害。

他连忙翻出随策论一起送来的名刺，上面却是一个陌生的名字——永丰张叔夜。

田烈武凝神想了一会儿，终于确认自己以前完全没听说过"张叔夜"这个名字。他翻弄着名刺，正要叫管家去问一下此人的来历，忽听到外面传来一阵急匆匆的脚步声。他方站起身来，便见一个小厮小跑着到了他暖阁的外面，见着田烈武，忙叉手站定，禀道："侯爷，武城侯来了。"

"不是该他当值吗……"田烈武一句话还未说完，便已见着杨士芳大步走了进来，他连忙上前两步，行了一礼，笑着问道："大哥此来……"

自绍圣以来，杨士芳与田烈武同掌班直侍卫，随侍皇帝左右，关系亲密，非他人可比。杨士芳在田府是熟来熟往的了，也不拘礼，自己坐了，瞥了一眼案上的名刺与策论，笑道："你算是个秀才，还有心看这些——可知唐康时回来了？"

"啊？！"田烈武知道杨士芳平时不苟言笑，见他神情，知道必定有事，忙问道，"他何时回来的，可谈成了？"

"谈算是谈成了。"杨士芳笑道，"不过方才在小东门召见，唐康时在太皇太后面前力陈辽人就要南下！"

"什么？！"田烈武一时惊呆了，"这……既是谈成了……"

"司马相公也不肯相信。"杨士芳的神情，完全是兴高采烈，"但唐康时也是个谨慎人，没有十二成把握，如何敢在太皇太后面前下这种断语？莫不是嫌官做得太大了？"他心里甚是高兴，一面说着，又见到田烈武手中的名刺，便笑道，"如何？觅着什么贤材了？"

田烈武的心思却全不在这上面，顺手递过名刺给杨士芳，道："大哥可听说过此人？"

"张叔夜！"杨士芳接过名刺，方瞥了一眼，便笑了起来，"老田，你连此人也不认得？"

田烈武又是一愣，"他很有名吗？"

"那倒不是，不过他祖上有名。"杨士芳笑道，"他是真宗朝张侍中的曾孙，因为祖荫做到兰州录事参军，一直没升迁。这是磨勘磨到了年限，终于该升官了，来京面圣的。"

田烈武也不认得"真宗朝张侍中"是何许人，只说道："原来大哥认得。"

"我自然认得。这个张叔夜，不愧是将门之后，箭术不在你之下。可惜生晚了几年，他去兰州做官时，兰州已经平安无事，否则如今只怕连知州也做了。"杨士芳说罢，又笑道，"此人用不着你荐，他家门生故吏、亲戚朋友多着呢，休操这闲心，走，随我去找唐康时。"

他说完，也不待田烈武答应，便已起身出门。田烈武连忙招呼下人备马，一面赶紧跟了出去。

阳信侯府离唐府却是不近，二人也没带仪仗，轻骑简从，到了唐府递上名刺，不料却扑了个空。杨士芳原是事先约了唐康的，但唐康回府后，连衣服都没来得及换，便又被右丞相府的人叫走了。唐康吩咐了人往杨府报信，不料杨士芳却去了田府，报信之人竟是扑了个空，累得二人白跑一趟。田烈武倒也罢了，杨士芳乘兴而来，败兴而返，极是扫兴，但无论他如何个亲贵法，右丞相府，他是绝对不敢造次的，只得拉了田烈武去何家楼吃酒。

二人绝对想不到，他们虽然是白跑了一趟，但此时的唐康，也并不好过，正在右丞相府挨骂。

"你怎能如此轻率？！简直是荒唐，糊涂！你去一趟辽国，脑子烧了？想立功想疯了？！"石越坐在一把黑漆竹交椅上，铁青着脸，盯着垂头叉手站在面前的唐康，大发脾气。

唐康从未见石越发过这样大的脾气，一声也不敢吭，这屋中又再无他人，也无人能劝解，他只能红着脸干挨骂。

"你到底想干什么？"

"我……"唐康一时也没反应过来，不知道石越是真问他呢，还是仍然在骂他，嗫嚅了一声，悄悄抬眼看了看石越的神色，见脸色似是稍稍缓和了一点儿，才继续说道，"我是真的以为辽人就要南下……"

"那你就敢在太皇太后面前说？！"石越的怒气瞬间又升高了起来，"你不能先禀告两府？"

"是，我知错了。"唐康的脸更红了。在召见之前，他原本是没打算说这件事的，但是不料太皇太后一问，他就那么脱口而出了。

"木秀于林，风必摧之。"石越重重地说了这八个字，又摇摇头，"康时，康时，你虽聪明，但须明白，你虽出了一时的风头，但若被人下了'轻薄'二字评语，要抹去这两个字，就千难万难了！"

唐康心中一凛，不由得大悔。他自是知道的，"轻薄"这两个字，说轻不轻，说重不重，他若不想进两府，原也无妨，但若想有朝一日位列公卿，沾了这两个字，也许一辈子都不会有机会。

他心里正在患得患失，又听石越沉声问道："你真的以为萧禧定会被耶律信与萧岚架空？"

"是。"唐康见石越问到正事，忙收拾心情，回道，"萧禧虽然是辽主潜邸老臣，但萧佑丹一死，兔死狐悲，只怕这些老臣要人人自危。辽国素重武功，耶律信在辽国之威信，原本就仅次于萧佑丹，若是以萧阿鲁带为北枢密使，他毕竟是老臣宿将，或还压制得住他。但辽主将原本是同知北枢密院事的萧阿鲁带调任南枢密使，却又将耶律信调入中枢，他的心思一目了然。无非是因为萧佑丹刚死，他要安抚国内的主和派，不得已让萧禧装个门面。"

石越点点头，又皱眉问道："那你便能肯定耶律信一定能赢过萧岚？"

"我在辽国，没见着耶律信，但见过萧岚。"说起这些事来，唐康渐渐平静从容，"职方馆的报告我也读了，但这次恐怕他们失策了，萧岚此人，聪明太过，绝不会真正违逆辽主的心意。至于辽主，我曾冒险在宴中故意试探——辽国原本咄咄逼人，显然是辽主不满意两国之处境，但此番他对我对答失礼，却优容有加，我绝不以为他是因为国内多事，而特别忍让……"

"自然不会是。"石越不由得叹了口气，"他在将萧佑丹软禁之时，就已经当没这个人可用了。萧佑丹一人之死，于辽国算什么多事？诛杀一些贵族，又算什么多事？加上他调主战的耶律信进中枢主政——司马昭之心！"

"这么说……"唐康听石越的语气，分明是认可他的论断，不由又惊又喜。

但石越仍然语调沉重，"他若是想和，你折他面子，他才不必要什么容人之量，发通脾气，正好叫朝廷向他赔礼道歉，他再加原谅，朝廷有求于他，理亏在我，也损不了两国交好之情。他一反常态优容有加，那自是所谋者大……"

石越几乎是无可奈何地笑了笑："看来，挽回不了了。"

唐康见石越这神情，大为不解，不由道："要战便战，又有何惧？如今大宋也不比五年前了。"

石越看了他一眼："和辽国打仗有什么好处？"

"可以收复幽蓟，一雪前耻。"唐康想都不想，马上回道。

"收复幽蓟又有何用？"石越的语气变得淡然，"收复幽蓟，无非是为了防御北面，换得境内和平，宋辽百年交好，境内也很和平。休说辽国如今兴盛，战事一起，胜败难料，便是侥幸得胜，也是兵连祸结，得不偿失。"

唐康一时呆住了，这番言论若是出自司马光之口，他一点儿也不会奇怪，但是出自石越之口，却是大出他的意料。

他怔了好一会儿，才出言反驳道："但幽蓟在何人之手，和平之主动权便在谁人之手。况且于京师安全，也至关重要。"

"如今京师墙坚炮利，大名、邯郸屯兵数万，城寨成群，又有火炮之利、黄河天险，汴京可说固若金汤。假以时日，国家财政更充裕时，我再说服朝廷，重修太原城，并在太行诸陉修筑要塞堡垒，屯以火炮、精兵，谁说和平之主动权便在他人之手？"

石越不以为然的神情、与旧党如出一辙的论调，都让唐康一时难以接受——这与石越往常所说的反差实在太大。但是这些话却不容易反驳。

"宋辽交兵，大宋输了，后果不堪设想。便是赢了，也不见得有何好处。我们夺了幽蓟故地容易，若辽国就此崩溃，塞北群雄并起，他们互相征战之时还好，百十年间，待到草原统一，出来的必是雄主，到那时，依旧是国无宁日。这哪里比得上一个肯与我们相安无事的辽国？与其与那些蛮夷打交道，倒不如有一个辽国在北面，甚至当他们要平定蛮夷叛乱之时，我们还可以帮帮他们，做个顺水人情。你不是不知道'唇亡齿寒'这四个字，如何却不想想，辽国虽是我大宋的劲敌，却也是我大宋的嘴唇？"

"况且我还有许多事要做。"石越这时已不纯粹是在与唐康说话，而更似在发泄自己的情绪，"本朝司法制度，若论州一级以上，古今第一，无哪朝哪代可以相提并论。然县一级，却是弊政丛生，连汉唐亦不如。朝廷刚刚喘过气来，我与司马君实、王介甫、范尧夫商量了几年，好不容易下定决心，要用五至十年之工夫，来解决此事——北事一起，一切皆是空谈。待到战事结束，更不知是何等局面……"

事实上，石越想做的事情远远不止于此。他前一天才与范纯仁讨论了再一次改革御史台，以加强惩治贪鄙的办法；他还和王安石商量了进一步扶持海外诸侯的方案；他甚至还满怀信心地相信有办法推动地方士绅对县一级政务的监督与参与；他还需要国库有更多的钱来扩大政府的公共服务——比如扩大各个县医学教育的规模，保证医官们好歹都读过《素问》《难经》……

总之，要做的事太多，而且都比什么收复燕云要重要得多。

而一旦开战，这些事要么拖延，甚至可能永远没机会做了。

此时的石越，已经淡忘了当年自己也如唐康一样，他也曾经是以收复燕云为目标的！

二十多年来，他游离于新旧两党之间，甚至有了所谓的"石党"，他改变着司马光、王安石们，同时，在不知不觉间，也受到他们的影响而改变。至少，在战略收缩、专心内政这件事上，他原本只是策略性的妥协，但是现在，他已经是真心诚意的支持。

对辽国的妥协，在表面上，他与司马光的保守保持距离，但是石越自己心里清楚，这不过是一种姿态，一种有利于缓和他与反对者之间关系的姿态！而在事实上，如果他坚决反对，以他今日的地位，司马光又如何能独断专行？

他心里根本就是站在司马光一边的。所以，他才如此激动。

他对唐康发脾气，一是因为唐康这样做的确不太稳重，但更重要的原因是，他知道，唐康的判断是正确的。

事情，已经不可挽回。

他暗中支持的战略收缩政策，已经结束了。

这是一次重大的挫败。

石越知道在这件事上，唐康是绝不会理解自己的，他不会被自己说服。但是，此时他无暇关心唐康，他想的是，司马光与王安石现在在想什么。

2

石越绝没想到，好不容易走出熙宁最后那几年的阴影，眼见着这个国家财政开始充裕，边境安宁，朝野各种政治势力难得的相安无事，甚至有点儿齐心协力的意思——这二十年来的努力渐渐都有了好的结果，心理上刚刚感觉松了口气，正待大展拳脚，继续做一些以后想做而无法做的事情……然而，迎接他的绍圣七年，却是一个接一个的噩耗。

随着唐康带回来的消息，综合职方馆的秘密报告，辽国的威胁变得越来越现实。原本，石越对此是不以为然的，因为有萧佑丹在。

尽管萧佑丹是一个难以对付的对手，但自从经过上一次辽宋之间的危机后，石越心里就很清楚，只要有萧佑丹在，辽国就不可能真的南侵。

但是，这个时刻维持着辽主与他手下那些野心勃勃的将军们的理智，引导着契丹朝着正确方向前进的智者，突然之间就没有了。

这件事来得如此突然，石越在得知萧佑丹坏事后，还曾经建议司马光与王安石，要在适当的时候公开宣称大宋最惧怕的就是萧佑丹，以此来帮萧佑丹一把。但是，他怎么也没想到，司马光与王安石还在犹豫，萧佑丹就已经变成了刀下冤魂。

仿佛是嫌这一盆冷水还不够冰，绍圣七年正月二十五日，也就是在唐康在廷对时宣称辽国必将南侵的第二天，石越又接到一个噩耗。

王安石于前一天晚上逝世！

对石越来说，这件事可以说突然，也可以说不突然。

以他所"知道"的来说，王安石早就"应该"死六七年了，司马光也是如此。但是，当这两个人在"应该"死的那一年没有死，而一直又活了六七年后，石越就产生了一种错觉，谁说他们就不能和几年前去世的文彦博一样，活上个八九十岁？

可就在石越开始这样以为之时，王安石却突然死了。

没有任何预兆，上午，王安石还参与了小东门召见唐康。回府之后，他一切如常，按时就寝，然后就再也没有醒来。

得到王安石的丧报之后，石越有好一阵子不肯相信。范纯仁拉着他一道禀告高太后时，他依然失魂落魄，完全不知道自己在做什么。直到他奉旨到了侍中府，亲眼看见王安石的遗体，他才意识到，王安石真的死了。

即使到现在，时间已经又过了一天，石越仍然很奇怪自己的反应。

他与王安石其实并没有什么深厚的交情，相反，两人在很多时候还是政治上的对手。

他不知道自己为何如此反常。是因为他觉得如王安石这样的人物，不应该有这样平凡到极点的死法？

不，石越心里知道，这样死去，对于王安石来说，是一种奢侈。

那么，石越能够给自己找到的理由，便只有一个了：如担心萧佑丹死去辽国会失去控制一样，他也直觉地意识到，王安石一死，新党会失去控制。

不管这是不是真正的理由，石越让自己接受了这个解释。

判太原府吕惠卿，已经在河东路那个"穷乡僻壤"待了整整八年。王安石曾经希望将他调到一个好点儿的地方，但被司马光一口拒绝——能够符合吕惠卿的身份，离汴京又够远，还要偏僻穷困，同时还能保证吕惠卿生不了什么事，这样的地方也只有太原府。这是石越心知肚明的。如吕惠卿这样的人，丢在边境，他能立军功，赶到南方，他能剿蛮夷，若在江淮，他能把地方治理到你不注意他的政绩都不行的程度。若给了他这样的机会，到时候顾念旧情的王安石再说说情，司马光和石越那才是真不好回绝——既然是合作，总不能老顾念旧嫌，但这个旧嫌又的的确确是拔不掉的心头刺。

石越心里清楚，他相信司马光也肯定知道，这八年，吕惠卿把太原治理得井井有条。换了别人，早就美誉如潮，荐章迭上，召到京师重用了——事实上，太原府已经接连有两任通判考绩卓异升迁了。这是司马光用另一种方法宣称，太原府的政绩，是那两位通判的，建国公只是在太原府养老。

可惜的是，吕惠卿自己却未必甘心在太原养老。

蒲宗孟、曾孝宽这些新党名臣一个接一个去世，章惇、曾布们又俨然与新党分清了界限，如今朝廷中，被人视为新党，而自己也承认是新党的宰臣，实际只有枢密副使许将一人而已。

但许将的个人魅力，完全无法与吕惠卿相提并论。而在"和衷共济"的大策下，终于被调任回本土担任江南西路转运使的另一位新党名臣蔡确，因为长期在海外，回国后又没能进入中枢，影响力也非昔日可比……

因此，石越的担心绝非空穴来风——王安石一死，如若新党中的一些官员转而支持吕惠卿，那么绍圣以来的局面就将不复存在。

虽然从表面上看来，新党掀不起什么大风浪，在高太后垂帘的情况下，两府六部学士院各寺监的主官中，新党可以说屈指可数，几乎已经无法影响朝廷的决策。但石越心里是清楚实情的——这七年来，所谓的"新党"的势力，并没有削弱、分崩离析，反而渐趋稳固，隐隐地更像是一个真正的政党了。

首先是作为对王安石的妥协，这七年中，凡是王安石举荐的人，绝大部分都得到了相应的任命，如今大宋朝，至少有二到三成的知州、知县，属于新党阵营，或者同情、支持新党的政策；这个比例在路一级的官员中，也占到二成左右，而在朝中，侍郎、少卿以下，这个比例至少也有两成。

而这个所谓的"新党",还只是指你几乎可以将他们毫无疑问地视为"新党",在政治上绝对支持王安石的人。但自绍圣以来,有许多人,连石越也分不清他们是不是"新党"。

从韩维、韩忠彦这样的顾命之臣,到章惇、李清臣、曾布、张商英们,还有地方上如陈元凤这些人……他们究竟是不是"新党",完全只在于你对"新党"的定义是什么。

若认为"新党"只是隶属于王安石个人的政治势力,那么这些人都可以从"新党"中排除。但若以一定之政治主张来定义"新党",那么这些人仍然可以算是不折不扣的"新党"。甚至如曾布、张商英,石越虽然可以确定他们算是自己这一派的,但是他们的主张仍然是新党的。

石越暗地里分析过绍圣以来,经过改变的新党的政治主张。

在石越看来,如今新党的政策主张其实是以"富国强兵"为基础,鼓吹继续变法。他们主张国家干预经济,强调由官府直接管理大量经济部门,主动对经济进行调节,以谋求在不增加赋税的同时,让国库丰裕。在这方面,他们还表现出一种强烈的目的论,以国库是否丰裕为主要是非标准。除此以外,他们还普遍主张进一步改革役法,坚持推行免役;要求提高吏的待遇,增加政府雇佣,让政府承担更多的义务;赞同以激烈手段铲除如宗室、冗官等特权阶层,反对荫官等。而在军事与外交上,绍圣新党几乎全部持扩张与强硬政策,甚至他们的经济政策之目的,就是训练精兵,对外扩张。但他们的目的论色彩太强烈了,以至于在这方面并没有清晰的政策,有时候反而自相矛盾——他们既支持现有之兵役制,同时又仍然鼓吹恢复全民皆兵的古制……

从本质上来说,绍圣新党与熙宁新党的主张是一脉相承的,只不过他们明智地摒弃了一些已经证明不成功的东西而已。而这让绍圣新党更加具有吸引力——人们是善忘的,既然熙宁年间王安石与吕惠卿的变法并没有造成真正严重的后果,那么所有的过错,很容易就被遗忘,甚至被巧言辩护。

如果说凡是持这种政策主张的人,都算是新党,那么石越实在没有任何理由将章惇、曾布、张商英们排除在外。也许,连唐康也得算进去。

石越心里也很清楚,新党在这七年间能够形成真正稳固的政治势力,而不是如熙宁年间一样充斥着政治投机者,并不仅仅是因为他们对王安石的让步。一方面,王安石在杭州的五年多时间里,重建了他的声誉;另一方面,司马光的全面战略收缩,在国力已经增强的情况下,也并不是那么得人心,朝野之内,对此不满的人比比皆是。特别是与契丹的条约,连石越也让许多人大感失望。

旧党如今还能够继续掌控这个国家,主要依靠的不过是高太后与司马光的个人威信而已。

绍圣以来,虽然新党实际上分裂成王安石派、吕惠卿派、极端派这三派,但王安石派在这七年来一家独大,使得新党相对稳定。而执政的旧党,内部却是矛盾重重,而且其冲突更是公开化。这些君子间,既有以范纯仁为首的温和派与以刘挚为首的台谏派之争,也夹杂着一些极端的守旧派在其中兴风作浪,同时,还有以地域和师门为划分的洛党与朔党之间的人事矛盾、意气之争掺杂其中……总之,其内部关系之复杂,连石越有时也搞不清楚。这七年来,这些君子因为小事反目成仇,互相指斥对方为小人,恨不得将对方赶到凌牙门去——这样的闹剧已经发生不止一次两次了。

如若司马光也死了,石越几乎敢肯定,不待新党来收拾他们,旧党自己就会先斗个头破血流。

不过,毕竟大宋是一个君主制国家,君主虽然不能为所欲为,但只要有高太后在,旧党就可以保住他们的地位,这一点是没有人能挑战的。所以,幸好现在暂时还不用操心旧党的事。新党的即将失控,已经够了。

从某种角度上来说,辽国即将南侵,石越也不知道是幸还是不幸——要求对辽国强硬,甚至要求北伐,几乎可以肯定是没有王安石压制以后,新党将首先发难的目标。这是他们不满已久的事情。

如果辽军南下——虽然这仍然会成为一个被攻击的口实,新党一定会痛骂这是司马光与他长期对辽绥靖、软弱的结果,但反正都到了那种情况,也没什么好在乎的了。

聊足安慰的是,这些新党官员到时候应该都会是主战派。

可是,石越却丝毫没有办法感到庆幸。

他脑子里不断浮现的,是王安石写给他的一封遗信。

可能是王安石事先有所预感，也可能只是这个年纪的人未雨绸缪，总之，王安石预先留了四封书信札子，一封是遗表，一封是给司马光的，一封是给石越的，还有一封是给家人安排后事的。

写给石越的这封信中，王安石只说了一件事情。

"……唯愿公等努力，使朝廷三十年不削藩……"

使朝廷三十年不削藩！这就是王安石死前，对他的请托。

石越只要一想到这句话，脑子里就会冒出熙宁三年的九月，在迩英殿第一次见着王安石的情形，他甚至还记得王安石紫袍上的那块不显眼的油渍……

他也还能清楚地记得七年前，当他请王安石去杭州时，王安石对他说的话——"火坑我是不怕的！"

他的脑海里，这两幅画面不断地交替浮现。

使朝廷三十年不削藩！

休说这也是石越自己的理想，便算只是王安石自己的，石越也断不能辜负。

此时此刻，石越才深深地觉得，失去王安石，对于他，对于大宋，是不可估量的损失。

尽管高太后不太喜欢王安石，但她还是以最高的礼节，下旨罢朝三日，以示哀悼。除了派出韩忠彦亲临吊丧外，还赐给王旁十万贯交钞，作为治丧之用，又特别吩咐不遣内侍监护葬事[1]。此外，议谥、追赠、陪祀高宗，还有王安石子侄的荫封……无一不是极尽荣宠。甚至太常寺与礼部已经开始议论，要将王安石配享孔庙——此事或者还将会争论，但是最起码会入祀先贤祠。

而遵照王安石的遗嘱，他的灵柩将运往金陵，与他的长子王雱葬在一处。船只车马，皆已经准备就绪，王安石的灵柩，将只在宝相寺停放七天，然后，就会永远地离开这座城市。

说不清楚是什么原因，石越并不是很想去面对王安石的灵柩，但是他知道，

---

[1] 宋时风气，大臣近戚死后，例遣内侍监护葬事，称为"敕葬"。敕葬最初为一种荣耀，但是因为丧葬之事全部听监护官处置，结果虽然有皇帝的敕葬财物，但监护官往往不计费用，最终仍然导致死者家属无力承受，甚至多有破产者。当时有谚语说"宣医纳命，敕葬破家"，大臣近戚对此无不避之唯恐不及。

他是必须去那里的。就像是演戏一样，他去那里，不是给王安石看，也不是为了安慰他的家人，而是给更多的人看。

他磨磨蹭蹭地拖了好一会儿，终于还是吩咐亲随准备马匹。自从让侍剑做了石府的管家后，石越身边的亲随、护卫就不断地更换，很少有能追随他三年以上的人，因此也没有他特别信任的人。亲随现在都是侍剑帮他挑的，大多是依附石府或者桑家的客户佃农的子弟，护卫则是高太后派来的班直侍卫。

绍圣以后，高太后在宰相制度上做了两件事，一是将左右仆射改为左右丞相，在名号上加以尊重，但实际上绍圣朝的左右丞相，与西汉的丞相，不可同日而语，根本没有开府辟官的权力。

另一件事，就是下旨从殿前侍卫班中，派出班直侍卫，给两府宰执充当护卫随从，这些班直侍卫两年一轮换，完全是官派的差遣。

虽然这给人联想，但石越倒并不介意。也许高太后的确别有用意，但这的确也是一种恩宠。因为宰执们的护卫，原本就应该是禁兵厢军，升到班直侍卫，没有什么不妥，以宋朝宰执的威严，差使班直侍卫与差使禁兵厢军，其实没有任何区别——兵部尚书章惇的侍卫不过顶撞了他一句，当场便被章惇援引军中"阶级之法"给斩了，连卫尉寺都不送，事后高太后反而下旨褒扬章惇，被他杀了的侍卫的家属不仅没有抚恤，还成了罪人家属。此事之后，好长一段时间，石越的十几名护卫见着他战战兢兢，说话声音也不敢太大。

唯一不便的是轮换制度，虽然石越大可对这些侍卫不闻不问，但隔两年就要与新面孔打交道，仍然是一件麻烦事。不过这个制度高太后看起来也没有认真执行的意思，韩维、司马光在议事时提了一句，他们两人的侍卫就一直没有换过。所以，石越甚至觉得自己的那一点点怀疑也是想得太多了，只有潘照临对此嗤之以鼻。但无论如何，石越并不想试着去请求自己的护卫也不要轮换。

这样，他就必须忍受些许的别扭。

他的侍卫对他尊重有加，绝不会违逆他的命令，但是彼此之间没有任何亲近信任的感觉。而那些亲随做事也不够机灵，没有谁能如侍剑一样，事先就想到他要做的事，安排得妥妥帖帖。汴京一带的人，虽然聪明机灵，但不太老实，让人无法放心，从桑家蜀中老家找来的人，却往往连言语都不太通。

也许是自己太挑剔了。石越偶尔也会这样反省，但那种别扭始终存在，无法消散。

石府的下人，实际上却比石越想的要能干得多。马匹很快就准备好了，每个人都换上了更加合适的衣服，一切都妥妥当当，没任何毛病可挑。

这让石越再也没有拖延的理由。

宝相寺位于瓮市子的西边，始建于后唐长兴元年，因为寺内的慈尊阁内有一尊弥勒佛大像，因此开封府的老百姓便称它"大佛寺"。在这寺内，还有五百罗汉像，以及始建于仁宗时，至熙宁年间才竣工的高达二百二十尺的感慈塔，这两处闻名遐迩的名胜。

石越知道宝相寺，也是因为这感慈塔。当年司马光曾经写札子，请求罢修此塔。而主持修筑感慈塔的人，石越也不陌生，那是熙宁年间将作监最著名的木匠之一杨琰，此人是大宋朝许多水利工程的实际主持者，石越还曾经咨询过他的意见。当年曾经有人献策，请求重新考虑太宗年间的一项运河修筑工程，那项工程的目的旨在沟通惠民河与白河，从而通过襄阳水路，使得从汴京的惠民河坐船，可以不走陆路，直接南下，抵达长江！这条运河的长度不过区区百余里，若能建成，即使耗费再大的人力物力，也是值得的，但是其中却有无法攻克的技术困难，最终以失败告终。但因为火药的成熟，这些年来火药不断被应用于修路与开山等公共工程中，有人便想到过去无法挖开的大山，是否可以用火药来炸开，于是又重提此项工程。这件事最终因为杨琰的坚决反对而作罢。因为有了这些渊源，石越虽然以前从未来过这宝相寺，却也知道了这座感慈塔。

而这宝相寺在开封府，大约也就是比分别为左右街僧寺首领的大相国寺与开宝寺，以及建国初重建的太平兴国寺要稍逊一些。其形势制度、刻劚丹青，亦可称得上是壮丽梵宫。

石越远远地便听到洪亮整齐的梵音从宝相寺方向传来，他知道这是高太后调集了上千僧人到宝相寺做道场，此事司马光虽然不以为然，但是王安石本人信佛，而高太后实际上也是信佛的，因此也无法多说什么。石越原本对此无可无不可，但此时听到这声彻数里的梵音在耳边缭绕，开始尚不觉得什么，然而听得一阵后，虽然他全然听不懂那梵音唱的是什么，但是渐渐竟也能感觉到那声音里的悲悯与抚慰，心情竟奇妙地变得平静。

他在心里认同了高太后的这种安排。在这样的环境中，与王安石道别，的确能让人多出一些从容。这对许多人都是必要的。

但这种平静并没有维持多久，到了宝相寺附近，石越惊讶地发现，整个寺庙周围，隔着两条街起，便已经戒了严，街面上到处都是禁军与开封府的逻卒。

这可不是安排的一部分。

石越在街外面勒住马，皱了眉头："去问问，怎么回事？"

"是。"一个亲随应了一声，翻身下马，小跑着过去，拉住一个逻卒打扮的人，嘀嘀咕咕地打听着。没多久，这个亲随便跑了回来，到石越马前，低声禀道："禀相公，圣驾在此。"

"你说什么？"石越惊得差点儿从马上掉下来。

"相公，那个逻卒说，是皇上来了……"

"太皇太后与皇上来了？"石越忍不住又问了一句。这几年，凡是要面见外臣之时，高太后与小皇帝总是寸步不离的，连经筵高太后也会旁听。他仍然是不太敢相信——他才不相信高太后会亲自来吊唁。

"那逻卒没有提太皇太后，他说是皇上来了，护驾的是武城侯与阳信侯。"

石越张了张嘴，但是终于没有"啊"出来。

3

来宝相寺的，的确只有小皇帝赵煦。

高太后会礼遇王安石，但是对她来说，那只是她身为君主对一个老臣重臣所应尽的义务。

但对赵煦来说，王安石代表的是一个时代的开始。

大宋的中兴，是从他父亲重用王安石变法开始的。虽然这个人犯了很多错误，但是没有他们君臣勇敢地开始变法，就不会有以后的一切。

赵煦很喜欢听人讲熙宁变法的故事，虽然那还不是历史。了解前朝的政事典故，对他将来做一个明君是很有益的，因此高太后与两府的宰执们都鼓励他这个兴趣。但没有几个人知道，赵煦并不信任经筵上的大臣们所描述的一切，他宁可偷偷看桑充国给他写的熙宁故事。

在这个十六岁的少年皇帝心中，他的父皇就是一个榜样。他根本不相信那些学士们所讲的尧舜禹汤的圣迹，也不想向那些虚无缥缈的先王学习，他只想做个与他父皇一样的皇帝，并且完成他父皇所未完成的事业。如果他不能做到像他父皇那样出色，那么，他的皇位就会被人夺走。

从十三岁起，他就很喜欢读史书，并且特别关心那些废立篡位的历史事迹。他发现，软弱仁慈的君主与暴虐残酷的君主一样不安全，而臣子们大多不可信任，连霍光也会冠冕堂皇地废掉昌邑王。至于太后，废立篡逆，如果不是她们亲自动手，也免不了要借用她们的名义进行。他还发现，如果一个君主有足够的功绩，臣子们就会慑服于他的威信，如唐太宗弑兄杀弟，也能是千古明君；若不幸失败，就会落到隋炀帝的下场，还被后世耻笑……

但赵煦不会告诉任何人他的这些心得。因为他没有时间与精力慢慢地从《史记》《汉书》一部部读起，他就只能读《资治通鉴》来了解历史，事件太乱理不清楚，他就让臣子们把《资治通鉴》改成纪事本末体，写一篇进呈一篇。

宫中朝中，上到太皇太后，下到文武百官，对于他如此聪明好学，都非常高兴。

而对赵煦来说，《资治通鉴》读得越多，他就越明白事理。

他知道他还没有亲政，因此，即使是他很想做的事，如果太皇太后不高兴，或者两府的宰相们反对，他也会忍气吞声，绝不反抗。他知道，当他这样的好名声被臣子们广为传颂之时，就算是太皇太后或者别的什么人再想对他不利，他也不必害怕。好名声就是他最好的护身符。

反正他想做的事情，迟早都能做。他绝不会给他们任何借口。

偶尔，他也会做一些明知道太皇太后会不喜欢的出格之事。因为他知道这样是安全的。比如今日，他没有禀报，便带着杨士芳与田烈武出宫，来吊唁王安石。赵煦觉得，这是他一定要做的事。

这个十六岁的少年皇帝，长得又高又瘦，白白净净的脸，看起来文弱温柔，从他的相貌来看，长大了的赵煦，并不太像他的父皇，反而更像仁宗皇帝——虽然他并不是仁宗皇帝的亲曾孙。

每个人都相信他会是一个仁厚的君主，这一点尤其令司马光与旧党欣慰。

赵煦并不知道他的外貌给别人的感觉，如果知道的话，他多半会感到恼怒——他一点儿也不喜欢仁宗，比起他父皇一举收复河西，将党项人打得落荒而逃，仁宗却连个范仲淹也用不好，竟被李元昊逼得纳币求和。做皇帝做成那样，还不如一头撞死的好。他无法理解太皇太后与一些君子整天唠叨仁宗皇帝如何如何圣明，竟然还想让他学习仁宗皇帝的风范。赵煦不知道要学他什么，难道要学他以后继续向李秉常纳币吗？！

此时，赵煦站在王安石的灵柩前，心里想的，便是与那个仁宗皇帝的所作所为背道而驰的事。

对于司马光的"和辽"，赵煦心里愤怒到了极点。但是，在宫殿之上，他只不过是一个傀儡，没有说话的余地。真正做主的，是帝后的太皇太后。他的权力，甚至还不如那个低眉顺目，对谁都小心谨慎，轻易不肯说半句话的清河姑姑。

如今主政之大臣，没有几个信得过的。他们名为"绍圣"，实际上已经将先帝的遗命抛到了脑后，谁想过要收复燕云？只会在辽人面前唯唯诺诺，一让再让！

都说"天无二日，民无二主"，可是如今，非但大宋国内有二主，这天下，居然也有两个平起平坐的皇帝，而这些饱学的大臣，号称是圣人门徒，却对此视若无睹，甚至还欣然接受。

赵煦对司马光的不满一日一日地积聚着，只是不敢向任何人吐露。他也不喜欢石越，即使他此时还没有亲政，他也已经明白，他亲政之后，年老力衰的司马光不是问题，他可能与王安石一样，甚至等不到他亲政的那天。但年富力强的石越，却将会成为他使用权力的最大的障碍——这和政治主张无关，他不喜欢任何权相，或者有可能成为权相的人。何况，赵煦觉得石越已经不像是熙宁年间的那个石越，他越来越像是另一个司马光。便如仁宗时期的韩琦、富弼，到了英宗、先帝之时，就变得畏畏缩缩，不思进取。

也因为如此，如王安石这般，从年轻到死一直都充满锐气的人，才是如此的难得。

他望着王安石的灵柩，心里在想：不知道朕的王安石在哪里！

宝相寺的正殿内外，密密麻麻地跪满了人，数不清的僧人跪在殿中喃喃诵经，王安石的子侄披麻戴孝，泣不成声，还有一群前来吊唁的官员，也跪在殿外，头都不敢抬。

赵煦默立一会儿，让杨士芳代他上了香，便信步走到王家的家属跟前，目光扫过众人，停留在一个女子身上。

庞天寿连忙趋前一步，在他耳边低语几句。

赵煦点点头，走到那女人跟前，温声说道："你是桑先生的夫人？"

他一开口说话，殿内的梵音便如得到什么命令一般，突然停了下来。

"臣妾王氏，叩见官家。"王昉没有如一般女子一样，行万福礼，反而似男人一般向着皇帝叩首跪拜。

赵煦有点儿好奇地看着她的这个举动，这个桑夫人的确与众不同，原本嫁出去的女儿，也不应该出现在这个地方……但他并没有多问，只是点点头，道："夫人节哀顺便。"

"谢官家……"王昉才说得三个字，就又忍不住抽泣起来。

"国失良人，是国家之大不幸。但生死荣枯，亦是天理，故侍中达官知命，若夫人与诸兄弟、桑先生能绍绪先生遗志，不堕先人之志，则故侍中虽死犹生。"赵煦字酌句斟地说完这段话，又转过头对杨士芳、田烈武说："咱们该走了吧。"

庞天寿听到这话，连忙快步走到正殿门口，正要吆喝起驾，却见赵煦微微摇了摇头，他梗了下脖子，把这一声吆喝咽了回去，一面小心翼翼地退回几步，不动声色地落到了皇帝的身后，伸开手中的柱拂子，虚拦了拦拜倒送驾的殿中诸人，一面小声对王旁兄妹说道："东阁[1]、桑夫人，请节哀顺便。官家的意思，是不必太惊扰了。"

他稍停了一会儿，等着王家兄妹谢了恩，才最后转身出了正殿，赶紧跟上已出了宝相寺的小皇帝。

但才出了宝相寺的大门，庞天寿便呆住了。

在寺门之外，赫然立着右丞相石越、参知政事吏部尚书范纯仁、参知政事兵

---

[1] 宋时称宰相之子为东阁。

部尚书章惇的仪仗,而石越、范纯仁、章惇正领着上百个随从护卫,齐齐地跪在外面的青石砖铺成的街道上,回避圣驾!

他心里暗暗叫了声苦,已知回去一顿板子是免不了了。他偷偷瞥眼去看小皇帝的神色,却见皇帝脸上也闪过一丝惊慌,但马上镇定地上了车驾,庞天寿再不敢耽搁,连忙跑到车舆旁边,尖着嗓子叫了一声:"起驾回宫!"

便听一阵车马忙乱,瞬间,宝相寺周围的侍卫、禁军,如潮水退去一般,走得空空如也,只留下各怀心思的三位宰执在那里发呆。

石越、范纯仁与章惇三人,原本只是偶遇。

但这一番偶遇,却让三人在吊祭完王安石后,都互相有默契地没有马上离开,而是在宝相寺住持的引导下,登上感慈塔。

三人一路之上,只听宝相寺的住持几乎是受宠若惊地介绍着感慈塔的来历,除了偶尔"嗯"上一声以外,谁也不说话。直到了塔顶,章惇才挥了挥手,请住持回避。一直目送着那住持下了塔,章惇才终于率先开口说道:"丞相、范公,皇上这是对北边之事不满啊……"

他直言不讳地一开口,石越不由吃了一惊,连忙去看范纯仁,却见范纯仁铁青着脸,道:"子厚,休得信口乱说。"

章惇却不买他这个账,冷笑几声,顶了回去:"范公,我是不是信口雌黄,你我心照不宣。范公莫要忘了,与辽人的协议,是我签的。"

"说这些做甚。"石越知道章惇的性格,怕他让范纯仁下不了台,连忙打圆场道,"我辈只要操心国家命运,管不了皇上高兴不高兴。"

"子明相公说得极是。"这句话却是很入范纯仁的耳,他脸色稍稍缓和一些。其实这三个人都是极聪明的人,小皇帝出现在宝相寺,究竟有什么含义,而究竟能有什么事可以让小皇帝抛开太皇太后来到这里,很容易就猜个八九不离十。范纯仁心里虽然不是滋味,却绝对不愿意因为这点儿事情,就认定皇帝心中有什么不满。在他看来,皇帝还小,仍然可以善加引导。

章惇却大不以为然,只是不能不给石越几分面子,轻轻"哼"了一声,冷冷地说道:"我章惇也不是奉承上意的小人。不论如何,北事总须有个章程。"

范纯仁默然不语，石越也沉默了一会儿，才试探着说道："此事仍需君实相公拿主意。"

却见范纯仁摇了摇头，道："君实相公以为唐康时的话不足为信。"

"为何？"石越一愣。

"君实相公以为，辽国亦是大国，并非无信义可讲的小邦。辽主若果真有南下之意，他兵马一动，也瞒不了我们。既然如此，他又何必答应更立新约，让自己落个背信弃义的名声，取笑于天下？"范纯仁平静地说着。他心里既觉得司马光说得有道理，但是直觉上又觉得唐康的话是可信的。

章惇听到这话，也不作声，只是"嘿嘿"直冷笑。

范纯仁看了他一眼，不由有几分恼，但他是讲宰相风度的人，不便轻易动怒，只淡淡地问道："子厚这又是笑什么？"

"我不笑什么。"章惇讥道，"但若是某，若要对辽国用兵，那不管辽国会不会知道，能多瞒一天也是好的。信义不信义的，打输了才会被笑，若是赢了，便是妙计。"

他见范纯仁一时不说话，又转身向石越问道："丞相又是何主意？"

石越望望章惇，又望望范纯仁，苦笑道："只怕这回唐康时是对的。"

"那……"章惇方松了口气，但石越马上打断了他，又说道："但若说服不了君实相公，便说服不了太皇太后。太皇太后不下旨，枢密院便不会发兵符，子厚以为谁能调动得了一兵一卒？"

他泼了章惇一头冷水，又转而对范纯仁问道："范公，你自己如何看法？"

范纯仁坦然回道："我以为君实相公与子厚各有道理，各在五五之间。"

"五五之间！"章惇气得直冷笑，半响，才恶毒地丢下一句话来，"丞相、范公，莫谓我言之不预，若我等这般坐等着契丹南下，日后休要后悔今日自掘坟墓！"他说完，尚觉心里犹有余怒，又冷语道，"二位且记住了，今日皇上是为何来的宝相寺！"

说完，他抱抱拳，也不告辞，竟转身下塔而去。

范纯仁默默地望着章惇那怒气冲冲的背影。他又要下注了！范纯仁在心里鄙夷地说道。他对章惇不无欣赏，在大宋朝的宰执中，章惇算是出类拔萃的人才。

但是，章惇因为王安石的赏识而发迹，又审时度势，极其有先见之明地转而支持石越，终于在绍圣以后，得以进入政事堂。可他不会就此满足！

虽然不愿意多想，但是王安石的突然去世，却让一切变得现实起来。将要死去的，不仅仅是王安石。太皇太后、司马光，都已经是风烛残年，随时都可能和王安石一样，一觉醒来，就阴阳殊途。

这对于范纯仁来说，是一种不幸，但对于章惇来说，却是一个机会。

如今挡在章惇面前的，表面上只有司马光、石越、韩维、范纯仁四人，以目前的形势，他是无法动摇这四人的。而实际上，他想更进一步，难度却还不止于此。他的地位不如韩忠彦牢靠，甚至未必及得上吕大防、苏辙们——如若司马光、韩维去世，石越必然是左相，韩忠彦也许会接任枢密使，范纯仁有更多的机会做到右相，而在吏部尚书的选择上，章惇甚至会排在吕大防与苏辙之后。

但是，若是太皇太后也死了，那么情况就会大不相同。

范纯仁看了一眼石越，章惇也许已经开始怀疑石越。石越还能不能带给他进一步的权力？还有，章惇甚至还不是一个只要有权力就可以满足的人，他还会衡量石越是不是真的能给他实现政治抱负的机会！

皇帝今日出现在宝相寺，在章惇心里引发的震动，一定比他和石越更大。章惇一定看到了重新下注的机会，但刚刚说的话也透露了他内心的懊恼——几年前，是他与辽人谈判达成的协议！

范纯仁又有点儿不快地想起几个月前发生的一件事。

那是陈元凤从河北路寄来了一封奏折，在奏折中，陈元凤表达了他对国家内外之事的一些看法，并提出改革之法。他对益州之事耿耿于怀，再次力陈当年的"熙宁归化"不可因为失败而全面否定，宣称当年的失败只是因为时机与策略的失误，并再陈进取之策。他还公然指责司马光与石越耗费国力构建大名府防线，是"不思进取"毫无用处，建议加强对河朔禁军的训练，积极谋划规复幽蓟之策，以图"万世之利"。此外，他还措辞强烈地批评现今的食盐政策让国家流失了大量的收入，而利益全被商人垄断，要求恢复禁榷，以筹措更多的军费……

但那份奏折中最重要的内容，还是陈元凤提出的变科举之法以革吏治。

陈元凤在奏折中献策，变革现今的科举之法，部分恢复唐代的办法。即在考中进士之后，进士们还要再次参加吏部举行的考试，才能真正做官。而吏部的考试，则要考法律条文、钱粮支用之法、公文格式等，使这些进士们不至于到了地方州县后，一无所知，空有报国为民之心，却经常被胥吏所欺。另一方面，他还建言在各路举行"路试"，这种"路试"，只考法律条文、钱粮支用、公文格式等庶政之法，通过这类考试的读书人，即委派回本州本县，担任胥吏。陈元凤认为，只要继续执行熙宁之法，进一步提高胥吏的俸禄，就可以吸引大批的读书人加入，从而既解决了许多考不上进士的读书人的出路问题，也能提高胥吏之素质，是国家大治之良策。

并且，按大宋现行之规定，胥吏虽然积功累劳，也有机会升迁到主簿，甚至是县令，但实际上却是万中无一能有此幸运。因一无升迁之望，二无优厚俸禄，胥吏欺上瞒下，贪污虐民，也是情理之中。但陈元凤认为，若推行他所献之策，则读书人做胥吏，不仅本身更有节操，而且因为还有继续参加科举考进士的机会，实际上就是打通了官、吏这两个阶层间流通之关节。会有不少读书人将此当成暂时谋身之法，而当他们真的考上进士后，也是为国家造就了一批深知下层情弊的能吏。

但陈元凤的这份奏折，被司马光断然拒绝。

司马光坚持认为，官与吏是清浊两流，朝中也有不少大臣指责这是将士大夫与胥吏混为一谈，"大乱国体"，他们并且宣称这个献策，未见其利，先见其害——改革是不是能取得成效不好说，但是若用此策，则各路增加考试、增加胥吏的俸禄，单就这两样，国库就又要支出一大笔钱财，因而不肯接受这个建议。

但是范纯仁心里知道，这个建议之所以被拒绝，除了这些原因，还是因为陈元凤所献之策乃"王安石遗法"。

这实际上是当年王安石致力于改革胥吏把持县政的继续。

若论此政策本身，范纯仁是赞同的。石越虽然态度微妙，但是范纯仁知道他也是支持一试的。

但是，二人也深知此事在朝中反对的声浪会有多大。已经中了进士，摇身一变成为"士大夫"的人，绝大部分都是不愿意和声名狼藉的胥吏们沾惹上任何牵连的。只要一想到将来会出现一大批胥吏出身的士大夫，他们便恨不得把陈元凤活吃了。

而这些"士大夫",至少太皇太后坚信,他们才是大宋朝长治久安的根基,因此这份奏折最终被束之高阁,太皇太后还下旨将陈元凤训斥了一通,要他安分守己。

然而,范纯仁知道小皇帝对陈元凤的这份奏折公开表示过欣赏之意。那是在他主持经筵之时,那天讲的是汉朝吏治,小皇帝似乎知道陈元凤与他往来甚密,因此突然提出了这个问题,询问他的看法。

当时,太皇太后、所有的宰执、翰林学士都在场,范纯仁被小皇帝问得汗流浃背,好不容易才应付过去。

他当时,分明看到了小皇帝眼中的不满意。他也看到了王安石眼神中的欣喜、许将的得意,还有章惇的异样……

也许真是冰冻三尺!

范纯仁转过头来,看到石越正在望着他。他不打算告诉石越他在想什么。尽管这些年来,两人在政事堂内合作无间,互相欣赏、敬重、体谅,也互相影响着,但也正因为如此,范纯仁在石越那里学会了妥协与保留。

君子爱人以德。如果石越身边真形成一种朋党,对石越来说,可未见得是好事。身处朋党之中,哪怕你被他们奉为首领,但有时候,你也会被这朋党裹挟着,做一些身不由己的事情。而且,朋党的势力越大,就越是祸害。

范纯仁自己就努力地与所谓的"旧党"们保持着距离,只是秉承自己的理念来做事。他觉得,如果章惇真的与石越分道扬镳,对石越来说,反而是一件好事。

他让自己不再去想这件事,让思绪回到刚才的话题上:"子明相公,若是君实相公判断失误,辽人真的南下,你以为我们付得起这个代价吗?"不管怎么说,范纯仁还是有些担心的。

石越知道他的心意,沉吟了一会儿,道:"也许我们得做好辽人攻到大名府的准备。"

"啊?"范纯仁吃了一惊。

石越知道范纯仁于此不太熟悉,又解释道:"范公,河北防线,要防的地方太多,而有险可守的地方太少,因此就必须屯集更多的兵力方能形成有效防御。

而最糟的是,大部分所谓'关隘',竟然是辽军可以设法绕过的。除非我们处处布置重兵,否则总有兵力薄弱之处,但我们也不可能有那么多兵力。因此,除非辽军蠢得见城就攻,逢寨必战,否则,就算辽军一动我们就得到消息,并且马上下令征调西军,西军还要安排防务,还要进行必要的行军前的准备,等他们赶来支援,最快也要两个月,若有意外,花上三个月也有可能。那时辽军多半是攻到大名府了。"

"那河朔禁军?"

"河朔禁军重兵集结于大名府防线,不管是对是错,这是既定策略。临战变阵,兵家大忌。因此绝对不能轻举妄动。"石越其实只是不信任河朔禁军的野战能力,害怕久疏战阵的河朔禁军碰上辽军崩溃,从而导致无法收拾的后果,但他不便将这些话说出来,"我们到时候能依靠的,只有前线州县驻军将领的才具,还有驻扎在汴京附近的禁军。但是……"

石越的"但是"后面是什么,范纯仁心里也是知道的。要调动拱卫汴京安全的禁军,不是那么容易的事。

他不由得叹了口气,用询问的语气问道:"若是现在开始准备……"

"那我们就可以马上安排西北防御,令将要抽调的西军、番军预作准备,吩咐沿途诸路做好供应军粮之准备,一旦有事,西军就能迅速驰援。"石越迅速地说完,停了一下,又补充了一句,"甚至,辽人知道我们有备,也许就会打消南犯的主意。"

那可未必是好事。范纯仁在心里苦笑了一下,若是劳师动众,而辽人却不来了,到时候谁来承担这政治后果?毕竟,谁也不能证明辽人原本是准备南下的。

他看了一眼石越,突然想到,石越不肯在这件事上过于坚持,而是希望能够说服司马光,是不是也是因为知道这个后果呢?

反对司马光,最后还注定会被证明司马光才是对的。就算是石越,也不愿意做这种大损威信的事吧?

"此事朝会还会再议。"范纯仁决定再去找一次司马光,但他也不必向石越承诺什么,"但我以为朴彦成的意见送回来之前,不会有结论。在此之前,只能是责成职方馆多刺探点儿有用的情报。"

4

宝相寺感慈塔上的短暂交谈，没能带给石越什么积极的信号。反倒是小皇帝亲临吊祭王安石的事情，迅速在汴京传开了。虽然这并不出乎石越的预料，而且他也料定这会大大鼓舞新党及其支持者的士气，但他原本认为新党带来的切实烦恼，至少要等到高太后去世，小皇帝亲政的那一天。

然而，谁也没有想到，虽然高太后刻意低调地处理小皇帝亲临吊丧之事，论战却率先在汴京的一家叫《天下纸》的小报纸上开始，并且迅速地蔓延到《汴京新闻》《西京评论》等大报。

自熙宁以来，在汴京一直是《汴京新闻》独大，虽然不断有其他报纸出现、倒闭，但少有能坚持下来的。后来情况渐渐发生改变，从各州县陆陆续续出现的小报纸中，汴京的办报人们吸取了经验，他们发现，经营一家报纸，如果不去幻想做成《汴京新闻》那样的规模，就会变得非常容易，而且非常有利可图。

成本是很低的。一份小报，以每期三至四千字计算，每份报纸在纸张上的成本，还不到两文钱，而印刷费用也极其低廉，选择雕版印刷，每期不过一贯，若交给活字印书坊，每期只要八百文。每份这样的报纸定价六文，由送报者送到订户手中，每份要给送报者一文钱，交给卖报者也是一样。只要能够保证一千份的订户，每期就有五贯的收入，除去三贯的成本，每期的利润有两贯。以五日刊一期计算，每月能刊发六期，则每个月的利润是十二贯。通常这样的报纸最多只会雇用一个人，每月的俸钱在三贯左右。

绍圣年间，就算是在汴京，即使需要养活五口之家，每个月九贯的收入，也可以使一个家庭达到中等水平了。[1]

更何况，实际收入比这多得多。

于是，绍圣以来，在汴京站稳脚跟并且活得有滋有味的小报纸越来越多。

---

[1] 若以家产而论，据学者研究，真实之历史上，北宋中期汴京十万贯家产者比比皆是，家产至少要有一万贯，才算"小康"。在整个北方地区，当时中户之家产大约是城镇居民千贯，农村居民两千贯。

这家《天下纸》就是其中之一。它始创于绍圣二年，五日一刊，发行量极小，从未超过两千份，但是读者稳固，以订阅读者为主，竟也从未跌下去一千份。因此，在汴京，尽管许多人可能从未听说过这家小报，但它也生存了五六年。

这家报纸只有两名固定成员，主笔叫卢之翰，是福建人，他的副手叫安原，是河北真定人。两人因为累试不中，遂办了这份报纸，在汴京谋个生业。《天下纸》原本并不关心政治，它每期报纸只有三个永恒不变的内容：其一，对于汴京外城南城地区某个家庭的采访，内容不外于教子有方、贞节烈女之类；其二，汴京外城南城地区之讣告以及任何家庭之喜庆之事——这是需要收费的，这一类的服务，无论你花多少钱，《汴京新闻》之类的大报也是不屑一顾的，但是汴京市民的确有一种虚荣，他们愿意花上百十文钱，在某家报纸登上"某某坊某府某子喜中进士……"诸如此类的东西，而似乎也没有报纸读者会介意这些，相反，许多人很喜欢看这些东西；其三，关于天下各地的奇趣之事，尤其是南海诸侯的——《天下纸》的读者们特别关心这些赵氏子孙在海外的命运。

此外，《天下纸》还有个小栏目，就是读者投书，内容是读者对前一期报纸内容之评论。这样的内容能够增加订户的参与感，并且可以有效地减少卢之翰与安原的工作量——虽然他们必须经常自己揣测读者的心思，编造读者投书。这是一个必要的伎俩，根据卢之翰与安原的经验，有时候刻意挑动起对一些问题的争论，对报纸的销量有显著的好处。

绍圣七年正月三十日，《天下纸》照例刊登了两篇"读者投书"，这两篇"读者投书"没有评论上一期报纸之内容，而是对刚刚去世的王安石一生的功绩进行了评价，一篇批评，一篇维护。批评的那篇文章用词非常刻薄，不仅对王安石的政绩极尽讥讽之能事，还恶毒地批评了太常寺谥王安石为"文"之事，讥笑王安石"文则文矣，然生平好谏诤，当加一'献'字"，才能称得上"议者之尽也"。

连卢之翰、安原也没有想到，这一篇骂王安石的"投书"，得到了他们意想不到的效果。当期的一千五百份全部售罄，一天之内，他们前所未有地收到了近五十封真正的读者投书，而且大多是帮着痛骂王安石的。

二人欣喜若狂，于是决定连夜赶出一期增刊，除了尽量公正地介绍王安石的一生外——这当然只是为了避免麻烦——便是精挑细选了十封读者投书刊登。二月二日，他们如愿以偿地卖出了印发的全部一千份增刊。

同时，他们还明智地宣布，《天下纸》对任何话题的讨论都保持"适可而止"的态度，因此，他们从下一期开始，就不再接受这个话题的投书。

就这样，他们成功地多赚了两贯钱的利润，然后全身而退。

但这件事让王安石的支持者怒火中烧，无法就此罢休，毕竟《天下纸》也是一份报纸。而想骂王安石的人看见王安石死后备极哀荣，心中的不平也不是这么容易消除的。

很快就有另外的小报抱着各种动机参与进来，接过《天下纸》未完的争论。

到了二月五日，这件事终于演变成了由《汴京新闻》与《西京评论》领头的两个阵营的大骂战。

朝堂上的旧党与新党还未决裂，但在野，两派的支持者已经迫不及待地撕破了脸皮。

这次的裂缝，连石越也不知道要如何弥合。因为新党已经没有了首领，他们是一盘散沙，却因为相信皇帝站在自己这一边，而信心百倍，无所畏惧。

更加头疼的是，他们论战的范围越来越大。

石越本能地觉察到，唐康带回来的辽主同意另立新约的许诺的真相，终究会被泄露出去。

到时候，现在还只是隐隐约约的指责，就难免会变成喷泄而出的怒火！

另一方面，朝中旧党对这场论战的漠视态度，也让石越担心。旧党中主张禁绝报纸的声音从未停止，如果司马光受到影响，打算干点儿激烈出格的事情，那将是石越不得不和司马光摊牌的时刻。

石越祈祷着不要出现那样的情形。

因为如果是那样，就是前功尽弃。

石越心里很清楚，用所谓的"石党"来取代新党或者旧党，并不是成功。真正的成功，是要让新党与旧党学会、接受妥协与共存。他曾经以为自己成功了，而且看起来也似乎是成功了。但现在他才知道，这件事情比任何一件事都难，当他们互相妥协与共存时，那种状态看起来总是那么的脆弱。相比而言，"汉贼不两立"的处世之道可就容易多了。

难道，他所希望的成功，真是一件不可能完成的事？说起来真是奇怪，按理说这些人应该是最懂得这些道理的——他们的文化图腾难道不是那个阴阳太极图吗？宋儒难道不应该极重视《中庸》吗？但为什么政治上反而充满了非白即黑、非友即敌、非君子即小人这样激烈的线性思维，要改变起来竟然是如此难之又难？！

这种文化与实践之间的巨大差异，让石越如此的迷惘。

他曾经因为王安石终于愿意妥协而振奋不已，但王安石一死，他又悲观起来，仿佛自己一无所成。

他只能尽力安慰自己——旧党未必会让他失望，他至少还可以信任范纯仁，他的眼睛应该看到全局，不能被一部分顽固的旧党所影响。

石越要烦恼的还远不止这场报纸上的大骂战。

二月五日的早晨，两府收到了两份从辽国送回来的报告。

一份是宋朝君臣期盼已久的朴彦成的奏折。这份奏折说辽主已经同意前约立即废止，但新约仍有细节没有敲定，辽主已令韩拖古烈亲自与他谈判，一旦谈妥，则可择期签署，在雄州边界交换誓书。这看起来是个好消息。但除此以外，朴彦成又提到，辽国现在实际主政的是耶律信与萧岚。北枢密使萧禧长期告病，辽国有流言说他很快要出任上京留守。朴彦成对此忧心忡忡，因为耶律信深得辽主宠信，而他对大宋态度强硬，以后宋辽关系将难免出现摩擦。

另一份报告是职方馆河北房送回的例行报告。河北房通过阻卜的亲善部落，探明去年十二月，契丹从阻卜各部征调了大量马匹，现已不知这些马匹被送往何处。此外还探明，一月下旬，辽国东京道有五千左右的渤海军不知被调往何处。

这两份报告让石越的心头更加沉重。

连石越自己都必须承认，契丹的军事调动，很可能只是寻常的行动，这样的报告以前他也看过。而朴彦成的奏折，基本上也是报告好消息。

因此，这两份报告不仅说服不了司马光，还会让他更加乐观。石越知道他的习惯，司马光一定更信任朴彦成的判断，职方馆的报告，他向来只作为一种参考。

石越手里还有另一份"报告"，一份稍显过时的《海事商报》，上面刊登了一条消息——日本国的硫黄价格持续上涨,超过了南海各国的硫黄价格。这在几年前也许不奇怪,因为南海诸侯与高丽国装备火药武器,需要制造大量的火药,而南海各国的硫黄开采又刚刚开始。但在绍圣六年以后,当南海各国已经能向大宋出口硫黄之后,日本的硫黄价格还在上涨,摆明了又有一个大买家加入了进去。

石越绝对不相信辽国买进这么多硫黄只是为了造鞭炮。

然而,这些蛛丝马迹同样也是不足以说服司马光的。所谓的辽人将要南侵,对于司马光,便如狼来了一般,他一生之中,经历过不知多少次,以往每次宋辽两国的国力对比都不如现在来得乐观,过去辽国国力稍强时都没成真的事,在如今大宋国力稍强时如何会发生?尤其是几年前辽国都没有南犯,更加坚定了司马光的这种信心。除非有确实的证据,否则,司马光一定会将此视为大惊小怪,或者干脆是某些人企图生事的阴谋。

当然,还有另外一个办法。

但石越并不想用那个办法。只要他足够坚持,不管司马光愿不愿意,石越都能够让国家进入战前状态。但他不想冒这个政治风险。特别是,现在是一个敏感的时期,如果他表现出与司马光过于明显的分歧,一定会被人利用。

况且,他还有别的更加温和的牌可以打,只不过他有点儿拿不准能否成功。

但是,既然依靠范纯仁来说服司马光已经失败,朴彦成的奏折也没带来什么帮助,那么,石越总不能眼睁睁看着辽人南下,而什么也不做。

他也许可以找一个人帮忙。

这六七年来,一直小心谨慎、低调行事的清河郡主,在高太后面前有巨大的影响力。高太后不会容忍一个上官婉儿,但是清河郡主生性谦退恬淡,平素从不主动发表意见,偶尔高太后见询,却常一语中的,这么着跟了高太后六七年,石越知道,高太后实际上已经越来越重视她的意见,许多决策都会咨询她。

石越与清河郡主的关系非常密切——两家过往的交谊不说,清河郡主的独子狄环订下的亲事,便是石起的第三女。原本清河是想让石蕤嫁入她狄家,但是议婚之时,卜吉祷签,皆不如意,只得作罢。除此以外,清河的哥哥赵仲佺于绍圣四年封建于岐国,石越也是极尽礼遇。

自绍圣二年春诸路旱灾,同年冬京师雪灾,三年秋京西路、陕西路大旱,四年春又有小规模的旱灾……连续三年的灾害频发，虽然不是全国范围的大灾害，而且宋廷也竭力救济，但仍然免不了出现大量流离失所的灾民。其时还处在恢复期的宋廷，一方面为了避免出现大乱子，一方面为了支持南海诸侯，于是派遣官吏在发生灾害的地区招募流民出海，三年之内，先后总计赏赐给南海诸侯近十万人口。但这自然不是公平分配的，其中雍国与曹国因为最亲贵，各得到两万人，邺国也分配到一万人。但是，绍圣四年才就封的岐国，在石越的有意关照下，竟也得到近两万人——也就是说，石越把当时还在杭州、广州等港口停留的灾民，几乎一股脑全部给了赵仲佺的封国。

绍圣五年，因为岐国公传回水土不服染病的消息，石越又向高太后请旨，从翰林院挑选了十名医官，整整装了两船的医书、草药，赏赐给岐国。又因传言岐国所在的婆罗洲有食人蛮夷，同年，石越又以此为借口，赐给同一年封建、同在婆罗洲的岐国、洋国、英国各一个指挥的东南禁军，以及足够装备千人的武器盔甲。

石越甚至还暗中差使唐家协助赵仲佺，仅仅用了一年半的时间，就筑起了一座坚固的东岐城。

若以立国形势而言，南海诸侯中，再也没有比岐国公赵仲佺来得更加轻松的了。

石越与赵仲佺没什么交情，他如此关照，清河郡主自然也是心中有数的。与石蕤的婚事不谐，她仍然坚持联姻石家，便已经是一种投桃报李之举。

如果请清河郡主在这件事上设法说服高太后，清河郡主一定不会拒绝。但是，如果让人知道是他石越请清河郡主代为游说，那么对他与清河郡主，都会是灭顶之灾。只不过这种风险是很小的，石越深知清河郡主是极聪明的人。

让石越犹豫的是，清河郡主虽然对高太后很有影响力，却不一定能说服高太后。他拿不准成功的机率有多大，若是不够大，他觉得不该轻易找清河郡主帮忙。

就在石越还在为是否要找清河郡主帮忙而犹豫不定的时候，唐康也是心事重重。他在太皇太后面前力陈辽人即将南侵，结果除了换回石越的一顿臭骂以外，竟是什么作用也没有。他瞄了一眼书架上的历书，今日已是二月十日！

绍圣以来，不知道怎么回事，汴京的天气一年比一年冷，绍圣二年的冬天，汴京竟然整整下了一个月的雪，黄河冰冻，载满了粮食的牛车也能通行无阻。此后几年，虽然没有那样的暴雪成灾，但是如今已是二月，已经算是春天，但一大早起来，唐康就能感觉一股寒流直钻进脖子里。

这日是旬休，唐康不用上朝，也不用去枢密院当班。唐康自出使辽国回来后，恰巧又赶上王安石去世，忙了一通，又因为被石越训斥，自己的主张又不被朝廷采纳，心中不快，因此这一阵都是闭门谢客，每日自枢密院回来，便只在书房读书。

今日文氏因许了几个孩子去动物园，早早便出了门。因为是逢十，金兰一大早便进宫去了——太皇太后特别恩许，凡是假日，特许金兰进宫陪王贤妃说说话。大宋法令，逢十旬休。唐康在家里读了一会儿书，心里翻来覆去的却只是念着辽人要南犯的事，也没什么心思。他性子如此，当日石越与他说的，不论有理没理，反正他也没如何往心里去。毕竟，不管石越高兴不高兴，他也承认了辽主是很可能要南侵的。对唐康来说，知道这个就够了。石越所说的，也许有理，但唐康觉得，总归是保守了一点儿——以今日之形势而言，如若真的恢复了幽蓟故地，大宋控制着云州、幽州，管他契丹南下不南下，哪用得着这么风声鹤唳。

想着这些烦心之事，唐康更觉索然，干脆把书给丢了。

无论如何要想个办法。唐康在心里想道。司马君实不愿意面对现实，那就逼他面对现实。

他一面心里谋划着，一面随手翻弄着摆在书桌上的一堆名刺、札子，这都是这十来日收到的，迟早都要一一回访。其中有几份名帖放在显眼处，这些都是金兰替他打理的——自从唐康回京任职后，他们夫妻关系好了许多，虽然他心里仍有芥蒂，但是也知道，打理这些事情，他找不到第二个人能比金兰处理得更好。如这些名帖，既是放在显眼处的，那必是金兰认为重要的。

他一张张拿起来看，摆在最上面的，是武城侯杨士芳与阳信侯田烈武送来的札子。那是上次他们访唐康不遇，唐康着人送了封札子去谢罪，这是二人的回书，约唐康在方便时小聚。他知道杨士芳的心思，笑着摇了摇头，将札子丢到一边，拿起第二封。

第二封却是永丰张叔夜的名刺。唐康看到这个名字，不由愣了一下。这些天来，这个张叔夜的名字他已经听了不下十次了，举荐他的人实在是太多了，来枢密院替他说项的人不计其数,甚至枢密院内部也有不少人称赞他。唐康虽然知道他的背景,却原也不以为意,但金兰将他的名刺放在这显眼之处,看来这又是个麻烦人,这张家的故旧,一定比他想象的还要多,还要重要。

既然如此,将这个叫张叔夜的家伙调到广信军去做通判好了。辽人如果南下,十之八九要过遂城,他不是将门之后吗?那就看看他有没有他祖上的本领。不过,唐康也只能想想而已。他既决定不了一个六品官的任用与否,也知道这个张叔夜想要的,是枢密院某房的同知事或者是兵部的员外郎这样的职位。

他"哼"了一声,将这名帖扔进废纸篓里,又翻了几份名刺、札子,却都是些没意思的人和事,心中所谋之事,更无半点儿头绪,他心间烦恼,不由站起身来,大喝一声:"来人!"

一个门外伺侯的亲随连忙跑了进来,欠身问道:"官人有何吩咐?"

"备马,去杭州正店。"

"是。"那亲随忙哈着腰答应了,退出去准备。

这杭州正店,坐落于熙宁番坊惠民河畔。店主不是旁人,姓楚,名沅,正是楚云儿当年的侍婢阿沅,这楚姓是她为纪念故主而改的。她在楚云儿死后不久,负气出逃,饱经沧桑,后来被陈元凤偶遇。陈元凤先是将其送至现任太府寺丞的李敦敏府上安置了一年多,后来才禀明石越。石越虽然对此大喜过望,但是他知道阿沅的性情,深悔当年之粗暴,因阿沅既不想回石府,又不愿嫁人——以她的身份经历,即使有石越作伐,也嫁不了什么好人家,除非她愿意当妾——因此,干脆便顺了她的意,在熙宁番坊觅了处好地方,重金买下,送给她,开了这么一家杭州正店。所有这些,石越怕惹弹劾,不便出面,且阿沅也不愿意领石越的情,故全是唐康与李敦敏经手办的。

这阿沅虽经历了很多苦楚,对旁人性子似改了不少,但对石府,却仍旧如初,甚至是有更多的怨气。她回了汴京,与石府并不太亲近,唯独只与唐康说得上话,只是唐府的两位夫人,都是名门出身,却比不得石府的桑梓儿出身较低,能折节下交。二人虽说对人和气,但那种"和气",是骨子里高高在上的"和气"。若真让她们与阿沅这等侍婢出身的女子来往,那却是万万不可能的事,二人便是与阿沅多说得一句话,都似乎是玷污了自己一般。因此,阿沅也几乎从不去唐府,反倒是将住了一年多的李敦敏家当成自己的娘家一般。

但唐康会经常主动来杭州正店,尽管阿沅也不如何对他假以辞色。

唐康的心里少有什么儿女之情,但不知为何,对这个阿沅,唐康却似乎怀抱着一种愧疚、同情,也许还有其他的感情交织在一起……无论如何,当年楚云儿之事,唐康知道自己是有责任的。而这个女孩的命运,在某种程度上,也是他一手改变的——原本,她应该与她那美丽的主人一道,在杭州过着平静而快乐的生活。

除了这些愧疚,这家杭州正店,也是唐康很喜欢的地方。

这家店店如其名,店里的侍女、小二、茶酒博士,都是杭州人,说的都是带着杭州口音的官话。杭州可以说是唐康的第二故乡,如今甚至可以说是第一故乡,因为他的父母兄弟,大多定居于杭州。来到这里,让唐康有一种回到故乡的亲切感。

阿沅虽然对他爱理不理,但反而更让他觉得舒服自在。礼貌周到,有时候让人舒服,但有时候其实是一种距离,把人隔得远远的。唐康觉得自己也许是有点儿贱骨头,但是,他的确觉得这里更像是家。

因此,这几年间,逢有大喜大悲,或者是稍有闲暇,他都会来杭州正店。不仅仅是他,这里也是许多新党、石党官员爱来的地方,并没有几个人知道这家店子的女主人与石越的渊源,很多人是因为李敦敏来的——李敦敏经常带着同僚前来聚会,而大凡有过东南为官经历的人,来过之后,都会喜欢上这里。

唐康在店门前下了马后,马上有店里的马夫来牵马照料。他是熟客了,进了店,一个小厮马上笑着迎他上了楼。他比不得李敦敏的待遇,杭州正店留了一间雅静的小院子给李敦敏,留给唐康的,却只有主楼楼上的一个清静座位。他也不挑拣,由着小厮上了茶水、果子、点心,一面端起杯子,喝了口茶,笑道:"这几日可曾见着李府丞?"

"李府丞却不曾见。"那小厮摇摇头,一面麻利地摆放点心,一面笑着回道,"倒是范都司来过几回。"

"哦?"唐康心不在焉地应了一声,"他倒会偷闲。"

小厮口中的"范都司",自是指范翔,他现任尚书省右司员外郎,故有此称。尚书省右司掌尚书省兵、刑、工等诸房文书,凡是尚书省与兵、刑、工等部寺往来之文书，都要经过尚书省右司，并有纠察之责，可以说品秩虽低，职权甚重。但唐康也没太放在心上，他与范翔虽然很熟，而且关系还算不错，可到底是范翔与他亲近得多，他与范翔亲近得少。

那小厮哪知这些，见唐康有兴趣，又笑道："是啊，范都司可比都承闲多了，都承都有多少日子没来了，范都司前日晚上，还与阳信侯一道来喝酒呢。"

他说着，忽然伸头探出窗外，往楼下看了一眼，缩回头便笑道："都承，瞧瞧，说曹操曹操到了。"

"嗯？"唐康一惊，不觉道，"阳信侯来了？"他一面说着，一面也探头朝楼下望去——来的却不是田烈武，而是范翔和潘照临。小厮还在絮絮叨叨说道："那位官人却是面生，想是生客……"唐康已连忙起身，一面吩咐："休要聒噪，快，找间雅静的小院。"说着话，已经大步下楼去了。

5

若不是在这杭州正店巧遇，唐康差点儿把潘照临给忘了。

自绍圣以来，潘照临便如神龙见首不见尾，便是唐康，也只能偶尔见着。当年石府的三大幕僚，司马梦求早已入仕，如今贵为云阳侯、兵部侍郎；陈良终究还是不愿意做官，石越便荐他去了西湖学院，做了教书先生，据说南海有好几个诸侯想请他去做相国，都被他婉言谢绝了；连潘照临也离开了石府，虽然偶尔在汴京出现，但轻易难以见着。

唐康知道这是石越的避嫌之策，绍圣以后，他权位更高，养一些平庸的幕僚也就罢了，但潘、陈二人，在石府多年，名声在外，养着这样名声过盛的英才，那不仅仅会有国家大事决于私家的讥讽，还会招来更加严厉的猜忌与攻击。司马光就几次当面建议石越举荐府中人才出仕，为国家效力。甚至连太皇太后都当殿询问二人的才具，要赐二人进士出身。石越没法拒绝，只得遣散潘、陈二人，府中只留了几个替他写奏折、整理文书的寻常幕僚。又因二人不肯出仕，石越为了表示无异志，更只能让二人离汴京远远的，这才让陈良去了杭州，潘照临则游历天下，一年之中难得有几天会在汴京出现。

唐康再也想不到，竟会在此时此地，遇着潘照临。这如何能不叫他喜出望外？待潘照临与范翔落了座，店里的茶酒博士还在上茶温酒，唐康便已迫不及待地向潘照临行了弟子礼，惊得店中的小厮目瞪口呆地望着潘照临。

唐康却也不理他们，亦无避嫌之意，礼毕落座，便问道："先生，几时回的京？"

"昨日方到。"潘照临笑眯眯地喝了一口酒，"路上听说王介甫故了，可叹，可叹。"他口里说着"可叹"，神情语气中却殊无半分"可叹"之意。

范翔闻言，也叹道："是啊，宝元、庆历的进士，如今也凋零得差不多了。"

唐康听得一愣，他知道王安石是庆历年间的进士，司马光却是宝元年间的进士，范翔这句话，似是另有深意。但他此时也无心细究其中含义，又问道："那先生可见过家兄了吗？家兄念叨先生好久了。"

"相公事繁，我过些日子再去。"潘照临捻须笑道，唐康这才发觉，这位石府的第一谋主，如今也是须发花白了。

他看见这时店里的小厮全都退了出去，因知道范翔是自己人，也不用避讳，便道："先生还是尽快去见见家兄。"

"唔？"潘照临也有些讶然，望着唐康，"出何事了吗？"

"倒也没甚大事。不过……"唐康当下便将他出使辽国回来后发生的事，拣着重要的，对潘照临说了一遍，"先生，我本来是一筹莫展，但总算天无绝人之路，若先生去与家兄说，家兄素来信任先生，必能柳暗花明。"

他一面说，一面留心察看二人神色，见范翔神情中颇有惊诧之色，便知他此前并不知道其中内情。但再看潘照临，却一直是眯着眼睛，连一点儿吃惊的意思都没有，他心下生疑，不觉又问道："先生莫不早知道了？"

他这么一问，潘照临不由笑了起来："康时真当我是神仙吗？"

唐康想想，也不由笑道："先生谋略，亦近乎神仙了。"

"那到底还不是。"潘照临轻轻啜了口酒，又笑道，"康时，此事与相公再多说亦是无用。"

"为何？"唐康一怔，没想到潘照临会断然拒绝。

"相公有相公的想法。"潘照临望着唐康,道,"况且此事,其实也用不着康时来操心。"

唐康脸一红:"只是此事关系太大,让先生见笑了,我想起此事,实是睡不安寝。"

"潘先生,国家兴废存亡之事,在下也以为不能以位卑而置之度外。"范翔也在一旁说道,"康时这份胆量担当,令人钦佩。若是我,扪心自问,便绝无胆子在太皇太后面前下此断语,便凭着这一点,先生也不能不帮康时想个法子。"

"办法有的是。"潘照临瞥了瞥范翔,又瞥了瞥唐康,突然笑了起来。

唐康一听,顾不得许多,忙不及地抱拳道:"还望先生赐教。"

潘照临撇了撇嘴,"嘿嘿"笑了两声,半开玩笑半认真地说道:"告诉了你好去拆相公的台?"

"先生言重了。"唐康摇摇头,认真地说道,"我以为家兄心里必定也是愿意能事先有所防备的,只不过君实相公太执拗。"

"是吗?"潘照临反问了一句,却忽然换了话题,转头对范翔道,"我听说皇上还亲临了宝相寺吊奠王介甫?仲麟,此事当真吗?"

"千真万确。"范翔忙回道,"这几日大伙都在私下议论,只怕待到皇上亲政,是真个要'绍圣'了。"

唐康一面琢磨着潘照临所说的办法会是什么,一面冷笑道:"真'绍圣'才好,如今看来,新党竟比这些乌烟瘴气的旧党要强上百倍。以前都说新党是小人,如今看来,旧党大半也不过是伪君子。"

"唔?"

唐康知道这是潘照临等他继续解释,又道:"先生这几年少在汴京,故有所不知,此事仲麟当是知道的。去年二月,李敦敏与张商英各上了份言事札子,分别请求朝廷改革税制与官员致仕之法。李敦敏札子上说,如今天下,富者阡陌相连,贫者无立锥之地,一户人家有万亩良田,一户人家不过十亩薄地,同样都十五税一,看似公平,实则是天下之大不公,况且富豪之家,还占有种种特权,想方设法不纳税,将税赋转嫁于中户。中产之家贫弱,乃本朝之不如汉唐者。故此,他建议朝廷变更税制:凡农户,家有产千亩以上,十者税三,不得以官户免税,以削势家而实朝廷;商户亦同之,家财巨万的豪商亦不得与街边贩夫走卒同税,凡每年纳商税过千缗者,每千缗可再增二百缗之税。"

他顿了顿,又继续说道:"而张商英的札子说的则是官员致仕之法,以往官员致仕,官卑者朝廷一文钱也不给,官高者则令提举宫观,小官俸禄不高,致仕之后,若为官时清廉不贪,则往往陷于清贫,是以凡做官之人,总要想方设法,在当官时借用免税之特权先置办田产,国家兼并之家,十之八九由此而来。而官高者,未致仕时已有厚禄,致仕之后,除了提举宫观有俸钱,最为得利者,还是宫观所附之田地收入,全归私人所有。因有些宫观田地多达数万亩,故此,许多官员为了提举某处宫观,往往争得头破血流。而更有甚者,便是不断侵吞这宫观的田产,用种种方法,变为私产。故此,张商英建议朝廷革新致仕之法。官员依品秩之不同,定致仕禄格,致仕之后,仍领俸禄,而不再提举宫观,同时彻底取消一切官户免税之特权。如此,则可荡清当今兼并之弊。"

唐康激动地说完,望着潘照临,道:"平心而论,先生,这李、张二人之策,是不是正好切中时弊?是不是足为万世之法?尤其是李敦敏所论,实为天下之至公!五口之家,十亩薄田,不过糊口而已;势家豪强,良田万顷,锦衣玉食——这二者皆十五税一,如何能不使贫者更贫,富者更富?!"

唐康越说越怒,浑然忘记他唐家其实既是大宋数一数二的大地主,也是数一数二的大豪商,正是他口中的"势家豪强"。

"可就是这两份札子,竟被旧党的君子们攻击得体无完肤!说李敦敏是不知世务,加势家之税,只会令税赋转嫁于客户与佃农身上,令其田租更重,结果必致天下大乱;说张商英只会增加朝廷财政之负担,令冗费更多。结果,他二人倒成了兴事言利的小人!李敦敏若非家兄力保,又有范纯仁为他说话,连这个太府寺丞都要做不成。他还算幸运,总算是因为人微言轻,保住了。张商英得罪的人太多了,他官位又高,群情汹汹,竟是容他不得。太皇太后为示无他意,明升实降,把他赶到远远的广南西路做了转运使,这才算是息事宁人。"

"这些个君子,平日里高自标榜,满口仁义道德,可一碰上孔方兄,立即便把孔夫子给丢到了九霄云外。亏得他们还能振振有词——自古以来,天下事一利生必有一弊生,无非是权衡利弊而行,若只要有弊便不能兴利,那还有什么可做?我死也不信,行了李敦敏之策,天下竟然会大乱;用了张商英的法子,国库便真能有什么损失。张商英算得明明白白，仅仅取消官户免税特权带来的税收，便足以支付官员致仕之费用，他们却全当没看见。便是那些洁身自好的真君子，到了这时候，不是讲什么师友之义，就是大谈什么黄老之术，什么君子不言利……总之，他们自己虽然的确算是品行无亏，可要他们主持公义，倒戈相向，那是十无一二，不是和稀泥，就是装哑巴。"

"先生，我算是看得明白了。"唐康又异常刻薄地说道，"君子是不言利，因为他们早已把利锁在自家箱子里了。"

他这一句话，说得潘照临与范翔都笑了起来。

范翔也笑道："康时说得极对。这天下熙熙攘攘，不过是利来利往，不肯言利，多半倒是因为言利对自己不利。"

唐康一时也觉得自己太激愤了，也笑道："便是仲麟所说了。因此故，我是以为，皇上亲政后，绍圣就绍圣，重用新党也好过……"他说到这里，忽然脑子里灵光一闪，顿时明白了潘照临为何突然转变话题。

他抬眼去看潘照临，却见潘照临正笑眯眯望着自己。唐康也不由一笑，会意地点了点头。

三人一直谈到华灯初上，才终于离开杭州正店。唐康本欲亲自送潘照临回他寄居的道观，却被潘照临婉拒了。他知道潘照临寄居的道观便在这熙宁番坊附近，兼之心中有事，因此也不坚持，当下辞了二人，便策马离去。

潘照临与范翔站在杭州正店门外，一直到目送着唐康远去，范翔才笑道："先生以为唐康时果真明白了吗？"

"唐康时是个聪明人。"潘照临冷冷地瞥了范翔一眼，"聪明少恩。"

"但是眼下，蔡元长远在京东路做他的转运使，除了他之外，我们这些所谓的'石党'，也只有唐康时出马才能做到既不公然违逆石相，又能迫使司马君实备战……也幸好先生回来了。"

范翔笑了笑，又说道："但愿他能说服阳信侯——我们实是厌倦了党争，王介甫一死，新党已是难以预料，若再与旧党交恶，成败姑且置之不论，朝廷上上下下，肯定是要乱成一团的。就算石相能得掌大权，也不过个熙宁初年的王安石，政令一出两府，便四处受到抵制，然后又是清洗异己，令投机钻营者有隙可乘。若是掌握不了大权,后果更不堪设想⋯⋯"

"便不提这些,单是想想要在与旧党交恶的情况下与辽人交战⋯⋯"范翔不由得摇了摇头,"总之无论如何,此时与旧党交恶,绝非上策。"

"是吗?如此你们便可以冠冕堂皇地毁掉田烈武,挑拨皇帝与司马君实矛盾激化?"潘照临"嘿嘿"冷笑了两声,"你放心,休说田烈武不知道前面是万丈深渊,便算是他知道,以他的性子,也照样会跳下去的。"

范翔的脸"刷"的就红了,一时默然。

潘照临却不想就此放过他,又讥讽道:"不过你们也要小心些,莫叫你们的石相公知道了,他若知道,只怕不会体恤你们的这份苦心!"

当天晚上,阳信侯府。

七叶树边的凉亭内外,都挂满了灯笼,将整个校场照映得有如白昼。因为天气太冷,田烈武吩咐下人在凉亭四周生起火炉,却被唐康谢绝了,下人只得远远地在别处温了酒菜送过来,但是用不了多久,酒菜便马上又凉了。这么冷的晚上,在这样空旷的户外,喝着冷酒,吃着冷菜,可实在谈不上什么享受。但唐康丝毫不以为意,大口大口地喝着酒,喝得兴起,干脆让下人把酒杯撤了,换上大碗。

事先也没有人来递札子,也没有下人来知会一声,大晚上的就这样突然闯来,又不肯好好地待在屋中,偏要拉着田烈武到这凉亭中来喝酒⋯⋯唐康今日的举动,处处透着古怪。而且,田烈武也能看得出唐康心事重重、忧心忡忡。

这些,几乎都写在了他脸上。

"康时⋯⋯"

田烈武才一开口,便被唐康把话给岔开了:"田大哥,赵将军的书信,童贯给你送过来了吗?"

"已送来了。"

"那便好。"唐康端起碗来,一口干了,又给田烈武与自己分别满上,方又说道:"我这回在雄州,也见着赵将军了。可惜未能多叙,他甚是惦念大哥。柴贵友说,赵将军很会带兵,不过他那个副都指挥使是河朔禁军的人,掣肘甚多。护营虞候又是个权贵之后,除了死背军法,半点儿不知变通⋯⋯唉!大哥,我这次是对不住你……"

田烈武听唐康说着赵隆,念起当年与赵隆的袍泽之谊,心里正暖洋洋的,忽然听到唐康最后这一句,不由一愣:"康时,此话怎讲?"

唐康避开田烈武的眼神,给自己又灌了一口酒,苦笑着摇头。

田烈武越发觉得不对劲,半晌才试探着问道:"莫非赵隆兄弟犯了什么事?"

"赵将军能犯什么事?"唐康涩声笑道,"大哥想岔了。"

"那……"

"是我好心办了错事。"唐康一碗一碗地喝着酒,眼神已经开始迷离了,"不瞒大哥,当初是我设法将赵将军调到雄州的……"

田烈武不由笑了起来:"这算什么错事?他该谢你才是。"

"谢我?哈哈……哈哈……"唐康突然大笑起来,"谢我什么?谢我把他推上鬼门关?"

"康时,这是什么意思?"田烈武见着唐康痛苦的神情,心里隐隐有了不好的预感。

"大哥!"唐康又痛又悔地涩声喊了一声,眼中已是噙着泪花,"我当初设法调赵将军去雄州,全是一片公心,并无私情。可是,绝没想到会有今日……当年我们在渭南也算是祸福与共,若知今日,我再怎样也不会将赵将军调去雄州!"

田烈武几乎已经猜到唐康为何如此悔恨,但仍然勉强笑道:"你这说的,倒像雄州是什么……"

"没错,雄州如今便已经是鬼门关!"

"你是说?!"田烈武已经明白过来了。

"我说的便是这事,契丹不日便将南犯!"唐康猛地又喝了一口酒。

"这又有何惧?"田烈武不由得笑了起来,"既然已知契丹要南犯,两府的相公自然有处分。我既有备,惧他何来?赵隆兄弟是武人,如今能与契丹打仗,他感谢你还来不及呢——康时你却想得太多了。"

"大哥……"唐康抬头望着田烈武,一脸的苦涩,"大哥深知我唐康为人。若是如此,我又怎会效小儿女态?大丈夫忠君保国,纵战死沙场,亦是求之不得之事!赵将军纵然在雄州死国,我唐康自会去忠烈祠给他烧香拜祭,犯得着来大哥这里唉声叹气，没的辱没了赵将军？！"

唐康慨然说了前面一番掷地有声的话语，却忽然又重重叹了口气，沉声道："只是如今之事，却并非如大哥所想！大哥可知——雄州如今几成朝廷弃卒，赵将军，赵将军……"

"这……这是如何说？"田烈武一时竟是惊住了。

"我这几日，实是无脸来见大哥！我这番使辽，实敢以性命担保，契丹南犯之意已定，故此才不顾一身荣辱，冒死在太皇太后面前下此断语。只是我终究是人微言轻……"

"难道两府的相公们不信你？"

唐康苦笑摇头，默默地望着田烈武，算是默认了。

"连子明相公也不信你吗？"田烈武几乎不敢相信自己的耳朵。

唐康摇摇头："是君实相公不以为然。如今朝中之事，大哥是知道的，太皇太后对君实相公言听计从，是君实相公认定我所言虚妄，旁人说什么亦是无用！"

他说着，又苦笑了两声，道："其实他信不信我，原本没甚打紧。我唐康做事，只求问心无愧。只是，北虏即将南犯，朝廷一点儿准备也不做，如今朝廷又将河朔禁军重兵结于大名府防线，北面军州，兵力空虚分散，又是互不统属，各自为战。战事一起，又有谁能自全？我不仅是陷赵将军于死地，更愧对河北一路百姓！"

"康时……"田烈武的声音也沉重起来，"莫要自责过重，再如何说，此事也并非你的责任。"

"我自责又有何用？若我自责有用，我便是自责死了，也心甘情愿！可是……大哥，赵将军统率着三千不堪一战的河朔禁兵，还有个处处掣肘的副将，面对的是十万虎狼之师，若朝廷不事先令沿边军州有所准备，便凭我自责，便可救得了他？！大名府以北，还有千千万万的百姓，朝廷先是开门揖盗，如今又是掩耳盗铃，便凭着我自责几句，又可救得他们不受契丹残害？！"

田烈武顿时也沉默了。他望着唐康痛苦的眼神，脑子里想起的，是当年石越在环州和他说过的话。

"军队之责任，是保护百姓。"

"无论是杀敌攻城，还是守御边境，归根结底，都必须是为了保护百姓。"

"唯有爱民护民之将领，方能称为具有'仁德'的将领。"

石越的话，一句句在他耳边响起，恍如是刚刚发生不久的事一般。

赵隆还罢了，田烈武虽然与他袍泽情深，但是他毕竟是武人，食朝廷俸禄，忠君死国，这是本分，无论是何种处境，也不应该有所抱怨。

但是河北一路百姓又有何罪？！

他沉默了很久，才终于问道："康时，你又是如何能断定契丹会南犯？"

唐康望了田烈武一眼，但马上又避开了他的眼神。

听到田烈武这句话，他已经可以断定，今晚他与田烈武所说的，全都会被转到皇帝的耳里。为了以防万一，他还会贿赂几个内侍，让皇帝知道他与田烈武今晚会面了，谈了关于契丹即将南犯之事。如此一来，即使万一田烈武没说，皇帝也会主动询问，田烈武自然会将这其中的利害，剖析给皇帝听。更不用说，旁边还会有个添油加醋的杨士芳……

至于皇帝听了以后，是继续忍气吞声，还是能如他去宝相寺吊祭王安石一样，公然地有所主张，就不是唐康所能肯定的了。

至少，他知道，潘照临已经很清楚地暗示，小皇帝已经不那么甘心做个傀儡，他已经敢于在一些事情上表达自己的态度。即使他的羽翼并未长成，但他看起来已经迫不及待地想要展翅高飞了！

就算他最终怯懦了，也没什么损失。唐康是绝对不会介意离间一下皇帝与司马光的关系的。更何况，这会在皇帝那里替他留一个好印象——皇帝会知道他今日的忧国忧民、奋不顾身，会知道他与司马光，甚至是与石越的不同。

唐康心里也很清楚，田烈武肯定会为此事付出代价。

但是，论及杀伐决断、野心勃勃，唐康其实是远胜于石越的。他受到潘照临的提点，便立即前来找田烈武，其间没有半点儿的犹豫。他并没有要求田烈武做任何事，也不曾鼓动、暗示他做任何事，他更不曾欺骗田烈武，田烈武可以有自己的选择。唐康不会对此有任何愧疚——他只是不曾彻底地坦诚相待，但这个世界上，他本就不会对任何人彻底坦诚。即使是对父亲、兄弟、妻子……他也不可能彻底坦诚相待，他更不知道这个世界上是不是有这样的人存在？

但他终究是有一些不忍的。因为他知道，田烈武的性格，已经决定了他其实没有选择。

他心里也无法否认，虽然他对田烈武说的每一句话都大义凛然，并且都是实情，但是，这份大义之下的本质依然是利用！

而田烈武，无论如何，也算是他的师友。

6

太平中兴十二年，二月十二日。

大辽，中京大定府，皇城武功殿。

萧岚站在辽主耶律濬榻下，欠着身子，毕恭毕敬地说道："陛下，此事关系重大，只怕还是召集群臣商议一下妥当……"

但他话未说完，便被耶律濬挥手打断："军国大事，出一二人之口，决一二人之手，学南朝那般又是廷议又是朝议，半年也商量不出甚结果。结果是你想做点儿什么，自己还没搞明白，敌国反倒全知道了。你管着通事局，难不成还嫌南朝职方馆的细作不够多吗？"

"陛下英明。"

萧岚恨恨地瞥了旁边的耶律信一眼，仍然想尽一下最后的努力，委婉说道："那至少召韩拖古烈来，他在南朝多年，熟知南朝虚实。"

"他一介书生，该问的时候，朕自然会问他。"耶律濬神色之间已有不耐，"南征之事，关系重大，南朝细作无孔不入，知道的人越少越好。朕便信得过你们两个，其余众人，待大军集结已定，朕祭天地、日神之时，他们自会知晓。"

萧岚在心里叹了口气，终于不再继续劝谏。

耶律濬也不再理他，转头问耶律信："耶律信，你来说说，大军集结得如何了？"

"这……"萧岚大吃一惊，他虽然早有预感，但是完全没有想到，耶律信已经动手调集大军了。通事局、察访司这些酒囊饭袋！萧岚在心里骂了一声，又感觉到一阵沮丧泛了上来——他不是皇帝最信任的人。

但马上，他心里又觉得纳闷。

违背大辽南伐的传统——九月进兵，十二月退兵——这倒是不必大惊小怪，反正这传统经常被打破。这个传统也只可能存在于早期，因为这完全是为了打草谷方便，契丹崛起很长一段时间内，军器粮草都是战士们自备的，粮草的补给也只能依赖于打草谷。但这一百年来，虽然兵器仍然是自备，可依赖打草谷解决粮草补给早已不现实，因为军队的规模越来越庞大，按大辽的军制，哪怕仅仅出动六万骑兵，加上每名骑兵的两个家丁、三匹战马，实际兵员就有十八万人，战马超过十八万匹。要知道大辽发动过的更大规模的战争多不胜数，出动兵员数倍于此，虽然选在秋收时节出兵，对于打草谷补充粮草仍然很有意义，但要全部指望打草谷，那仗是不要打了，因为军队抢粮草保证不饿死将成为第一要务。因此，有过实战经验的萧岚，对此倒不会感到惊讶。

可是，自从太平中兴以来，大辽整顿军制，精锐的直隶中央的常备军只保留了五万骑御帐亲军[1]与八万宫卫骑军。这御帐亲军平时分成五部，分番轮值，寸步不离皇帝本人；而八万宫卫骑军表面上是替历代辽帝守陵，实际上都有家属、奴隶，分别部署在水草丰美或土地肥沃之处，以从事畜牧、农耕——这支军队，曾被萧佑丹视为大辽赖以立国的根基，在执政期间痛加整顿，重新划定驻屯地界，清点人数，补足虚额，平时让他们自给自足，除了派将领时时训练检阅外，再无任何赋役负担。如今，大辽无论是大小征伐，毫无疑问，都必须以宫卫骑军为主力，再辅以征召的部族军[2]、汉军、属国军，一同组成大辽铁骑。

耶律信肯定调动不了御帐亲军，至于宫卫骑军，绝大部分驻扎在南京道与西京道，别说瞒过他萧岚，便是瞒过南朝职方馆也不容易。

那他调的是哪门子的军队？难不成，他还能不动声色地调集部族军？他如何做到的？在萧岚眼里，部族军虽然骑射精湛，却散漫不羁，除了本族头领，谁也管不了他们。

他狐疑地望着耶律信。

耶律信却没有看他，只是面朝着皇帝，欠着身子，沉声道："陛下，鸳鸯泊

---

[1] 即皮室军与属珊军。
[2] 包括契丹部族、渤海军。

已经聚集了三万渤海步军,中京与上京的宫分军[1],也已经南下。只待三月陛下圣驾一动,各斡鲁朵军十日之内,可齐聚鸳鸯泊点兵,分道南下平、幽。西京、南京粮草多年积聚,亦足敷大军之用。陛下离开中京之时,便分道遣使,征发各部族、属国军,快则四月,晚则五月,便可与大军会合……"

"三月?"萧岚完全惊呆了,"三月……陛下,大军四月就要南下?!"

"不错。"耶律濬笑着点点头。

"陛下不待在鸳鸯泊会合所有军队,便要率大军先行南下?"

耶律濬笑道:"唯有如此才能打南朝一个措手不及。若等到诸道大举征发,大军尚未离境,宋人早就知道了。"

耶律信这时候才瞥了萧岚一眼,冷冷说道:"南朝那时候只怕还在争论我们会不会南下呢。"

"那又如何?"萧岚不客气地反问了一句,腾地跪了下去,"陛下,恕臣直言,便是能打宋人一个措手不及,也没什么用处。四月出兵,南朝稻麦未熟,难以因粮于敌。司马光与石越在大名府一带修筑坚城,屯聚重兵,恐非轻易可以攻破。战士自带粮草终究有限,到时我军困于坚城之下,粮道太长,难策万全,粮草一朝不济,大军恐将不战而溃!陛下三思,纵要出兵,亦请等到九月!"

"你说得不错。"耶律濬笑着望了萧岚一会儿,见他对自己的嘉许满脸的意外,不由得"扑哧"一声,笑出来,"不过,谁说我们要去大名府?"

"啊?"

耶律濬朝耶律信努努嘴,笑道:"耶律信,你与他说吧。"

"是。"耶律信转身看了惊讶的萧岚一眼,说道,"这几年来,石越与司马光费尽心思,耗费国力,沿着大名府、邯郸一线,五里一堡,十里一寨,修筑了大量城防,不少堡寨之内,装备着重七十斤至两三百斤不等的小火炮,而大名、邯郸这些大城,则更有两千斤以上的大火炮,石越将河朔禁军主力龟缩于那些城堡之后,打的主意,无非是想引诱我军长驱直入,以我之短,攻彼之长,将我军消耗于坚城利炮之下,他又在真定与河间府驻扎了两支马军,打的主意,是用这两支马军来袭扰我后路,断我粮道。他这主意打得倒好。不过,说白了,这不过

---

[1] 宫分军、斡鲁朵军,皆是指宫卫骑军。

是石越破西夏的故伎。那些党项蛮夷有勇无谋，被石越挑拨几下，便举国而来，与宋军几次大战于坚城之下，结果一国精锐损失殆尽，石越便趁此机会，大举反攻，西夏差点儿便亡国。但石越说到底不过是一介书生，他以为在西夏得逞的，便也能在我大辽这里得逞。他知道我大辽每次南下，都是分道并进，会师于大名，便想守株待兔，在大名府等我们。"

"可惜的是，他想守株待兔，我们却让他刻舟求剑！这次我们不打算去大名府。"耶律信用目光征询了皇帝的同意，转身走到一座画着宋辽两国地图的屏风前，手指沿着大名、邯郸划了一条线，"石越将河朔禁军集结于这里，又知道我们难以攻克真定、河间这样的名城，遂在此两城部署了数量不明的火炮，还驻扎了马军。他留给我们的，便是真定、河间、大名之间这一大片几乎无人防守的地区！"

"他既然如此盛情厚意相邀，我们如何能不领情呢？"耶律信讥讽道，"他不要这些百姓土地，我们便如他所愿，在这一大片宋境之内，好好收割一次。这次我们要改变战法，表面上，仍然分成东西两路。耶律冲仍旧出河东，目标不变，只要牵制宋军，能战则战，不能战至少要牵制河东宋军不能过太行东援。东路也依然分成三路，照旧从广信、雄州、霸州分道进兵。但这一次，出广信军这一路，只管抄掠保州、定州，使真定宋军不敢轻举妄动；取雄州的大军，则主要牵制河间宋军；出霸州那一路，干脆渡过黄河，直入沧州，在南朝京东路扰个鸡犬不宁。东线三路大军，凡遇城寨，可取则取，不可取则绕道而行。重要城池，则围而不攻。我们将大半个河北路，还有小半个京东路的财货子女，全部掠回国内，让他们一座座城池被长期围困，司马光与石越若还敢令宋军龟缩于大名府之后，不出一年，我担保他们的相位也要保不住。我们只需耐心等待，要么南朝老老实实再订城下之盟，要么他们就放弃大名府防线，离开坚城火炮之掩护，在平原之上，来与我铁骑野战。"

"这……这的确是妙策。"听着耶律信的分析，萧岚不得不承认，即使在军事上，他也低估了耶律信，"但既是如此，为何还要刻意隐瞒？最后决战之时，宋军精锐必然已经驰援。"

"出其不意，是为了尽可能攻克保州、定州、雄州这些沿边军州重镇。我们可以迅速切断这些重镇与外界之联系，使其成为一座座的孤城。也可以让石越与司马光误判，他们摸不着头脑时，多半会以为我们会再如以前一样南下，所以只会老老实实地在大名府等我们，而不会轻易向这些军州派出援军。等他们两个终于明白过来，这些地方大半已成大辽之国土。"

耶律濬也忍不住笑道："不错，将来议和之时，我再将这些地方做个顺水人情，还给南朝。那时南朝主和之臣必然感恩戴德，宋人的怨恨，也会因为我归还这数州之地，而减轻许多。而且，战后大半个河北残破如此，这个烂摊子，够他们收拾许多年。"

此时，萧岚知道皇帝已经完全被耶律信说服，甚至连他自己也觉得这样的战争也许会带来胜利。但是，这样耗时长久的战争，可是大辽从未经历的。过去，他们总是尽可能在短时间内完成战争，这样才不会对国内造成大的损耗。他们的确有大量的牛羊、粮草，但这样的战争，没有人知道会消耗掉多少年的积聚。但愿他们在南朝能尽可能多的找到吃的。但愿他们最终掠夺的东西，比消耗的要多。

"如此……"他决定问最后一个他所关心的问题，"陛下打算留谁在幽州权知军国大事？"

"留下太子在南京，令萧禧辅佐他。"

"陛下圣明。"萧岚不由松了口气。他知道他现在必须表现得更加积极一点儿了，他已经比耶律信落后，不能再被与韩拖古烈的约定而拖累了。

"陛下，既然决意南伐，臣以为若能联络李秉常，两国并力……"

"你说的朕已经想过了。"不待萧岚说完，耶律濬便打断了他，"去年朕就派了使者试探李秉常，他如今一心想的是攻灭黑汗。他的那个什么相国，天天在他面前说，就算恢复灵夏故地，到头来西夏也仍旧要向我大辽与大宋称臣，说什么李秉常若想要建立一个可与我大辽、南朝真正鼎足而三的国家，唯一的出路，就是西向兼并大食。李秉常已经被鬼迷了心窍，一直在做这个春秋大梦呢。现在他的使者往来汴京，还求着南朝卖火炮给他们。朕也不打算真指望他们，真若与他联盟，朕还要担心李秉常向南朝泄密……"

萧岚被辽主说得又羞又愧，满脸通红。

又听辽主说道："你眼下只需管好通事局与察访司，看紧南朝职方馆的细作们，在南朝河北、河东、京东多布细作，盯好了国内的蛮夷，不要让他们在这个节骨眼上闹出什么事来。"

"是。"

"朕听说南朝很会利用高丽人做细作，你也要学着点儿，高丽人，还有南海诸侯国人——那些诸侯的臣民中，多的是无赖之徒，只要有钱，便可以收买。即使两国交战了，这些人往来南朝，仍然极为方便……不过如今才说，事急抱佛脚，却似是晚了点儿……"

"陛下所言极是。"萧岚被辽主当着耶律信的面，说得几乎想找个地洞钻进去，这时连忙说道，"此事臣此前也略有部署。"

"那便好。"耶律濬望了萧岚一眼，"但凡用兵诸事，你虽带过兵，打过仗，但仍要多听耶律信的，留心学习。"

"是。"萧岚红着脸答应了，心里却已是恨不能一箭结果了耶律信。他知道这是大战之前，皇帝要确立耶律信的绝对权威，但是，这并不会令他好受一点儿——为何皇帝选中的那个主帅不是他萧岚？

五天后。

大宋，绍圣七年二月十七日，迎阳门崛殿。

赵煦坐在御座上，隔着珠帘，听着帘外两府宰执们的奏事，不时用眼角的余光瞥一瞥坐在南边御座上的太皇太后。

这已经是他的宰执们第四次在这里讨论辽国的动向了。

难得的是，这一次，左丞相司马光也在场。虽然他已经老态龙钟，考虑到他的身体，太皇太后不得不给他赐座。而为了顾及他的面子，避免让他觉得这是在暗示他应该致仕了，太皇太后又不得不同时也给另一位丞相石越与枢密使韩维赐座。

而石越居然只是象征性地拒绝了一下，就公然坐下了。韩维开始坚持不肯接受，但看到司马光与石越都接受了，最终也坐了下来。

这让赵煦感到一丝不快。

仪式上的任何改变，都意义重大，绝不能因为这是特例而掉以轻心。他可无意恢复三公坐而论道的古制，但如果太皇太后让石越、韩维坐下了，说不定以后他就很难让他们再站起来。

但这件事他无能为力,也不是他所最关心的。

此刻,他正全神贯注地听着韩维慢里斯条地向太皇太后介绍着辽国的最新情报。

"……昨日枢密院收到雄州与辽国使馆送来文书,称辽国将用兵阻卜,征讨叛乱部落,是以这数月之内,会有屯兵调动。依两国盟约,辽人已知会雄州,并令使馆送来国书解释……"

"如此说来,那前日职方馆所呈辽人异常调集大军之事,并非是针对我朝?"

他看见韩维微微欠了欠身,缓缓回道:"回太皇太后,臣以为,既然辽人这么说,他姑妄言之,我们便姑且信之,若是仓皇失措、草木皆兵,不仅是自乱阵脚,贻笑天下,而且也不利于两国互信。本朝以信义待天下,终不能因小失大。辽人若背信弃义,朝廷亦无惧于他,只令他自取其辱。不过……辽人终究是蛮夷,狡诈无信,两国虽有盟约,但朝廷既然怀疑其心怀不轨,也不能掉以轻心,故两府已经商议过,令雄州广布哨探,侦察辽人动静。外示无事,暗则每日一报,若是朝廷两日接不到雄州的平安文书,便可早做准备。如此,可策万全。"

"唔。"赵煦感觉到高太后点了点头,又听她问道,"两位丞相以为如何?"

"臣以为甚妥。"

左丞相司马光立即欠身表示赞成,右丞相石越似是迟疑了一下,但最终也认可了:"臣亦以为此策十分妥当。"

赵煦隔着珠帘,远远地望着这三人脸上的表情,他们肯定是事先就商议好了的!

他记得桑先生和他说过,祖宗之法,是异论相搅,因此朝廷当中有朋党是正常的,并不意味着谁是君子谁是小人,政见不同,便各成派别,这是自唐朝以来便无法改变的。为君主者,想彻底除去朋党,这是不可能之事。倒不如因势利导,这于巩固君权亦有好处——朝野士大夫若分几个党派,那便轻易出不了权臣,君主亦不容易被欺瞒。做皇帝的,只需要选择他最认可的一党重用,留着不那么认可的党派来加以制衡,那便是物尽其用,人尽其才。

桑先生为此还进过一篇《朋党论》,指出这才是祖宗"异论相搅"之术的精髓。

可如今倒好,两府遇事,不论大小,都事先商议妥当了,才来禀告太皇太后和他这个皇帝,这可真成了"垂拱而治"了!

他的目光越过马、石、韩三人，望向站在他们后面的其他宰执，那些个参知政事、枢密副使，都持笏低头，看不清有什么表情。

以前可不是这样的！

参政、枢副虽然名义上只是副相，但他们的实际地位是与宰相、枢密使相差无几的。强硬的参政，甚至可以架空宰相，主导朝政。因为他们知道，他们随时都有机会将宰相赶下台，取而代之。

可如今却不行了，因为他们前面的这三位，都是遗诏辅政大臣。

他们的地位稳固无比，于是参政、枢副，就没有人敢再轻易妄动。因为他们知道自己没有机会取而代之，反而可能被赶出朝廷。

这可不是什么好迹象！

"既然如此……"赵煦心里闪过这些念头，耳边听见太皇太后似乎是准备结束这次廷议了。

他们打算就这样算了！

"慢！"他不及多想，便脱口而出，打断了太皇太后。

顿时，他看到一张张惊诧的面孔，连那些一直低着头表示谦恭的参政、枢副们，都惊讶地抬起头来。

他尽力控制住自己的激动，转过头望向太皇太后："娘娘，朕想问几个问题。"

他看见太皇太后慢慢地点了点头："官家想问什么便问吧。"

"是。"他坐正了身子，感觉自己手心全是汗水。这可是他自登基以来，第一次，真正地参与政务。他隔着珠帘，看见帘外的宰执们，惊诧以外，有好几个人竟然显得有点儿兴奋，他们甚至毫不掩饰自己的这种情绪。

"方才诸公说，若辽人背信弃义，只是自取其辱。"赵煦一面在脑子里回想着田烈武对他说的情况，一面尽量地让自己的声音不要颤抖，"可朕却听说，朝廷重兵，集结于大名府防线。河北沿边诸镇，兵力分散而薄弱，如雄州之兵，便不满三千，且互无统属，实不足以御敌于国门之外。朕想问问诸公，倘若辽人果真南犯，仅凭雄州的每日一报，朝廷能否有足够的时间应对，保护大名以北的黎庶免遭契丹劫掠杀戮？"

他的话还没说完，司马光等人的脸色就变了。

"陛下，这是不得以必须要冒的险。"这次开口回答皇帝的是左丞相司马光，"实则辽人南犯之可能，微乎其微。"

司马光的话音刚落，赵煦就看见兵部尚书章惇大步出列，高声道："这却未必！"

这让赵煦也微微愣了一下，他原本是指望枢密副使许将或者是另一位年轻的辅政大臣韩忠彦站出来声援他，甚至他做好了心理准备，亲自继续质问司马光。但他没有想到，第一个出头的人，竟然会是章惇。不是他奉承司马光与石越之意签署了与辽人的盟约吗？在他的印象中，章惇是石越推荐、司马光认可的兵相，上次在宝相寺，他还看见章惇和石越、范纯仁在一起……

也许，他的确应该重新审视这些宰执。待他亲政以后，他是无法罢掉所有宰执另起灶炉的。官僚系统有它自己的伦理，即使是看起来至高无上的君权也无法挑战。在他亲政之初，他总是必须依赖这些人中的某几个人。

这一瞬间，他就决定将章惇放进另一个名册里。有野心，意味着肯进取。这不算缺点。

他试着让自己的声音中，不要有太明显的赞许。

"章参政？"

"太皇太后，陛下！君实丞相所言，臣不敢苟同。臣以为这一次，辽人南犯之可能，远过于往昔！"

"哦？章卿为何如此判断？"

"太皇太后，陛下！并非只有臣一人如此判断。"章惇有意无意地看了石越一眼，方又继续说道，"恕臣无礼，臣敢问陛下，若是李秉常励精图治，有朝一日强大起来，东向用兵，再次夺回灵夏之地，陛下将待如何？"

"先帝基业，岂容堕于朕手？倘若如此，朕当卧薪尝胆，不光复灵夏，无面目见列祖列宗于九泉之下！"

章惇猛地抬首，隔帘迎视着皇帝的目光："陛下所想，便是耶律濬今日之志！"

"太皇太后，陛下！辽主耶律濬亦可称契丹中兴雄主，辽国向来自负为天下第一强国。然熙宁以来，辽国内乱，耶律濬为图中兴，又做过多少委曲求全之事？！

"绍圣之初，朝廷内忧外患，不得已与契丹更立新约，朝野多少人引以为耻？可也是因为如此，才令耶律濬稍平心中之气。然如今朝廷既要终止前约，则绍圣初年朝野之心态,便正是今日契丹君臣之心态!

"如今两强并立,契丹必欲凌我之上,而要我中夏久厄于夷狄,亦大悖天理人情!故此,两国之间,孰强孰弱,此后几十年间要如何相处,绝非使节辩士可以解决。

"太皇太后,陛下!两国之势如此,若耶律濬咄咄逼人,两国或还可暂时免于兵戈相见,但他突然间大反常态,凡事皆谅解容忍,无缘无故示好于我,这是大悖于人情之事。其所谋者大,不问可知!"

章惇慨声说完,环视殿中诸人,又洪声说道:"故臣以为,休说此番契丹南犯,势在必行。便是他们不来犯境,也是今日不来,明日必来,明日不来,后日必来!朝廷和辽之策,到时候检讨了!澶渊之盟以后的两朝百年通好之格局,实际上是用战争确定的。如今到了用战争确定今后一百年两朝地位的时候,朝廷绝不可在此时避战讳战!大宋元气已经恢复,既然总是要打仗,与其在河北路打,不如在山前山后[1]打!"

说得好!赵煦方在心里大赞了一声,但他还没来得及发表任何意见,几乎便在章惇的话音刚落,便听到司马光冷冷地"哼"了一声:"荒唐!"

便见司马光颤巍巍地从座位上站起来,欠身说道:"太皇太后,皇上!臣以为章惇所言,甚是虚妄。"

赵煦不由得脱口问道:"为何?朕觉得并非全无道理呀?"

"那是因为皇上还年轻。"司马光毫不留情地回道,"章惇所言,全无任何实据,都是他自己之揣测。陛下,国家大事,朝堂之上,随便一个决策,便可能牵涉万千人之命运,岂能将决策建立于揣测之上?"

他说到这里,忽然转过头,看了一眼石越,道:"子明,你也常说,国之大事,在戎在祀。凡涉军国机务,朝廷任何决策,都须要收集充分之情报,如此才能摒弃私人偏见,免受个人好恶之左右,做出正确之决定。对吧?"

石越没想到司马光突然问到自己头上,今日之事,可以说完全出乎他的意料,但这话是抵赖不得的,只得连忙起身,狼狈应道:"正是。"

司马光点点头,转头望着帘后的皇帝,道:"皇上,人人皆有好恶。若说契丹,亦是臣之所恶。但臣不敢因臣之所恶,便说什么大宋与契丹,必然要兵戈相

---
[1] 山前山后,即指燕云诸州,因分别在太行山之南北,故又分别称为山后诸州、山前诸州。

见。生擒辽主,献俘阙下,亦是臣之所好。然臣亦不敢因臣之所好,便建言要北伐幽蓟,统一六合。

"臣不敢因臣之好恶而行事,皇上虽为九五之尊,亦不能因一己之好恶而行事。为何?昔日隋炀帝以高丽[1]不臣,而举国伐之,高丽未灭,杨氏宗庙社稷,遂归李唐。此正可为前车之鉴也!兵凶战危,虽有韩、彭为将,亦不能保必胜。以隋之强盛,不能伐灭一小小高丽;今我大宋之富强,未必过于盛隋,而契丹之强盛,则远过于高丽。奢言北伐,万一兵败,陛下悔之何及?恕臣直言,这满朝的臣子,到时候照样可以做辽主的臣子,但陛下能做辽主的臣子否?

"况且,章惇所谓宋辽不能两立,不过是他知陛下年轻气盛,曲意迎合陛下进取之心而已。自古以来,塞北之地,不属中国。周秦汉唐,皆不曾有塞北之地。强汉有匈奴,隋唐有突厥,都是两强并立。我大宋与契丹百年无事,如何说不能两立?朝廷有职方馆侦察四夷虚实动静,在辽有使馆,河北沿边诸州各有哨探。契丹若要南犯,自五代以来,少则六万骑,多则二三十万骑,其兵马调动,如何瞒得过朝廷之耳目?敢问陛下,职方馆每岁费国帑二十万缗,在辽使馆费国帑不下数万缗,今职方馆、驻辽使馆皆不言契丹必然南犯,朝廷不信他们,反去信一二臣僚揣摩推测之辞?"

司马光娓娓而谈,每一句话都不入赵煦之耳,但是,每一句话都令他哑口无言,无法反驳。

他还在心里想着如何反驳,又听司马光淡淡地说道:"皇上刚才问,能否保河北黎庶万全,臣以为,天下并无万全之事。皇上将来要决断军国之事,便知此理。臣愚昧,先帝以臣备位宰辅,便是知道臣办事谨慎,不求侥幸,凡事只是循道理而行。如此,虽不能求大功,但至少可以少犯点儿过错。"他一面说,一面瞥了一眼石越,"这也是子明相公常说的,年轻之时,只想着功业,但做到了宰相,才知道能少犯点儿错,便是天下之最不易。愿陛下日后,常记此言,则天下幸甚!"

赵煦心不在焉地听着司马光的教训,忽然,听到司马光话音一转,语气变得

---

[1] 此处所提"高丽",是指历史上的高句丽,与宋朝藩属国高丽并非同一概念。宋人言谈之中混用"高丽"称呼,并不加区分。

严厉起来："还有一事，臣不敢不言。"

"臣身为宰相，令皇上亲君子，远小人，是臣之本分。方才陛下道，雄州之兵，不满三千。陛下在九重之内，如何知道一偏远雄州有多少兵马？此必有侧幸之人，挑唆陛下。朝廷百官，各有本分职守，祖宗之法，国家大事，决于朝堂，非决于陛下左右侍从。臣愿陛下毋轻开左右幸进之门，若有人再敢扰乱朝政，纵是陛下亲信，亦不能免于国法！"

司马光这一番声色俱厉的话，说得赵煦冷汗直冒。虽然旁边的太皇太后一直一言不发，但到了此时此刻，他才终于知道，亲政不是那么容易的。他再也不敢去想什么反驳司马光的办法，他已经知道，左丞相司马光并不是他想象中的那个风烛残年、快要入土的老头。

但赵煦并不知道，他其实已经在朝野掀起了轩然大波。

迎阳门幄殿内的宰执们，已经在各自打着算盘。

石越知道他头疼的事，终于要彻彻底底地到来了。今日的廷议虽然是机密，但事实上已经难以保密。这些宰执虽然仍然会顾忌着自己这一两年的地位，未必敢轻举妄动，但是，中层官员们一旦知道了皇帝的态度，他们会比这些宰相更乐于赌博。司马光会不可避免地卷进一堆堆的弹劾奏章中……

今日跳出来公然与司马光对立的兵部尚书章惇，心里也很清楚，他的参知政事、兵部尚书，暂时是做到头了。用不了一天，他就会被台谏弹劾，然后被贬。但是，他也在盘算自己的未来，辽人迟早要来的南犯、小皇帝迟早要来的亲政，都会是对他有利的事情。但即使如此，他也无法确保自己将来一定会被小皇帝召回重用。他心里很清楚，远离中枢，就等于是放任自己的政敌来对付自己而毫无还手之力，甚至他的"盟友"也未必愿意他回来。如果阻挠太多的话，皇帝很容易会找到他的替代品。

但无论如何，赌注已经掷了出去。

不仅是石越、章惇，每个人都面临选择，也许是在现在与未来之间选择，也许是在政治抱负与权力地位之间选择……

第二章

白沟狼烟

同心协力，勠力报国！
——段子介

1

绍圣七年四月八日。

大宋,河北路,雄州,白沟驿。

武卫二军三营营都指挥使赵隆,率领十余名亲兵与一个都的骑马步兵,正在巡视着这座位于大宋最北方的驿馆,隔着驿馆北面的白沟河便是辽国了。

这只是一次例行的巡逻。宋军在白沟驿没有一兵一卒,只有一个烽火台,由白沟驿的驿丞顺带着看管。因此,雄州的武卫军必须经常来此巡逻,平时的重点只是检查过往的商旅,而现在,重点则变成了侦察白沟河对岸辽人的动静。

自从三月中旬以来,沿边的局势就变得很紧张。契丹看起来准备对阻卜大举用兵,职方馆的报告显示,析津府的宫卫骑军几乎都出动了。这不太可能是针对大宋的,现在是对阻卜叛乱部落开战的好季节,可不是对宋朝开战的好季节。

而且,虽然管制变得更严了,但辽人并没有封锁边界,往来的商旅并没有间断。尽管这几天只有商人北往,几乎没有商人南来,但这也不算太异常,隔几个月总会有这样几天。何况,现在商机显然在正准备打仗的辽国一边。

但是,枢密院的严令是必须遵守的。

每日一报,每天都必须有禁军在界河巡逻……只要契丹有大的用兵,大宋就永远都得风声鹤唳。甚至雄州的商人中,也在谣传契丹在荡平阻卜叛乱部落后,可能会兴兵南犯。

赵隆心里面并不是很相信辽人真的会南犯,尤其是在这个时间。但枢密院的军令、唐康的提醒,又让他不敢掉以轻心。而且,这几天他心里总觉得不安,仿佛是感觉到有什么不好的事情将要发生。

但这种不安,也许是因为田烈武。

几天前,赵隆听到一个汴京来的商人说,阳信侯田烈武,在一个月前,已经出为定远将军、武经阁侍讲、云骑军都指挥使。这个消息让他又是高兴,又是不安。高兴的是,云骑军驻防于河间府,与雄州就隔了一个莫州,不算太远。不安的是，他不知道田烈武究竟出了什么事，他可是天子近臣，这么着突然出外……

汴京多半是发生了什么大事。

就在前天，知州柴贵友告诉他，大司马[1]章惇被参劾罢相了，大司寇韩忠彦已经接掌兵部，礼书李清臣则做了新的刑书。六部尚书中，如今空出来一个礼部，而枢密副使许将的地位，也岌岌可危。柴贵友说，石相公想让工部侍郎曾布做礼书，而君实相公则想让御史中丞刘挚做礼书，而以尚书右丞梁焘权御史中丞，两人意见冲突，争执不下。柴贵友暗示说，田烈武的出外，与这些事情必有关联。

但对于赵隆来说，汴京、皇宫，这些都是遥不可及的地方。柴贵友所提到的名字，对他来说，也是非常模糊的。他只希望田烈武能平安无事就好。但即使是这个，也并非他所能掌握的。想到这些，他不由得摇了摇头，将心思转到当前。

便在他出神这一小会儿，他的行军参军、宣节副尉曲英，竟然已经跑到白沟河边，正在翻检着一个渔夫的竹篓，远远还能听他大声地讨价还价："你还抢人了，一斤你敢卖五十文？……顶多四十文……四十文，你卖不卖了……"

转眼之间，便见曲英拎了一尾大肥青鱼，牵着马走了回来，一面笑嘻嘻地说道："致果，今天看起来不会有啥事了。待会去驿馆，叫驿丞煮鱼吃。那驿丞说了，前几天有个北上贩酒的客商送了坛好酒给他，我见他梁上还挂着一只牛腿，正好把它全给买了。大伙也辛苦几天了，今天吃顿好的，明早好回雄州。"

赵隆听到身后发出一阵欢呼。一个亲兵跑到曲英跟前，接过他手里的青鱼，一面笑道："致果，俺都有几个月没闻过鱼味了。营里每回能吃点儿肉吧，除了羊肉还是羊肉……"

"你要嫌弃，那你别吃不就得了。"曲英笑着骂那亲兵一句，"这鱼你可没份儿，这么大一条鱼，花了我一百四十文，到时候分点儿汤给你喝。"

赵隆听那亲兵觍着脸笑道"有汤喝也成"，不由得也笑了起来："曲三，你去问问那渔夫，再买几条鱼，给儿郎们换换口味。花多少钱都算我的。"

"行！"曲英嬉笑着大声应了一句，正要离去，忽然，他的笑容凝在脸上，十分尴尬地望着赵隆身后。那些刚刚还兴高采烈的士兵也在一瞬间没了声音。

---

[1] 即兵部尚书，《周礼》官称。后文的"大司寇""刑书"则是刑部尚书的别称，"礼书"是礼部尚书之简称。

赵隆不由得在心里叹了口气，转过身去，看着他的护营虞候杜台卿带着几个手下牵着马朝自己走来。

在赵隆看来，这位杜台卿杜护营实在称得上河朔禁军的典型代表。

他并非没有可敬之处。他的这位护营虞候，出身河朔将门。父亲杜密曾经官至御前忠佐马步军副都军头——在改制前，这是"禁秩"的第二资，是禁军中的高级武官。杜台卿自己也不含糊，原本以他的家世，完全可以靠荫官举荐，走一条更平坦更快捷的升迁之路，但他却不肯以荫官出身，十几岁就考中武进士，今年不过二十岁，就已经做到护营虞候，称得上前途无量。

然而，对于赵隆来说，杜台卿的这些引以自傲的经历，实在只是一个困扰。

大宋禁军自太祖皇帝亲定"阶级之法"，军中讲究的就是下级对上司的绝对服从。这一点，西军与河朔禁军本无不同。但在赵隆的从军经历中，也许是因为将兵经常一道出生入死，虽然军法严明，但是他所经历的军中上下的关系都是非常融洽的。

他很希望在自己的这支军队中，也能有亲如父子手足般的关系。

然而，他的这个理念，显然不被他的副都指挥使高光远与他的护营虞候杜台卿所认可。高光远希望所有的士兵都害怕他，热衷于体罚士兵以树立自己的权威。而杜台卿则坚信河朔禁军最大的弊端就是军纪不严，他似乎是抱着一种很奇怪的坚持，严厉地要求赵隆与他的部下们严格遵守每一条军法。

赵隆能明显地感觉到，杜台卿骨子里看不起他的部下，而对他这样的西军出身的武官充斥河朔禁军，则深感羞辱。

高光远倒也罢了，毕竟赵隆是他的上司。但是对这个杜台卿，赵隆却是一点儿办法也没有。放在过去，杜台卿算是监军，赵隆还得受他钳制，如今情况好了很多，他们互不统属，但论及对军法条例之熟悉，赵隆又完全不是他的对手。

他唯一的办法，就是想方设法避开这位杜衙内。

这回他可是没带他来白沟驿的。

他纳闷地迎上前去："杜护营，你如何来了？"

"赵致果。"杜台卿抱拳行礼，"下官刚从容城……赵致果，那是什么？！"

赵隆见他一句话没说远，突然间脸色大变，不由一愣，忙顺着他手指的方向，回头望去，只见北方天际，烟尘高扬，遮天蔽地！

他的心顿时沉了下去。

"上马！"紧接着，赵隆听见自己本能地大声吼了起来，"都给我上马！"

紧接着，白沟河南边的所有宋人都看见了北方密密麻麻的黑点向自己涌来。

"都给我听好了！曲三，你带两个人去烽火台燃起狼烟，然后带驿馆的人退回雄州。不许在驿馆留一粒粮食！"

"是！"

"崔都头，你率部下人马，与杜护营一道马上回雄州。一路通知沿途商旅、乡村百姓，即刻退回雄州城。凡敢违令继续北上，或拖滞不肯入城者，以通敌论处，格杀！"

"是！"

赵隆一面大声下达着命令，心里面竟然感觉到一阵久违的兴奋。他完全不用多想，只凭着本能，就知道自己应该做什么。"赵致果，那你呢？"他听见已经准备策马南行的杜台卿问自己。

"其余的人与我留下！"

"啊？！"杜台卿吃了一惊，"赵致果，你只带十个人？这白沟河可阻不住辽兵。"

"杜护营放心。我只不过是要看清楚来了多少人，谁是主将。"

"既然如此，那下官也陪赵致果一道留下。"杜台卿笑道，不待赵隆答应，便转头对他带来的几个人道，"你们几个，都听崔都头差遣。"

赵隆瞥了他一眼，没有多说什么，只是心里略觉意外。但他也管不了杜台卿，目送着曲英与崔都头率兵纵马离去，便策马四顾，打量周边的地形。

大宋自太祖以来，苦心经营河北防线。大体之上，是以雄州以西的保州为中心，在保州以西，真定府以北，一面广植榆树、柳树，一面禁止百姓伐树，而以塘渠为辅。这个策略至仁宗皇帝时，便已卓有成效。大宋在这个地区种了数亿株树，时日既久，合抱之木交络翳塞，除了刻意留出来的道路，大部分地区都不利骑兵通行。而这些留出来的道路，有时只能供一两骑通行。在保州以西，东至雄州、霸州、沧州一带，则以塘渠为主，植树为辅。利用这一带的凹陷洼地，沟通河渠，经营了一道由无数个纵十余里、宽二十余里的塘泊、水田构成的总长达八百余宋里的塘泊防线。但这道防线有其天然的弱点，至绍圣之时，许多的地方水浅，并没有成形,冬日结成坚冰,旱时又根本无水。至于植树之策,雄州曾经屡次发生宋朝植树,契丹人趁夜入境,半个晚上将树砍得干干净净的事情。而树林要长成如保州、定州、真定一带的规模,至少要几十年,因此,雄州境内一直没有那样成规模的树林。而且,雄州还有一个天然的弱点,大宋河北地区最重要的官道,就通往雄州。虽然这条官道至雄州就绕了个弯西向容城,但是这些年来宋辽通商,商旅们不愿意绕道,往往从雄州直接往白沟驿渡河,因为这能省下两三天的路程,于是此事开始屡禁不止,后来便习以为常。从白沟驿至雄州这三四十里,不知不觉间,竟形成了一条宽可容两辆马车通行的道路。至于白沟河沿岸的柳树、道路旁边的榆树,除了供行人歇荫外,在军事上毫无价值。[1]

这时候正是四月,赵隆的四周,稻禾方绿,田中水深,如果有足够兵力的话,这的确是可以限制辽国骑兵运动的有利地形。只是他回视身后的那条这十几年间被人踩车碾出来的土路,不由得暗暗叫苦。

三四十里路,辽军先锋,一日可至雄州城下。

他在心里叹了口气,再去看他身边的十名亲兵。虽然这些亲兵都是他精挑细选出来的,但毕竟从未见过战阵。此时一个个都是表情麻木、动作僵硬,还有几个人骑在马上,小腿竟然在不停地发抖。

他就要靠着这些人,来守卫雄州。

河北沿边诸镇,政治意义莫重于保州——那里是大宋皇帝祖宗陵墓所在;而军事意义则莫重于雄州——雄州之治所,便在五代时赫赫有名的瓦桥关,但它的重要性更重于过去的瓦桥关,因为如今雄州一旦被攻破,则辽人便等于占据了河北官道而无后顾之忧。雄州以南,君子馆不足守,河间府可以绕过,可以说越过雄州,就是北京大名府。

虽然,雄州其实也是可以绕过的。

如果辽人敢把雄州的宋军当成死人的话。

实际上他们还真这么干过。一部宋辽交战史,在某种程度上就是一部辽军把

---

[1] 讽刺的是,在真实历史上,北宋苦心经营的这道防线,在实战中没起到太大作用。因为真宗以前,防线并没有成形。而到徽宗、钦宗时,因为政治腐败,这树寨塘泊又被宋人自己给荒废了。这道防线最终没给金兵南下造成麻烦,反倒是金朝末年,雄莫一带的塘泊,起到了部分限制蒙古骑兵深入的作用。

沿边军州城寨里的宋军当死人的战史。仁宗以前，二三十万宋军分散在数十座城寨当中，守城有余而野战无能，就是河朔禁军最强盛的时期，除了定州大阵等少数地区外，他们绝大部分城寨中的兵力，也几乎少于任何一支单独活动的辽军。

至于现在，就更不用提了，整编禁军后，河朔军队裁减了三分之二，如今总共也就十万人马出头，而在百年无战事后，战斗力根本无法与立国之初的强兵劲卒相提并论。枢密院又将主力后撤至大名府防线……

赵隆不知道具体的兵力分布，但他知道，他们武卫二军的防区，竟然包括雄州、霸州、莫州、沧州、乾宁军、信安军、保定军一共四州三军之地。他们总共也就有五个营一万五千人而已，居然有七个军州要守卫。至于西线的飞武一军，防区更是包括定州、保州、祁州、深州、广信军、安肃军、顺安军、永宁军四州四军之地。总共不到三万禁军，就已占了河朔禁军快三分之一的兵力，要集中起来，也许还有模有样，但分散在这十五个军州的平原之上防守……

赵隆看着他的部下，他还真没有什么底气说辽军这次不敢这么做。

但如果他们真的这样做了，这十五个军州后面，除了东西的河间府、真定府各有一支马军，永静军还有一点儿教阅厢军外，赵、冀、邢、恩、德、博、棣、滨这八州之地，就只能靠巡捕来抵抗辽军了……

不远处的烽火台，狼烟已经燃了起来。

曲英已经做了他的事。

再想这些也没用。赵隆望着那熊熊狼烟，脑子里突然转过一个念头来，大声喊道："大伙都下马！"

"赵致果？"所有的人都诧异地转过头来望着他。

赵隆却已经笑着下了马："让马也歇歇。把弓都摘下来，大伙别看那么多辽狗，先来的，也就是百十号人。他们来送死，咱们不好意思不成全他们。你们这几个人，虽说骑着马，可说到底也是步军。我也不指望你们能在马上射箭，咱们下来招呼辽狗！"

杜台卿愣住了："赵致果，你要和他们接锋？"

赵隆点了点头，笑道："这个巴掌宽的白沟河，一箭便可射到对岸了。他们想这么便宜就搭好浮桥，真当我们河朔无人吗？"

杜台卿的脸一下子就红了："好，下官便听赵致果差遣！"

"大伙听好了。"赵隆伸手指着右边水田旁的一片小树林，"留四五匹马在这里，咱们所有的人都去那林子里藏好，给马衔了枚，莫露了行迹。那儿看得见河对岸的动静。待会听我号令行事！"

"是！"众人轰然答应了。

赵隆总算是满意地看到，这次他的亲兵们没搞砸什么。众人一阵手忙脚乱，卸了五匹马的缰鞍，任由那几匹战马在官道边啃着草。他们小心翼翼地牵了余下的马，才藏进那小树林，没多久，便听到对岸传来一阵马蹄声。

杜台卿眼力好，隔着树林望去——果然不出赵隆所料，来的的确是辽军的拦子军[1]。也果然如赵隆所说，只有"百十号人"。不过，他随便数了数，便几乎惊声叫出来："远探拦子军！"

他在心里暗骂自己一声"饭桶"——这是早该想到的事，一面目瞪口呆地望向赵隆，却发现赵隆正朝自己笑着眨了眨眼。

他忍不住悄悄走到赵隆旁边，在他耳边低声问道："赵致果，你早就知道了吧？"

赵隆笑着点点头。

他忍不住又问了一句："你想让我们这十个人与远探拦子军交锋？！"

"不错！"

"这厮疯了！"杜台卿几乎要忍不住低声咒骂起来。宋朝的武官，但凡去过一天朱仙镇，都不可能不知道，远探拦子军是由辽国军中万里挑一选出来的剽悍之兵。而且，人人都知道，远探拦子军出现在哪里，辽军的先锋军就出现在哪里，辽军的主力也就出现在哪里。

但是，他是护营虞候，他的职责是阻止主将后退，他可不想被这些西军的蠢物笑话了。他狠狠地瞪了赵隆一眼，咬牙道："好胆量！"

赵隆笑了笑，回头看了一眼身后的亲兵，压着嗓子道："我第一回碰到西夏人，也是这样的。没事，放了第一箭就好了。等下只要跟着我，跟平时训练没两样。看我放箭才放。"

---

[1] 拦子军是辽军斥候部队之名，负责侦察、传递军情等事务，一般由五人或者十人一队组成。后文的远探拦子则是当辽军大举出兵时，选择军中精锐组成的先遣侦察部队，数量皆在百人之上。

说完，他转过头，再看对岸，辽军已经到了白沟河边。

白沟河的渡口，一直是由宋人经营的。这边渡口的人，早已跑得没影没踪，但一只渡船还停在河边。赵隆心里懊恼地叫了一声——刚刚竟然忘记把这船砸沉了。

此时，这支辽军离得近了，看得更清楚。他们都是黑衣黑甲，到了河边，也不喧嚣，只有三四个看起来是头领模样的人，策马走近，低声商议着什么，一面说，还一面有人伸手朝这边指点，显然是在说这边的渡船与几匹无人看管的好马。

赵隆顿时警觉起来，他已经感觉到，比起以前遇到过的敌人来说，这次的敌人，经验更加丰富，纪律更加严明——如果是他以前遇到的西夏人或者西南夷，早就不顾一切地跳进河里，游了过来。

但这一次，那些辽军商议了一会儿，只有十个人脱了衣甲，牵马跳进河中。马上看起来还驮了东西，多半是架设浮桥之类用的。余下的辽军，已然下马，张弓搭箭，明显是在掩护同伴。

"辽狗！"赵隆不由低声骂了一句。他知道计不能售，无法再犹豫，一把牵过马来，纵身上马，大喊一声"杀"，策马冲出树林。杜台卿与众亲兵也纷纷上马，大吼着跟着冲出来。

迎接他们的，是自白沟河北岸射过来的一阵箭雨。一个亲兵冲得太猛，被辽军一箭射中左眼，顿时贯脑而死，在赵隆身边堕下马来。赵隆一面引弓还击，一面不断地大声喊道："列阵！列阵！"终于没让余下的亲兵全部冲进辽军的箭雨之中。

一名渡河的辽军从南岸探出头来，被杜台卿瞅见，一箭射去，吓得"咕咚"一声，又缩下河中。一名辽军想要强行上岸，被几个亲兵乱箭射死……但马上，又有二十名辽军冒着箭雨跳进河中，他们用衣袍包好弓箭，放在马背上，想要强行渡河。

"罢了！"赵隆知道他已经无能为力。掩护着几个亲兵重新上了马鞍，又将战死亲兵的尸首驮了上马后，他终于恨声命令道："撤回雄州！"

2

白沟驿初战不利，让赵隆彻底明白，他将要面对的对手，不是以往的对手可以相比的,而他所能依赖的部下,也不是以前那支能征善战的西军。

回到雄州后,他一面吩咐书记官撰写战报,下令部将清点士兵武备,广布逻卒于城外,一面便去找知州柴贵友,商议对策。他虽然隶属武卫二军,但按规矩,除非枢密院另有敕令,河北沿边驻屯禁军首先是听令于所在知州、知军们的。实际上,武卫二军都指挥使也是由霸州知州燕超兼任,而西线的飞武一军都指挥使则是由定州知州段子介兼任。但若无枢密院敕令,他们都调动不了其他军州的驻屯禁军。

这样安排亦属迫不得已,以武卫二军为例,雄州因为宋辽百年通好,其外交使命重于军事使命,以当时武臣之素质,实难胜任,因此知州必须是文臣。如此一来,雄州知州却不便兼任军都指挥使,而只能以霸州知州兼任,但益津关,也就是霸州,比雄州更靠近辽境,当赵隆见着远探拦子军的时候,霸州多半已经开始与辽军苦战了。倘若雄州的赵隆部也受燕超节制,生死存亡之际,这些部下是赴援霸州呢,还是不赴援呢?坐视主帅战死而不救,按军法部将是要处死的。但河北沿边诸镇的禁军,首要任务却是守卫所在军州。

所以,武卫二军与飞武一军各部,与其他禁军大不相同,可以说,他们只不过是名义上共用一个番号,实际上却是独立的部队。

因此,赵隆的上司,便是雄州知州柴贵友。

赵隆见到柴贵友时,柴贵友的第一句话便是:"赵将军,本郡是文臣,不似燕霸州、段定州知兵,如今契丹果然背信入寇,雄州存亡,便全赖将军了!"

"使君,下官……"赵隆欠身抱拳,正待谦让几句,但柴贵友却已是心急如焚,打断道:"将军不必谦让,此前唐都承过郡,便曾与本郡私下说过,赵将军乃西军名将,田侯素所爱重者,将来万一有事,嘱咐本郡要多多倚重。如今看来,唐都承所说,正为今日啊。"

他一面感叹,一面又忙不迭地问道:"赵将军,如今该要如何处置?方才胡巡检来报,道是将军已与契丹交过锋了?不知胜负如何?契丹来有多少人马?是何人领兵?"他口中的"胡巡检",是雄州巡检胡玄通,统率的是雄州的另一支武装力量,平日专责捕盗、治安、缉私。宋初与契丹交战,河北沿边有些巡检麾下,兵强马壮,令契丹付出惨重代价,甚至连禁军亦有所不及。不过如今承平日久,这些巡检的兵力自然无法与立国之初相提并论。

听见柴贵友这一连串的问题，赵隆只觉一副沉甸甸的担子压了下来。此时他也无法多说什么，只能默默承担下来，欠身回道："回使君话，今日在白沟，下官碰上的，是契丹的远探拦子军……"

"远探拦子军？！"柴贵友立时脸都白了，旋即不敢置信地望着赵隆，"将军没看错？胡巡检说将军只带了十个人，难不成……将军击败了远探拦子军？"

赵隆只觉得喉咙一阵发干："回使君，确是远探拦子军。下官与他们隔河交锋，死了一名亲兵，也射杀了一名辽人。"

"果真？！"柴贵友盯着赵隆看了半天，半晌才缓缓点了点头，苦笑道，"看来是真的了。如此说来，雄州要面对的是辽军主力。"

赵隆低下头，在这位之前还幻想辽军主力会攻向定州的知州头上，又泼下一盆冰水："依下官看来，这些远探拦子军黑衣黑甲，多半是契丹北枢密副使耶律信的部下！"

柴贵友又呆了一下，苦笑着摇了摇头，过了好一阵，方低声问道："赵将军，你说，咱们守得住吗？"

赵隆愣住了，抬起头来。

便听柴贵友又道："罢了，不该问。反正守得住也要守，守不住也要守。"

"使君说得极是。"赵隆沉声道，"雄州乃河北门户，无论如何，必须坚守。"

"的确……虽说这是扇四面漏风的门户，不过，好歹也是个门户。"柴贵友自嘲地苦笑了一声，"那赵将军说吧，该如何办法？明日一早，契丹的先锋，便该到易水河北了。这易水北边，还有容城、归信二县，又该如何是好？"事到如今，他也只能把全部希望，寄托在赵隆身上了。

赵隆也是苦笑了一声："柴公，容城、归信二县，如今恐怕只能信任诸葛县令与任县令了，容城驻扎着属下的第二指挥，归信驻扎着第四指挥，各有五百禁军，缨城自守，仍堪一战。"他也只能如此安慰自己，"以下官之见，如今头一件要紧之事，除派人向朝廷报急外，便是要分派人马，巡查关北，拆毁易水上的桥梁，将关北至易水之房屋树林全部烧毁，水井投毒，人畜迁入城中。城门要加派人手，昼夜看守，不让百姓接近，城中要实行宵禁，百姓哪怕生火做饭，也要在规定的时间内，不得随意举火，晚上更是严禁举火，城内水井、易着火处，都要遣人看守，如今人心惶惶，辽人在城中必有奸细，若为其所乘，大事去矣！"

"说得不错，说得不错。"柴贵友连连点头。

"第二件，颁下告示，往来商旅，全部进城，不得南下。违者斩！"

柴贵友不解地望着赵隆："这却是为何？"

赵隆解释道："契丹已近，我军虽依水设寨、拒河而守，但难策万全。依下官之见，未必挡得住辽人渡过易水。便如使君所言，雄州不过是一四面漏风的门户，我们得做好辽人留下小股兵力将我们困在城中，大军却绕道南下之准备。以过往战例而言，这等事甚多，因此商旅南下，再快也跑不过契丹人，路上必为契丹所劫，反而以其货物资敌。况且我们也不知道其中究竟有没有奸细。最要紧的，是怕南下的商旅，阻住官道，不利于援军前来。"

"原来如此。"柴贵友点点头，"既然如此，便照此办理。"

"第三件，胡巡检的部下，请柴公下令，让他听下官指挥。此外，城中兵力不足，禁军不敢私自募兵，亦请公下令，募集勇壮能战之士，充入巡检，协助守城。并择本州胆大机灵之善走百姓，往来容城、归信，探查敌情。"

"好。此事本郡让胡巡检去办。"

"第四件，请柴公下令本州乡村百姓，皆就近迁入本城或归信、容城，及张家、木场、三桥、双柳、大涡、七姑垣、红城、新垣八砦，粮食、牲畜，尽量带走，不能带走，亦要烧掉……"

赵隆的话没说完，柴贵友已经大声苦笑起来。他疑惑抬头，却见柴贵友摇头道："此事却依不得赵将军。"

"为何？这是……"

"本郡知道，此乃坚壁清野，疲敌之策。"柴贵友挥挥手打断他，涩声道，"但将军可知道，河北承平百年，本州有多少富民？这些富民又有多少家产？官府若烧他家粮食，他们又如何肯依？本州邻近夷狄，民风尚武，百姓家藏刀弓，素称难治。本郡不想还未与契丹交战，便先与百姓打起来了。"

"可即便不烧掉这些粮食，契丹来了，也会被抢……"

"百姓不会听你这些的。只要此刻未被契丹抢，他们便会心存侥幸。而且，契丹人抢了他们的粮食，他们恨的是契丹人；若是官府抢了他们的粮食，到时候，他们怨恨的便是朝廷——这些人便是迁进城中，谁能保他们不怀怨勾结契丹？赵将军，这天下，多的是只顾自家家产，一点儿也不在乎忠君爱国、华夷之防的有钱人。"柴贵友望着赵隆，又道，"况且，契丹人去抢他们，不是自己的子民，若有反抗，便行屠戮，赵将军，你能让本郡下令去屠戮治下子民？"

"这……"赵隆也知道自己断然下不了这个手，一时亦无言以对。

"若是不能，那便是下了这个令，亦是无用。"柴贵友又道，"本郡会颁布告示，晓喻百姓。但来与不来，听其自愿。"

"也罢。"赵隆知此事亦只能如此，当下便抱拳欠身，道，"如此，下官便先行告退，且去安排防务。"

"如此，有劳将军了。"柴贵友也抱了抱拳，见赵隆正要退出去，忽然间想起一事来，忙又叫住赵隆，道，"赵将军，还有一事……"

赵隆一愣，停住脚步："请使君示下。"

"是关于今日白沟驿之战。本郡会传出话去，今日将军率亲兵在白沟驿，以少胜多，大破辽军，射杀辽军九名，伤敌十余名。将军回去后，将今日去了白沟驿之亲兵姓名报给本郡，凡今日出战之亲兵，每人赏缗钱一贯文！战死的那一位，除朝廷抚恤外，本郡另赏缗钱二十贯文、绢四匹！"

"这……"赵隆定定地望着柴贵友，一时十分为难，他从军以来，从来不在战报上作假。

柴贵友似是明白他的心思，又解释道："如今人心惶惶，本郡不得已，欲借此来激励士气！"

赵隆迟疑了一下，终于欠身答道："下官遵命。"

四月八日这天晚上，是赵隆的不眠之夜。

他往来于雄州与易水南岸的两座水寨之间，调派人手，布置防务，一面还要派出探子去打探各处消息，又要分出精力来，给雄州新募的巡检部队分配兵器。好在雄州巡检胡玄通是个精干之人，半个晚上，他就募集了三百人——这三百人都是雄州本地人，多是各地忠义社的，个个都精习武艺弓马，有几十人还骑了自家的马来，这支生力军的加入，的确令赵隆高兴了一阵。只是这些人毕竟不知战阵，赵隆叫曲英从武库调出三百架弓，九千枝箭，发给他们，将没马的安置在雄州城墙上，协助守城，有马的几十人则令他们跟了胡玄通，听候差遣。

可即便是这样，他的兵力还是不够。他麾下原本便只有三千人马，其中又有两个指挥，三分之一的人马，分别驻扎于容城与归信。兵力捉襟见肘，赵隆也意识到，要想守住雄州，扼住易水不令辽军轻易渡河才是关键。因此，他在易水边的两座水寨内，各布置了一个指挥防守，自己亲领营中马军与亲兵策应，以此构成第一道防线。

但情况怎么看都无法让人乐观。

易水并不是什么天险，在下游倒还能行舟，然而在雄州境内的易水，水深流急，河面狭窄，不能行舟，大宋水军无用武之地。而辽军在河对岸，仅凭弓弩就可以直接攻击水寨。两座水寨都是木寨，他害怕辽军火攻，不敢在水寨内屯放火器，可寨中又无法安放床弩，如此一来，他们也只能靠普通的弓弩与辽军作战——这不过是相当于两个固定的大阵。寨中的禁军，士气低落，人怀恐惧。直到柴贵友大赏今日白沟驿之战的消息传来，水寨中的气氛，才又变得活跃一点儿。

到了后半夜，去往归信的探子渡河回来，带来的消息让赵隆更加心情沉重——辽人的先锋，已经将归信县城围了个水泄不通。探子坚称他看到辽人营寨相连，至少有上万人马。而且有许多步军！这些契丹步军如今正在归信城外，打着火把，连夜伐树，并且有大批的工匠在制造攻城器械。

这让赵隆实在无法相信。他将负责情报的行军参军韦荣儿叫来，令他亲自渡河前去打探。但心里面，他却已经相信那探子所带回的情报。他隐隐地感觉到辽军的这次南犯不同寻常，然而他却无法分辨是否如此——这雄州城里，没有人真正经历过辽国南犯。

也许这就是辽人与西夏人不同的地方。

赵隆原本早已打定主意绝不分兵去救归信。但当真正听到探子带回的消息，他又犹豫起来——归信城中，有他的五百部下。

领兵去救归信，的确是冒险，有可能就此被辽军歼于归信城下，导致雄州不战自破。但若让辽人从容攻下归信，他们便可以以归信为据点，来进攻雄州，将来要想守住雄州，就更加困难了。

他一直犹豫到天明，也没有拿定主意。而从容城却传来了更坏的消息——容城降辽了！

容城降辽的具体情况，直到四月十日的中午，才打探清楚。他的第二指挥使江守义在辽军抵达城下之后，就杀了容城知县，打开城门，降了辽人。肩负监军之责的军法官李月，也一道降了契丹。这件事情在雄州的禁军中造成了极坏的后果，一面是柴贵友、胡玄通等人隐隐流露出来的猜忌与防范，另一面是恼怒的杜台卿几乎变得歇斯底里，他下令将他的卫队派到每个指挥的虞候身后监视，又命令彻查军中与江守义、李月往来密切之将士，一时之间，雄州之内，人怀猜忌，上下相疑。

赵隆明知这样是军中大忌，但他亦无计可施。江守义是他一手提拔的，即使是他赵隆，也是怀疑对象。他若再敢替这些通辽的疑犯说话，休说杜台卿不会听他的，柴贵友只怕就要解除他的兵权了。

另一方面，这两天的时间，一水之隔的归信城，战况之惨烈，让人揪心。

围攻归信城的，是三千契丹骑军与八千渤海步军，还有大量的汉人工匠。辽军连夜造出几十架云梯、十几架撞车，自九日清晨开始，就对归信城发动一波一波的猛攻。归信知县任傅良平日治民，素怀恩信，此时亲冒矢石上城墙指挥守城。赵隆的第四指挥半日之内，阵亡过半，指挥使、副指挥使、虞候全部战死殉国，任傅良斩了前来劝降的辽使，又将自己未满三岁的独生幼子扔下城墙摔死，以示必死之意。兵力不足，他就强征城内十六岁以上男女，全部上城墙守城。归信县城墙内外，死尸横积，但辽人上万大军，攻了整整一天，伤亡了一两千人马，归信竟然就是攻不下来。

九日晚上，任傅良又募集了三百死士，在夜色掩护下，从城中地道出城——这归信地道据说是名将杨延昭所建，出城之后，直达辽军阵后。这支奇兵出其不意，攻其不备，夜袭辽营，将辽人辛苦造好的云梯、撞车，烧了个大半。又有十余人分道奔出，前往各处求援。

前来瓦桥关求援的两名死士，在柴贵友与赵隆面前声泪俱下，苦求一日，见二人并无发兵之意，两人不顾柴贵友与赵隆阻拦，一人继续南下求援，一人竟然又游过易水河，要与任傅良同生共死。就在易水河北岸，赵隆眼睁睁看着他死于辽军拦子军箭下。

到了十一日，归信的战况更加惨烈。

辽军后继大军陆续赶到，归信城外，旌旗遍野。辽军运来两尊火炮，四架抛石机，还有自容城缴获的大量震天雷。隔着易水，赵隆都能听见归信火炮发射时的轰隆声，瓦桥关内外，气氛凝重，每个人都铁青着脸，心事重重。归信的每一声炮响，都像是打在了瓦桥关守军的心头。直到日落时分，炮声终于停下，每个人的心都沉到了深渊之下。

果然，入夜之时，赵隆接到斥候的报告——归信陷落。辽军用火炮轰开了城门，而江守义与李月带辽军找到了地道的出口，辽军两道大入，任傅良率军巷战失利，自刎于县衙之内。辽军旋即纵兵大掠，归信一城，几成人间地狱。

绍圣七年四月十一日晚子时左右，雄州瓦桥关易水北岸，一支百人左右的契丹骑军高举着火炬，疾驰而至易水北岸列阵。

瓦桥关水寨，角声大作。战火，终于烧到了瓦桥关！

武卫二军三营的禁军将士列队而出，张开弓弩，对准了对岸的契丹人。守卫水寨的指挥使迅速登上望楼，等待着策马而至的赵隆的将令。

北岸，一位黑甲骑士越阵而出，张弓搭箭，"嗖"的一声，一枝绑着书信的羽箭，正中一座水寨的寨门。

赵隆的一个亲兵看了赵隆一眼，驱马朝着落箭的寨门驰去。

那黑甲骑士策马来回踱了两步，目光落在赵隆的身上。

"足下可是赵隆赵将军？"这黑甲骑士竟然说得一口纯正的汴京官话。

"你是何人？"赵隆驱马上前两步，高声反问。

"在下大辽先锋都统韩将军帐下远探拦子军队帅萧吼，奉令前来下书！"

"下书？！哼！"赵隆望望萧吼，又望望取过书信驱马回来的亲兵，忽然大喝一声"驾"，朝着那亲兵策马疾驰而去。他一把夺过亲兵手中绑着书信的羽箭，掉转马头，回到本阵，抬眼望着萧吼，高举手中之箭，高声道："此物便是萧将军所下之书吗？"

"不错！所谓识时务者……"

萧吼一句话方说到一半，便见赵隆已摘下弓来，将那羽箭搭在弓上，弓弦响过,一枝羽箭朝着自己射来。他心中一惊,慌忙侧身闪避,却听赵隆高声说道:"请萧将军回复韩宝将军,这便是赵某的答复!雄州在此,尔等若有本事,只管来取!"

3

同一天。

定州,北平寨。

定州知州、飞武一军都指挥使段子介率着一众参军、幕僚,登上北平寨的敌楼,眺目东望,观察着东北形势。在北平寨的东面不远,就是保州城,而东北方向,则是广信军治所遂城。北平寨与保州、遂城正好构成一个三角形,当年真宗皇帝之时,这三座要寨中,都屯集了重兵,皆由名将驻守,形成对契丹的第一道防线。

但如今形势却大不相同了。

当年赫赫有名的"铜梁门[1]、铁遂城"是沿边雄镇,将领都是田钦祚、杨延昭一流的人物,一城之中,骑兵多则七八千,少亦不下五千之众,兼之城寨险固,契丹至此,虽有十倍之众,亦无能为力,每每大败于城下,不得不绕城而走。

而百余年后,城虽依旧,然诸城之兵,多者不过三千,少则仅有数百,领兵之将,皆寂寂无名,最大不过一致果校尉,官卑者甚至只是区区从八品的御武校尉。

这一切,让段子介无法再信赖当年的"铜梁门、铁遂城"。

他是在两天前,也就是四月九日接到的战报——四天之前,四月七日,辽军突然犯境,一路突破沿边城寨,当日便将遂城围了个水泄不通。而仅仅一日之后,辽军又出现在北平寨,强攻北平寨,北平寨寨主御武校尉李浑率众坚守,不料辽军只攻了半日,呼啸而来,便又呼啸而去。待到段子介接报,亲率麾下两千骑兵赶来增援,辽军已经走了两天,看样子,多半是趋保州去了。段子介感觉到,飞武一军的大半个辖区,已是烽火遍地。

"契丹究竟来了多少人?可知道主将是谁?"段子介朝着东面与东北面看了

---

[1] 梁门指的是安肃军安肃县,因五代后周时安肃县称为"梁门口砦"。

半天，只见到处都是滚滚的浓烟——那自然不可能全是烽火台的，大多倒是辽军扎营做饭或者故意纵火的痕迹。这让他心情顿时恶劣起来。

众人的目光都投向李浑，李浑忙回道："定州[1]，此番犯寨的辽狗，应当不足三千。全是黑衣黑甲，看起来像是耶律信的部众……"

"耶律信？"

听到这个名字，北平寨的敌楼之上，立时沉寂下来。段子介回头扫视麾下诸将，除李浑等廖廖数人外，眼见着众人脸上皆有惧色，他心中一动，故意高声笑道："若果真是耶律信，我定州无忧矣！"

"大府[2]，这是如何说？"几个参军立时七嘴八舌地问了起来，"段公，这耶律信可是契丹第一名将啊……""是啊，段公，耶律信是契丹北枢密副使，契丹南犯，耶律信统率的，必然是契丹主力，如此我定州……"

段子介面朝众人，举手止住众人，笑道："诸君，诸君……"

众人立刻安静下来，齐齐望着段子介。

段子介笑道："诸君所言，皆有道理。然皆只知其一，不知其二！"

众人连忙欠身抱拳道："愿听大府赐教。"

段子介点点头，笑道："诸君可听说过一句话——天下根本在河北，河北根本在镇[3]、定？"

一名参军点头应道："此乃前朝宋景文公[4]所言。"

"不错！镇、定控太行之险，绝河北之要。由此举兵西顾，则太原动摇；兴兵而北，则范阳震慑。据此历清河、下平原、逾白马，则汴京以北，皆为马迹踏遍矣！镇、定即古之鲜虞、中山、钜鹿之所在。晋得此，霸春秋；赵得此，雄战国。汉高由此平卢绾、斩陈豨；唐天宝之祸，以镇、定不能守；至五代之弱，据镇、定亦足以拒契丹、全河北。我镇、定二州，既有关山险阻、林寨屯田限隔敌骑，又有河漕可通商贾，况西与河东不过一径之隔，河东士马，东下井径，不百里可至。"段子介慨声而谈，举鞭四顾，高声道，"诸君请看，我大宋百年经营，

---

[1] 指段子介，宋人习惯以官员所任知州之州名为其代称。
[2] 本为宋时对"帅府州"知州之尊称，因段子介兼任飞武一军都指挥使，故有此称。
[3] 镇州，即真定府。
[4] 即宋祁，乃仁宗朝名臣，曾经做过定州知州。

林寨方成,耶律信若果然举大兵而临镇、定,纵有百万之众,契丹骑多步少,他又要如何列阵?我定州城高池深,真定、河东援军,二三日之内可至。我兵虽少,据城而守,绰绰有余;彼兵虽多,除了堵塞道路,又有何用?援军一至,内外夹击,一战可定。是以本郡便怕他来的不是耶律信,若真是耶律信,正是助吾辈封侯!但耶律信并非一勇之夫,本郡敢断言,遂城、保州、北平寨所遇之辽军,绝非契丹主力。契丹主力,要么由雄州南下,要么自高阳关南下,耶律信调出一两万人马,以两三千人为一队,打着他的旗号,一是为了迷惑我们,一是为了牵制我镇、定之兵。本郡若以为契丹主力在此,则必然龟缩于坚城之内,不敢出城,使我诸城寨陷入各自为战之苦境。他们便可以四处攻击试探,能取则取,不能取亦使我军不敢轻易出寨。"

"诸君!"段子介环顾众人,厉声道,"吾辈华夏贵胄,岂能让契丹如此轻我?!契丹军势虽盛,然亦不过黔之驴。其不能取镇、定,则不能取河北。纵然过高阳、雄州南下,他们连我真定府、定州都无能为力,又焉能突破大名府防线?其必败可知。如此不知大势、穷兵黩武之国,虽强必亡。诸君欲封侯否?!"

众人听他这一番分析,士气大振,一齐躬身道:"愿听大府差遣。"

"好!"段子介点点头,道,"本郡奉圣命守定州,守城是吾责,护民亦是吾责。契丹以为我军不敢出城应战,残虐我百姓,辱我甚矣!本郡将留两千步军与贾通判,令其坚守定州。本郡要亲率马军、本州巡检,东援保州。诸君凡善骑者,与本郡往保州;不善骑者,助贾通判守州城,同心协力,勠力报国!"

便听众人轰然应道:"同心协力,勠力报国!"

四月十二日,清晨。

雄州瓦桥关。

这个清晨简直称得上明媚清新。赵隆登上雄州城楼,极目远眺,还可以看见树叶与草茎之上,晶莹的露珠一滴一滴地反射着朝阳的光芒。在瓦桥关的两边,一片片水田里的青苗,青翠青翠的,像是又长高了几寸;纵横相连的池塘、沟渠中,一圈圈的水波荡漾,那是小鱼已经开始在水面下争食了。

如果不是那一夜之间遍布易水北岸的辽军,这样的早晨,即使是赵隆这样的武人，也会禁不住想要附庸风雅，填上一曲曲子词，找来歌妓清唱。

但此刻的赵隆，却殊无这份雅兴，只是浓眉深锁，观察着对岸的敌情。

他素知韩宝之名——那是辽国中名望仅次于"两耶律"的名将。人人都说韩宝勇猛过人，当世无匹，但赵隆未及领略他的勇猛，却先领教了他的谨慎。

从天色方明之时开始至今，韩宝已经对两座水寨发动了两次试探性的攻击。

第一次是两三百名渤海步兵，躲在一块块高达近丈的木板后面，分成两队，缓缓推进到河岸，隔河朝两座水寨发射火箭。赵隆一面下令水寨守军用弓弩还击，一面赶紧派人送去两车猛火油，二三十名臂力出众的禁军将一罐罐装满猛火油的陶罐掷向辽军，水寨守军趁机发射火箭，猛火油遇火即燃，顷刻间便将辽军的木盾烧了个干净。

这次进攻被打退还不到一刻钟，韩宝又马上发动了第二次进攻。这次他派出了百余名汉军与三百余契丹骑军，绕至易水上游距西水寨约四里左右。那些汉军背了两架简易云梯，还有十来块木板，到了河边，将云梯一倒，架在河上，木板往云梯上一铺，转眼之间，就搭成了两座木桥。三百余名契丹骑军，踏着这木桥，渡过易水，出现在瓦桥关的西面。他们熟练地驾驭着胯下的战马，分散着穿过池塘、沟渠、稻田，想要配合着正面恰到好处再度攻出来的友军，夹击西水寨。

赵隆连忙下令胡玄通点了三百善射的巡检出城助战。他让这三百名巡检都带上强弓劲弩，分成五十人一队，各带木盾，自由作战。这些巡检都熟知地形，穿行于水田、池塘之间，来去如飞，结阵方便。见着辽军，不管塘坝、水田，都迅速结阵，一顿乱射。那三百契丹骑兵进则无法结阵，战则陷于水田、池塘之间，近身不得，只能远远射箭还击，骑着高头大马，反而成了活靶子，混战一阵，那边韩宝看着占不了便宜，便鸣金收兵。赵隆也不敢穷追，见好便收。

此后，便是快半个时辰的宁静。

赵隆心里很明白，前面的两次进攻，只是韩宝在试探对手的能力。

传闻当中，韩宝一旦发起进攻，便有如雷霆万钧一般自九天劈下，无论面前是什么，都会在他的一击之中，涤荡干净。

赵隆右手紧紧握住佩剑的剑柄，双目凝视着对岸——无论韩宝有什么本事，他都已经准备好了，他镇守的这雄州，就要学那惊涛骇浪中的礁石，纵是风浪大作之时，能将礁石完全淹没，但是，只要它一退，礁石依然在此！

嘭！

嘭！

嘭！

来了！赵隆在心里说道。易水对岸，战鼓之声，隆隆擂起。紧接着这战鼓声传来的，竟然是群马踏过地面的轰隆声。

站在赵隆身旁的杜台卿惊讶地张大了嘴，忍不住问道："辽狗疯了吗？韩宝想做什么？他们在河对岸冲锋？"

连赵隆一时之间，也搞不清韩宝想要做什么——他总不至于疯狂得想让麾下的骑兵纵马跃过易水？

他瞪大眼睛，看见一队队的骑兵踏着鼓声，冲到河边，旋即勒马急转，便在此时，只见从那些契丹骑兵手中，挥出一坨坨黑色的物什，飞向河边的两个水寨。

"不好！"赵隆与杜台卿几乎是同时叫出声来。两人惊恐地对视一眼，赵隆马上转向一个行军参军，高声喊道："是猛火油！猛火油！"他话音未落，后面的契丹骑兵已经向着两座水寨射出一轮漫天蔽地的火箭，顷刻之间，两座水寨燃起了熊熊大火。水寨之中，一片慌乱。

赵隆尚在权衡水寨是否还能坚守——几乎没有片刻间歇，突然之间，对岸角声齐鸣，一队队汉军抬着几十架简易云梯、背着木板，朝着易水冲来。他们旁边跟着上千名渤海步军，一面向前冲锋，一面朝着河对岸漫天蔽日地射箭，掩护着汉军。

"撤！撤！让水寨的孩儿们撤回关内！"赵隆这时再也不敢犹豫，一面声嘶力竭地高喊着，一面冲下城楼，大声喊道，"马军上马！出城迎敌！马军上马！"

但赵隆的马军并没有来得及出城接应，他还没跑下城楼，就被杜台卿死命拽了回来。

就在转瞬之间，城外的局势已经崩溃，契丹骑兵源源不断地涌过易水，两座水寨的守军溃不成军，四散逃窜，被契丹人撵在屁股后面追杀，他们中的很多人甚至忘记要向瓦桥关逃跑。而水寨因为无人救火，眼见着就要烧没了。

他看见萧吼高举着一面"韩"字将旗，疾驰至关下，勒马急停，一把将将旗插入地中，抬头高声喊道："赵将军！我家都统让我前来回复将军——雄州在此，我们来了！"

这是赵隆从军以来，所受到的最大羞辱。

但此时，甚至连这样的羞辱也已经不算什么。辽国既然已经渡河，他就陷入了必须缨城自守的境地。他的耳边，分明已经听到了载着火炮的马车碾过官道的"吱呀"声。最重要的是，三军不可夺气——可是，瓦桥关自他赵隆以下，在韩宝这样的打击下，的确已经气夺。

难道这就是我要尽忠的地方吗？！望着城下趾高气扬的萧吼，赵隆轻轻按住已经将箭搭在了弓上的杜台卿——那里在射程之外。

"杜护营，借一步说话。"

4

辽军渡过易水、夺了宋军的两座水寨后，却并没有马上攻城，而是夹河列阵，好整以暇地垒灶做饭起来。韩宝再次向赵隆展示了他的谨慎，他不仅派出了两队骑兵在瓦桥关两面游弋，还派出了数千汉军，在城外砍树挑土，填平附近的水田。

赵隆从未遇到过这样的对手。辽军占尽优势，却依然连半点儿机会都不肯留给自己。

午后，赵隆终于有机会第一次在实战中见识到火炮的威力。

五门火炮，每门火炮都由四头骆驼拉动的驼车装载，除了对道路有所要求外，若论行军速度，较之寻常马车，毫不逊色。除了拉载五门火炮的驼车外，同行的还有十余驼车辎重，而护卫这五门火炮与二十五名炮手的，是上千余名契丹精锐骑兵。这支火炮部队，看起来不像是韩宝的麾下，更像是一支独立成军，协助韩宝作战的部队。他们渡河之后，在距城约两里左右的地方，卸去挽具。赵隆看着他们将长达五六尺的铜炮，从驼车上推下来。原来每辆驼车上的火炮，都已经事先装在一个炮架之上，这种炮架，赵隆曾经在河间府见过，都是由坚木制成，装有四个轮子，便于移动。但远远看来，辽人的炮架，与大宋神卫营的不同，神卫营的炮架较高，火炮可以上下调整角度，据说如此，发射之火炮能更加精准。而神卫营的炮手，随身也都会带着规尺，以计算发炮之远近。但赵隆所见的这些辽军炮架，却极其低矮。他远远看见那些辽人炮手比划半天之后，方将五门火炮推到各自的位置。然后，让他大惑不解的是，辽人并没有马上发炮，竟然在火炮后面挖起坑来！

这却是赵隆从未见过的。

他并不知道，辽军的这五门火炮与他在河间府所见之宋军火炮，形制其实大不相同——宋军在河间府有大小火炮二十五门，射程远近各不相同，然而全是后装子母铳炮，每门炮配有三到五个子铳，事先将弹药装于子铳之内，作战之时，火炮便可以连续不断地发炮。而其弹丸以铅子为主，一炮发出，铅丸成百数十，人畜中者立死，要的便是杀伤范围大。而辽军这五门火炮，却是专门设计出来攻城之用——整个大辽国，这样的火炮，也就此五门，再多一门都没有了。

辽国设计、铸造这五门火炮的人，叫韩守规，是一个辽国汉人，韩家世代都是辽国军中的工匠，韩守规之父因为相貌俊秀，被一个亲王看中，做了男宠，韩家因此显达。韩守规三十岁时，也就是熙宁十一年，被选中派往汴京白水潭学院格物院留学，他本就天性聪慧，兼之留学之前，在辽国曾经设计兵器、规划水利，甚至还主持过修建宫殿，因此在白水潭留学之时，实是如鱼得水。虽说格物院凡与兵器研究院有关之学问，对辽国学生都有所防范，但是学院到底是学院，如火炮之设计原理这些，本也不是多深奥的东西，况且，石越惩于他那个时空中的明代初期为了防止火炮技术泄露，采取秘不示人的方针，最终却是导致后继人才匮乏，成为至明代中叶，火炮便已落后于西方的一个重要原因，因此极力反对敝帚自珍的方针，而是力倡鼓励民间习学。凡事有一利必有一弊，石越对白水潭格物院之影响，无人可及，而在这种政策之下，对于韩守规这样的聪明人来说，了解火炮火器之奥秘，那实在是极简单之事。相关的书籍处处皆是，而他的同窗好友，更是多有在兵研院当差的。韩守规在白水潭读了五年书，回国之时，箱中便已经装了他自己设计的十几种火器图纸。而那时，辽国已经开始暗中仿制火炮有时了。待到韩守规归国，辽国仿制火炮便是一日千里。辽国坐拥幽蓟之地，治下拥有汉、渤海两个文明高度发达的民族，无数技艺出众的工匠，又有铁矿、铜矿，其冶铁、冶铜之技术，相比宋朝，可以说在伯仲之间。一旦有了韩守规的头脑，在火炮技术上，辽国较之宋朝，差的就只是经验的积累了。而偏偏韩守规本人，同时又正是一个天才的工匠！

如他铸造的这种"神威攻城无敌大将军炮"，采用了宋朝赵岩设计的克虏炮为原型，有准星、照门、炮耳，管壁较厚、倍径较大，但又做了专门的改进，这种火炮，每门重达八百至一千斤，比宋朝最新型的克虏炮要重上一倍。与宋朝兵研院现时喜欢设计子母铳后装炮不同，韩守规采用的是前装弹药，所用的弹丸是大如小斗的石弹。这"神威攻城无敌大将军炮"，一炮发出，声震数里，后坐力极大，炮手点火之后，若不及时躲进土坑，难免被震伤。而其威力之大，称得上是前所未有的攻城神器。辽帝耶律濬甚至亲自赐名由这五门火炮组成的部队为"大辽神威军"。

但这些内情，自非赵隆所能悉知。

事实上，他连"韩守规"这个名字都从未听说过，也从来没听说过什么"大辽神威军"。他对火炮的最主要认识，来自河间府的一次演习试射。那一次，附近军州的主要将领都受邀前往，亲眼看着二十余门火炮齐轰，那实是赵隆有生以来所见的景象中，最受震撼的一次。这远不是他在讲武学堂时看到的那几门教学用的克虏炮可以相提并论的。

然后，便是昨日……

然后，便是今日。

大约在申初时分，便听到几声巨大的轰隆声猛的响起，辽军终于开始发炮攻打瓦桥关。

辽军的第一轮炮击发出的巨响，惊得瓦桥关内的牲畜马嘶牛鸣，四枚石弹越过城墙，砸落城内，一枚石弹正好砸在离城墙不远的一座房屋上面，斗大的石弹落下，顷刻间就砸塌了半边屋顶。还有一枚石弹打在了城墙上，站在赵隆旁边的曲英咂了咂舌，从城墙上探出半个身子去看了一眼，嘴里立刻骂出一连串连赵隆都闻所未闻的粗口来——原来城墙竟被这石弹砸出个数寸深的大坑来！亏得瓦桥关当年修筑之时，垒土是花了工夫的，要是一般小城，只怕挨得这一炮，城墙马上就得塌一块。

赵隆也是目瞪口呆,他原以为辽人的火炮与河间府的差不多,或者充其量也就是七梢炮那样的威力,因此早已准备了布幔、皮帘等守城之物应对。他正在发愣,已听曲英在旁边骂道:"乖乖,致果,这玩意靠布幔、皮帘只怕耐不住。"

连杜台卿也忍不住骂道:"枢密院那群王八蛋,难怪他们在大名府要修石墙!赵致果,这该如何办法?"

"曲三,先让大伙将布幔、皮帘撑出去!"赵隆吩咐着曲英,一面努力让自己的声音听起来有信心一点儿,"让胡巡检去城中,令城内军民,不得惊慌,小心躲避矢石。"说到此处,他故意提高声音,大声道,"瓦桥关坚固着呢。大家放心,这几块石头,砸不垮这城关!"

目送着曲英高声领命而去,赵隆转过身来,望着杜台卿,问道:"杜护营,上午所说之事?"

"你说现在就?"杜台卿惊讶地望着赵隆。

"我们去见柴使君吧!"赵隆望了杜台卿的眼睛一会儿,转身便朝雄州州衙走去。

身后,辽军又开始了第二轮炮击。

"开什么玩笑?!"雄州州衙,柴贵友瞪大了眼睛,望着赵隆,"诈降?!"他转过脸望着杜台卿,"难不成你也疯了?"

杜台卿默然不语。赵隆涨红了脸,道:"柴公,这实是没有办法的办法。"

"什么没有办法的办法。"柴贵友摇着头,道,"不成!不成!雄州守得住便守,守不住,咱们三个便一道自刎尽忠。诈降,成了还好。万一没成,到时候就算再想死,也不得干净了。"

"使君若只是顾忌此事,那下官倒有个办法。"

"什么办法?"柴贵友狐疑地望望赵隆,又望望杜台卿。

"到时候便说下官与杜护营绑了使君献城,如此,纵然失败,亦不损使君清名。"赵隆是真的豁出去了,在这里,他不必再掩饰他的绝望。

"这……"

"使君,不到万不得已,下官不会出此下策。"赵隆高声道,"使君若是不信,不如上城楼看看,辽军五门火炮架在两里之外,发石如斗,易水南北,精骑数千。下官若是出城野战,无异于驱羊攻虎,自取败亡。想要缨城自守,城中却无一物可以阻着辽人的巨石,无一器能攻得着两里以外的辽军火炮。使君不是不知,我雄州城内,无论抛石机、床弩,能射到一里以外,便算是利器了!便这么着干等着挨打,早则今晚,迟则明日,这城墙总会被轰塌一块,辽人若是运气好一点儿,一炮轰中城门,那只怕连今晚都等不着!

"如今之策,唯有诈降。辽人素来轻我,下官见韩宝用兵又谨慎,爱惜士卒性命,我们如今穷途末路,向其请降,他们没有不答应的道理。到时,若能说动辽人,允我出城请降,我便择数十死士,骑快马,暗藏霹雳投弹、火药,伺机而动,无论是与韩宝同归于尽,或能拼得一命,毁掉辽人火炮,辽人都必定士气大挫,雄州亦能赢得喘息之机,等待援军前来。

"纵是辽人不让我出城请降,我们为表诚意,派去人质。他们既知我今晚将降,戒备必有所放松。今晚我亦可择死士数百,由城内地道出城,偷袭辽军,杀他个措手不及。若能除去辽军火炮,自是万幸。纵然一无所得,咱们拖了一日时间,也是便宜。"

"人质?这辽人火炮,真的如此厉害?"柴贵友忍不住问道,他听赵隆所说,哪里是诈降,分明是孤注一掷。他口里问着话,眼睛却是望着杜台卿——在他的心里,他是信任杜台卿多过信任赵隆的。容城之鉴不能不防,万一赵隆是想要弄假成真……

杜台卿沉默了好一会儿,方沉声道:"柴公,你也上城墙看一眼吧。"

自从昨天晚上辽军兵临城下以来,柴贵友还没有上过雄州的城墙——他一直都躲在州衙之内,念佛颂经。

北平寨至保州的路上。吴家口铺。

段子介勒马停在吴家口铺的入镇路口,望着眼前的残垣败瓦,沉默了半晌,突然破口大骂:"贼辽狗!莫叫本郡遇上!"这已经是他一路上,所遇上的第三处村镇,处处皆是一般景象,不仅人畜无遗,连房屋都烧得干干净净。

"段公,斥候只找到四五具尸首。"一个行军参军在前头听了斥候的报告,回来禀报，"这吴家口铺原本有两百多户人家，男女老幼算在一起，该有上千人口，看来都被辽狗掠走了。"

"押着这许多人，他们走不远。"一路上他们所遇的三个村镇，人口加起来便上两千。段子介执鞭沉吟，转头望向身旁的北平寨寨主李浑，他早知李浑之名，知道他曾是大宋精锐骑军的护营虞候，又是殿前侍卫班出身，如今北平寨战略地位远不如前，留在北平寨实是大材小用，而他来定州，时间不算太久，现今正是用人之际，因此才特意带在身边，正是为有所倚重。此时他心中犹疑，本待想问李浑，但旋即改变了主意，转头望着自己的参军们："诸君可有何想法？"

段子介身兼飞武一军都指挥使，因两府深知定州之紧要，因此定州辖下，除军直属部队外，尚有一步营一马营——若是再迟上个一年半载，定州甚至还会有装备火炮的神卫营进驻。而此番率军东援，他带走了马营近一千八百名骑兵，以及军直属部队的大部——包括一个指挥的骑兵、一个指挥的辎重兵、随他而行的护军虞候以及几十名执法队，此外，还有定州巡检麾下的三百巡检，总兵力超过三千人。而随行之武官也不少，虽然军副都指挥使被他打发回定州守城，但军都行军参军，他却不能不带在身边，还有七名军行军参军，他带了四名前来，一名是掌粮秣的行军参军——这是免不了的，按例此职兼任军直属辎重兵指挥使，其他三名，一位掌情报地图，两位掌作战、训练之职。此外，他还带了一名书记官、两位军医……这些武官，都是从七品的翊麾校尉、翊麾副尉。更不用说他的都行军参军以及马营都指挥使，还是堂堂致果校尉。

近二十年的宦海生涯，的的确确让段子介变得更加细心。他到定州虽然不久，但已经明白，河朔禁军是一个论资排辈的地方，阶级分明，上下有别。他若放着这许多致果校尉、翊麾校尉不问，反而先问一个罪臣起复的御武校尉，难免没有人不会心生怨恨。若是平时，他倒不怕这些，但如今大兵压境，一点点怨恨累积，就保不定有人会因此勾结辽人，以泄私愤。

但他的参军们似乎都没有明白他的意思，没有人敢贸然回答他。

军制改革在禁军之中广设参军，其意图一是为储备人才，一是为主将决策之时集思广益，在军一级设"都参军"一职，枢密院更是对此寄以厚望。但事实却往往不尽如人意。在有些禁军中参军们的确起到了幕僚的职责，而在另一些禁军中，参军们起的是清客的作用——他们似乎认为自己存在的意义就是奉承上意，因此专以揣摩主将的心意为先务。

段子介等了一小会儿，听几个人没头没脑地说了几句试探他意图的话，强忍心中怒气，转身问李浑道："李寨主，你有何看法？"

李浑忙趋前一步，欠身回道："大府，下官以为，辽人未及深入，所到之处，便大肆劫掠，而且又是杀人少，掠人多，这正印证了大府此前的判断——其胸无大志可知。既然如此，下官以为，他们未必攻得下保州！"

"诸君以为呢？"段子介这次问他的参军们的语气中，不由自主地带上了一点点讥讽。

这一次，一个参军自以为明白了段子介的意思，忙大声道："李御武说得极是。辽狗既然轻易攻不下保州，其顿兵坚城之下，师久必疲，我军正好好整以暇，慢慢前去，以逸待劳，必克全胜！"

师久必疲……段子介正恨不得一脚将这个参军踢到路边的沟里，却听到李浑高声道："不可！"

那参军不料李浑跳出反驳自己，一脸傲慢地望向李浑，含讥带笑地问道："噢……李御武又有何高见？"

他刻意把"御武"二字说得极重，显在讥讽对方的阶级。李浑却毫不在意，面朝段子介，大声道："大府，下官以为，辽人在北平寨浅攻则止，其必不久屯于保州亦可知。辽人若攻不下保州，多半便会引兵他去。我军便算是快马加鞭去保州，也未必能遇上辽人，何况缓缓而行？"

那参军却不服气，讥道："北平寨之重要性，如何能与保州同日而语？辽军不攻北平寨，可未必不攻保州。"

李浑回看了那参军一眼，反问道："下官敢问将军，辽人若一意想要攻下保州，又哪来多余的兵力在这四处劫掠百姓？杀人放火、抢劫粮食或还在情理当中，但若是劫掠人口，难道不当等到保州城破之后再说吗？"

"或者辽狗兵力充裕……"

"若其兵力充裕，为何又不见在我军来的方向设置斥候，甚至伏兵以待？况且，果是辽军主力在此，我军斥候，早就该见着辽军了。"

段子介见那参军理屈词穷,面红耳赤,却还想争辩,他心里虽极是痛快,却不欲他们再争吵下去,挥手止住二人,道:"不必多说,李寨主所言有理。李寨主,你以为我们当如何应对?"

"下官以为,我军的确不必急于去保州。"李浑抱拳回道,"但不是为了攻敌之疲。"

"唔?"

"辽军纵兵四掠,所掠之百姓、牲畜、财物,不在少数。其行动也必然缓慢。大府何不向四面八方,广布斥候,寻找辽军踪迹?下官听说,辽人一向嘲笑我河朔禁军不敢与其野战,他们必然想不到大府竟敢寻找他们野战。我军出其不意,攻其不备,必能成功。"

"好!好!"段子介连赞数声,才又向诸参军问道,"诸君以为呢?"

这时众人早知他心意,当下一个个说道:"职等以为李寨主所言甚是,若能救百姓于倒悬,亦是不负大府护民之心。"

段子介见计议已定,便待安排斥候,忽听到镇内传来喧嚣声,因问道:"出何事了?李寨主,你去看看。"

"是。"李浑领令而去,未多时,便见他与几个巡检押了两个二三十岁的男子过来。

段子介望了一眼李浑:"他们是何人?"

"回大府,他们自称是吴家口铺人。"

"唔?"段子介转头,望着随行的定州巡检张庞儿,"张巡检,你认得吗?"

张庞儿忙上前来,仔细看了看二人,回道:"段公,下官虽为巡检,然保州非下官辖内。"

段子介点点头,纵身下马,踱到二人跟前,端详了二人一会儿,方问道:"你们是本地人?"

"是。"那两个男子早见着众人情形,双双跪倒,年纪较轻的那个叩头道:"回官人话,草民叫吴和尚,这位是我的结义哥哥,唤作吴三儿。我兄弟皆是吴家口铺忠义社。昨晚辽狗过此……"

"昨晚?你说昨晚?"段子介听到这话,连忙打断二人。

"是……"

"你们听好,我要你们详详细细说给本郡听。"

四月十二日傍晚。

雄州。瓦桥关外,辽军先锋都统大帐。

韩宝穿着一副与普通契丹士兵没有多大区别的盔甲,坐在一张胡榻上,仔细地擦拭着自己的佩剑,不时抬头,观察雄州的战局。从他的帐中向外眺望,雄州瓦桥关的动静,都可以一览无遗。

现在,他占据着绝对的优势。

但是,韩宝脸上一点儿笑容也没有。

对于这场战争,极少有人知道,韩宝与耶律冲哥在军中属于少数派。虽然大辽皇帝有权力做任何他想做之事,可是耶律冲哥沉默不语,心里对是否真的能打赢这场战争毫无信心。而他韩宝,则是不喜欢打一场从一开始就注定要缔结和约的战争。

战争既然已经开始,就必须要赢得胜利。然而,他自归信之战以后,就格外留意不要白白牺牲自己的部下。他统率着两万余人马,包括三千契丹精锐骑军及两倍于此的家丁,一万渤海步军,六千余名汉军与工匠。这三族将士,能被选入先锋军,都是经验丰富的百战之余,都是大辽国力的一部分。如非必要,他再也不会轻易将他们消耗于南朝的坚城之下。

皇帝已经向阻卜、室韦、女直这些部族发诏征兵,那些部族兵才是可以随便消耗的,若有一日要苦战于坚城之下,要让数以万计的士兵去前赴后继地送死,他会耐心地等待着皇帝将这些蛮夷送到他麾下。

到那时,他一定会让南朝诸将好好领略一下,他韩宝用兵能刚猛到何等程度。至于那些小小的胜利,直到两朝皇帝重新签订盟书之日,都不值得他高兴。

五门攻城炮对着瓦桥关已经轰了一个多时辰,城墙上撑出密密麻麻的皮帘、布幔,但遇上火炮之利几乎如同摆设。瓦桥关的城墙被轰得坑坑洼洼,有一枚火炮越过城墙,击中敌楼,竟将敌楼炸塌了一角。宋军惧于大辽骑兵之威,不敢出城野战,只能龟缩于城中。然而面对大辽火炮,却是连守城也一筹莫展。

若非这火炮的准度实在不敢恭维,只需一炮轰开城门,这瓦桥关早已经是他韩宝的了。

平心而论,这实已是大快人心之事。当年南朝以火器自骄于天下万国之时,绝不会想到,不过一二十年间,就有今日这样的情形出现。可是,这样的情形,却让韩宝与耶律冲哥们更加忧虑——通事局曾经探查到南朝枢密院的一份机密文书,据那份公文所言,南朝自国力恢复后,两府于太平中兴十一年,也就是去年,奏请南朝太皇太后批准,要大举增建火炮作坊,预计若干年后的规模将是现有火炮作坊的二十倍以上。只要等到明年,沿边诸镇,如雄州、霸州,都将配备火炮与神卫营。再等五年,南朝要将沿边如雄、霸这样的重要军州,每城布置大小火炮三百门以上。

这份机密情报,也许是让皇帝觉得再也不能多等的原因之一。

以南朝的国力而言,他们如若真想造这么多火炮,的确是造得出来的,传闻南朝设计的小火炮不过几十斤而已,费铜并不多。而且,据说南朝并没有放弃铸造铁炮的想法,只是不知道他们的进展如何。不论如何,韩宝都无法想象,以大辽的攻城能力,面对着善于守城的宋军,以及数百门火炮,该要如何应对……

韩宝虽然对火炮了解有限,但他已经敏锐地意识到,火炮这种兵器,就是越多越有威力,越大越有威力,五百门火炮齐轰,威力绝不止五门火炮的一百倍。

所以,虽然大辽的火炮如今能令南朝的许多城池一筹莫展,帮助大辽攻取一座座原本只能望城兴叹的城镇,能够在野战中前所未有地威胁到南朝的重兵方阵,但是,若将眼光放得长远一点儿,就能看到一个显而易见的事实:以南朝的国力,可以轻易地造出上万门,甚至是上十万门的火炮,然而若让大辽造上万门火炮,只怕将大辽的皇宫全卖了都凑不齐这许多青铜来。这对大辽绝不是一件好事。

唯一可以安慰的是,韩宝也发现了火炮的缺点。它们笨重、移动不便,尤其是在开炮作战之时,而真正要威胁能征善战的大辽骑兵,没有数百门火炮,将大辽骑兵引入事先设定的战场,亦难以如愿。因此,对宋军来说,当那一天到来——他们将大量的火炮用于野战后,火炮既是他们最大的优势,也将是他们最大的弱点。而对于大辽来说,只要统兵将领善于利用骑兵机动力强的优点,火炮对骑兵的威胁，远不如对步兵的威胁大。

只不过……韩宝耳边听着攻城炮那震耳欲聋的炮声，心里却突然冒出一个不怎么吉利的念头——也许，这将是大辽铁骑，最后一次踏足河北平原了。

"父亲！"踏入帐中的，是韩宝的第八子韩敌猎，也是他十五个儿子中，最像他的一个，现年不过十八岁，便已经官至鹰坊副使，此次南征，便在他帐下做了参谋[1]。

韩宝没有抬头，仍然继续擦着他的佩剑，只是淡淡应了声："何事？"

韩敌猎欠身行了一礼，禀道："萧忽古元帅在霸州受挫。"

"啊？！"韩宝终于停止了拭剑，抬起头来。

此番南征，大辽可谓倾国而出。十三万精锐常备骑军，除皇太子率两万骑御帐亲军屯兵南京析津府监国，上京道、东京道各留数千宫分军镇守外，十余万骑御帐亲军、宫分军倾巢而出，此外，还出动了三万渤海军、八万余汉军。后面，还有源源不断的部族军正接到征召……

大军依旧分成东、西两道，西路设西京行营都部署司，以西京留守耶律冲哥任都部署，统两万宫分军、四万汉军，虽有步骑六万，然既要镇守西京道，又要监视上京道诸部族、防备宋军自河套东渡阴山，因此其目的只是牵制河东宋军，令其不敢轻易东过太行。

真正的重点自然是在东路。皇帝御驾亲征，下设行枢密院统辖军事，由耶律信、萧岚主持。而东路又兵分三路：萧阿鲁带统军一万余骑，号六万，袭扰镇、定；韩宝率步骑两万余为先锋，出雄州，皇帝与耶律信、萧岚率主力三万御帐亲军、两万宫卫骑军、一万余渤海军、两万余汉军以及少量部族军，共步骑近九万之众紧随其后；萧忽古则统两万骑兵、五千渤海军、一万汉军，计步骑三万五千余众，号十万，出霸州，攻沧州。

只有各军主将等极少数心腹之臣，才知道这次战争的真正目的。

也只有他们才知道，哪些地方重要，哪些事情重要……也只有他们才知道，为了迷惑宋军，防止南朝察知军队调动，皇帝亲率的主力与耶律冲哥的西路军是滞后出发的——当其他三路军队进入宋境之时，这两支军队才刚刚集结完毕。

---

[1] 辽国北面行军官官名。

萧忽古的意外受挫，说不定会影响到整个战事……

"霸州不过四千余守军吧？"

"是。"韩敌猎的脸上仍然还有未退去的惊讶之色，"萧老元帅也是我大辽的老将，此番为求必胜，皇上特意调动了十门火炮前去助阵，虽说那火炮并非是为了攻城而造……"

韩宝站起身来，打断韩敌猎："伤亡如何？"

"折损了五千余人，战马一千多匹……"

"五千余人？！"韩宝当真是大吃一惊，"霸州呢？"

"两三千人的伤亡总是有的。"韩敌猎说完，见父亲沉吟不语，又提醒道，"父亲，咱们恐怕也得先做准备。"

"唔？"

"萧老元帅仍旧没有撤兵的意思，大军还在围城——依孩儿看，多半是皇上或者兰陵郡王下了密命，说不定，神威军也得去霸州助阵……"他口里的"兰陵郡王"，说的是耶律信的爵位，韩敌猎说到此处，忽然停了一下，试探着笑道，"孩儿看这仗打得，不像是以往的路数，倒似是皇上有意恢复三关故地似的。"

韩宝瞄了儿子一眼，忽问道："若你是萧老元帅，你会如何攻取霸州？"

韩敌猎想都不想，便笑着回道："若是孩儿，屯兵两千骑于城外，围而不攻。然后纵兵四掠，将霸州四野，焚荡无遗。甚而可以干脆不理它，绕城而过便是。这城值不值得攻，不可一概而论。若这仗打得短，反正南朝也不敢出城，攻它做甚？若这仗打得长，他既不敢出城，我围他三年五年，屯粮再多也吃没了，这城又焉有不破的？不瞒父亲，儿子就是想不明白，我大辽善野战，南朝善守城，都百多年了，皇上又不要他们的地，又何必非要以己之短，攻敌之长？"

"放肆！"韩宝厉声斥道，"皇上要甚不要甚，轮不到你来说三道四！"

"是。"韩敌猎连忙低头认错。

韩宝骂了一句，又问道："那雄州呢？若是你来领兵，你待如何取法？"

"雄州……"韩敌猎沉吟了一会儿，转头看了一眼帐外的瓦桥关，忽然愣住了，笑道，"只可惜天下的城不能都这般取法。"

回头再看韩宝,也是望着帐外怔了一下,自言自语道:"请降?"

此刻,远处的雄州城头,一个人正举着一面白旗,拼命地摇着,还有人在大声吆喝着什么。

父子俩方相视一眼,帐外,萧吼捧着头盔走了进来,高声禀道:"禀都统,雄州乞降!"

5

韩宝在亲兵的簇拥下,在他的大帐外,接见那位用篮子吊下来的雄州使者。他依然穿着那副平淡无奇的盔甲,但披上了一件华丽的披风,这件黑色的披风,是用上等貂皮制成,以金丝镶边,上面还嵌了一些东珠——这件披风,是大辽皇帝赐给他的。他的身后站着四个亲兵,一个牵着他的爱马"黑骐",一个扛着他的长枪,另外两个,分别捧着他的弓与箭袋。两旁则站着他的几名参谋与裨将。

萧吼押着那个雄州使者来到他的跟前,一个三十来岁的南朝校尉,比韩敌猎还高,差不多有六尺高——听说南朝选拔禁兵,对身高极为重视,只是不知道他们对骨气是否同样重视。这个南朝校尉穿着他的官袍,"正八品。"韩宝瞄了他一眼,用汉话问道,"宣节校尉?"

那个南朝校尉跪在他面前,用契丹话恭恭敬敬地回道:"下官宣节副尉曲英,叩见晋国公。"

韩宝略略吃了一惊,晋国公是他的封爵,让他惊讶的是,这个曲英的契丹话竟然讲得极好。

他也改回契丹话:"你来乞降?"

"是。"曲英从怀中掏出一封书折,双手恭敬地高捧着,回道,"下官奉赵将军、杜将军之命而来,这是降书,请晋国公过目。"

韩宝的眼睛眯了起来,他示意韩敌烈接过文书来,打开扫了一眼,一面问道:"若我没记错的话,雄州知州叫柴贵友。"

"是,晋国公说得不错。不过,那柴贵友不知逆顺,不识时务,已经被赵将军与杜将军擒住了。"

"好一个不知逆顺，不识时务。"韩宝"嘿嘿"干笑了两声，"我久仰你家赵将军之名了。"

"不敢，不敢。"曲英连忙回道，"赵将军说，此前冒犯虎威，还望晋国公海涵。晋公乃北朝名将，赵将军、杜将军皆仰慕已久。今晋公领兵而来，雄州兵微将寡，纵是负隅顽抗，终不可能敌得过晋公之虎威，徒使生灵涂炭，受此无妄之灾。故此，二位将军说，只要晋公答应全此一城之百姓性命，二位将军愿献此城。若晋公不肯答应，则我雄州虽无器可当火炮之利，然纵是城破，亦必巷战到底。"

他这一番话，却又说得慷慨无比，惹得萧吼拔刃出鞘，厉声呵斥。

韩宝挥了挥手，止住萧吼，不动声色地道："如此说来，赵隆与杜台卿，倒是仁义之将，我又焉能不成全他们？你叫赵将军与杜将军放心，他们若真心献城，我大辽皇帝最是爱惜人才，我亦可保他们富贵。但既要献城，却在何时？"

"回晋公话，赵将军与杜将军之意，是望晋公宽限一晚，明日便即献城……"

曲英话未说完，韩宝忽然一声大喝："来人啊，将此人给我拿下！"

"是！"萧吼大声应道，手一挥，几个亲兵立即扑上来，将刀架在了曲英脖子上。

曲英吓得两腿发软，面色惨白，呆一阵，才大喊："冤枉，冤枉。"这回却是用的汉话了。

韩宝冷冷地望着曲英，冷笑道："你来诈降，还敢叫冤枉？！"

"冤枉！冤枉！晋公，我们是真心实意想要献城啊……"

"既是真心实意，为何不立即打开城门献城？既已擒得柴贵友，为何不斩了他的人头送来？分明便是诈降！"

"晋公！晋公！冤枉啊！"曲英跪在韩宝跟前，叩头如捣蒜一般，"晋公明鉴，雄州沐赵官家恩德一百余年啊，人心归宋，献城之议，虽为大义，然军民昧于愚忠，多有不服者。柴贵友治郡，又是颇有小恩小惠，若然便这么杀了他，雄州城内，此刻便已是血流成河，若是这般，岂不是害了百姓的性命？便是仓促让晋公进城，开城门不难，然进城之后，谁又能料到发生何事？赵将军与杜将军却是怕到时惹恼了晋公，弄巧成拙。愚民无知，总要时间弹压劝说；府库籍册，也要时间清点。况且明日献城，时间也不过一晚而已，若是缓兵之计，这一晚上又济得甚事？这……还望晋公明鉴呀！"

"既是如此，那你说，明日你们待如何献城？"

"是！是！"曲英连忙说道，"二位将军说，若晋公肯全此城百姓性命，为表诚意，明日一早，便由赵将军押着柴贵友出城，献上册簿，杜将军在城内弹压，以防异变，大军进城之时间，则请晋公定夺！"

"好！既是如此，我便暂停攻城，明晨在此，恭候赵将军！"韩宝挥挥手，示意亲兵放开曲英，"曲宣节，请起吧。"

曲英连忙爬起来，脸色犹是惨白，一面说道："二位将军说，晋公远来辛苦，让下官送来些牛酒，犒劳大军。另有一点儿缗钱绸缎，是专门孝敬晋公的，还望晋公笑纳，不成敬意。"

"如此，那便多谢二位将军美意。萧吼，送送曲宣节！"

韩宝望着萧吼与曲英离去，正要回帐，却见韩敌猎快步过来，道："父亲，只怕……"

他挥挥手，止住这个儿子，笑道："不必多言，这是天助我也！"

四月十三日清晨。

保州，燕子林。这是一片由天然树林与人工林寨交错而成的大树林，数十年来，保州官府都严禁百姓砍伐树木，虽说因承平太久，偶有百姓偷伐，但至绍圣时为止，影响有限，只是在树林中踩出了许多樵夫小道。

此时，段子介便率领着近三千人马，在当地忠义社的吴和尚、吴三儿指引下，经由这些樵夫小道，隐藏在这片树林中。张庞儿的几十个巡检，则扮成逃难的本地百姓，正沿着林中的道路，跌跌撞撞地向南前行。这条林中道路仅能容四骑并行，这些"逃难百姓"，也是稀稀拉拉的，三两一群，拉成了几里长。另有一些巡检则在本地忠义社百姓的指引下，在林中经由不为人知的小道穿行，随时向段子介禀报正由树林南方而来的辽军的情况。

辽军一方有大约三百名契丹人，也就是说，实际上只有一百名骑兵，押着三四百名百姓，还有上百头牲畜，几十辆牛车、驼车全部装得满满的。契丹人兵力之少出乎段子介的意料。他判断自己可能碰上了一支打草谷的分队，他的兵力三十倍于敌人，即使算上那些家丁，也是十倍于敌人。参军们都认为完全没有必要伏击，但段子介宁肯谨慎一些，这是他第一次接敌，完全不清楚敌人的战斗力。

他让辎重营藏在树林的北面，为防万一，又派了三百名骑兵在那里，协助作战——只要林中交上锋，他们就会堵住北面的路口。在树林南面的路口，他埋伏了一百骑与一百名巡检，封住辽兵的退路，然后让张庞儿的巡检们散布得远远的，防止有别的辽军经过。他则亲自率领一千六百余骑，埋伏于林中。

万无一失的安排。

只要静待辽人上钩。

南边，两个辽人的斥候已经进入燕子林。再过一会儿，他们就会迎面碰上那些南下的"逃难百姓"。

几乎是与此同时。

雄州瓦桥关，晨雾未散。

赵隆与四十名精挑细选出来的死士，都穿着素衣素甲——这也是投降的标准装束——正准备出城"投降"。为了不引起韩宝的疑心，四十个人，只有十人骑马，三十人步行随后。曲英站在这支队伍的最前头，牵着一匹枣红马，马上面则坐着五花大绑的"柴贵友"。

真正的柴贵友，则郑重地穿上了官服，与杜台卿、高光远、胡玄通一道，来给赵隆与四十死士送行。

人人心里都明白，这是一去不复返之行。

而做此殊死一搏的人当中，竟然有雄州的主将，即便是留下来的人，心里面也尽是茫然、惶恐……

但是，这一日的交锋，赵隆已深知韩宝的厉害，已经有一个人冒充柴贵友，他绝不敢再找一个人来冒充自己。

他向柴贵友、胡玄通告过辞，叮嘱过高光远，又缓缓走到杜台卿跟前，两人默默对视了一会儿，赵隆抱了抱拳，轻声道："杜护营，多谢了。"

杜台卿淡淡地抱拳回了一礼："赵致果，忠烈祠见。"

赵隆突然感觉眼角有点儿湿润，他连忙挤出一丝笑容，回道："忠烈祠见！"

城门，吱吱呀呀地打开了。

保州燕子林。

段子介看着那些"逃难百姓"按照事先吩咐的，在远远看见那两个契丹斥候后，开始大声喊叫、四散逃窜，离得近一点儿的纷纷钻进树林里，离得远的拼了命地往北路，一面跑一面大声喊着。马蹄声越来越急促，那两个斥候开始追赶这些"百姓"。段子介看到一枝羽箭掠过自己的眼前，正中一个巡检的背心。他看见那个巡检就倒在离他不到五十步远的地方。

那两个斥候大声呵斥着，声音越来越清晰，一些"百姓"见到有人死去，停止了逃跑，在鞭声、吆喝声中，挤到一处，还有人则跑得更快了。

时间几乎是在缓慢地爬行，每一瞬间都过得如此之慢。段子介感觉自己握箭的手心全是汗水。镇定！镇定！他几乎是在心里不停地提醒着自己。

计划万无一失！

他知道什么是"生口贸易"，他知道一个壮年男子在契丹的价格。南海诸侯用粮食、用一切他们能生产出来的东西来购买奴婢——每一个在这树林中逃跑的人，在这些契丹人眼里，都等于几百缗几百缗的铜钱。在辽国，这样的一个俘虏，便相当于十匹马的价格。这笔收入，够一个普通的契丹家庭过上两三年。

谁能抵得住这样的诱惑？

万无一失！一定要镇定！

终于，他看见一个斥候，就在他眼皮底下，吹响了号角。

很快，树林的南边，也响起了号角声。

"呼"——段子介几乎是长出了一口气。然后，他感觉到树林开始颤抖，那是数十匹战马疾驰时的声音。

林外的辽军，终于上马进入林中了。

段子介朝身边的李浑使了个眼色，在自己的弓上搭上了一枝羽箭。

雄州。

赵隆领着他的死士们，出城才走了不到二百步，便听到远处传来骑兵行过的马蹄声，透过晨雾，可以看到是数百契丹骑兵，正迎面而来。

曲英紧张地回头看了赵隆一眼，赵隆知道他担心什么，轻轻摇了摇头，低声道："马声不快不慢。"

他话音刚落，从那骑兵中已传来萧吼的声音："来者可是赵将军与曲宣节吗？"

赵隆朝曲英点点头，曲英连忙转过头去，大声应道："正是。在下曲英，赵将军已依约而来！"

那边萧吼笑道："我家都统期盼已久，特差萧吼前来护送二位，以防他变。"

"如此有劳萧将军了。"

"好说，好说……"

说话之间，萧吼的面容已清晰可见。赵隆此时才注意到，萧吼已经进入雄州的射程之内，离城门不到三百步。

他心里忽然感觉有点儿不对。

突然，他看见萧吼拔出刀。他猛地回头——为了让韩宝不起疑心，雄州的城门，一直是打开的。上当！赵隆脑子里"轰"的一声，正待出声提醒，便听到萧吼高声吼叫着，那几百名契丹骑兵忽然加速，直向城门冲去。

紧接着，"轰"的几声炮响，他的四周，杀声四起，密密麻麻数不清的辽军，从晨雾中冒了出来，冲向雄州。

雄州完了！赵隆伸手摸向腰间，那里藏着四个霹雳投弹，还有一个装着一截燃着的火绳的小竹筒，但他连最后拼死一搏的机会都没有，一个看起来还不到二十岁的契丹将军，率着一百名骑兵张弓搭箭，朝着他们冲了过来，转瞬之间，便将他们这四十余人团团围住。

"赵将军，家父令在下前来问候。家父让在下转告赵将军，胜败乃兵家常事，将军不必介怀。家父知秦州赵子渐乃忠义之士，必不肯降我大辽，愿待以上宾之礼，待他日两国定盟，定礼送将军归国！"

此时，燕子林。

段子介藏在树林中，望着二十余名契丹人从自己眼前疾过，这些辽狗的队伍拉得太长了，他们完全失去了戒备。队尾还有几十名骑兵没有进入伏击的林道，那些人还押着几百名百姓。

他想要一次完美的胜利，等着他们全部进入埋伏的林道，从中间截断他们，以石击卵，不给他们留一点儿机会。这样，他还可以让部下与百姓的伤亡减到最少……

然而，事情并没有完全按照他的计划发展。

一匹战马从树林中冲了出来！所有的战马都应该衔枚，由那些每天都要骑它们的人好好照料着，不发出一点儿声响。但是，这匹战马却稍微动了一下，然后正好踩到了一条蛇……

那些辽兵目瞪口呆地望着那匹从树林中疯了似的冲出来的战马，然后，几乎只是一刹那间，便也发了疯似的用契丹话大叫起来。

段子介此时根本无暇去想为什么会有匹马冲出树林，几乎是下意识地，射出了弓上的那枝羽箭。

一名辽兵"咚"的一声，从马上摔了下来。

紧接着段子介的那一箭，从树林中，几百枝箭射向那条狭窄的道路。十几个契丹人立时便被射落马下。

树林之中，杀声震天，无数的宋军将士，高举着马刀，从树林中杀了出来。四十多名契丹骑兵，还有二百多名家丁，手里拿着各式各样的武器，被宋军团团围困在一条长达两三里的狭长的林间道路之中。

段子介看着他的部下与这些困兽犹斗的契丹人厮杀着，李浑已经领了几百人去截杀契丹后队的那几十名骑兵，他以为那几十名骑兵会毫不犹豫地沿着原路撤退，没想到他们反而是不顾一切地向着这里杀来。不管怎么样，这些契丹人想要送死，也只能由得他们，这倒省下了他很多麻烦。他信得过李浑，正好可以把注意力全部放在眼前的战场上。

这些契丹人大多已经失去自己的坐骑，或者主动跳下马来——骑在战马上会成为弓弩的目标，但他们步战格斗的经验也非常丰富，他们都是两个在一起，背靠着背，对付着五六个宋军。他们看起来壮硕有力，使用的大多都是粗大笨重的长兵器，挥舞起来毫不费力。

段子介原本以为这将是一场单方面的屠杀，但他马上发现，事实远非如此。

道路狭窄，让他的优势兵力无法充分发挥，最多六个人对付两个契丹人，再多便无法施展。双方混战在一起，他也无法再组织起有效的弓弩打击——事实上，他事先也没有想过这些。他从来没有考虑过在步战格斗的情况下，六个禁军会打不过两个契丹人。而的确，这也并没有发生。

只不过，战况远比他想象的惨烈，伤亡也远比他想象的要多。

大多数地方，每倒下两个契丹人，同时总要跟着倒下一两个宋军。

有几个契丹残兵尤其凶悍。他看见一个穿着精良盔甲的年轻契丹人，小腿上有被羽箭擦伤的痕迹，后背的盔甲被一把长刀砍开，脸上、身上全是血迹，伤痕累累，但仍然一次次挥舞着手中的长刀，每砍一刀，便大声吼叫着，他一人对付着三名禁军，可死在他刀下的宋军，已经有四五名之多。

还有一个看起来像是这队骑兵首领的中年男子，左臂、背上，中了两支弩箭，右腿还被砍了一刀，仍然在大吼着挥舞手中的狼牙棒，至少击碎了段子介两名部下的头骨。

段子介几乎控制不住自己，很想上去和他们较量一下。但他的那几名参军此时无比忠义地站在他身前，让他清醒地知道今天这个愿望是肯定无法实现的。

不管怎么样，胜利的天平要倒向哪一方，已经是注定的事。

段子介的一个亲兵一刀砍中那个凶猛的年轻契丹人的后背，那年轻人晃了一下，便倒在燕子林中。那个首领突然发出狼吼一样的悲鸣声，不顾一切地扑向那个年轻人，口里大声喊着一连串的契丹话。

直到此时，听得懂一些契丹话的段子介才总算明白，他今天网到了一条大鱼。

死在那里的年轻契丹人是辽国南枢密使萧阿鲁带的幼子萧婆典。被他俘虏的这位中年男子叫萧继忠，是萧婆典的哥哥、萧阿鲁带的义子，官至漠南群牧使。

第三章

陈舒二圣

❀❀❀

🎯 天下自古无能才。

——曾巩《冬望》

1

绍圣七年四月十三日。

汴京。

尽管河北沿边,已经战火连城,距汴京一千一百二十宋里的雄州也在这一天陷落,但是,大宋朝的首都,这座普天之下最繁华的城市,却依然笙歌夜舞,歌舞升平。整座城市之中,没有人知道此刻千里之外的北方,发生了什么样的变故。

在这座城市里,最大的争论,仍然是王安石一生的功过,以及新党这二十余年的功过……汴京的市民,每天打开任何一份报纸,必有新旧两党的支持者连篇累牍的争吵、攻讦、漫骂;这个国家的最高统治者太皇太后高滔滔,每日里要读的奏折中,有三分之二,都是不同派别官员之间的互相攻击,余下三分之一的奏折中,又有三分之二,是新党攻击旧党的现行政策,旧党痛陈新党过去留下来的种种弊政。两府也不得清静,两府要处理各部寺、各路州之公文,每日还要接见各色文武官员——以往,两府的宰执还可以从容地与这些官员聊天,以了解各地的风俗民情、官员本身的能力,这会成为两府做许多决策的重要依据。但这一个月来,上下猜忌对立,支持新党的官员,防范着被他们视为支持旧党的宰执,反之亦然。纵是偶尔碰上一个政治立场相近的宰执接见,他们心里想的头一件事,仍是攻击政敌,试探着上面的风向。太皇太后的身体情况、小皇帝何时亲政,此刻成了他们最关心的事情。中低级的官员如此,两府、御史台、学士院、门下后省,各部、寺、监的官员亦不能不卷入其中,位居大宋朝心脏部位的主官们,彼此之间的猜忌与防范,甚至暗中的挑拨与斗争,此刻也成了他们的第一要事。

党争一天天地升级。旧党中已然冒出要"驱除小人"的声音,由旧党控制的御史台,对新党官员的监察也明显变得严厉……这样的情形,几乎让人疑心一场政治大清洗已迫在眉睫。

另一方面,这种党争也隐隐牵连到所谓的"石党"。许多旧党官员将石党视为新党的变异与庇护所,而不少新党官员则将石党视为旧党的羽翼。而石党的内部，主要是对旧党的不满也在日积月累，这些谋求彻底主导两府的石党官员，开始将过去的盟友旧党视为绊脚石，认为他们不思进取，对内对外的政策过于暮气沉沉。还有人严厉地抨击旧党才是党争乱象的根源，主张将旧党彻底赶出朝堂。更有人忧心于未来，急于得到快要亲政的小皇帝的好感，不愿意绑在旧党这块石头上一起沉没⋯⋯

幸运的是，石越与范纯仁的信任仍能维持。长期主持吏部，让范纯仁积累了足够的政治声望与无形的势力，他还能勉强拉住在这党争中一日一日走向偏狭与偏激的旧党，不要将这场党争推向悬崖。而有石越在，就能令石党这一庞大的政治势力不至于随风起舞，也公然卷入这党争中遂致无药可救。尽管几乎石党的所有官员都蠢蠢欲动。

对此，石越除了勉力维持，亦无良策。

百般无计之下，他甚至考虑过政党政治，但是他心里很明白，任何一种政治制度，都不是空中楼阁，它必须有与之相辅相成的各种制度为基础、为配合，更为重要的是，它必须有相应的文化土壤为支撑。否则，善政亦可为恶果，甚至是最可怕的恶果。文化的改变比技术的进步，更不可能一蹴而就。所以，别说他无法令高太后颁布一纸诏令，实施政党政治，就算他能做到，那除了造成大混乱，也不会有任何结果。

若是一个国家之内，各种政治势力都抱持着"汉贼不两立"的心态，视对方为寇仇⋯⋯就算是有成熟的政党制度，这个国家也逃脱不了政治精英全部陷于内耗而使政府陷于空转之恶果。除非有一方能大获全胜，但在这种文化下的某方大胜，伴随的多半是空前的政治迫害，然后就是反复的、更加残酷的政治报复⋯⋯

石越很希望大宋朝的精英们，可以不尊重对手的智商，但要学会尊重对手的动机。但他们最不尊重的，偏偏就是对手的动机。

讽刺的是，他必须承认，自古以来，从道德上抹黑对手，总是最容易与最有效的，这是政治恶斗的不二法门。

若不是还有范纯仁这些人存在，石越也许早就承认自己的失败，并且放弃了。

借口总是很容易找的，路也有很多条——若要弄起权来，他不会比任何人差，让这个朝廷不再存在新党、旧党、石党，最终只有他石越一人之下，万人之上，也是可以做到的事。甚至，这就是很多跟随他的人的心愿。

这样，从短期来看，他可以更容易达成他的一些目标，能将对自己的约束减到最小。

只不过，这样，他就彻底毁掉了一次文官政府中政党政治的萌芽。

也许，它还会艰难地重新萌芽，恶斗继续，历史重演，什么也没有改变。这是可能的，只要是文官政府，总会有派系。

也许，出现的会是他根本预料不到的什么东西。

但那必定是他不愿意看到的东西。

虽然不知道什么是对的，但是至少不能去做那些明知道是错的事情。

所以，即使找不到什么办法，他也只能继续勉力维持着。这肯定不是什么好法子，但石越知道，有时候，看起来茫然无措，前途未卜，似乎不知道希望在何方，可是，若能熬得过去，只要能熬得过去，神奇般地，前面就会豁然开朗……

他就是抱着这样的信念在继续努力。

于是，自从章惇被赶出朝廷、田烈武被支往河北后，小皇帝虽然安静了，但是，石越也罢，范纯仁也罢，把精力全部放在了如何压制、平息这愈演愈烈的党争上。两人都坚信辽人就算真的要南犯，也是九月以后的事，这事总还可以缓一缓。他们除了要设法弥合中枢辅枢中已经悄然出现的分歧与矛盾，每天还要在政事堂约见那些在新旧两党中影响较大的人物，有时倾听，有时施压，有时还要利诱……

这些人中，有些人会买二人的账，但新党或旧党的支持者中，总有一些人软硬不吃，甚至对他们冷嘲热讽，搞得二人灰头土脸。

尤其是那些所谓的"清议首领"们。石越与范纯仁希望设法首先平息报纸上的争吵，先营造出一种和解的气氛。二人先是打算在政事堂召见汴京较大的几份报纸的主持者，不料这些人平素争吵不休，到了这时候，却又变得齐心了，全部称病不至。二人又想扮黑白脸，令人放话给报馆施压，然而，话是放出去了，这些"清议首领"却全当没听见，甚至还有人公然挑衅，请两府放手来封禁报馆，他们知道登闻鼓院在什么地方。因为害怕事态扩大，没几天，石越与范纯仁不得不马上亲自出来辟谣。

这几日间，石越与范纯仁正在努力说服司马光与高太后同意，让高太后与皇帝破例接见这些"清议首领"——这是石越好不容易才想出来的法子，可以肯定的是，无论这些"清议首领"持什么样的政治立场，但是"忠君"的观念是深入骨髓的，他们不给石、范面子很正常，但若是太皇太后开口暗示，这个面子，无论如何，大部分人都会买的。至于那少数的几个，势单力孤，以太皇太后在臣民中的极高威信，他们也不会傻到引火烧身。

但这件事情尚未取得进展，却发生了一件意想不到的事——四月十一日，左丞相司马光偶染风寒，然后便一病不起。

意外的是，这座城市的焦点，暂时转移了。

熙宁以来，真正在主导这个国家走向的大臣，只有四个人：王安石、司马光、吕惠卿、石越。而司马光又是绍圣以来，这个国家真正的社稷之臣——天下唯一的能得到皇室、朝廷、军队、士农工商都认可、信任的宰相。的确也有很多人对司马光不以为然，也许司马光在能力上也的确有很多的缺陷，但只要司马光是首相，只要司马光在政事堂，每个人都会感觉到，即使有各种危机、争议，但政权始终还是稳固的，这个国家始终还是稳固的。这种强烈的心理暗示，在司马光平安无事的时候，是没有人意识到的。一旦他生命垂危，即使是汴京的贩夫走卒，心里也会泛起隐隐的不安来。尽管他们完全不知道这种不安是为何而生。

但高滔滔却能明白地了解，她的不安为何而来。

今天，她又派了四个御医守在左丞相府，中使每隔两个时辰便去一次左丞相府，回来向她报告司马光的病情。一面，两天之内，她已经分别单独召见范纯仁、吕大防、刘挚、程颐。

她深知司马光之后，这四个人就是旧党的关键。

范纯仁温和，吕大防刚直，论声望也许范纯仁更高，但许多旧党官员在感情上更亲近吕大防，尤其是对陕西路出身的旧党，吕家兄弟的影响，无人能及。

不过，真正让她觉得麻烦的却是刘挚与程颐。

刘挚任柏台有年，清望极高，是台谏派的首领。台谏派最麻烦的是，有相当一部分官员是骨子里有党，可心里却以为自己无党，口里更是不承认有党。

而程颐如今备位侍从，表面上看不如前三位位高权重，但他有"天子师"的身份，更兼有一帮好门生。他的门生遍布朝野，在朝者官职虽卑，却都是清介敢言之辈；在野者或聚徒讲学，或创办报纸。在学院，无论是太学、白水潭、嵩阳还是西湖学院，都多有他的学生，而且大多是学术出众，极受士子推戴；在清议，则自《新义报》《汴京新闻》《西京评论》……几乎所有有影响力的报纸中，都有二程的徒子徒孙。

程颐并不一定能直接影响他的门生们，但是他的这些门生们却大多继承了他的治学为人的态度，许多人嫉恶如仇，在学术上对王安石的新学非常敌视，与石学也有很多的争论；在政治上对王安石的新党则持坚决的抨击态度，与石党也是分歧甚大。他们在学术上、政治上，甚至是师承门户上的恩怨相互纠缠，其复杂之程度，让高滔滔早就放弃了想要理清一二的想法。

她很少读司马光、吕氏兄弟、二程的书，也很少读石越的书，更加不读王安石父子、吕惠卿的著作……对儒学的门派之争、解释经义的分歧，她毫无兴趣。

她关心的是，司马光死后，这四个人，或者他们所代表的势力，能否继续和衷共济，维护着大宋朝，让它能一直走在正确的道路上。她更关心在她百年之后，这四个人能否得到六哥的认可，继续被六哥所倚重、依赖。她一心想要留下一个权力结构稳固的朝廷给六哥，这既能约束年轻的六哥冲动妄为，也能制约石越成为不可一世的权臣，保证大宋朝廷继续遵守着祖宗法度，稳固地一代代传承下去。

小孩子崇拜他的父皇，有他父皇一样的性格，做一些冲动的事情，有一些好胜的想法，这没什么要紧的。祖宗自有法度，若她给六哥留下的大臣值得依赖，六哥也不得不倚重他们，迟早更会习惯倚重他们。

无论六哥心里如何看王安石，他想要将新党迎回朝中，那都是极困难极困难的事情。这一点，高滔滔看得比谁都明白，因为六哥一旦亲政，便将不得不面对一个声望高得让他连罢免都不敢轻易下手的宰相——石越。而石越好不容易熬到了这个位置，他也没有理由去破坏现存的权力结构，重新重用新党，只会破坏朝堂的权力结构，从而危及他的地位。从来掌握了较稳固的权力的人，如非面临重大的危机，都不会愿意有变化发生。

这一点，石越也不可能例外。

六哥若想要改变，只有两个办法，或者借助石党斗旧党，或者借助旧党斗石党，这样他才有改变的机会。高滔滔知道石越有多聪明，只要他不被更大的野心蒙昧了理智,他不会去做这样愚蠢的事。

她不想再去时时猜忌石越是否有什么野心。到了今日,石越不仅羽翼已成,还深深地扎根于大宋朝的权力结构当中,她就算是想干点儿什么,也得投鼠忌器。如今对石越要做的,必须得是实实在在的防范。好在祖宗法度严密,只要君主能始终牢牢掌握兵权,就算朝中有异论相搅,大臣之间也能相互制衡,而海外又有宗室诸侯……所以,只须令石越远离兵柄,他纵有野心,亦只能做个忠臣。

但是,如今,旧党却成了高滔滔心里最大的不安。

召见过这四人后,她甚至隐隐担心,司马光一死,范纯仁就会成为旧党的众矢之的。

那样的话,六哥倒是会很高兴,因为他一亲政,面临的,就是一个破碎的权力结构,他可以轻轻松松地任用自己喜欢的人,赶走自己不喜欢的人。

可那样,却会是大宋的灾难!

难道果真是天下事不如意者十之八九吗?

她没有时间感慨,也无暇再去关心契丹是否真的会南犯,眼下第一要紧的,就是将刘挚调离柏台,或者去做礼书,或者出外。程颐也是一样,在这个时刻,让他离开汴京也许更好,到南方找个悠闲富贵的州郡,将这个"天子师"好好供起来养几年,或许是个好主意……总还是有一些让人感到安慰的事情,比如以范纯仁与吕大防两个人为首领的旧党,若是吕大防为主,范纯仁为辅,那么只怕最终连吕大防都会有容不得范纯仁的一日。

四月十三日,这汴京城中,只有大宋朝的皇帝,仍旧在对契丹念念不忘。

自从阳信侯出外后,杨士芳、呼延忠们都收敛了很多,不敢再在他面前多发议论,连与桑充国的联络,也骤然减少了。但是,赵煦并没有放弃,每天晚上,他都能梦到自己,穿着戎装,指挥着千军万马,与契丹人鏖战。然后,他站在一个城头上,一面嘲笑着司马光,一面接受契丹皇帝的跪拜——只是,奇怪的是,那个契丹皇帝长得很像石越。

白天,他看起来与平常一样,做着固定的事情,但实际上,他花更多的时间练习骑术,他开始对军器监与兵器研究院产生了兴趣。因此,他又有了更多的时间与七哥赵俟相处。不知道从什么时候开始,他这个弟弟的生活,变得比他轻松、快乐许多。赵俟每天要做的事情很简单,花一个时辰跟皇太后在一起,闲聊,逗得皇太后开心,然后就是上一些简单的课,他没比赵煦小多少,但是现在还可以优哉游哉地学着《论语》这样简单的课程,此外就是礼仪、骑射这些所有宗室子弟都要学的东西。而赵煦却已经开始背诵那复杂难懂、还被石越和一些学者指斥是伪书的《尚书》,每天还要听大臣讲课,学习治国之道,抄写本朝历代祖宗的《宝训》。于是,比起赵煦来,他有大把大把的时间,耗在白水潭格物院,来往于兵器研究院……因为皇太后的庞爱,这个小亲王很得宠,他经常能从白水潭格物院或者兵器研究院搞得一些稀奇古怪的东西——和温国长公主一起。

温国长公主,赵煦又爱又怕的姐姐,算是又一个命运不太好的大宋公主——她十八岁才出嫁,嫁到一个开国元勋的家族,驸马都尉是一个才子,能弹得一手好琴,并且,热衷于赛马。但是,嫁过去仅仅一年,她的驸马都尉,就因为一次赛马意外而死。于是,温国长公主究竟是要守寡还是再嫁,便成了宫内一个头疼的问题。

但在赵煦看来,这倒不是一件多大的坏事。三娘并没有悲痛多久,因为婚后她们夫妇的感情本就是不好不坏,所以,短短一个月后,她就恢复了。寡居的三娘与柔嘉姑姑不同,她不太招摇过市,自然也不怎么去格物院,更不会去兵器研究院,她的方法是,派人去这两处,问问题,要东西。

而无论她想要什么,最终她总能要到。即使据说兵器研究院是大宋朝的军机要地之一。

在皇太后赐给三娘的那座庄子里,赵煦曾经看到过各种各样的火器,甚至包括一门四百斤重的克房炮。她宣称是自己花钱铸的。其实,无论她是怎么弄来的,赵煦也不敢表示异议——她现在是这个世界上唯一敢捏他耳朵的人。

他知道三娘弄来这门火炮的目的是放烟花。温国长公主喜欢看烟花,喜欢放烟花,也喜欢造烟花,乐此不疲。并且,这如今已经是汴京显贵人家新时行的事情,他们在一切节日大放烟花,比较谁家的烟花更加新奇、漂亮,然后公认的胜利者仿佛赢得了什么了不起的东西一般。为了这个,三娘自己就有一个烟花作坊,兵器研究院与格物院对她制造新奇的烟花,显然是帮了不小的忙。要不然,以赵煦对三娘的了解,她不会舍得每年掏五百贯钱,奖励格物院最优秀的发明。

赵煦也知道，七哥的爱好并不是造火炮，而是造船。但是他对火炮很了解，至少比赵煦了解得多。大宋最著名的火炮工匠、如今的知兵器研究院事赵岩，也是七哥的老师之一。赵俣有许多稀奇古怪的老师，甚至因此还被人在太皇太后与皇太后面前告过黑状，因为他的这些"先生"们，虽然只是各种各样的工匠，但是据说这些格物院出身的人，大抵都精通算术，而懂得算术者，又可能研习过天文数学——这种学问，原本是严禁民间习学的，因为另有用心者可能利用这些学问在民间蛊惑人心、图谋不轨。而宗室习学这些，更是大忌。不过最终证明那是诬陷，因为大宋朝允许设立天文数学之学的学院都受到了严格的控制，其学生、先生，都是在朝廷有籍可查的。赵俣学的，只不过是一些航海用的星象之学。

若在以前，也许连学这些，也会被禁止。但是，自宗室封建之后，这些却是显学，几乎人人都会习学一些。虽然太皇太后与两府议论过，以后宗室们不会再轻易封建，也就是说，赵煦的弟弟们也许不会有机会在海外为王，但是，这谁又说得准呢？且这些事情，赵俣也不知道，他还曾经认真地问过自己，他将来的封国会在何处……这可不是他能回答的问题。两府的话是有道理的，封建诸侯并非一直是解决宗室问题的最好办法，当宗室太多时，封建出去，能省下一大笔开支，但是如果只剩下几个亲王而已，封建的成本就高了，倒不如先养着。赵煦已经明白了其中的诀窍——无非就是划算与不划算的问题，当皇帝治理国家，最重要的，仍然是要理财有道。但这样的道理，是不便和七哥公然提起的。

也许他亲政之后，可以为七哥开一次特例也说不定。

两人虽非一母同胞，而且君臣有别，但是，只要他能忠心的话，赵煦仍然愿意把他当成自己的亲弟弟。

对他的弟弟们，他总是如此，他控制不住地怀疑他们是不是有野心，但是，他心里却不时地软弱，想要亲近他们，想要如他小时候一样，与他们一起无忧无虑地玩耍。与三娘、七哥一起生活的时光，实是他记忆中最温馨的片段。

他很想能够倚重他们，但又害怕倚重他们。

可是，不管怎么样，能够有理由重新和三娘、七哥多亲近，他心里其实是很开心的。

此刻，睿思殿内，赵煦盘腿坐在榻上，一面看着三娘与七哥下双陆，一面兴致勃勃地说着话："……阳信侯对朕说过，契丹人因为有了火炮，才又生了南犯的野心。可这火炮，便是双刃剑，对我大宋日后北伐，也会大有用处。太宗皇帝的时候，就是因为攻不下析津府，才功亏一篑，若有了火炮这攻城利器，辽人决计也守不住析津。枢府去年上了份札子，道灵夏看起来是真的安定了，要再裁撤一些西军。两府总是说，天下无事之时，五十多万禁军，还是嫌多，国家最多养三十万兵也就够了。桑先生也说，防着百姓，养百万兵也不够，依靠百姓，十万兵就可以纵横天下。依朕说，这养兵之制，历代之中，还是汉朝的好，各州郡都有一定的马步军，京师顶多就养十万精兵，如此粮草转运费用就极少，到了有事之时，召集各州郡之兵，数十万大军，顷刻可聚。若再能慢慢恢复藏兵于民的古制，则兵制便能大成。朝廷如今，不是养兵多了，而是禁军都集中在几处，粮食全要靠外地千里转运支撑，开销自然浩大。因此，朕以为，非但不能裁军，还要扩军，要扩充神卫营和马军，就算真要裁军，等日后恢复幽蓟了，再裁不迟……不过七哥，你说火炮真的能帮朕打赢契丹吗？"

"能！"赵俟认真地点点头，"以后我定能替官家造一种能装几百门火炮的大船，开到析津城下，立时就能轰塌它……"

赵煦顿时愕然，却见温国长公主狠狠地敲了一下赵俟的脑袋，骂道："析津府在海边吗？"

赵俟"哎哟"一声，无辜地摸了摸头，抬头奇怪地望着赵煦，问道："析津府不在海边吗？"

赵煦方点了点头，却听赵俟奇道："那官家打它做甚？"

赵煦一时也不知道该如何向他解释，他是知道赵俟的，他看地图，杭州以北的部分，他是从来不多看一眼的，即使那上面有他亲生母亲的故国。却听温国长公主有些不耐烦地对他说道："六哥，这些事，你得去找两府的相公们商量……"

"找他们商量又有何用？"赵煦愤愤回了句，却见温国长公主全神贯注地盯着棋盘，显是没多少心思听自己发牢骚，只得强憋着一肚子闷气，恼道，"只怕他们早就忘记先帝遗诏里还提到要收复幽蓟这件事了。"

"只要你记得，还怕他们不记得吗？"温国长公主白了他一眼。

赵煦一时气结，却也不好反驳温国长公主的这话，只得悻悻道："那契丹可能要南犯之事呢？朕记得又有何用？"

"那你念念不忘又能有何用？"温国长公主转头望着赵煦，一副夏虫不足以语冰的神情，道，"既是无用之事，你老想它做甚？等你日后亲政，有的是操心的时候。依我看，反正父皇当日将个怎样的江山交到娘娘和两府相公手里，日后他们总会将这江山一毫不缺地还到你手里。契丹南犯也好，不南犯也罢，有甚好担心的？做官家的，总要拿得起，放得下，不能太小家子气。要不然，以后你亲政了，就算不累死，也得操心烦死。"

"唉！"赵煦微微叹了口气，他觉得温国长公主说的话，也并不是没有道理。但要他不去想这些，却又实难做到。而且，他还真担心他们会不会把他父皇留下来的天下，完整无缺地传到他手中。

此时的赵煦，绝难想到，雄州重镇，竟然已经陷落。他更加不知道，就在他与温国长公主、赵俟聊天的当口，契丹大举南犯的消息已经传到了政事堂、枢密院，便在这个时间，轮值的宰执们，枢密副使许将和参知政事、兵部尚书韩忠彦正往宫内前来，准备向太皇太后和他禀报这个噩耗。而两府的使者，也已经分别离开禁中，前往各位宰执的府邸，向他们禀报此消息。

大宋朝，再一次处于风口浪尖。

2

十三日，戌时。

内东门小殿内外，灯火通明。

在这个根本不该上朝的时间，大宋朝所有的宰执，除了病得已经不能移动的左丞相司马光以外，都齐聚于此，一个个脸色凝重，表情严肃。殿上珠帘之后，端坐着一言不发的太皇太后高滔滔，帘外站着入内内侍省都知陈衍，帘后则站着清河郡主侍候。除此以外，所有的内侍、女官，全部都被赶出殿中。按照大宋朝的祖宗家法，连没有亲政的小皇帝都没有到场——他只能等在迎阳门幄殿内，等候宰执们在议论已定后,来向他禀报情况。

石越与韩维并排站在众宰执的前面。与其他的宰执一样,他心里也是充满了震惊。接到消息的时候,他正在府中接见陆佃。陆佃在新党执政期间受到排挤,但在经术上却倍受王安石重视,其后接连参与、主持经义局、《新义报》,此后又干脆辞官,离开汴京,做了金陵书院的山长,并在当地创办了一份如今已是新党重要刊物的《江南》月刊,陆佃也因此成为新党在野人物中的重要领袖。此番陆佃来京,石越知道他立场一向温和,原本指望能够借他的关系,来调和与新党的关系。但是,他却万万没有想到,契丹竟然在四月份就大举南侵。

石越不得不承认,他心里的确感到前所未有的慌乱。

从界河一直到大名府,那是多少州县,那又会是多少百姓?!

契丹来了多少人马?他们的目的是什么?谁是主将?进军路线是什么?战斗力如何?……他完全不知道,他只知道契丹今非昔比,是百战之余,兵强马壮,远非西夏可比,绝对是前所未有的劲敌。

而在国内,他既不知道新党会如何来面对这次危机,也不知道旧党究竟会是什么态度。在军事上,他也完全不知道河朔禁军会有什么样的表现,至于他所信任的西军,他也不知道要花多少时间才能调来河北作战,他更不知道应该调动多少人马,以何人为将……

还有,西夏李秉常会不会借此机会趁火打劫?高丽人是何态度?

……

一切的一切,他有无数的疑问,却没有一个明确的答案。

他从离开府邸到进宫,一路之上,已经迅速地理清了三四个首要的问题。他们必须首先组建一个能够与契丹人打仗的两府,并且要设立一个机构,来优先处理与战争相关的问题。他们必须马上做出决定,如何处置辽国使馆的人员。他们必须迅速抉择,河北路大名府以北的百姓,是否要组织撤离,大名府守军,是要立即北上还是坚持固守。此外,他们必须尽快试探西夏人与高丽人的想法。

此时,绝不能再激化党争。

司马光的威望一定会受挫,这也会给新党攻击的口实。但是,打压司马光的威望既不符合石越的利益,也不符合大宋的利益,此时背弃与旧党的联盟更是不切实际，更不用说司马光眼看着就要不久于人世了。与其让人作践司马光，倒不如一不做，二不休，将司马光送上神坛。

在新党与旧党政党化的道路上，石越不介意帮他们一把。此刻，他必须毫不犹豫地维护司马光，暂时稳固与旧党的联盟，哪怕因此要对新党耍一些手段。

他要把司马光与王安石都送上神坛，给旧党与新党分别塑造一个完美的政治人物榜样。

由雄州、霸州分别传回来的奏折，在众宰执手中，无声地传阅着。石越知道，殿中的每个人，心里想的，肯定不只是辽人的南侵，他们各有各的小算盘。不过，他倒并不担心，两府的宰执们，即使谁对司马光真有什么不满，除了章惇这样的人，是不会有谁轻易亲自出马来当众攻击的，更何况如今还有了章惇这个前车之鉴。一个宰执要对付另一个宰执，当然是借助台谏比较方便。

石越心里也知道，客观上，当辽人南侵的战报传到汴京的那一刻，在政治上，他就已经占据了一个最有利的位置。天予其便的是，司马光又正好一病不起。

新党的许将势单力孤；旧党因为此前的判断失误兼之司马光病重，正是三军夺气之时；韩维年迈，也无野心与他争雄；韩忠彦、李清臣的资历、羽翼、人望，皆无法与他比肩。再加上他还有领兵收复河西的经历，便是高太后，此时也不能不倚重他。

这内东门小殿，所有的人，都是在等着他开口说话。

果然，吕大防传阅完那几份奏折交给陈衍送回帘后之后，一直沉默不语的高太后终于开口了："石丞相，契丹果然背盟犯境，君实相公又病重不起，你说朝廷该如何处分是好？"

所有的目光都集中到石越身上。人人都能感觉到，表面上还保持镇定的高太后其实也慌了，她一开口，竟不是从容地问"诸公"的意见，而是直接问石越的意见。

"太皇太后！"石越缓缓出列，拱手行礼，高声回道，"契丹毁盟背信，自取败亡，太皇太后不必忧心。"无论他心里有多慌乱，在这内东门小殿，他都必须表现得胸有成竹。

"太皇太后放心，我大宋如今国库丰盈，士甲精练，只因两朝结盟，通好已久,不欲失信义于万国,且念及兵戈一起,死伤必众,大伤天和,方委曲求全,谋求两国之和好。他契丹虽强,难道我大宋便是弱国吗?!他辽人既背盟在先,那臣敢请太皇太后颁诏于天下——我大宋若不能击破辽军,将契丹逐出国境,乃至收复燕云,誓不言和!"

石越厉声说出这番话来,真是一殿皆惊。众人都没想到一向谨慎的石越,竟敢出此大言,毫不留退路。高太后也是惊疑地望着石越,道:"丞相虽有决胜之念,然……"

她话未说完,便见石越跪拜于前,慨声道:"太皇太后,主辱臣死,契丹既敢犯境,太皇太后若信臣用臣,臣若不能击败契丹,将其逐出塞外,臣甘当军法!"

"丞相果然有此信心?!"如此决然之话,令高太后也不由大感意外。

"太皇太后素知臣非徒知妄言之辈!"石越斩钉截铁地回道。

"好!"连高太后也不由拍座而起,望着石越,道,"丞相能破契丹,吾亦能专任丞相!"

"谢太皇太后恩!"石越连忙顿首拜谢,"臣敢不鞠躬尽瘁,死而后已!"

"丞相请起。"高太后凝视石越半晌,缓缓坐回御榻,一面对众人说道,"诸公都听到了,御敌之策,吾一听于子明丞相!"

她话音刚落,范纯仁与苏辙已躬身颂道:"太皇太后圣明!"其余众相措手不及,不得已下,也只得纷纷附和。

石越谢恩起身,又道:"太皇太后不以臣愚钝,委臣以大任。然天下之事,臣敢专任其责,不敢专任其事。臣敢请太皇太后,组建御前会议,非常之时,暂合并两府事权,以专其事。"

"御前会议?"

"正是。"石越欠身道,"与契丹之战是倾国之战。必集全国之财力、人力、兵力,方能成功。而用兵打仗,又需要临机决断,雷厉风行,如此,方不至于贻误军机。因此,臣以为,有必要组建一御前会议,暂时统一战时事权,一切军机事务,皆由御前会议及时处置,上呈太皇太后宸断。"

高太后沉默了一会儿,隔着珠帘,若有所思地看了石越一眼,问道:"那御前会议的人选,丞相以为何人合适?"

顿时，殿内所有人都竖了起耳朵。石越略一沉吟，便即朗声说道："臣以为，兵部尚书韩忠彦、枢密副使许将、兵部侍郎司马梦求、枢密院都承旨刘舜卿、副都承旨唐康、职方馆知事种建中，皆知兵善谋，可委之以军务，枢府、兵部之事，由此数人统筹谋划，必无错漏。

"户部尚书苏辙、工部尚书吕大防、吏部侍郎王存、工部侍郎曾布、权司农寺卿唐棣、权太府寺卿沈括、权知军器监事蔡卞，素有能名，凡财用、粮草、衣物、兵器、役夫之事，由此数人统辖，数十万大军，供给可保无虞。

"此外，刑部尚书李清臣、御史中丞刘挚、知开封府王岩叟，凡纠察天下，以防小人趁机兴乱，委此三人，则反侧自消。至于诏告文书、讨敌檄文，则委以翰林学士安焘、苏轼和都给事中胡宗愈。而臣与君实丞相、枢密使韩维、吏部尚书范纯仁总领诸事，凡事议而后行，庶几不误国事。"

石越的这番安排，算是煞费苦心。他知道高太后虽然此时说让他专任其事，但他到底不可能真的便就此专权独任，否则用不了几天，高太后便会想办法来架空他了。他提出这个御前会议，一方面是为了提高效率，另一方面自然也是为了让高太后安心。而这御前会议中，最关键的当然是兵权与财权，前者直接决定战场兵力调度、将领之任命，后者则关系到不让军队饿肚子，维持长期作战之能力。他一方面要将这两者牢牢控制在自己手中，以便能令行禁止，另一方面，又必须让高太后与朝中各派势力觉得可以接受，因此，他让韩忠彦与许将来分掌军务，而以吕大防、王存这两个旧党，来参掌财权。虽然人人都知道，他实际上将自己的心腹，凡是能够资格安插进去的，都安插进了其中，但这对众人来说，毕竟是意料中的事情，因此也可以接受。

果然，殿中众人，无人表示异议。连高太后也满意地点了点头，道："丞相此策甚善。"

"谢太皇太后。"石越又道，"如此，事不宜迟，今晚便征召诸人，自明日起，皆至尚书省办差。今晚便要劳烦韩相公、许相公召集司马梦求、刘舜卿诸人商议，弄清楚西夏东犯与否，各能调动哪些西军东援，沿途各要经历哪些州县。明晨好将这些送至苏相公、吕相公处，以便二位相公安排各州县准备路途之军粮供应。此外，须敦促种建中，尽快查明契丹之兵力部署，京师禁军哪些留守，哪些北上，也要有个章程。"

他说得虽然客气，但这俨然已是命令。韩忠彦与许将对视了一眼，默然不语。见高太后点头道："那便辛苦二位相公。"二人这才出列，欠身应道："臣等必不辱命。"

石越又对高太后说道："此外，契丹既然南犯，沿边诸州，断难阻其南下。自河间、真定至大名之间，诸州县百姓，是否要令其南撤？还有，辽国使馆，是囚是杀？这两事事关重大，须请太皇太后圣裁。"

"辽国使馆，且先囚禁起来吧。我大宋亦有使臣在辽国，生死未卜，不便轻易杀其使者。只是这河北诸州百姓……"高太后沉吟了一会儿，方抬头问道，"诸公以为该如何处分？"

她话音未落，但见范纯仁已经出列，高声道："臣以为此事何须多议？！自当令其南撤，辽人豺狼之性，若不南撤，是置大宋子民于虎口。"

但是，其余诸相，却没有一个人附和他。

连吕大防也面露迟疑之色。

要南撤的至少有八州之地，总人口粗略估计，不下两百万。

虽然战事一起，总会有大量的难民南涌，但是许多有家有业的人，还是会固守家乡。这和朝廷组织南撤是完全不同的——若是朝廷发布诏令，在那种情况下还愿意留守的人，将会少之又少。超过两百万人口的难民，无论宋朝财政多么宽裕，都势必是不能承受之重。就算这在军事上能起到坚壁清野的作用，在政治上能争取民心……

本来这件事情，是可以不必考虑的。历朝历代都没有这样的事情，朝廷从来都不会考虑要保护百姓离开自己的家乡，以躲避战争的危险。百姓是理所当然要承受这些的。

可是石越却提出了这件事。

若他不提，众人都可以当没有这件事情。但是他既然提了，公然说不管那些百姓的死活，却也没人说得出口。

没有人知道石越在想些什么。他要么就不该提起这件事，要么就应该支持范纯仁。可他提出这件事来，却把球踢到别人的脚下……

"子明丞相以为呢？"高太后显然也想弄清楚石越在想什么。

"臣以为，事涉八州逾两百万百姓，是撤是留，该由两府共同决定。"

"唔。"高太后若有所思地望着石越，过了一会儿，才转向韩维，问道，"韩枢使是何主意？"

韩维这一生中，还从未认为自己是一个不顾百姓死活的人，事实上，他坚信自己一生中，是时刻以百姓疾苦为念的，但是他万万没想到，自己就这么被石越架到了火上烤着。他甚至不知道自己是该怨恨石越，还是该感谢他让自己有这么一个机会来考验自己的良知。

迟疑了好一会儿，韩维才终于说道："臣以为，不能下诏令八州之民南撤。"

高太后的目光在韩维身上停留了好一会儿，才移向韩忠彦："韩相公？"

"臣以为韩公所言有理。"

"苏相公？"

"臣亦以为韩公所言有理……"

高太后一个个地询问着她的宰执们，没有人站在范纯仁一边，连吕大防都反对南撤百姓。

她终于又将目光移回石越身上，再一次问道："子明丞相以为呢？"

石越沉默了半晌："是臣定策退守大名府，虽然当日并未想到这么快便会有契丹南犯之事，然既是如此定策，实际上便是臣已经出卖过这八州二百万百姓一次了。

"一个月前，朝廷争论契丹是否会南犯。君实相公与臣，皆误断契丹将在九月南犯，故不欲仓促定策。一念之差，误国至此。臣算是第二次出卖了这八州二百万百姓。"

"俗语有云：事不过三。"石越抬头望着高太后，"臣已经出卖了这二百万百姓两次，实不愿再出卖第三次。"

"子明！"这一下，韩维是真的急了，他不顾礼数，转身望着石越，道，"为相者，当以大局为重，切不可意气用事。"

"韩公所言的确有理。"石越迎视着韩维的目光，但是语气却十分坚定，"不过，当年汉昭烈帝于败军之中，仍不肯抛弃百姓，这只怕不能算是意气用事。"

他转头面对高太后:"太皇太后,臣以为,只须我大宋不失恩信于百姓,大宋便绝无亡国之理。"

"子明丞相说得极是。"高太后点了点头,从容说道,"若谓我赵家将以结恩信于百姓而失国,老妇亦以为天下间断无是理。"

她说完,环视众人,离座起身,高声道:"草诏,令赵、冀八州州县官,谕告境内百姓,凡自愿南撤至大名以南安置者,听!沿途州县,许开仓廪赈济。"

"太皇太后圣明!"石越与范纯仁率先跪了下去,高声颂道。

"太皇太后圣明!"尽管心里面大不以为然,但是自韩维以下,其余的宰执们,也并没有坚持反对。

没有人能知道这个史无前例的决策是对是错,也没有人能知道大宋究竟要为此付出什么样的代价。连石越与范纯仁也不知道,他们心里都清楚,在军事上,在财政上,这毫无疑问都是一个极端愚蠢的决定。但是,这个决策也许会让河北少死十万甚至几十万百姓,为了这个原因,他们也愿意冒冒险。

内东门小殿议事之后,石越与韩维又领着两府宰执前往迎阳门崦殿,向小皇帝禀报了议事的结果。按故事,赵煦没有多少开口的机会,实际上他也想不出来什么好问的。尽管小皇帝成天想着北伐收复燕云,但战争真的来临,他对辽国的了解却是少得可怜。而且,他显然还没有从震惊中恢复过来,对这些反对他"先见之明"的宰执,还抱着一些抵触。

然后,宰执们便各自去忙自己的事情。韩维与韩忠彦、许将一道,彻夜召集枢密院与兵部的主要官员会议;李清臣去知会开封府,亲自带人去辽国使馆抓人;苏辙与吕大防则可以各自回府,休息一晚。石越与范纯仁虽然无事,却也还不能休息,他们还得去左丞相府,向司马光报告会议的情况。

当石越与范纯仁去到司马光府上时,司马光半卧半躺地靠在一张软榻上,只能用目光打量着二人。他依然有知觉,清醒着,但是气若游丝,发不出声音来。

石越仍然详详细细地向他介绍着内东门小殿议事的情况,范纯仁则不时在旁边做一些补充。司马光显然是在认真地听着,时不时用不易觉察的动作点点头,有时则皱皱眉。石越知道司马光的夫人张氏在六十岁的时候便已经去世,他生平不曾纳妾，张氏夫人共生三子，前二子皆早夭，只有司马康长大成人，自司马康死后，便是由他的一个族侄司马富来照料他的生活。但几年前，司马光将司马富也打发回了陕州老家，左丞相府上，便只剩下一些仆人照顾司马光的生活。此时，他的仆人们都远远地站在门外，规规矩矩地叉手侍立着，既没有探头偷窥，也没有交头接耳，但是石越能发现，每个人的脸上都的的确确流露出悲戚之色。

这不由让他有些感慨，司马光的确有这样的人格，能够让与他毫无血脉关系的人，都发自内心地敬重他。

当石越说到他们决定南撤大名府以北的八州百姓之时，他发现司马光的嘴唇在动，似乎是低声说着什么。他立即停了下来，认真地听着，但是却什么也听不到，然后，或许是因为刚才试着说话用尽了力气，司马光阖上了眼睛。

过了好一会儿，他才又睁开双眼，费劲地伸手，指了指榻对面的一个书架。范纯仁站起身来，顺着司马光所指的方向，走到书架前，那上面放着一册册的书稿，还有一个黑色的木盒。范纯仁愣了一下，取来这个木盒，回到司马光的榻边。

果然，司马光满意地点了点头，又伸手指了指房中的火盆。此时的天气，火盆并没有生火，范纯仁一时没明白司马光的意思，问道："丞相是要生火吗？"

却见司马光几乎是无法察觉地摇了摇头，又抬起手指，指了指范纯仁手中的黑盒子。

范纯仁怔了一会儿，才明白他的想法："丞相是想叫我烧掉这个盒子？"

这次却是猜对了，司马光又点了点头。

直到此时，石越才突然间想起二十年前，不，应该是十八年前，柔嘉曾经对自己说过的一件事情。他心里猛地一惊，他早就已经把这个盒子忘了个干净，没想到，此时还能再见着这个物什。

这一瞬间，他顿时明白过来司马光在想什么。

范纯仁却是什么也不知道，但他什么也没有问，只是吩咐仆人找来木炭，生起火盆，依言将那盒子扔进盆中。

石越与范纯仁都是呆呆地望着那个木盒，在火盆中，慢慢烧成灰烬。二人都没有注意到，身后的司马光，便在此刻，永远地阖上了双眼。

3

河间府。

河间府本是秦代之上谷、钜鹿郡，南北朝时后魏在此设立瀛州，此名便沿袭至熙宁年间。熙宁间石越、司马光并路、裁并州县，才将瀛州升为河间府——这个名字来自于汉代，汉代在此设立过河间国[1]。河间也属于关南之地，是周世宗从契丹手中收复的地区之一。宋初在河北东面抗御契丹，是以高阳关为根本布局，因此，直至仁宗时，瀛州也属于高阳关路。但是，澶渊之战，契丹南下，围攻瀛州，结果在此城下，丢了三万具尸体，最终不得不绕城南下，自此以后，瀛州也就是河间府便越发受到重视。因为河间府地处水陆冲要，舟车通利，转运方便，周围又全是富庶之地，东临沧州，兼有农田海盐之利。契丹若南下，占据河间，则进可攻退可守，深入河北、京东，来去自如；而宋朝若要谋取燕蓟，河间府也可以成为前进基地——从河间府到雄州，不过一百三四十宋里，之间又有河北路最重要的官道。因为其地理位置较之高阳关更加优越，慢慢地，河间府便取代了高阳关的地位，宋朝在河北路，形成了西有镇、定，东有瀛、莫的钳形布局。

绍圣以来，司马光、石越经营河北防线，便是以真定府、河间府一西一东为据点，皆是池深城高，屯驻精兵，若北方之敌敢深入大名府，则此二镇之兵，便可断其粮草，攻其后背，将来犯之敌歼灭于大名府防线之前。所以，实际上，在司马光与石越的布局中，真定、河间，才是大名府防线之关键。若无此二镇，则大名府防线便成了单纯龟缩死守的一条防线。

也因为如此，真定、河间府驻扎的是河朔禁军中最为精锐的两支部队：武骑军与云骑军。

自石越得意以来，大宋枢密院、兵部，遍布出身西军的武官或者亲西军的文官，虽然收复河西后本来塞防重点已经转移到河东、河北，但事实上却是，一切兵甲配给，西军总是会暗中得到照顾，连禁军征募，那些看起来孔武能战的，也

---

[1] 真实历史上，据《读史方舆纪要》，至北宋末年之大观年间，才升为河间府。

是由禁军上军与西军先挑,然后便轮到河东军,到了河朔禁军,就只有挑剩的了。其余诸如前往讲武学堂培训、各军校卒业之学员分配,样样都是上军、西军为先,河东军次之,河朔禁军与东南禁军最后。两府虽然曾经有意裁减部分西军,或者将一些西军调防河朔,但也是因为西军在枢密院、兵部的庞大势力,最后不了了之。

可以说,除了火炮配置、城防构筑这样直接由两府宰执决策的事情,河朔禁军事事皆受歧视。

河朔禁军中,唯一能得到平等待遇的,便只有武骑军与云骑军。这也是河朔禁军中仅有的两支纯马军。自从有了河套、河西之地后,虽然仍免不了要屯田养兵,但宋廷仍极注意保护那里的牧场,一方面以轻税鼓励汉人经营牧场,一方面对当地的番人只征极轻的赋税,朝中的战马来源,由赋税直接征收的只保持两三成,而七到八成则采取购买之方式。虽说官府之和买,总免不了要压低价格,但是绍圣以来,宋廷政治还算清明,且当地并非发达地区,物价较低,宋廷又严格控制和买比例,因此这十来年间,当地的畜牧业获得了极大发展。而另一方面,自从宋朝有了稳定的战马来源后,对与宋朝进行马匹贸易抱着极不乐意、百般限制的辽国,态度也转变了。再加上与西番、西夏的马匹贸易,宋朝的战马数量在十数年间,就翻了好几倍。

以武骑军与云骑军来说,不仅配备了一人两马,还配备了上千头骆驼、骡、驴组成辎重营。这两支马军装备也远较其他的河朔禁军精良,它们既不是重骑兵,但也不是一般意义上的轻骑兵。针对契丹骑兵以轻骑兵为主,配备少量重骑兵,战斗技能不仅仅长于骑射,马上格斗冲锋、近战也很出色的特点,武骑军与云骑军的骑兵采取了更加灵活的搭配。每军中,有两个营的马军装备长枪、短枪、佩剑、圆盾、手弩五种兵器,他们身穿一种特制的轻甲——胸前由一大块钢板防护,但手臂与大脚几乎不受保护,戴着钢制头盔,战马则披上纸制马甲,短枪用来投掷,长枪则用来冲锋,佩剑用于格斗。另外三个营的骑兵则以骑射为主,他们只穿着纸甲,戴着很轻的头盔,战马则完全没有防护,配备弓、箭、手弩、短剑、小圆盾,还有五枚霹雳投弹。他们极有自知之明,知道自己无法将骑兵训练得如同契丹人一样全面,因此只要求骑兵们掌握一两种战斗技能,比如弓骑兵几乎不进行马上格斗训练。

这样的效果的确更好。

至少新任的云骑军都指挥使田烈武是这么认为的。不管怎么说,从训练上来看,他的弓骑兵熟练地掌握了马上骑射的几种姿势,而且射程也能达到要求,只是命中率低了点儿,只有不到三成的骑兵能达到五中三的命中率,大部分骑兵只能达到五中二。另外两个营的骑兵,从力量上看,也能让他满意。

对于田烈武这样的宋军马军将领来说,他就只能要求这么多了。培养精锐骑兵是一件极为困难的事。汉朝骑兵之盛,不仅仅是因为汉武帝在长安组建了常备军,更是因为在民间,特别是关中地区,民间有大量马匹,关中地区的"良家子",虽然不能如塞北匈奴一样完全生长在马上,但也是从小就习于骑马射箭,这就保障了可靠的兵源供应。唐朝的骑兵之盛,除了国家拥有大量的牧场外,府兵制的存在至关重要。府兵制败坏后,大唐真正的骑兵,就很自然而然地变成了以胡狄为主。所谓的汉人骑兵,大量的其实只是骑马之步兵。田烈武对这些典故并不清楚,但他已经是一个很有经验的马军将领,他知道大宋的马军,大多数战士从应募入伍后,才开始学习骑马,能精熟骑射之术,已属相当不易,若要让他们如契丹人一样拥有全面战斗技能,那是只有少数人才能做到的,如十余年前的西军,在打了近百年的仗之后,拥有的少数几支马军,才是真正的精锐敢战之士;还有选拨[1]标准更加严格,对天赋要求更高的上军……宋军中马匹短缺的情况是这十余年才开始改善的,朝廷鼓励民间养马,宣布对每户养马五匹以下的不征赋税,是更近的事。也许再过十五年,大宋的马军也能拥有稳定而可靠的兵源供应,当生长于中户与上户,打小骑在马上打猎、耕地、拉车的人多起来,大宋的马军会真正强大起来。

现在,田烈武甚至不敢期待如今的西军马军能如契丹人一样全面,虽然他仍然信任西军,因为如今掌握西军的还是那些经历过战阵的校尉、节级。

所以,云骑军已经令田烈武十分满意。

他手握一万骑兵,称得上兵强马壮。虽然他是新官上任,对部下还欠缺了解,威信也未建立起来,而且这支部队从未有过实战的经历,但当四月十日收到辽军入侵的战报时,他仍相信,他有足够的领兵经验,完全可以克服这些困难,大有作为。

四月十二日,他见到了由归信城一路南下,前来求援的使者。他本来已经在

---

[1] 选拨,挑选调拨。

考虑发兵北上增援，因为据使者所言，辽军的兵力不多，若依托于瓦桥关、归信城，他完全可以与辽人一战。虽然河朔禁军经常有将领坐拥大军，避战不前而见死不救的事情，但这可不是西军的传统。西军许多失利的原因与河朔禁军正好相反，他们是在前去救援的路上被人设伏以待。虽说战败无荣耀可言，但相比之下，田烈武也是宁肯败在救援的道路上。况且，归信城的战况、使者的忠义，的确也让田烈武为之动容。

但是，当天晚上，雄州传回来的战报，却让田烈武不得不告诉那位使者一个坏消息——归信已经陷落。而他的上司——河间知府，更是直接拒绝了他想救援雄州的要求。而知河间府在战时，的的确确是河间府内所有驻屯军事力量的最高长官。

幸运的是，十四日，他迎来了一个新上司。新任判河间府正是刚刚罢相的前兵部尚书章惇。章惇是在上任的路上听到了辽人南犯的消息，便抛下从人，自己单骑快马前来，接掌河间府一切军政事务。

章惇到任当日，便答应了田烈武北上增援的请求。

田烈武已经整装待发，然而，当天晚上，从莫州又传来紧急军情——雄州陷落，柴贵友、赵隆生死不明。

局势仿佛在顷刻间坍塌。

从十四日起，从雄州、莫州南下的难民蜂拥而来，附近的百姓也纷纷涌入城中——如束城镇这样的小城不能给他们安全感，无数的百姓向河间府涌来。

但河间府只是一座城周十二里的城市而已。它能承载的人口是有限的，很快，街道上到处都睡满了逃难的难民。这对于粮食供应的压力更是陡然增大。

十五日，辽人兵锋进入莫州境内，莫州北面的郑镇被洗劫一空。

十六日，辽人绕道攻入莫州东面的长丰镇，在长丰镇放了一把火，将该镇烧了个精光。

当日更是传来谣言——霸州也已经陷落。因为霸州音讯隔绝已经许久，雄、霸之间，辽军遍布，章惇与田烈武一商议，只能做最坏的打算，假定霸州的确已经沦陷。而这也许可以解释为何辽人在攻下雄州后，一直没有直接攻打莫州城。二人猜测也许是攻下雄、霸，让辽人损耗太大，他们不得不休整数日。

章惇开始更加雷厉风行地整顿河间防务。他下令禁止难民再进入河间府，迫使更多的难民不得不继续南下，一面则在沿途而来的难民中，招募习练过弓箭、武艺的青壮，充入巡检。又派人带了一大堆忠士、锐士、守阙忠士、守阙锐士的空白告身，前往河间府各县、镇、村，颁给各地之忠义社、弓箭社的头领，让他们听令于河间府巡检，平时互相联络，定时向河间府报告消息。又颁下赏格，鼓励他们在辽军进入河间府后，攻击小股辽军。驻扎河间府的宋军，原本除了云骑军外，尚有神卫营第十六营以及河间府巡检三百余人，章惇大举募兵，兼之河间府本是作为重要军事据点经营，府库之中，兵甲堆积如山，数日之内，他就把河间巡检扩充到了六千余众。

有了这六千余巡检，再加上城墙上那二十余门火炮与整整一个营的神卫营，章惇与田烈武一合计，与其坐等着拥有火炮之利的辽军从容攻下莫州再兵临河间城下，倒不如北援莫州，维持着莫州不被攻陷，也可减轻河间府的压力。兼之据此前雄、莫传回来的战报，辽军骑军只有数千人，显然只是先锋部队。于是，十七日，田烈武便亲率三个营五千余骑军，北上君子馆。君子馆北距莫州州治任丘县四十里，南距瀛州城三十里。田烈武无论北上增援莫州，还是南撤回瀛州，以骑兵之速度，半日可至。

然而，让田烈武纳闷的是，他在君子馆呆了三天，一直等到二十日，除了发现小股的辽军斥候外，韩宝并没有对莫州发起进攻。辽军的前锋，只推进到鄚镇，便停了下来。

田烈武与他的参军们商议了数次，都没能猜到韩宝到底在想什么，辽军究竟发生了何事。

契丹发动这场战争，必然有其目的。田烈武与他的参军们能想到的，不外乎四个——其一，灭亡大宋；其二，报复大宋终止条约，试图通过突然的战争，迫使大宋重订城下之盟；其三，报复大宋，但报复的方式是夺取关南之地，或固守，或迫使大宋用财货赎回；其四，报复大宋，但报复的方式是如历代塞北胡狄所做的，劫掠大宋的沿边州郡，既能抢夺财物，亦能令大宋不堪其扰，最终不得不求和。

而且，只要战争获利，辽人便能再次确立对大宋的优势地位。

除了第一个目的，其余三个目的，皆有可能。田烈武的参军们虽然事先想不到辽人真的敢于南犯，但当战争开始，他们倒是很容易理解战争的原因——既然是岁赐确立了宋辽的百年和平,没有了岁赐,自然就不会再有和平。

顺理成章。

只是他们不知道辽军发动战争的目的,不知道辽军究竟是开始了一场多大规模的战争,他们就只能去猜测辽军的想法。

没有几个人相信辽军只是小打小闹,仅仅是想劫掠沿边。辽国已经不是一个蛮夷国家,而且大宋如今国力正盛,绝不可能对辽军的劫掠忍气吞声。劫掠沿边等同于邀请宋军去收复幽蓟,无异于将辽国的南京道与西京道也变成战场,这样一来,双方的损失是相当的,而这对辽国显然不利。

而且,辽军南犯之前隐蔽得如此之好,又选择四月进军,如此煞费苦心,亦非小打小闹的迹象。其明显便是想打宋军一个措手不及。

既是如此,他们便应该迅速南下,在两三个月内,西军驰援之前,突破大名府防线,击溃河朔禁军,迫使大宋签订城下之盟。如若河朔禁军果真在西军到来之前就被击溃,西军数千里赴援,孤军作战,亦难有什么大作为,而且若西军急于复仇,反而可能被辽军各个击破。总之,若能如此,辽军至少能牢牢掌握着这场战争的主动权,宋军想要复仇至少也是几年以后的事。

若其目的只是夺取关南,亦当及早攻取莫州,才能集中兵力,围攻河间,以便在宋军援军赶到之前,先攻取此城,避免腹背受敌。占据关南之后,便可取得先手,利用关南之积聚,与大宋争雄于河北。如此一来,大宋整个河北皆沦为战场,势必损失惨重。而契丹国力所受损耗则能减到最小。河北腹地利于骑兵驰骋,在接下来的战争中,契丹将能尽得地利。

其实,即使辽军仅仅是想劫掠,也应该马上南下。他们既然攻得下雄州,自然也攻得下莫州。抢城市总是收获比较大的。雄莫之间相距不过六七十里,骑兵一日可到,没有任何理由放过莫州。

因此,韩宝突然按兵不动,实是让人大惑不解。就算他是在等主力或者其他部队合兵,他既如此轻易就夺了雄州,完全可以趁势先取了莫州,在莫州会合主力,再来攻河间——这不正是先锋该做的事吗?

莫非,雄州出现的,竟然不是辽人的主力?

这倒是有可能的。韩宝装出主力先锋的样子,但实际上却是一支偏师,来牵制河间府的宋军。而他们的主力,则由镇、定南下。契丹若能攻取镇、定,将比占据关南更加有利——非止是河北,连河东也将陷入被辽军夹击的境地——雁门、瓶形天险,立时便化于乌有。

但这一切都只是猜测,周围到底发生了什么,他们所知少得可怜。他让主管情报的参军向雄州、霸州、高阳都派出了细作,但要等这些细作带回来情报,还需要时间。

在此之前,田烈武所能做的,只是等在这里。

四月二十日。

保州,满城陵山。

陵山位于满城西南三里,满城东距保州州治所在保塞县仅四十里,西距北平寨也不过三四十里。在唐代天宝年间,这里设立过满城县,然而,历五代以来之战乱,每有契丹入侵,满城总是首当其冲的地区之一,因此户口减少,至宋代,便已并入保州。宋初之时,满城犹是重要的军事要地,但到了绍圣年间,这里便只有一座年久失修的废城,以及居住在城中的千余户居民。这既有和平日久的原因,也有司马光、石越重新规划河北战略的原因——过去河北沿边密布着上百个军事要塞,因为司马光、石越要将兵力集中起来,遂致此处无兵可守,因此被废弃的,占到十之八九。

大宋河北边境,大体上是以保州为界,保州以东,池塘水泊数百里。这水泊与江淮不同,都是深不能行舟、浅不能过马的塘泊。保州以西,则多有层峦叠嶂,处处都是小山,但这些小山都极为低矮,几乎无法阻挡步骑通过,所以宋廷才在此广植林木,以阻隔敌骑。因为一旦辽军到了保州东南,便是地势平坦得连这些小山都没有了。段子介的飞武军此时驻扎的陵山,便是这样一座低矮的小山,相传此山曾经是古代帝王的陵墓,当地百姓便叫它为"陵山"。

段子介驻军于此,实属迫不得已。

从燕子林之战俘虏的辽人口中,段子介已经知道这支辽军的统帅是辽国宿将萧阿鲁带,据说有六万人马攻入镇、定。六万骑兵当然是不可能的,因为算上家丁就是十余万人,如此大军,与段子介目前观察到的情况大不相符。段子介与他的参军们猜测,可能是正军连家丁一共六万,实际上应该是两万骑左右。这也符合他此前的猜测以及保州知州张绪提供的情报,当日出现在保州城外的,最多不过三千骑,领兵者正是萧阿鲁带本人。

几乎可以断定,萧阿鲁带分散了他的兵力——这也是今日之辽军最可畏惧者,因为经历长期的战争,今日之辽军,已拥有数不清的出色的中低层将领,萧阿鲁带可以随意将他的部众,分成百人队、千人队,四散出击。相比而言,河朔禁军中,以镇、定地区而言,敢于统率三千之众出城寻找战机的将领,屈指可数。而以战斗力而言,段子介率三千之众,即使是乐观地来看,实力也只能与辽军千骑正兵加上两千家丁组成的千人队相当。

段子介十四日抵达保州,将解救出来的百姓与俘获的辽人俘虏全数交给保州知州张绪,因为十二日萧阿鲁带才从保州撤围而去,张绪与保州军民正是惊魂未定,见到段子介,无不大喜过望,当即杀牛宰羊,犒劳定州援军。张绪满心想让段子介替他守保州,或者至少留点儿兵力给他,不料十五日即传来保州东北的安肃军遇袭的军情,安肃军军使胡沱遣使告急,段子介便即准备离开保州,前往救援这个"铜梁门"。因保州有神卫营第十八营的第一个指挥驻扎,段子介便想向张绪借一百名神卫营士兵,谁知张绪算盘打空,不仅一口拒绝段子介的请求,还担心引火烧身,反而连萧婆典的尸体与萧继忠这个俘虏也不肯接收,气得段子介七窍生烟,几乎与张绪翻脸。

段子介负气出城,一怒之下,竟打算直往保州三陵[1],在那里杀了萧继忠祭祖,慌得他的参军们苦苦相谏,这才作罢。原来这保州三陵是赵家祖陵。宋廷在那里也部署了一个步营护卫——此营直隶殿前司,并无军号,其职责就是守卫三陵,便是遇上战事,也只有保州救三陵的责任,没有三陵守军救保州之义务。原本"皮之不存,毛将焉附?"这个道理人人都懂,但天下间这等荒谬之事却是甚多。萧阿鲁带率军过境时,竟然遣使前往三陵拜祭,而三陵守军也只是婉谢使者,其余任凭萧阿鲁带围攻保州也好,大模大样途径三陵也好,竟全当没看见。

张绪只想自扫门前雪,三陵守军则有过之而无不及。最荒谬的是,最后说将

---

[1] 宋太祖籍保州,保州三陵,指的是赵匡胤四世祖僖祖赵朓的钦陵、曾祖顺祖赵珽的庆陵和祖父翼祖赵敬的安陵。

起来，三陵守军还会占着理。因此，段子介休说在三陵杀不了萧继忠，便真让他做了，惹得萧阿鲁带报复三陵，最后此事往朝廷一报，凭他段子介多大的后台，也逃不脱个死罪。

但如此一来，段子介与张绪便是彻底闹翻了。

他最后也没去成安肃军，离开保州才半日，便在路上又遇上胡沱的使者，原来辽军只有千余人，围了一日，因安肃县实有两城，夹河而筑，两城互相联系支援，辽军围南城见占不着便宜，在城外放了半日的火，便撤围往南去了。军使胡沱见辽军远去，引军蹑其后击之，两军战于徐水之畔，宋军虽伤亡过百，然亦斩首十二级而还。

段子介见梁门无忧，遂引军而西，他不能再过保州，便想取道满城而回北平寨。谁曾想，从保州至满城虽不过四十里，段子介却走了整整四天。

便在保州西北二十余里处，段子介竟然遇上了自遂城南下的一支辽军。这支辽军显然是在遂城大战之后，没占到什么便宜南下劫掠的，虽然有千骑左右的正兵，然挟裹着上千名宋朝百姓与无数财物，显是极为轻视保州宋军，招摇过市，全无防范。双方前锋各百余人率先相遇，猝不及防之下，一阵混战，而后双方主力皆以为是遇上了小股敌军，竟不约而同地一股脑涌了上来。一番乱战之后，双方都大吃一惊，辽军本来极轻视张绪，万万料不到有数千宋军出现在保州与自己野战，而且以骑军为主，更不知宋军来了多少人马。段子介猛然见着至少上千的敌骑，一时也摸不清虚实，不知道附近还有没有更多的辽军。他毕竟领兵经验不足，若非辽军见他这么不知死活地乱战，误以为后面还有大队的宋军主力，先行怯了，慢慢地且战且退，脱离战场，段子介还不知道要把这场乱战打上多久。

但就是这样一次短短的遭遇战，段子介又损失了近四百余人，算上燕子林之战的伤亡，他的三千人马，在数日之内，竟已经折损了四分之一。辽军一转眼便撤了个没影没踪，段子介也不敢追赶，草草清点了战场，便护卫着辽军留下来的数百名百姓，向满城转移。

然而，段子介又犯了个大忌，就在他清点战场、携带百姓转移的这段时间里，辽军已经回过神来，他才走了十里路，这支辽军已如附骨之蛆一般，如影相随地跟了上来。段子介战也不是，走又不敢，只得找了处小高地扎寨固守。那支辽军试探着攻击了几次，见段子介防守严整，便也大模大样地在几里之外扎营，与段子介僵持。

段子介此时真是哑巴吃黄莲，此处距保州城不过三十里，张绪肯定早已知道消息，但他绝然不会出城相救。而他更不知辽军何时会有援军到来。

于是，在离满城不过十里远的地方，段子介与辽军僵持了三日。双方互相忌惮，谁也不敢轻举妄动，直到第四日清晨，段子介一觉醒来，照旧派出一小队人马去试探着攻击辽军，才发觉那支辽军已经在晚上悄悄地拔营走了。想来是辽军分散出击，各部之间联络不易，那支辽军等了三天，等不到附近有辽军出现，也不敢继续这么僵持下去，因此先行走了。段子介这才长出了一口气，护送着百姓进了满城。他的部下皆是初历战阵，虽未遭败绩，但不到十日之内，两次交战，全都累得筋疲力尽，兼之伤兵众多，段子介本想在满城休整两日，再回北平寨，谁想满城守将早已知道他与张绪闹翻，无论如何也不敢得罪上司，好说歹说，就是不肯让段子介部在城内休整。段子介百般无奈，不得不在陵山扎营。

直到此时，段子介才是真正领教了张绪这等人的无耻。即使是国难当头，也不见得人人都能同心协力。他们好心来救保州，数百人死难，换来的却是这般待遇。段子介巡视营中，便见麾下将士都是一肚子的怒气，骂不绝口。

好在这数日两战，段子介虽然指挥、判断，都并不完美，却终究是建立起了他在军中的威信。河朔禁军百年未有战事，对辽军不无畏惧之心，段子介两战辽军，未遭败绩，的确是让他的部下树立起了难得的信心。在陵山休整这两日，他又亲自带着医官，查看伤兵伤情，煎汤敷药——段子介本就颇有豪侠之气，与士卒相处，皆以兄弟相称，因此满营将士，对他都十分爱戴。须知自古以来，将领对士兵，纵然爱护，讲的也是"爱兵如子"，因此将领只有称士兵"孩儿""儿郎"的，极少有称"兄弟"者，这上下阶级之分，不管何时都清晰得很。如段子介这般，不仅嘘寒问暖，而且不问阶级，年长者称"兄"，年幼者道"弟"，众校尉虽然看不过眼，但于士兵，却颇能收心。于是这一两日之内，竟是满营军士无不交口称赞"段定州"是个好上司。因此，虽然众人对张绪多有怨气，却也并无兵变之虞。

让段子介忧心忡忡的，却是他的飞武军战斗力太差，以及对于战场形势他完全两眼一抹黑这两件事。

他坐拥两千余已经有过实战经历之骑兵，面对辽军一个明显是大战之后的千人队，以两倍之兵力而不敢攻击。他在自己的国土之上，与辽军作战，却完全不知道此时辽军在哪里，未来将在何时何地可能会碰上辽军……

前者是短时间内无法解决的问题。战斗之技能，只能在一次次与辽人的短兵相接中磨炼，除此再无他法。但后者呢？到达满城后，段子介立即解除了主管情报的行军参军之职务，虽然也许不能对他太苛责，但是，几天前的遭遇战，让段子介意识到了这个职位对他的军队来说是事关生死的，他无法再容忍任何颟顸无能者占据如此重要的职位。

既然他的飞武军打不了遭遇战，他就要尽量避免打遭遇战。他是在定州、保州作战，朝廷花费数十年，配合此处之地形构筑的林寨，已然给了他极大的空间。他是主军，应该熟悉地形，了解何处可以设伏，何处地形对自己有利，辽人会出现在何处……便以几天前的那场遭遇战来说，若他事先知道有这么一支辽军会南下，他的地图上显示，至少有三处树林与小山可以设伏以待。

虽然在保州遇到如此待遇，但段子介绝不会因此就退回定州的城墙之内。对段子介来说，正因为这个国家有张绪这样的人存在，他这样的人才应该更加努力，只有如此，他才对得起死在泸水之畔的向安北。既然他判断辽军只有两万骑入侵镇、定，而且他已经知道辽军是大举入犯，那么这里的辽军就不是主力，按着过往的战例，这支辽军应该大举深入，一路烧杀抢掠，然后在大名府一带与其他各路辽军会师……所以，段子介也深信，虽然萧阿鲁带分兵四出劫掠，但这一路所有的辽军，必然会在大致的时间，往某处聚合，然后继续深入，与主力会师。而他要做的便是想尽一切办法，不让萧阿鲁带得逞。

他要让辽军明白，他们面对的，是完全不同的宋军，站在他们面前的，绝不是那支只会消极防守的军队。他要让萧阿鲁带为他的分兵付出惨重的代价。

这两天之内，他让定州巡检张庞儿兼任了主管情报的行军参军。因为燕子林之战，保州的一些忠义社纷纷前来投奔，他将他们全部划入张庞儿麾下，而张庞儿则将这些忠义社的人遣散回去，让他们联络各村各镇之忠义社，刺探辽军动向，传递情报。他让保州境内之忠义社，将刺探之军情，全部传至吴和尚与吴三儿处，而二人再将情报送往北平寨。虽然如此传递之军情，多半难以及时，但若能将定、保州附近之军州忠义社全部联系起来，他就能大致弄清楚辽军活动之范围、各部大致活动之脉络，最终他就能知道辽人将出现在何处。

只是此事必须尽快。因为他根本不知道萧阿鲁带会在何时聚合他的大军，继续深入。所以，在十九日，段子介便遣出张庞儿，让他带着自己的数封书信与全部巡检，分别前往定州、祁州、永宁军、顺安军、安肃军、广信军，乃至深州、赵州。

此外，他又采用李浑的建议，让李浑从军中挑拣出这数日两战之中尤为勇武的战士，共三百余人，别立一指挥，让李浑任指挥使，担任自己的亲兵牙队。下次再遭遇辽军，他便让这支牙卫承担冲锋陷阵之重任。

对于这些举措，其实段子介心中也忐忑得很。他并不确信是否会有结果，特别是倚重忠义社——辽国通事局经营已久，万一忠义社中有辽人的奸细……段子介总是会忍不住这样想。士大夫们是很矛盾的，他们以百姓的保护者自居，却并不是很信任百姓，在他们的心里，百姓是"小人"，而"小人"则不讲节操，容易被"利"收买，且易被愚弄与操纵。况且，孔子还说过，用不习于战阵的百姓出战，等于抛弃了他们……段子介也是个士大夫，尽管他是武举出身，但究其内心，他到底是个不折不扣的士大夫。他愿意为百姓出头对抗权贵，甚至愿意替百姓下狱坐牢乃至冒生命危险——对于这些，段子介不会有半点儿的犹豫。但是，若要他相信百姓，却并不如他发布命令时所表现的那么容易。

实际上，那很困难。

但他知道张庞儿与李浑所献之策，是他改变自己对辽军一无所知现状的唯一办法。

除了信任忠义社，他别无选择。

4

河北，大名府。

四月二十四日，御前会议成员、枢密院副都承旨唐康踏入北京大名府正南门景风门时，北京宫城内那座熙宁十七年建成的钟楼的大钟，指针正好指向巳正时分。大名府距汴京三百二十里，唐康自二十二日出发，率领几十名属下昼夜兼程，不过两日间，便抵此名城。

唐康对大名府十分熟悉，他曾任大名府通判，参与大名府防线之修筑，于此功劳卓著。大名府原本有宫城、外城，宫城周三里一百九十八步，外城周四十八里二百六步。在宫城与外城之间，还有牙城、隍城。这座大宋的陪都是河北路最大、最坚固的城市。而自宋廷经营大名府防线以来，大名府再加改建，耗费缗钱无数，四十八里的旧城，被全部改用砖石加固，成为外砖石内土城之格局。城墙上炮台密布，上下交错，装备大小火炮共三百余门，其中两千斤以上的重炮十余门，并有两个神卫营驻守。各城门全部重建，不仅皆建有瓮城，而且皆有三重城门。原本接近废弃的两道水关——上水关善利关和下水关永济关，皆加修葺，并有炮台防卫。除此以外，四围之王莽城、五鹿城、阳狐城等小城皆加修葺，屯兵置炮，在城北安平门、辉德门外，更修筑了坚固的砖石牙城，各置火炮十余门驻守。

因此，如今大名府是当之无愧的天下第一雄镇。

因其城防过于坚固，为防晚唐五代魏博之患重演，大名府内外驻守之两营神卫营、雄武一军的两个步军营、飞武四军的一个马军营，平时皆互不统属。此外，雄武一军、飞武四军之军部皆设于城内，一在城北，一在城南。无事之时，大名府知府与通判只统辖两个神卫营与大名府巡检，亦不令其握有雄武一军与飞武四军之兵权。而卫尉寺、职方司，皆在大名府设有分司，监察禁军不法情事。除此以外，两府更是立下法度：驻守大名之雄武一军逢奇年与驻守磁州之雄武三军换防，飞武四军则逢偶年与驻守洺州之武卫一军换防。如此一来，凡守大名之禁军，皆两年一换，彻底断绝割据之隐患。

宋廷选择大名府来苦心经营，不仅仅是因为其地理位置极为重要，在军事上是汴京之门户，也是因为此地十分富庶——三四万禁军驻扎于此，粮草供给，完全可以自给自足，不必依靠转运——至绍圣七年，大名府全境在籍人口近八十万，因为大名府豪族势家不可胜数，若算上隐户，人口将远远超过百万。而这北京城内，人口达到三十余万，若算上南来北往的商贾，则人数更多。

即使需要转运粮草军需，大名府也兼有水陆之利。陆路上大名府与汴京有官道相连，水路上，大名府更有永济渠与黄河经过。以大宋水军之能力，即使遭遇围困,大名府也可以是一座永不断粮、永远有援军的城市。[1]

此刻,大名府的官员们齐聚在宫城的正南门顺豫门迎接唐康,这里还有很多官员认得当年的"二阎罗",不过,知大名府孙路、通判游师雄,却都是让唐康感觉陌生的面孔。

孙路与游师雄皆算是旧党,二人虽都是进士出身,却皆有知兵之名。孙路与刑恕关系极好,深受司马光赏识,这几年构筑大名府防线,居功至伟,是个连石越也赞不绝口的能臣;至于游师雄,是关中大儒张载的弟子,几年前他至政事堂叙任,被石越、范纯仁大加称许,当即改了他原本的任命,优差通判大名。石越曾私下里与范纯仁议论这二人,说道,孙正甫器具,最多一路转运,游景叔纵做到河北安抚使,亦难尽其材。

因此之故,唐康对二人倒也不敢怠慢。与孙、游及大名府众官员见过礼,便由孙路、游师雄引着他,进了宫城,前往河北路转运使司。绍圣以来,河北并未设安抚使司,四司衙门中,提刑使司设在河间府,提督使司设在真定府,只有转运使司与学政使司在大名府。因此到了转运使司衙门,只有河北路转运使陆师闵与学政使陈元凤在中厅前迎接唐康。

进了这转运使司,唐康虽是人乏马疲,但也不由得不提起精神来。这陈元凤不必说,河北转运使陆师闵,亦堪称熙宁、绍圣年间的大宋官场中的一朵奇葩。此人出身名门,却是死硬新党,因为在益州强硬推行茶法闹得怨声载道,蜀中官员自二苏以下,个个对他恨之入骨,但历王安石、吕惠卿、司马光、石越,无论两府是谁在主政,他竟始终能转祸为福,屹立不倒。绍圣之初,他被御史中丞刘挚盯上,本来已经危在旦夕,不料王、马、石合作,发行盐债,因为这陆师闵为国库增加收入的确是一把好手,他反而转祸为福。司马光、石越经营大名府防线,以河北豪族势家太多,便将陆师闵升为河北转运使,陆师闵到任之后,立即奏请对凡是不肯让出土地修筑要寨之豪族,征收一定之"保境钱",并设计了一个让绝大部分人都摸不清头脑的极为复杂之计算"保境钱"之方法,他对朝廷解释时,这"保境钱"似乎极少,于是竟然顺利地通过了给事中那关。谁知实际执行之后,

[1] 历史上大名府为河北雄镇,是晚唐五代藩镇割据之根本。正如《读史方舆纪要》所言,北宋之亡,军事上大名府守御非人,是极重要之原因。

按同样之计算方法,他这"保境钱",竟能将绝大部分的豪族闹得倾家荡产。朝廷发文让他解释,他竟回得朝廷哑口无言——他完完全全是按着朝廷批准之"保境钱"征收方法进行征收的。

唐康至今都没明白他是如何办到这一点的。但他知道,两府的相公当中,如李清臣,还有以前任兵书章惇,对陆师闵都十分赏识。连石越与范纯仁都认为这样的官员,总是有必要存在的。只有苏辙与御史中丞刘挚,始终对他看不顺眼。但是无论如何,陆师闵如今依然担任着几乎是大宋地方官中最重要的职务。[1]

"陆公、陈公。"与陆师闵、陈元凤见过礼,唐康便直奔主题,抱拳道,"虏事急矣。康奉使前来北京,一是奉御前会议敕令,设北道都总管,以知大名府孙路兼,令大名府通判游师雄佐之,康则奉旨监军。"他一面说着,已然起身,一个从人捧出一卷敕令来,孙路连忙躬身上前,接过敕令。唐康又道:"朝廷议定,权由北道都总管,统领大名府及磁、洺、博三州诸禁军、厢军、巡检、义勇。朝廷不日将于大名府设河北宣抚使司,节制河北诸将,统兵作战,这北道都总管司,便是要为宣抚使司,做好准备。"

唐康高声说完,众人脸上都并无意外之色。自辽人大举入侵之消息传至大名,陆师闵、陈元凤等人,早已料定朝廷必会设安抚使司、宣抚使司之类的机构,节制河北兵马作战。唐康既然宣布了设立北道都总管司及相关人事任命,那么众人便已知道,唐康、孙路、游师雄三人,都是将来能入宣抚使司的人选了。陆师闵与陈元凤虽然眼热,但他们也自知朝廷不可能让他二人来组建北道都总管司——二人身份不同,转运使兼掌一路兵权,那实际便是安抚使了。这于将来宣抚使接掌权力,大为不便。

因此,陆师闵只是试探着问道:"那宣抚使会是……"

"此非康所能知。"唐康摇摇头,不肯透半点儿口风,只是又说道,"枢府已经颁令调兵,令姚君瑞率云翼军前来北京集结。此外,枢府还抽调了龙卫军、威远军、横山番军、环州义勇前来大名,吴安国的河套番军将前往代州,渭州番骑则前往真定府。我来之前,西夏正使已向朝廷上表,称他们对契丹南犯毫不知

---

[1] 历史上,北宋河东、河北、陕西三路转运使,许乘传赴驿奏事,序位在诸路转运使之上。小说中官制改革,又并天下诸路,河北、陕西两路,所辖土地人民州县最众,故唐康有此谓。

情，不会与契丹勾结东侵。不过蛮夷之言，难以尽信，是以枢府暂未调发振武军与神锐军。"他掐着指头算了算时间，又补充道，"再过两日，姚太尉便要先率拱圣军北上，进驻河间府！"

唐康这番话一说完，众人脸上皆露出欣喜之色。众人都知道，他口中的姚太尉，指的是赫赫有名的"关中二姚"中的老大姚兕，而"姚君瑞"则是老二姚麟。自从种家兄弟相继去世，年轻一代的种朴、种建中等人皆未成气候，二姚便成为西军将门世家中声望最高者。尤其是姚兕，官至正四品上忠武将军兼拱圣军都指挥使，位列枢密会议。由他统兵前来，无疑是给河朔诸军吃了一颗定心丸。

陆师闵便即笑道："有姚忠武先来，那我等便可放心了。只是前日所颁诏旨……"他突然提起这话头，众人的脸色又都变得凝重起来，一齐望向唐康。

唐康知道陆师闵说的，是朝廷日前颁布天下的《敕榜赵、冀八州军民诏》。这道敕榜是直接颁给河北赵、冀八州军民的，告诉他们契丹已经大举南犯，朝廷已然召天下之兵北上御敌，然恐契丹残暴，残害八州百姓，乃谕告诸州百姓，凡愿意南撤者，朝廷将沿路设粥场提供食物，并在大名府、相州、卫州直至汴京，及黄河东流南岸之京东路诸州搭设棚帐，提供避难之所直至战争结束。

这份敕榜，毫无疑问是受到许多官员质疑的。但是两府颁给各府军州县之敕令中，措辞严厉，勒令各级官员必须执行此诏，否则将以贻误军机论处，亦由不得他们反对。

然而，赵冀等八州的官员倒也罢了，诏书中提到的大名府等将要接收难民的府州官员，却不得不面临巨大的考验。他们要防止大量的难民带来的犯罪、暴乱、疫疾，就必须提供充足的粮食供给与足够的住处，并且保证医药供应。可是他们谁也无法预测到将有多少难民到来，虽然敕榜中朝廷提供了指示，告诉哪些州县的难民应该尽量前去哪些州避难，但事实上，人人都知道这难以做到。许多百姓根本没有任何地理知识，他们只会随着最多的人群向南边涌来。而大名府则是首当其冲。

便听陆师闵又说道："自敕榜颁布以来，每日皆有数以百计的难民进入大名，以后恐怕还有更多。我们已经得到消息，章子厚在河间府，不准逃难百姓进城，数以万计的百姓正沿着官道南下——如今官道根本无法北上。"陆师闵望着一脸平静的唐康，继续说道，"我已经给沿途州县下令，反正他们也要南撤了，干脆开仓赈济，给那些百姓也提供粮食，免得他们饿死，发生疫疾。只是南逃的百姓不知道有多少，再加上朝廷颁布了敕榜，大名府储粮再多，康时你刚才也说了，还有许多大军要来大名府集结，到时候少了军粮，我这运使难辞其咎。可是我若不给这些逃难百姓吃的，朝廷敕令，我也不敢不遵。"

"漕节所言不错。"陈元凤接过话来，道，"最令人忧心者，是逃难百姓太多，阻塞官道，且对大名府防线，亦是极大隐忧。若契丹以奸细混于百姓之中进城，而以大军紧随百姓之后而来，只恐朝廷苦心经营之大名府防线，辽军将不费吹灰之力而攻破……"

唐康不动声色地听二人说着，此时忽然问道："陆公、陈公，康有一事不解。"

"康时请说。"陆师闵与陈元凤交换了眼神。

唐康环视了四人一眼，缓缓问道："方才二公道每日皆有数以百计的难民进入大名，为何康自进城一直到宫城，却未见着一个难民？"

"这……"陈元凤干笑了几声，道，"不瞒康时，在康时来之前，我四人已经商定下令，大名府境内诸城，皆不许南逃百姓进入。凡有禁军驻守之要地，百姓亦不许近三里之内。"

孙路也点点头，道："除此以外，我等已令巡检去清查官道，以保证南逃百姓不会占据全部官道。在馆陶[1]，我已令人在那里检查这些逃难百姓，凡是以乡里籍贯结保者，许其南下。孤身或独家独户逃难，皆要严加盘查，以防奸细混入。"

陆师闵笑道："这也是迫不得已。大名防线事关重大，我等不敢掉以轻心。朝廷敕令亦没说非得让这些百姓进城。只是，现今逃难百姓还少，再过些日子，恐怕……"

唐康这时已然明白，陆师闵、陈元凤们早已商议好了对策，绝不肯让大名府防线冒一点儿风险，但是又怕他这个朝廷派来的监军不干，因此一面诉苦一面交代他们所做的安排。唐康既可以默认他们的安排，也可以表示反对，只是那样一来，唐康就得承担后果，而他们也不用与唐康发生任何争执，用不着得罪这位眼见着就要炙手可热的大红人。

----
[1] 大名府北面之县城，距大名府七十里。

看起来，无论是陆师闵、陈元凤这样的新党，还是孙路、游师雄这样的旧党，对于朝廷的南撤八州百姓之令，都是不以为然的。

唐康看了看这四人，发现只有游师雄一直没有说话。他微微笑了笑，不置可否，道："陆公、陈公，既是如此，在下想去一次馆陶。"

"那也好。"陆师闵笑道，"康时先歇息一日，待北道都总管司之事办得差不多……"

"不。"唐康笑着打断陆师闵，"在下是想立刻去……"

"这……"陆师闵与陈元凤皆意外地看着唐康。陈元凤旋即笑道："既然如此，那便由我便陪康时走一趟吧。"

"有劳了。"唐康笑道，"不过在下两夜没有合眼，实是再也骑不得马了。还要借辆马车。"他一面说，一面转身对游师雄笑道："孙府尹身为北道都总管，事务必多。可在下还有个不情之请，游府判是否也能陪在下走一趟馆陶，在下离开北京多年，许多事情，还要向游府判请教。"

游师雄惊讶地望了唐康一眼，连忙起身回道："师雄敢不从命？"

君子馆。

田烈武的五千云骑军进驻此地，已有七八日。雄州与霸州的形势，依然不明朗，倒是在君子馆西北的顺安军高阳关，几日前出现了千余骑辽军，这支辽军烧光了高阳关外的几个村庄，见高阳关守军坚守不出，也不曾叩关，便绕道南下，直取永宁军而去。

同时，从高阳关传回一个噩耗，定州知州段子介率军东援保州，于十八日在满城大败，三千兵马全军尽墨，段子介生死不明，定州局势岌岌可危。

这让田烈武更加忧心忡忡——难道辽军的主力果真是自镇、定南下？

这天的早晨，田烈武巡视完各营早操之后，照例带上他的参军们，登上君子馆的城楼，远眺北面的莫州。莫州依然十分平静，平静得令人感到诡异。

通往莫州的官道上，不断有数十上百名百姓，扶老携幼，背着包裹，赶着牲畜，向南行来。几乎与官道并行的高河[1]之上，也可见到不少百姓划着小船，逆流而来。对于这些南下的百姓，官府早已懒得盘查，尽管田烈武还是派出了小队骑兵盘查北上的行人，但他也并不指望他出现在君子馆的消息，能瞒得过韩宝。

他只是一直在琢磨韩宝为何还没有出现。这几日间，他又详细问过了本地的老人，确信了所谓的"塘泊防线"，根本不可能阻止辽军。在雄、霸、莫、清、沧五州之间，有好几个大泊，一到夏秋两季水就浅到可以徒步涉水而过，而到了冬天就会结冰，也就是说，只有春季才能发挥作用。但是在春季的话，如果赶上滹沱河发大水，自深州以东，一片泽国，哪里还用得着这塘泊？难怪熙宁年间，新党有些官员对塘泊防线大不以为然，极力主张改造。

而河流难以依赖，原因也很简单。以往契丹都是秋冬入侵，河流结冰，水军完全无用，因此，大宋根本没有在黄河北流部署任何水军。毕竟谁也不会养一支一两百年都可能没用处，每年只能在固定的季节存在的军队。

没有水军防守，辽军几乎可以在任何地方渡河，而宋军也干脆放弃了倚河防守的打算。反而为了方便百姓，河北的这些河流上，还修筑了无数桥梁与浮桥。这一时半会，谁也不知道这些桥梁究竟还有多少没被拆毁。

所以，这些都不会是韩宝没有出现在莫州的原因。

一面竭力猜测着韩宝在想什么，另一面出于对镇、定形势的担忧，不仅是田烈武，连章惇也再三遣使来叮嘱田烈武切不可轻举妄动。这让原本打算派一个指挥的骑兵前进至郑镇试探一下韩宝的田烈武，最终还是决定作罢。丧失一个指挥的兵力事小，挫了全军的锐气事大。对于近百年未有战事之河朔禁军，哪怕是小小的失利，也会对士气造成严重的打击。

在城楼上站了一小会儿，田烈武看见他的几个亲兵也出现在官道上，拉住几个百姓开始询问。他听到身后有人说道："郡侯[2]，问了几日了，也不知今日能不能得些有用的消息。"

田烈武未及回答，便又有人回道："这些百姓只怕所知有限。有许多人，虽

---

[1] 《中国历史地图集》相关地图标为滹沱河。按，河间府之名，因其地处高河、滹沱之间，故有此称。《宋史·河渠志》言及滹沱河时，并未包括此段河流，故本文仍称高河。
[2] 宋代封侯，皆以郡名，与唐不同。故开国侯别称"郡侯"。小说中改官制，多用唐制，侯爵皆以县名，此处仍称"郡侯"，是习惯性沿用旧称。

是雄州人，可自打出娘胎起，便连瓦桥关都没过去。这些百姓多是契丹烧杀到自己的村子或者邻近村子，才仓皇南逃，他们哪里能知道契丹的动静？况且这几日盘问，逃难百姓，还是莫州的居多。"

田烈武转头望了说话之人一眼，却是个三十来岁的高壮男子，他认得是他的一个参军，唤作刘近。因问道："刘参军所言亦有道理，只是若不如此，参军可有更好的法子？"

"回郡侯——"刘近见田烈武相问，连忙欠身抱拳，道，"恕下官无礼。我大军在君子馆，却连区区百里外的雄州究竟发生了什么，亦一无所知，这与守株待兔何异？韩宝乃北朝名将，我军在君子馆，联结莫州、河间，这些算计，他能看得清清楚楚。敌暗我明，下官恐怕我军落入韩宝算计中……"

这番话恍如在田烈武耳边炸起一个惊雷，说中了他内心深处一直在担忧的一个可能。他霍然一惊，望了望刘近，却没有说什么。便在此时，一个亲兵大步跑上城楼，走到田烈武跟前，禀道："郡侯，有个叫张叔夜的求见。"

"张叔夜？"田烈武不由得一愣，他记性甚好，自然还记得此人，不由奇道，"他如何出现在此处？"一面吩咐道，"快请。"

这还是田烈武第一次见着张叔夜。他带领众人回到行辕，便见一个锦袍男子在辕门外倚马而立，腰间佩了一柄弯刀，马上挂着一个包袱、一张大弓和一个箭壶。

那人见着田烈武等人，便连忙趋前一步，欠身抱拳道："下官权知保定军张叔夜，见过田侯。"

"权知保定军？"田烈武不由得反问了一句。

便见张叔夜苦笑了一下，道："正是。下官便是新任权知保定军。"

"那你运气可不算太好。"田烈武不由得笑了起来。原来这保定军，地处雄州与霸州之间，在大宋的军州当中，算是个很小的军。张叔夜谋的这个差事，不算太好，但也不算太坏。因为他官阶不高，做到权知保定军，已经算是优待。只是田烈武早已听说他原本是想进枢密院、兵部，如今却被差到保定军这么个小地方，相较而言，那必定是在两府被人捉弄了。

他颇疑心是唐康搞的鬼，因此一听张叔夜自报官职，便不由得笑出声来。

却听张叔夜也笑道:"运气也不算太坏。好歹慢了几日,没被契丹围在城中。"

这一句话,顿时令得田烈武大生好感。因赞道:"嵇仲倒是个磊落男子。你既知保定军被围,还来此做甚?"

张叔夜笑了笑,朝着田烈武又是一揖,笑道:"下官是来投田侯的。"

"唔?"

"下官到了河间府,听说契丹已经得了雄州。见过章公后,听说田侯在君子馆,便特地前来投奔。"张叔夜说到这里,也不问田烈武是否肯接纳他,又说道,"田侯,这君子馆可并非久留之地。"

"哦?"田烈武听得心头一惊,这时也顾不了太多,情不自禁便问道,"嵇仲何出此言?"

"下官听说田侯来此,已经有七八日。而七八日前,雄州便已沦陷……不瞒田侯,下官是三日前到的河间,在河间时,下官便与章判府打了一个赌,赌三日之后,田侯必定还在君子馆。下官侥幸得胜,章公方允我来投奔田侯,不再一定要让下官去守那肃宁城、肃宁寨。"

田烈武的脸色越发凝重起来,问道:"嵇仲凭什么敢如此断言?"

"凭韩宝数日之内,便能取雄州重镇!"

"这位张使君说得极是。"田烈武身后的刘近这时突然插话道,"下官也斗胆一言,莫州东西,皆有大泊,契丹骑兵只能从中间官道两旁的数十里之地通行。韩宝为契丹先锋,麾下之兵,最多不过两三万,少则仅数千。他知我大军在君子馆,却未必知道究竟有多少人马。我云骑军若是倾巢而来,则有万余骑。我万骑马军,倚城而战,韩宝兵力虽多,却无法分兵调动——东面的塘泊虽然有些地区可以通行,但亦要我军兵力少而难以尽守,其方敢涉水前进。因此,下官这几日间,也在怀疑韩宝其实是不敢强攻莫州。"

张叔夜惊讶地看了刘近一眼,笑道:"原来田侯军中,亦有智者。"

刘近连忙谦道:"岂敢。此前我军因韩宝反掌之间,轻取名城,而惧其强,却未曾想过,韩宝亦有所惧。在下却也是今日才终于想通这一点,哪里及得张使君三日前在河间,便已料定。只是在下仍然想不通,韩宝既不敢前来强攻莫州,那么其多半便要绕道,张使君以为,他会从何处绕道?"

"梁门若不保，则韩宝必自高阳关而来。梁门若存，雄州与高阳关之间，水泊宽广而深不可涉，又有梁门守军与高阳关守军相呼应，田侯大军北援高阳关也不过百里，两日可至。韩宝不会走高阳关。"

田烈武挑了挑眉，道："嵇仲的意思，韩宝会从东面绕道？"

身后众参军听到此处，也渐渐明白过来，此时都是吓了一跳，有人惊道："辽人想包围我们？"

"我若是韩宝，也要打这个主意。"张叔夜笑道，"遣一支精兵，自东面绕过来，插入君子馆与河间府之间，切断我军之联系，然后大军倾巢而下，直取莫州。到时我河间、君子馆之大军，皆被辽人牵制，南不得，北不得。若是果断南下，退回河间府，与河间之兵合拢，或还能全身而退。若稍一犹豫，待辽军攻下莫州，或者干脆弃莫州来，则我军休矣。"

刘近此时也完全明白过来，道："若辽人击溃我云骑军，甚至田侯若有不测，田侯乃天子近臣，天下名将，一朝有失，河北震栗，休说莫州难存，便是河间也岌岌可危。"

众人听得此处，都是倒吸了一口凉气。只有一个参军迟疑了一下，才质疑道："就凭韩宝麾下兵力，他如何敢保必胜？"

田烈武看了他一眼，摇了摇头，道："这不是韩宝的兵力。"

"郡侯的意思是？"

田烈武默然了一会儿，沉声道："嵇仲的意思是，如今我们面前的，不仅仅是韩宝，更可能是耶律信，韩宝也许已经绕道往我们身后来了。"

"啊？！"

君子馆的行辕外面，突然间死寂了下来。

只有张叔夜在说道："如今唯一的问题是，梁门究竟还在不在？！"

一个参军显然是被吓坏了，惨白着脸问道："梁门在不在又有何关系？难道郡侯要以这区区五千骑，去迎战辽军主力与韩宝的夹击？"

此时此刻，退回河间府，已是大多数参军的想法。

却听田烈武轻描淡写地说道："只要我们知道了辽军的意图，难不成我们这五千马军都是死人不会动吗？"

他说完，大步走进辕门，高声命令道："传令——立即向束城方向广布侦骑。让他们探远一点儿，辽人若从东边来，为瞒过我们，定然是从霸州绕过来的。"

一个参军犹在嗫嚅说道："难怪派去霸州的斥候半点儿音讯都没有了……"

5

四月二十六日。

大名府，馆陶县。

"……这馆陶县亦已经不是汉明帝馆陶公主的那个馆陶县，五代时把县治移到今日这地方，故城现在叫南馆陶镇……"前来迎接唐康一行的馆陶县令叫邓方进，是个健谈有趣之人。自从见着唐康等人之后，他的嘴巴便没怎么停过，但此人倒也广博，凡是馆陶诸地之历史渊源，他都如数家珍，"永济渠就在县城西边二里，汉代叫屯氏河。东边原本有黄河北流，不过熙宁初年，黄河改道，反倒往永济渠西边北流了。这大河，既能作恶，也有不少好处。下官在此为令数年，年年都怕黄河涨水、改道，馆陶就万劫不复。可它要没事呢，有了黄河北流与永济渠，馆陶也是通衢要地，商贾辐集，还有农耕之利。别看馆陶县小，便是这十余年来与北房通商，馆陶也获益不少，本县家财数万贯者，少说也有百来家。可惜好端端的，又要打仗了。幸亏朝廷修大名府防线，馆陶虽说在最北诸镇之一，可好歹也有坚城利炮。比起北边的临清县，唉……"

唐康、陈元凤、游师雄三人一面听他说着这些乱七八糟的事情，一面留心观察着所看到的一切。馆陶县内，此时到处都是疲惫之极的逃难百姓，人数之多，远远不止此前在大名府所说的每日数百，唐康在心里粗略估算了一下，滞留在馆陶的逃难百姓，少说也已经上万。许多人衣衫褴褛，看起来饥肠辘辘，便倒卧在街边，看起来是已无力再南下。

唐康心里很清楚，诏令颁布下来，未必便能得到执行。虽然大名府陆师闵说得漂亮，可北面诸州的官员，未必便有那么好心肠去赈济这些百姓——他们自己都乱成一团呢，走又不敢，留又害怕，有几个官员心里还能挂着这些百姓？这些百姓要逃难，一直到馆陶为止，吃的都只能靠自己为主。而沿途更保不定还有趁火打劫的歹人。

这馆陶县内，倒是搭起了好几个粥场，城内空旷处，几处寺庙，都搭起了棚子收容逃难百姓，但那是杯水车薪。按说有永济渠在，粮食是能供应得上的，劳力更是到处都是……但显然，这邓方进也有自己的算盘要打，大战将至，军粮供应是头位，只要他保证军粮无虞，战后自然有他的功劳，若出了差池，他休说前程，搞不好连小命也没了。无论朝廷如何三令五申，让他先开府库，后有粮草接济上来，但到了邓方进这里，他是绝不肯冒险的。万一这中间出了半点儿差错，他这个小小的知县，就是替死鬼，他还能找运粮草前来的转运司这些衙门分辩不成？

颁一道诏书容易，果真南撤八州军民，实在不是容易之事。毕竟这大小官员，都是自私自利顾着自己小算盘的居多，人人都有自己的算计，越到这种危急存亡之时，越是如此。

但唐康只是留神观察着，并不揭破这邓方进——这是无济于事的。

但是，意外地，唐康突然在马车上发现一个熟人。

"停！"他大声喊道，让陈元凤诸人都吃了一惊。马车"吱"的一声停了下来，邓方进也连忙勒住自己坐骑的缰绳，探过头来问道："唐都承这是？"

唐康却不理他，跳下车来，朝着路边一座宅子走去。陈元凤与游师雄对视了一眼，也只得下了车跟上，邓方进一时有些丈二和尚摸不着头脑，也只得下了马，小跑着跟上唐康。

众人到了那宅子跟前，却见这座宅子内外，竟然也在大设粥场，许多难民纷纷涌来，几十个河北大汉，手持长棒在维持着秩序，一面还不停地高声喊叫："凡自愿去大雍国的，到那边画了押，签了文书，俺家官人保你们一路好吃好喝直到雍国，再不用饿肚子。俺雍国计口分田，每口一百亩永业田，十五税一，不用交两税，不用交杂赋，保你们从此过好日子。若是不愿去的，亦请自便，不要往这边来……"还有一个穿着黑色锦袍的中年男子，坐在门口，搭了张桌子，在给排着长队的百姓签字画押。

邓方进才恍然大悟，连忙笑道："唐都承，这是雍王的使节……"

"我认得。"唐康打断邓方进，默默地看着眼前的场景。这个黑袍男子，他当然是认得的,是雍国常驻汴京使节翟原。他曾经是白水潭学院的闻人,却不愿科举,不仕宋朝,反而做了雍国的太傅。雍王为了尽可能得到大宋的支持,不仅在汴京、杭州皆常驻使节,还送了一个小儿子回汴京,担任名义上的驻宋正使,由副使翟原辅佐。事实证明这一手是行之有效的,这个小王子的存在,的确影响到了太皇太后,使她对雍国多有关照。

雍王自从封建之后,的确也展示了他过人的一面,他不仅做到了知人善用,而且肯赋予臣子们极大的权力。比如他在宋朝的使节们,便都有专断之权。他们可以不必请示雍王,而及时做出一切他们认为有利于雍国之决定。

这样的权力的确也是非常必要的。

所以,翟原竟然比唐康先到了馆陶。

在南海诸国,买一个奴婢要几百贯,从河北募集这样整整一家五口前往雍国,也许不过几十贯而已。对于南海诸侯来说,这的确是一个极好的机会,而朝廷为了减轻自己的压力,必然也会鼓励他们招募逃难百姓。只是未必每个诸侯国都能把握住而已。

唐康就很疑惑,雍国哪来这么多钱?这不是生口贸易,可以以货换人,翟原必须手里有充足的缗钱,保证能养活他募集到的百姓,让他们至少能顺利走到杭州。这不是一笔小钱,雍国诸事草创,国库不会太宽裕,更不可能有多少钱放在翟原手里。

唐康正想着这些,翟原已经发现了他,连忙吩咐了身边的从人接过他的工作,朝唐康走了过来,一面抱拳笑道:"唐康时如何也来馆陶了?"

二人早已是十分稔熟的,唐康也抱了抱拳,笑道:"许你翟十八来得,我却来不得?"

二人相视大笑,唐康又替他引见了陈元凤诸人,一面笑道:"你脚倒是长。"

"不长不成。"翟原也笑道,"朝廷敕榜一颁布,我便连忙请了太皇太后的恩旨,赶紧到了大名。谁曾想到大名也没用,又巴巴跑到了这里。我家三王子给朝廷上了表,国家有难,诸侯自当同仇敌忾,雍国虽然草创之初,将寡兵少,亦请发兵一千,与契丹决一死战。大宋是父母之邦,我们效忠皇上,自是义不容辞的。但太皇太后、皇上与两府顾念敝国立国未稳,不许发兵。那我们几个同僚计议了一下,大战将起,必有百姓受苦,朝廷德被天下、恩及万民,必会尽力赈济,但这方面我们亦可尽微薄之力，替朝廷稍分其忧。当然，诸侯们自己也有好处……"

他倒是说得冠冕堂皇，但这并非正式场所，因此陈元凤等人听得无不皱眉。但唐康素知雍国自封建以来，做任何事情，都是既要得实利，又要外表漂亮好看。对大宋的忠心表得最响的，向来都是雍国，而与辽国打得最火热的，也是雍国。因此倒也是习以为常，他只是笑道："难不成还有别的诸侯国也来了？"

"那是自然。"翟原笑道，"我是四日前到的。曹国的李五是三天前到的，邺国与岐国朝中有人，人是昨日才到的，可是募人却是六天前便开始了……"他一面说一面朝着邓方进笑了笑。

邓方进也笑道："诸公都不是外人，这是上头的关照。清河郡主托人叮嘱了，这也是举手之劳。"

翟原又笑道："昨日连周国也来了人，我听说其他的诸侯国准备几国联手来招募百姓。"

"连周国公也发财了？"唐康不由吃了一小惊。他知道周国是最为拮据的，虽然潘照临因为与柴远交好，对周国也有照顾，但这大募灾民，毕竟是要钱的。

"发什么财？都是举债度日。"翟原对唐康倒也没什么隐瞒，笑道，"反正谁也没有邺国与岐国好命，钱庄总社要卖清河郡主的面子，就是平常借贷的息钱，不用任何担保，先期就借了八十万缗。我在汴京跑了两日两夜，腿都跑断了，找那些钱庄、巨贾，自作主张，借了一笔债，两分息，一年后还——我家大王知道了，肯定要将我丢进海里喂了鱼——但也总算借到了这笔钱。曹国不知道是如何弄到钱的，李五讳莫如深的样子。周国发行了一笔盐债，自然不是用盐税担保，我听说是分一年、三年、五年还债的，也是找了些巨贾来买，息钱也低不了，可好歹比我强，不用全部一年后还清……"

"比你翟十八强？"唐康"嘿嘿"冷笑了几声，"你肯掏二分息，借的钱只怕比周国多十倍也不止。"

"哪里哪里，还要康时与陈学政、游府判、任邑长[1]多关照则个。"翟原"嘻嘻"笑道，"这桩差事办妥当了，日后定当报答。"

"那倒不必。"唐康知道翟原的"报答"二字，绝不是说说而已，保不定过

---
[1]　县令的别称。

了几日，便有雍国来的什么奇珍宝货到了自己的府上。这邓方进看起来与翟原也很熟悉，唐康不问可知，不晓得他受了翟原多少好处，因又说道："这是公私两便之事。你办得好了，亦是帮我们大忙。于大宋也是有好处的。"

果然，便听邓方进在旁笑道："正是，正是。诸侯国与大宋本是一体，此次为国分忧，也解了我们不少难题。"

听得陈元凤在旁边直冷笑。但邓方进便假作没听见，只是笑嘻嘻的。几人又寒暄了一阵，唐康便以公务在身，辞了翟原。众人转回马车，唐康便皱眉不语，一直到了馆陶县衙，邓方进迎着三人进入公厅，落座上茶，唐康都是若有所思的样子。

陈元凤留心观察唐康的神情，却也不去问他。他本也是极聪明的人，自然大略能猜到唐康在想什么。其实他的处境，与唐康也差不多。

自从吕惠卿倒台后，陈元凤因为有陕西与范纯仁共事的关系，又搭上了范纯仁这根线。他虽然有自己的政见与坚持，但是他不见容于新党，又被旧党排斥，他自己又不屑于投奔石越，因此范纯仁的赏识对他来说，也是非常重要的。

这南撤八州军民之诏，陈元凤本人是十分不以为然的。但是他无法公开反对，一是无用，二是这会重重地得罪范纯仁。而眼前对陈元凤来说，却正是一个千载难逢的机会。压制他的司马光已经死了，范纯仁正式成为石越最重要的盟友，这次契丹大举犯境，陈元凤相信，范纯仁是绝对不会忘记自己的，他会给自己安排一个重要的职务，这是他积累功绩，为将来进入中枢打下基础的最好机会。

在这样敏感的时刻，他既不能让大名府出现任何岔子，也不能公然违背范纯仁的政策。

陈元凤相信，唐康的心理与他差不多。

一方面，唐康一定要执行石越的政策，但另一方面，他以监军之身份来到大名府，将来在宣抚使司必有重要的职位，这对唐康也是千载难逢的机会——他要奠定自己的地位，就必须要在这场对契丹的战争中发挥出让人印象深刻的作用。然而，这南撤八州百姓之政策，会让他缚手缚脚，甚至于对他造成极大的麻烦。

这是费力不讨好之事。

天下没有谁能将这桩差事办得妥妥当当，人人没有怨言。遇上这么大的事情，总是会出差错，一定会有意外，而且谁也料不到会有多大的麻烦在前面等着自己。

唐康身为北道都总管司监军，一到大名，诸事不理，首先关心的便是逃难百姓之事，便已经透露出，此事究竟有多敏感、多重要、多棘手。

南海诸侯招募的那些百姓，对于整个河北的逃难百姓来说，只是很小的一部分。绝大部分的百姓即使是被迫逃难，也是不愿意远渡重洋的，而南海诸侯们财力也有限，他们若能募集过十万百姓，便已经是宏业。单单是送这些百姓去南海，就会令汴京至杭州一路州县，商税大增，而将这些人口送至南海，更不知道能让多少海商发一笔横财。但是，诸侯们为了减少开支，必然要尽快将这些百姓送往杭州，这许多百姓集中南下，对于沿途州县的粮食供应、治安，都会造成难以想象的压力。这个规模几乎相当于第二次封建，但头一次封建可是用好几年才完成的。

朝廷放任南海诸侯们招募这些逃难百姓，其实也是一把双刃剑。办得好了，对减轻难民压力多少有些帮助，另一方面对汴京至杭州、广州沿途州县，以及诸海港，都能带来无数的机会。但万一出了意外，瘟疫、流血冲突、盗贼、流寇……后果不堪设想。

但这些自然不是唐康与陈元凤们要操心的，他们顶多上封札子提醒一下朝廷，就能撇得干干净净。陈元凤相信，唐康之所以皱眉，只是清楚地意识到南海诸侯们帮不了他什么大忙，他必须另寻出路。

但不管怎么样，陈元凤相信在这件事上，他要尽力与唐康协调一致。他要把握住自己的机会，与唐康建立良好的公私关系，这是十分有益的。陈元凤已经关注唐康很久，他知道唐康的政见其实是偏向新党的。他们有许多共同点，影响他们成为政治盟友的只有他与石越的关系，而这一点其实没那么重要，陈元凤与许多石党私交良好，毕竟他与唐棣、李敦敏等人是布衣之交。况且如今正是难得的机会，共同关心的东西会让他与唐康更接近。

这也是陈元凤愿意屈尊主动陪唐康来馆陶的原因。

毕竟在范纯仁记起他之前，他还只是一个不上不下的河北路学政使。

公厅内的气氛显得有些尴尬。唐康皱眉不说话，陈元凤低头喝自己的茶，游师雄也是默不作声。他莫名其妙被唐康点了差，旁人并不知道，他在大名府，其实是暗中受排挤的。孙路的确是颇有干才的能臣，但他却颇有些妒贤嫉能，他表面上与游师雄关系不错，实则对游师雄十分忌惮，只是游师雄为了能和衷共济，凡事都十分忍让，才维持了大名府的局面。因此，对游师雄来说，虽然他心里有许多想法，但若非顾虑周详，他是绝对不会轻易出口的。因为即使说出来也改变不了什么，大名府如此重要，游师雄不想因为逞口舌之快，致使他与孙路失和，而误了国事。

邓方进却是一时有些摸不着头脑，突然便不敢轻易说话了。

过了好一会儿，唐康好像终于觉察到了气氛不对，抬头望了望陈元凤，又看了看游师雄，最后目光落到邓方进身上，说道："邓令尹，馆陶必须做好接收更多逃难百姓之准备。"

邓方进吓了一跳，正待诉苦，却听唐康又说道："粮食你不用担心，我会请陆漕节给你运过来。"他顿时一颗心落到肚子里，笑道："都承放心，只要有粮食，下官保证，馆陶不会有百姓饿死。只是下官有一事不明……"

唐康看了他一眼，诧道："邓令尹有何事不明？"

邓方进笑道："下官只是不明白，为何朝廷不用本朝旧法？这时节，如河间府那般，募集勇壮百姓为厢军、巡检，一可防备兵力不足，二则亦是赈济灾民之法，三则可防百姓异变……"

"民不教而使之战，是弃之也。"唐康回道，"河间府是权变之法。大名府有重兵驻扎，非兵不多，乃兵不精，要那许多厢军、巡检做甚？但日后大军进发、粮草转运，只要能从这些逃难百姓中征募民夫，必然尽量从中征募。"

"原来如此。"邓方进点点头，却忍不住说道，"不过下官始终以为，南撤八州百姓，粮食始终是个大难题。谁也不知这仗会打多久，哪怕只打一年，两百万百姓，需要多少粮食养活？往少里算，也要四百万石吧？这不算转运的消耗。朝廷仓廪再丰实，也要吃光了。"

"此事邓令尹尽管放心。"唐康颇嫌他多嘴，但他此时已不似昔日，虽然骨子里仍旧心高气傲，可一则年纪渐长，二则身份渐高，他是以日后要进两府宰天下而自许的，此次来河北，抱的是建功立勋的心思，学的是宰相风范，因此，仍强忍不耐，耐心回道，"绍圣以来，朝廷实是攒下不少家底。便是京师的存粮，养活这些百姓一年两载，亦是绰绰有余。况且两府计议过，即便朝廷颁了敕榜，这八州百姓最多有一半会逃离家乡，比起契丹真的攻入这八州后百姓再行逃难，是要稍微多一点儿，但也多不了太多。所不同的，只是以往这些百姓得自寻活路，要不然便得饿死,而今日朝廷决心养活这些百姓。"

他这段话却让陈元凤与游师雄皆感到意外。游师雄终于忍不住开口问道:"唐都承是说,朝廷做好了八州百姓不会尽数撤离之准备?"

"那是自然,朝廷敕榜只是说百姓若愿撤离听其自愿,并令有司沿途提供食物。但必定有许多百姓是不肯轻弃祖业家产的,但凡有产有业的,举家南撤者多不过十之一二,举家留守者能占到三四成,最多者则是一家一户中,有人南撤,有人留守。此是天下之人情,朝廷岂能虑不及此?此外,八州之中,赵州、冀州、邢州三州百姓要尽快南撤,而恩、德、博、棣、滨这五州百姓,则不必急于南撤,只令百姓做好南撤准备,朝廷已分别遣使前往此五州,宣谕百姓,决定南撤之时机。如滨州、棣州,虽然无兵备,但地处黄河东流以南,实不必草木皆兵。"

对于游师雄,唐康更有结交笼络之心,回答起来,更是不厌其烦。

"这敕榜只是向天下百姓展示朝廷保护他们之决心。两府估算一百万逃难百姓,实已包括了沿边诸州。以我之见,实际人数会更少。"唐康说到这里,顿了顿,又说道,"但此事与大名府无关,恩、德诸州百姓,本也不会往大名府南撤,倒是赵、冀、邢三州百姓若要南撤,大名府必是他们的首选。沿边诸州百姓逃难,大名府亦是他们的首选。百姓经此避难,大军在此集结,因此,真正的考验会在大名府。我等若将这差事办妥当了,便能青史留名,国史馆列传,那是想跑也跑不了。若是办砸了,便是国之罪人,也能入国史,只不过,国史上只怕要给我等新增一个《庸臣传》……"

"我等要做好半年之内,至少有六七十万百姓通过大名府之准备。朝廷已经派出十几个使者,任南撤百姓安置使,在五丈河到梁山泊以北州县,准备好帐篷、房舍,安置这些百姓。朝廷已经开始向这些安置点运送粮食。大名府之责任,是引导这些百姓顺利通过,不要有人在大名府挨饿,也不要有人在大名府滞留。朝廷将来要征发民夫,让他们去那些安置点征发。诸侯国要招募百姓,让他们去那些安置点招募。"唐康的语气渐渐变得严厉,"在馆陶看见诸侯国的使节,国史为我等开《庸臣传》之日亦不远了!"

邓方进本来还在习惯性地笑着,渐渐地,笑容僵在了脸上。他自然听得出来,唐康的这些话,是在敲打他的。

果然,便听唐康又说道:"邓令尹,你这馆陶的责任不轻啊。这差使办得好了，你便是救了无数百姓的性命，这份阴德，自然能泽及后人。便是你邓令尹，这许多百姓都得衔环结草地感谢你，这功绩放在这里，朝廷谁都能看得见。可若是办得不好，关系的全都是一条条人命，如今非比平时，危急存亡之时，朝廷于河北官员，用的可都是军法……你我相识一场，到时莫要怪我不曾提醒令尹。"

邓方进连忙站起身来，欠身回道："多谢都承提点，下官一定改过，今日之后，保证我馆陶境内，不会有一个百姓忍饥挨饿。"

"明府有此决心，那馆陶我等便放得下心了。"陈元凤笑着接过话来，替邓方进缓颊，"邓令尹你只管好好做，唐公是出了名的重赏重罚，你若做得好，唐公是绝不会计较你今日之失的，只要你有功绩，不出两年，保你脱去绿袍换绯服。但你若再敢出甚差池，那也莫怪军法无情。"

"是，是，下官一定尽心竭力……"

陈元凤却不再理会邓方进，他心里其实颇有些意外，唐康在河北外号"二阎罗"，这名号不是白叫的。若是他以往的作风，对着邓方进，不知道什么样尖酸刻薄的话都说出来了。不料他此番回河北，锐气犹在，可是那衙内嘴脸竟是收敛了许多。对邓方进虽有训斥、威胁，但至少话中还给他留下了一点儿台阶。

他又转头对唐康笑道："康时，幸好你刚刚透露朝廷的部署，亦让我放下心来。要不然……这南撤八州二百万百姓，我心里还真的是惴惴不安。看来，是我多虑了。不过，我倒还有点儿想法，想与康时、景叔参详参详。"

他说得客气，唐康与游师雄连忙谦道："不敢。"

陈元凤看了看二人，吩咐邓方进取了一幅河北地图来，摊在一张案子上，又请了唐康与游师雄近前，指着地图，说道："康时、景叔请看——此处是黄河东流，方才康时所说暂不后撤的五州中，这博州、棣州、滨州，还有德州大部，皆在黄河东流以南。契丹兵锋，要跨过黄河北流进入沧州容易，但如今正是四月，大河水高，要跨过黄河东流，深入京东，却没那么容易。依我之见，朝廷之部署是有道理的，首先当然是要保证这几州百姓的安全，要令南面州县做好接受南撤百姓之准备，不能令他们变成流民，否则危害更大。但亦不必急于南撤，令百姓先有所准备，若有必要，再有条不紊地撤退，也为时不晚。不过……依我之见，这四州百姓，亦不必只干等着辽军前来就南撤，此是将主动之权，全付之辽人之手。四州虽无兵备,然河北百姓,素习武艺,若驱之使战,民有怨言,但若令其保卫自己的家园,百姓岂有不愿意之理?朝廷当再下敕令,令此四州百姓团结,组成忠义巡社,由各州县守令统领,朝廷颁给弓弩,令其守护大河南岸。再令京东之飞武二军迅速集结北上,前往德、棣、滨三州,守护黄河东流。这岂不强过被动分兵各州来守护京东路?"

"此策甚善。"唐康点了点头,"只是朝廷亦曾考虑过,飞武二军四散于京东,集结不易,只恐难以在契丹渡河之前抵达东流设防。而枢府亦以为,契丹自沧州深入,最多至于滨、棣,绝不敢深入京东。否则离大河太远,契丹岂能不惧我军断其后路?"

"飞武二军集结太慢,为何不从大名府防线抽调一军前往?"游师雄突然说道。

他这个建议将唐康与陈元凤都吓了一跳,"大名府防线是朝廷防御之重点,必然也是辽军主力进攻之重点,如何可以轻易调兵他往,削弱兵力?"

游师雄看了看大不以为然的二人,这本是他思虑已久之事,此前从未对人轻言,此时话已出口,亦无法收回,只得继续说道:"下官以为,契丹未必敢于进攻我大名府防线。"

他这话是更加惊世骇俗了,唐康愣了一下,问道:"那他们南下做什么?"

"此非下官所知。"游师雄回道,"只是用兵之道,虚虚实实,然避实击虚,却是不易之理。契丹领兵诸将,皆是善战知兵之人,岂能不明此理?他们明知我大名府有坚城利炮重兵防守,如何会刻舟求剑,仍然不顾一切进犯大名?"

"这却未必,契丹敢于南犯,显是轻视我河朔禁军,我等以为大名府是重兵防守,于契丹看来,也许却是不堪一击呢?况且,契丹若不敢犯我大名,他们南犯做甚?无论契丹人想达何种目的,若不能重挫吾军,那是绝不可能办到的。"

"但若下官是耶律信,便会想方设法,调虎离山。契丹之长,在于行动迅捷,进退如风。以往契丹与我大宋交锋,皆是如此,善用其长,一是使我军惧战畏战,退守于一座座城池中,其往来河北,如入无人之境;二是设法调动我军,将我军诱出坚城,再拉开我军前后军之距离,并利用吾军惧战之心理,令后军不敢支援前军,再以重兵进行围歼。强攻坚城之战例,虽然并非没有,但并不甚多。契丹如今虽有火炮,但下官以为,这用兵之传统,亦是极难改变的。且其最大之优势,仍在于其精锐之马军。"

"景叔所言虽然有理。然纵是契丹抱着这个心思，辽军若不来大名府，我大名府之守军，又如何可能轻离巢穴？"

"事有不得不然者。虽说我大宋列阵如此，但总有意外。譬如若朝廷采纳了下官之意见，便将有一军之兵力，西出大河东流。"

"依景叔如所言，如此自大名府调军东出，岂非正中辽人下怀？"

"那却未必。"游师雄见唐康一脸的不解，忙解释道，"用兵之道，并非简单是，敌人不愿意你做什么，你就偏要做什么；敌人想要你做什么，你就一定不做什么。时机之选择，至关重要。若我大名府之守军，在辽军想调动我们之时再动，那便会落入辽人算计中。但若我们抢先一步，却可能正好打乱辽人之部署。"

他见唐康与陈元凤都不太明白，又解释道："辽人兵锋尚未过河间、真定，此时他们希望的，自然是我大名府守军固守不出，任其肆虐。待其部署妥当，再引吾军离开大名。我军若依着他们的部署走，便将陷入被动。但若此时，当辽人以为我守军不会离开大名时，突然出动，便将打乱辽人的部署，他们若在黄河东流发现大名府之守军，一则其东路之作战目标只能临时改变，二则他们会重新考虑是否进攻大名，以及进攻大名之时机。无论他们如何改变部署，只要战争不是按他们一开始之计划进行，其犯错之可能就会增加，于我军便会变得有利。譬如他们也许会误判我大名有机可乘，在未准备好前，仓促深入，直取大名，那样一来，我们甚至将有机会将辽军聚歼于大名府防线之前。虽然这样的可能不大，但其他各种各样的失误，总是不可避免。"

他说完，又补充道："况且，下官以为，这于我大宋是利大于弊的。相比令棣、滨诸州百姓南撤，自大名府调动一军前往东防黄河，可以为朝廷节省一大笔开支，令百姓少受许多无妄之灾。"

"但这始终是大名府防线四分之一的兵力，会令原本稳固的大名府防线，出现许多的空当。由京师调兵前往大河东流，时间上会来不及；若由大名府调兵往大河东流，再由京师调兵填补大名府防线之空当，亦会导致很多问题，两军不可能正常交接，只能大名府之守军先走，京师禁军后来，大名府防线如此复杂，一支新来的禁军，没有两三个月时间，连地形也熟悉不了，如此一来，极可能会导致整个防线大混乱……"

"打仗总是要冒险的。"游师雄不以为然地说道,"即使大名府防线守军少了一半,若能引得辽人贸然进攻大名府防线,依下官看,那不仅不是坏事,反而是好事。"

"景叔所说的,我明白。"唐康苦笑道,"但是两军交战,不仅仅是将领们的事。"

"恕下官愚钝。"游师雄一时却不明白了。

"打仗的,不仅仅是前线的将士们,还是朝堂,还有京师。"唐康道,"故司马相公与石丞相为何要苦心经营这大名府防线?"

游师雄回答不了这个问题,陈元凤替他回答了:"因为这大名府防线,能给大宋朝廷、汴京百姓,乃至于天下的百姓一个信心。大名府防线安全,汴京便安全。汴京安全,皇上与文武百官、汴京百姓就安全,只有他们安全,他们才会有信心打仗,无论与辽人打多久都可以。就算万一打输了,还可以再打。纵是屡战屡败,犹能屡败屡战。最终总有打赢的一天。若是大名府防线不安全了,太皇太后与皇上的安全就受到了威胁,汴京文武百官、百姓之安全也受到了威胁,无论两府相公如何坚持主战,朝堂之中,必然会出现议和之声音,便以当年寇相公之英果,亦免不了要签一个澶渊之盟。这便如西夏,仁宗时败了,议和了,先帝时仍能将其打败。便算先帝时未能降服西夏,大宋仍然会再打,一直会打到将西夏灭亡之日。可是面对契丹,自从真宗以后,哪怕燕云未复,也再也不去打了。这其中原因,绝非是因为辽国强而西夏弱。"

唐康也是无奈地笑道:"景叔之策虽善,但冒的险太大。万一辽人抓住此机会,突破大名府防线,或者令大名府驻军大败,不仅仅是现今朝廷上主战的相公们都可能罢相,而且,从此以后,我大宋便再也翻不过身来。大名府防线,一定要固若金汤。要让汴京的百官、军民有与辽人作战的信心,你便得保证他们绝对安全。"

游师雄此时总算明白过来。当然,他心里也很清楚,所谓"汴京百姓"云云,只是一个借口。朝廷必然会有主战者与主和者,而谁取得优势之关键,在于皇室是否安全。若每一场战争都与国家之存亡息息相关,自然这样的战争无人敢打。而对于大宋来说,国家之存亡与汴京之安危是绝对同义词。太皇太后与皇帝,无论他们口里说什么,果真辽军威胁到了汴京,那便都是不可信的。

自古以来,死国的君王有几个?

司马光的确是洞悉帝王心思的人，难怪他肯花这么大力气，来修这么一个大名府防线。

游师雄至此才明白，大名府防线不仅仅是一道军事上的防线，而是司马光与石越给大宋朝的君主们，修筑的一道心防。

却听唐康又说道："但陈公之策仍然可取，景叔若无异议，我等不妨联名上奏，请朝廷在棣、滨诸州置团练巡社，一面可令飞武二军集结前往防守，一面急令登州之海船水军前往黄河东流协防……"

"甚妙！"陈元凤不由得击掌赞道。

连游师雄也大觉意外。这其实是正常的，唐康毕竟做过沿海置制司知事，而对于陈元凤与游师雄来说，要他们时时想起大宋还有海船水军这支军队，却是不太可能的。即使是枢密院的官员，也未必会将虎翼军视为一支可以依赖的军事力量。在枢密院和兵部，还没有任何海船水军出身的官员存在。

其实这也无法苛责。不论海船水军在海外如何战绩彪炳，那些敌人在两府眼中，也都是大宋军队用沿边弓箭手亦能战而胜之的对手。即使是唐康，也认为海船水军守守黄河或者还可以。

但这的确也是一个办法。等到分散在广阔的京东路的飞武二军集结完毕，真不知会是何年何月。但令登州海船水军与诸州忠义巡社互相呼应，即使飞武二军不去，辽军也不会有太多的办法。辽国的水军规模有限，而且也不可能出现在黄河东流的战场上。

6

河间府，束城以东约二十里的一座小村庄。

淅淅沥沥的雨，自四月二十四日晚上开始，接连下了两日都没有停，这是事先完全没有料到的。这场意料之外的大雨，不仅阻止了大军前进的步伐，还将完颜阿骨打的两千女直军与韩宝的三千契丹骑兵拉开了整整二十里。

这是一个非常陌生的地方。

完颜阿骨打对于自己的这次任务，既有些警惕，又有些兴奋。因此这意料之外的麻烦，倒也没有太影响到他与他族人的兴致。一般来说，部族军很难有机会得到这样的美差，若非耶律冲哥极力推荐，他不可能有机会与韩宝一起行动。

与先锋军一起行动，意味着很多，首先是契丹人对女直战斗力之认可，其次则意味着有更多的机会抢得最好最值钱的战利品——这是吸引所有部族军前来作战的东西。

契丹人派出使者，向草原、森林中所有臣服于他们的部族，宣扬这场战争，他们夸耀着南朝的富饶，令所有的部族都认为那只是一场骗局，那只是契丹人骗他们前来参战的谎言。他们只出于对契丹的惧怕而发兵相助。

但任何一个踏入南朝国境的人，最终都会承认，至少这一次，契丹人没有骗他们。

现在，完颜阿骨打的族人们，便已经不再怀疑契丹人。

他们一路之上，洗劫了霸州的两个小镇，打劫了四五个村庄。开始，他们什么都拿，但用不了多久，他们开始挑拣，因为他们发现他们绝不可能把所有的东西都带回家，而值得抢的东西太多了。还没有走到束城，他们中有一部分人已经不想打仗了，因为他们这次劫掠的东西，即便要上缴两成给辽主，剩下的也够他们回家什么也不干地过上三五年了。

但是，他们当然不可能就这么打道回府。他们还没有见过真正的南朝城市。

同行的那支契丹军队用一种鄙夷的目光看待他们。他们当然可以假清高，他们是契丹最精锐的军队之一，此前刚刚攻破几座城池，按着辽国皇帝颁布的法令，他们能得到这些城市一半的财货。而且这些契丹人早有准备，他们每人带来了五六个家丁，很快就有四五个家丁赶着马车、牛车，驮着令人艳羡的财货和无数奴隶，先行回家了。

所以，他们在这次行动时，才能轻骑前进，大部分东西他们都不屑一顾。

但完颜阿骨打与他的族人们，也有理由瞧不起这些契丹人。

这支契丹精锐军队，竟然在一座唾手可得的城市中，吃尽苦头。他们擒获了宋人诈降的统兵将领，攻入城中，却发现知州与军法官，还有一大支军队，都消失得无影无踪。当他们误以为这些宋人只是逃跑了，于是只派了一小支军队驻守这座城市，自己继续前进准备进攻一座大城之时，这支消失了的宋军又神不知鬼不觉地出现在城市内，不仅救出了囚禁在城内的宋军将领，还杀死了五百多名渤海守军。

若非完颜阿骨打的族人正好奉命前来，这座城市几乎又被宋人夺了回去。

最终，这些契丹人狼狈地退了回来，在城中大肆搜捕，却完全找不到地道的入口。他们束手无策，却不想丢掉这座重要的城市，只得一面派出小股军队去劫掠南朝的小镇，摆出进攻的样子，一面坐等后面的主力到来。

若非南朝无能，一直未能派出援军，他们的处境将会更加尴尬。

可就是这样，对于帮他们保住了这座重镇的阿骨打，他们却没有半分的感激之意。

他们没有从那座城市中分一星半点儿的东西给阿骨打与他的族人。这也让阿骨打与他的族人们十分愤怒。契丹人就是如此的贪婪，耶律信自然也毫无公正可言——当阿骨打向他提出要求时，他断然拒绝，宣称那并非阿骨打攻下的城市。

没有人该为契丹卖命。

所以，当他们接到这次行动的命令后，阿骨打也懒得遵守耶律信迅速进兵的命令，他们该抢的地方，一个也不放过。韩宝虽然是主将，但阿骨打的部众可不会听他的，耶律信没有说不让他们抢劫，对于韩宝的催促，阿骨打充耳不闻，只是不断地向他诉苦——反正也耽误不了两三天，可若不能劫掠，他的族人就没有斗志，他就管不住他的部众。可笑的是，韩宝居然对此信以为真。

其实，阿骨打是希望韩宝丢下他们，自己轻骑前往的。可是韩宝却始终不肯离开他们，反而慢慢地落在了他们的后面。

阿骨打在耶律冲哥的帐下效命时，便听说韩宝与耶律冲哥关系好，而与耶律信关系一般。看起来这样的议论，竟可能是真的。但也许韩宝只是害怕，传闻中，君子馆有多达一万骑的南朝马军，统兵的将领还是南朝皇帝的亲信。

耶律信的计划是两面夹击，一举击溃那支南朝马军。但这样的计划，时机的把握极其重要。要令南朝领兵将领举棋不定，兵力的多少，便极其微妙。兵太多，宋军一害怕，就可能一跑了之；兵太少，会引得宋军主动出击……因此，这支楔入河间府与君子馆之间的军队，人数必须不多不少，既能令宋军不敢轻易出击，亦不至于使其一见到便认为是巨大的威胁，至少要能让他们犹豫一天。而万一宋军果然想跑，这支军队也要有足够的力量牵制住他们，让他们想跑也跑不了。

事先耶律信已经在君子馆北面的莫州布置好数队游骑，一旦韩宝他们进入河间与君子馆中间，这些游骑在半日之内就可以将消息传至耶律信那里，区区一百余里，耶律信保证他一日之内，就能兵临君子馆。

而考虑到他们一旦经过束城，君子馆宋军便可能得到消息。而这段时间他们是无能为力的，因此，他们才需要尽可能让宋军将领犹豫一天。这是他们从束城至君子馆需要的时间。

当然，若是为女直自己打仗，这六七十里路，他们只需要半日便可。可既然是为契丹打仗，阿骨打认为他们没有必要冒这么大的险。

譬如遇上了这场大雨，他们便不必冒雨行军。这座村庄里有很好的房子，食物也很丰盛。契丹人安排的乡导告诉阿骨打，这里叫小李庄。庄内的百姓有两百余人，乡导说这不及平时的一半，许多人大概是逃到束城或者河间府去了。这附近除了束城镇有一些巡检外，并没有宋军。

尽管如此，阿骨打还是谨慎地在庄外布置了斥候。

客军深入敌境，本来便不应该在一个地方轻率地逗留太久。只是因为一路南来，他们的确没有遇到任何像样的抵抗，而且据契丹人所说，通事局已查明南朝在此地的驻军的确不多，再加上对契丹人的不满，又遇上这场意料之外的大雨，阿骨打才在这小李庄滞留了两日。

无论这个地方表面看来如何的安全，阿骨打都必须小心再小心。

这两千部众中，他完颜部占到八百余人，是他完颜部的全部精华，若在这异国他乡有个意外，对辽人来说不算什么，但是女直当中，便不会再有完颜部了——留下的老弱病残孤儿寡母，很快便会被别的女直部族吞并。相反，若他们能安全回家，完颜部很快就会成女直第一大部。凭借在南朝房获的财货、奴隶，以及契丹赏赐的官爵，他们能迅速壮大起来，将其他女直部族逐个兼并。这次出兵，本身亦是难得的机会，由阿骨打领兵，完颜部为女直军之主力，这是辽国对完颜部在女直中卓然地位的再次承认。

对于才二十多岁的阿骨打来说，承担着这样的责任，让他时时刻刻都不敢掉以轻心。

不过阿骨打勘察过这个村庄的地形，对防范敌人的偷袭还是很有利的。村子的北面是一大片的塘泊，南面是一望无际的稻田，而村庄正好处在一片狭窄平原的中间。阿骨打在村子西面两里以外布置了两批斥候，为防万一，在东面村庄的入口也安排了部下值守。尽管宋军出现在东面的可能性微乎其微。

此时的阿骨打，无论如何也想不到，他们原本以为在君子馆之宋军，在几天前，便已经悄悄地转移到了束城镇。君子馆现在插满了旌旗，每日仍旧有云骑军出入，查问过往百姓，但实际上，那里已经是一座空城。

当阿骨打进入小李庄的那一刻起，田烈武与张叔夜便接到了消息。尽管他们的情报并不十分准确。

四月二十七日，黎明之前。

张叔夜率领着云骑军第一营近两千名弓骑兵，终于绕到了小李庄以东约五里的一处小树林。

这一营的马军冒雨赶了大半夜的路，为了节省马力，又不准骑马，只能牵马步行，此时都已经显露疲态。但让张叔夜略觉意外的是，虽然每个人都只是胡乱吃了点儿干粮充饥，但这一营将士，并无一人口出怨言，都是认真地在给战马喂着谷子。云骑军始终不愧是河朔禁军的精锐，若无平日之严格训练，是绝难做到这一点的。

张叔夜看了看天色，天空仍是将明未明，夜色仍然笼罩，但是已经隐约可以看得清楚道路与行人。天公作美的是，雨自后半夜时停时下，这时却渐渐地小了。看起来，不管白天是不是还会下雨，但从此时至天明，亦能稍稍歇停一阵。

第一营都指挥使李昭光看起来是个精明能干之人，他不待张叔夜吩咐，已经下令部下取出用油布小心包裹着的弓、箭、霹雳投弹和火绳。骑兵们小心地躲到马后，取出火石，提前点着火绳，挂在一根小木杆上，插进与箭袋绑在一起的一个小竹筒里。做完这件事后，他们又开始转动棘轮，给手弩装上一枝弩箭，然后塞住战马的耳朵——这是一项聊胜于无的措施。

张叔夜一面看着骑兵们做着这些战前的准备，一面将乡导与斥候叫了过来，"你们确定韩宝便在这小李庄？"

"千真万确。"斥候肯定地回答着，"庄里有两三千契丹人。"

张叔夜点了点头，他们与田烈武已经分别仔细地查问过五个斥候，每个斥候都是如此说。

小李庄有两三千契丹骑军出现。而在束城镇附近，他们亲眼见着契丹人的远探拦子军在城外出现。只是为了不打草惊蛇，他们躲在城内，没有惊动这些"契丹人"。

如此，小李庄内的契丹军队，必是韩宝的先锋军无疑。

这也印证了张叔夜此前的判断。

韩宝的确十分谨慎，他的远探拦子军远出大军二十里，如此还不放心，大军驻扎之处，斥候又放出了两里之外。但不管他如何谨慎，他还是犯了错误——他本不该在小李庄逗留这么久，哪怕是因为下雨。若是张叔夜，便绝不会停留，而会迅速地插入君子馆的后面。

无论他如何小心谨慎，他犯下的这个错误，对于张叔夜来说，都是一种侮辱——韩宝是以为大宋无人，才敢如此旁若无人地在此逗留两日之久。

张叔夜发誓，一定要让韩宝后悔。

田烈武原本主张趁雨夜正面进攻，以五千对三千，以有备对无备，韩宝之马军再精锐，也必然会被击溃。但张叔夜却竭力反对，他要的不是击溃，而是全歼，他要生擒韩宝。

张叔夜此前准确地判断了辽军的意图，因此，他提出这个想法后，最终还是赢得了绝大部分参军、营都指挥使之赞同。田烈武也被他说动，最后采纳了他的建议。由张叔夜与李昭光亲率一营，趁夜绕至小李庄以东，在离小李庄两三里时，发射烟花为号，田烈武率主力在西，张叔夜在东，一同夹击。

他们事先算好，进攻的时间大约会在黎明之前。

此时，契丹人正是好酣睡最深的时候。

到目前为止，一切进行得异常顺利，完成了包抄而未被辽人觉察，这个计划就成功了一大半。

张叔夜踌躇满志地望着西面的小李庄，一面等待着骑兵们做好战斗的准备。很快，李昭光走到他跟前，朝他点了点头。

张叔夜回过头，看见五个指挥的骑兵，皆已经列阵以待。

他走上前去，低着嗓子，沉声说道："诸君，今日之战，必克全功！军法队立于庄外,凡敢后退者,不问阶级,杀无赦。奋勇杀敌者,赏!射杀契丹一人,赏钱一缗;射杀一马,赏钱五百文。射杀契丹武官者,节级赏钱两缗、迁转一阶,校尉赏钱三缗,上呈枢府请功。杀韩宝者,赏钱三百缗,节级即迁陪戎校尉,校尉上呈朝廷,官升一阶。活捉韩宝者,赏钱五百缗,节级即迁仁勇校尉,校尉上呈朝廷,官升两阶!"

张叔夜一字一句地说着赏格,果然,便见众人脸上皆露雀跃之色。他顿了顿,又厉声说道:"大丈夫欲升官发财、封妻荫子,正当于马上取!此时不取,更待何时?!"说完跃身上马,高声喝道,"上马!"

此时已经没有必要隐藏行迹。实际上亦已无法隐藏。

骑兵们整齐地跳上自己的坐骑,朝着西边的小李庄小跑过去。很快,他们听到小李庄内,传来角号的呜呜声。张叔夜刚刚命令部下放出烟花,便已经能看到西面高举着火炬的第二营与第四营,已经向着小李庄逼近。

庄内慌乱的叫喊声渐渐清晰可闻,而西面第二营、第四营的马蹄声也越来越响,渐渐地,西面的云骑军开始加速,由小跑变成疾驰。不知不觉间,张叔夜发现,他胯下的坐骑,也开始了奔跑。大地的轰鸣声越来越大,终于,距离小李庄还剩下约半里之时,李昭光扯开了嗓子,大声吼了起来:"杀!"

"杀!"立时,喊杀之声,自东而西,响彻夜空。

鼓声、号角声,也一齐响了起来。

张叔夜看见一队契丹人哇哇大吼着从庄内杀了出来,虽然不过百余骑,看上去只有少数几个人穿了铁甲,但面对着云骑军的箭雨,这些契丹人竟毫无惧色,一面熟练地引弓还击,一面加速冲向面前的云骑军。

但如此的勇武,亦只是徒劳。

在这狭窄的平原之中,云骑军弓骑兵的冲锋,正好是以一都为一队,每一队都分成四排或五排的纵深,当每一都的云骑军射出手中之箭后,立即以两个大什为单位,分别向左右转进,移至大阵的最后方,而他们身后的那个都的骑兵,则刚好接应上去,保持绵绵不断的火力压制。

这是云骑军的骑射马军每日都要操练的阵形。这原本并非对付同为骑军的敌人的好战法,但对于只会骑射而短于格斗的云骑军弓骑兵来说,这样的阵形却的确大有奇效。

尤其在此时,契丹骑兵纵深不足,而云骑军的两翼又绝对安全。

双方都不断有人中箭落马,但冲出庄来的"契丹人"损失更大,在连绵不断的箭雨下,他们未及接触云骑军,便已经损失大半。余下的"契丹人",终于狼狈地退进庄内。

此时,西面的第四营,也手持着长枪,冲破了妄图自西突围的"契丹人"。

但这两队"辽军"的反冲锋,终究也给其他"辽军"赢得了宝贵的一点点时间。庄内的"辽军"都已醒来,陆续披挂上马迎敌。然而,小李庄只是一座村庄,并无城墙可以凭守,近两千骑兵被挤压在一座小小的村庄之内,不得不摆成两个拥挤的方阵来应对东西两面的云骑军。

张叔夜与田烈武皆深知己军之短,此时见庄内"辽军"反应迅捷,亦勒束部众,不进庄内。双方都是隔空射箭,互相压制。偶尔云骑军有臂力过人者丢进几颗霹雳投弹,想要惊散"辽军"的阵形,但是这支"辽军"的确不可小觑,他们总是能在千钧一发之际,维持住自己的阵形不乱。

这让田烈武与张叔夜越发认定,这就是韩宝的先锋军无疑。

二人都相信自己已经胜券在握。他们围困住了一支孤军,虽然战斗并不如预料的顺利,他们没能击溃这支"辽军",可是这支"辽军"既然无法突围,就只能在弓箭与体力耗尽之后,接受败亡的命运。

他们也能更快地解决战斗——让第四营发起冲锋,与这些"契丹人"打一场白刃战。第四营的格斗能力即使稍逊于"契丹人",但是他们还有两个营的弓骑兵配合,接近三倍的兵力,优势依然是十分明显的。只是如此一来,云骑军也必然死伤惨重。

因此,张叔夜相信,田烈武不会采取这个办法。

小李庄内,完颜阿骨打正感觉到一种绝望的情绪笼罩着自己。

悔恨、沮丧、苦涩……此时,他心中唯一的希望,便是韩宝。若韩宝及时出现在他的后方,他还有逃出生天甚至转败为胜的希望。

但是很明显,耶律信的计谋被宋军识破了——这支宋军出现在此处,必定是早有预谋的。他无法肯定有多少宋军在此处,若果真是一万云骑军的话,他已经被五千左右的宋军包围，另外的五千宋军，肯定是在阻止韩宝前来救援。他的脑子里有些混乱，一时根本无法静下心来分析宋军可能在何处设伏，狙击韩宝。

他只知道，他面前的宋军，明明可以更快地歼灭自己，却在好整以暇地与自己僵持着，等着自己箭尽力疲，显然他们根本不害怕韩宝前来救援。

难道完颜部果真要覆亡于这南朝的小李庄？

阿骨打感觉天仿佛已经塌了下来，压在了自己的肩膀上。若是让他去死能改变这一切的话，他愿意死上一千次。

孤注一掷突围，还是僵持待援，或者投降？

阿骨打的心中，飞速地闪过一个个念头。对于草原与森林的部族来说，打不过便投降是家常便饭，只要敌人能接纳自己，即使是做奴隶也无所谓，因为这是保护自己部族血脉的唯一办法。草原上与森林里，所有部族的祖先都有向强者投降的先例，没有此先例的部族，早已经不存在于这个世界之上。

但投降南朝依然不是一件容易的事，他们还有族人在辽主的统治之下。虽然对于部族来说，他的这两千人更加重要，可阿骨打还是不能不担心辽主的报复。

无论如何，为了自己的生存而将孱弱的族人置于险境，都是一件可耻的事。

然而，此时，阿骨打只有两个选择。

他对韩宝的到来，已经不抱希望。他所能选择的，要么是投降南朝，要么是孤注一掷的突围——成功了，亦必然会元气大伤；若然失败，从此便再无完颜部。

时年二十四岁的阿骨打，不得不做一个艰难的选择。

他一面不断地在两个方阵中来往奔驰，引弓还击，射杀着一个个敢于靠近的宋军——阿骨打在整个辽国，都是出了名的神射手，他天生神力，所挽强弓，能在三百步以外，百发百中。此时双方都在马上互射，虽不能射及三百步外，但双方距离亦更近。阿骨打每一次弓弦拉动，必然伴随着一个宋军应声落马，引得他的同伴们高声呼吼。

他就用这样的方式，勉强维持着大军的士气，心里面，却在苦苦挣扎。

便在他随手射杀了第十二名宋军后，突然间，阿骨打感觉到战场的气氛发生了微妙的变化。他的神经立即紧绷起来，瞳孔急速缩小——阿骨打看见从东西两边的宋军中，分别驰出一名宋将来。

东面的那名宋军身着锦袍，策马驰出阵前，张弓搭箭，阿骨打仿佛能听见他弓弦的震动声，便见一枝长箭朝着自己的面门疾射而来。他心中一惊，未及细想，连忙伸出弓去，拨开这枝羽箭，不料那人接连三箭，连珠射来，阿骨打猝不及防，连忙在马上一个后仰，堪堪避过这三箭，却听到身后一声惨叫，他身后的那个族人，脸上连中三箭，其中一箭，竟将他的头颅射穿了。

东面的宋军发出震耳欲聋的欢呼声。

阿骨打正在惊惧，却又听西边大阵接连传来惨叫声，他不及理会东面的这名神射手，慌忙策马过去，却见西边宋军阵前，一名身着青黑色瘊子甲的宋将，正在阵前连珠发箭，每一声弓弦响动，便有一个族人应声落马。

那人见着阿骨打过来，高声喝道："辽将听好，本官乃大宋阳信侯田烈武！此乃大宋国境，容不得尔等逞能。本官壶中尚有十箭，十箭之内，许尔等投降。十箭射毕，尔等若仍冥顽不灵，那时玉石俱焚，休怨本官无情！"

阿骨打略略吃了一惊，"你便是阳信侯？"

"正是。你是何人？"

"在下大辽先锋副将、生女直节度使次子完颜阿骨打！"

"女直？"田烈武的声音中，似乎有些吃惊，旋即高声道，"尔等即是女直人，何苦为契丹卖命？我闻大宋与契丹互市，往来女直诸部，与尔等素无怨仇。契丹欺凌诸部，我大宋与塞外诸部却都以恩信相待，尔等为何反助契丹攻宋？"

阿骨打一时无言以对，只得回道："吾等乃契丹部属，不得不受之驱使。"

"虽是如此，但事已至此，完颜将军何不早降？"田烈武高声道，"辽主穷兵黩武，虽强必亡。你女直与契丹何干？何必与之俱死？将军若肯降宋，只要你女直放下武器，我保尔等平安无事。战事一了，将军与族人若要北归，我当上奏朝廷，用海船送尔等至高丽，由高丽西归。"

田烈武开出的条件，却当真是意外之喜。阿骨打几乎不敢相信自己的耳朵，问道："田侯所言当真？"

田烈武拔出一枝箭来，"啪"的一声折断，厉声道："军前立誓，若违誓约，有如此箭！"

阿骨打心中认定此时再无出路，又见宋将中亦有英武善战之辈，此时也只得赌一赌，将合族性命，交于田烈武之信义之上，当下不再犹豫，跳下马来，将弓箭丢于地上，伏地拜道："阿骨打愿降！愿田侯莫忘今日之约。"

"将军尽管放心。"田烈武眼见着这些女直人纷纷下马，丢下武器，心中顿时放下一半心来——他此时心里其实十分紧张，他万万没有料到，他们围攻的，竟然不是契丹，而是女直军。可如此重要的任务，绝不可能没有契丹军参与。而此时，他已完全暴露于那支不知在何处的契丹大军面前。田烈武几乎已经嗅到巨大的危险正在临近，看到女直停止抵抗，他立即朝刘近与第四营都指挥使宋安世打了个眼色，两人心领神会，率着第四营冲入庄中。刘近一面命令两个指挥迅速牵走女直的坐骑、拿走他们的兵器，又令其余三个指挥有条不紊地将这些女直集中在一起，亦不停留，立即离开小李庄，向西转移。

阿骨打则被几个宋军校尉押着，来到田烈武马前。

田烈武见着阿骨打，第一句话便问道："完颜将军，与将军同来的契丹人在何处？何人统军？"

阿骨打眼见宋军如此慌乱，本已暗生疑窦，此时听到田烈武此问，立时怔住了，心里仿若倒了五味瓶一般。

但此时木已成舟，阿骨打亦无可奈何，正要回答，便见方才东面那名神箭将军急急忙忙策马过来，朝田烈武禀道："田侯，东面有大股契丹骑兵出现……"

"那多半是韩宝的先锋部。"田烈武心虽慌，脸上却仍平静，果然下令道，"嵇仲率第一营与第四营，押着这些女直与庄内百姓，立即退往河间府，不得在束城停留。我先令河间的第三营出来接应。我亲率第二营断后！"

"万万不可。田侯万金之躯，岂能亲身犯险。"张叔夜立即反对，道，"此时不可效小儿女态，田侯请率第二营与第四营转移，自当由下官与李将军率第一营断后。"

田烈武尚要反对，身边的众参军、指挥使已是纷纷赞同："由张使君断后，可保无虞。"田烈武要断后，本是出于真心，他的确认为将领应该站在最危险的地方，但他亦知道如今自己身份地位已大不相同，张叔夜既已请战，他便绝难如愿。此时情势，更不能犹豫不决，当下点头道："如此，嵇仲多加保重。"

说完，田烈武拨调马头，高声命令道："第二营、第四营，急行回河间府！"

7

田烈武率云骑军第二营、第四营，押着近两千名女直俘虏，以及百余名小李庄百姓，马不停蹄，连束城镇都没敢停留，一个时辰内，一气跑了四十余里，眼见着辽军没有追击上来，才终于放缓步伐，从容前行。田烈武一面令部将重新勒束队伍——在如此快的行军速度下，要想保持阵形几乎是不可能的，倘若此时正好有一支辽军出现在田烈武部的行军路上，哪怕只有一两百骑兵，也可以轻松地击溃这支部队，但若非的确遇到了极大的危机，田烈武亦不会如此冒险。他们跑完这四十余里路后，虽然远离了危险，但同时队伍也变得混乱不堪，数百名骑兵找不到自己的编队，几乎每个指挥使都发现自己有部下掉队不见了⋯⋯好在女直俘虏与百姓大都跟上了队伍，并未造成太大麻烦——除了疲惫不堪，以及百多名俘虏与二十多名百姓"失踪"外。

不过云骑军恢复编队的速度也非常快，这表明他们的确是河朔禁军之精锐，平时并没有怠于操练。经过一小阵混乱后，他们又恢复了队形，保持着队列行军。田烈武并没有下令让骑兵们下马，以节省马力，他们只是换骑了一匹战马，但仍然是骑马而行。

这其中自然有很大的原因是为了防范女直俘虏。在刚刚那一个时辰的急行军中，大部分女直俘虏是不可能明白发生了什么事的，他们只会莫名其妙地跟着疾行，即使看着宋军的队伍出现可乘之机也极难把握住机会。但当大军行进的速度放缓之后，慢慢地，他们就会明白过来，在这个时候，田烈武便绝不会给他们机会。

这正是田烈武所擅长的。他知道利用敌人的心理把握好时机。他也许摸不透耶律信、韩宝这些人的心思，但对于普通士兵的心理，却了解得一清二楚。蛮夷与中华不同，田烈武自小就耳濡目染，深信蛮夷是不讲信义的，狡诈无常，而且，这也是事实——对"蛮夷"来说，投降固然是一件非常正常的事，但同样正常的，还有他们的降而复叛、叛而又降。女直刚刚迫于形势投降，但若被他们抓住破绽，他们就会毫不犹豫地反咬一口。而一个难堪的事实是，无论是大宋还是契丹，都会默许甚至鼓励这样的事情。无论表面上说得有多好听，无论女直与契丹有多少恩怨，而与大宋又有多少好感，只要契丹随时可以毁灭他们的部族，若非被逼到绝境，女直永远不可能站在大宋一边。

田烈武对此有着清醒的认识——向他投降的，是一群必须时刻加以防范的狼。尽管他们此时看起来全都疲惫到了极点，但田烈武从来不会低估敌人吃苦耐劳的能力。

恢复秩序之后，田烈武马上让人将阿骨打带了过来，并给了他一匹马，让他与自己同行。

他有很多问题想问阿骨打，不料却是阿骨打先开口问他："为什么？"

田烈武愣了一下，马上笑道："攻守异势，不得不如此。我这区区五千马军，便是堂堂正正交锋，亦绝不可能是韩宝数千先锋军之敌手，我本想敌明我暗，打他个措手不及，再借助地形之利，布阵之便，令他难以施展，就算不能一举击溃此强敌，至少也令其锐气大挫。韩宝乃北国名将，一朝有失，契丹士气将大受打击，冒冒险也值得。谁料得误打误撞，反变成我明敌暗，此时不走，更待何时？"

他倒是坦白磊落，直称云骑军之战斗力远不如韩宝部，但是阿骨打摇了摇头，仍是直勾勾地望着他："在下问的是，阳信侯为何要令那位神射将军率一营之众，冒险断后？阳信侯既然知道韩宝先锋军之善战，那是久战疲军，如何能当韩宝之勇？这不是以卵击石吗？"

田烈武顿时大奇，笑道："大军撤退，岂能不令人断后。契丹骑术远过我军，无后军之备，我军到不了河间府，便将被韩宝击溃于路上。"

"若是我来领军，必诛杀降兵，以防万一之变，弃百姓于道路，以缓敌势，然后兵分三路，广布疑军，从容退军。"阿骨打倒也是个磊落之人，坦然道，"兵越少，行军越快，又无降卒、百姓之累，大军行动更加迅捷。我料定韩宝绝不敢分兵来追，最多只会追击一路。就算真令他追上一路，损失亦会远远少于现在。而且亦有可能韩宝不敢穷追，或者追不上，又或者其穷追之时，过于深入，露出破绽……我以为，田侯不可能看不出这些！"

田烈武望着一脸认真的阿骨打，一时愕然，"你是让我杀了你们吗？"

"我想知道，为何一裨将能知之事，而田侯不为？"阿骨打迎视着田烈武的目光,"用兵之道,再善战之名将,亦无必胜之法,再英勇之军队,也没有不败之术。能令自己有机会将损失减至最少,又能有机会令敌人露出破绽,这样的机会,为何明知而不为?"

田烈武几乎是哑然失笑,"你还真是不怕死。"

"我向田侯投降,并非我怕死。"阿骨打淡淡回道。

这倒是田烈武毫不怀疑的。他面前的这个年轻的蛮夷首领,的确有一种与众不同的气质。这让他沉默了一会儿。

"因为我不是那种将领。"田烈武最后轻声回答。

"嗯?"阿骨打显然没有听懂。

"将领有许多种,我听说过,优秀的将领,眼里只有胜利。他们会用一切手段,去追逐胜利。"田烈武解释道,"但我不是一个优秀的将领。"

"除了胜利,我还看重很多东西。"田烈武望了一眼阿骨打,后者显然并不理解他的想法,但这没什么好奇怪的,"一旦开始打仗,我们总会不得不放弃、失去。有些事情我一开始以为我不会做,但最后我不得不做。比如若是耶律信南进莫州,我便只能坐视友军被围而不救;若是韩宝攻打束城镇,我便只能坐视百姓受戮而不救……这样的事情,一定会发生,而且会越来越多……"

阿骨打完全无法理解田烈武的想法——这些于他,只是理所当然之事。

"打仗就是让你不断背弃自己的原则。你立誓要与袍泽同生共死,最后你只能袖手旁观袍泽去死;你立誓要保护百姓,最后……"田烈武平静地叙说着,"我们只能在不得不背弃之前,尽可能坚守。"

"我知道你为何投降。"田烈武转头望着阿骨打,"你并非怕死。同样,我相信我的部下也不惧死。我的确令他们陷入险境,但是,当战争开始以后,武人总免不了有战死的可能。区别武人高下的,是他们为何而陷入险境,是不是为了值得的理由去战死。"

"我了解我的军队——无论是打胜仗还是吃败仗,都改变不了什么。但河朔禁军若肯为了不杀俘虏,保护身后的百姓、袍泽,而去面对强敌,河朔禁军便脱胎换骨了。"田烈武肯定地说道,"纵然我本人不是优秀的将领,但我的云骑军,会比西军更精锐。"

小李庄以东。

张叔夜策马回到阵前,与李昭光迅速纠集起疲惫与兴奋交织的云骑军第一营。第一营的将士们还在兴奋地清点着东面战场,偶尔有人在死去的女直人身上发现刻着自己名字的箭枝,立时发出兴奋的喊叫声,书记官则认认真真地记录着战果——他们不再在阵前立即发放赏格,这对河朔禁军来说,便已经是一个巨大的变革。也有许多骑兵发现了第二营与第四营的离去,但他们大多只是疑惑地看看,并没有觉察到气氛已经发生变化。不过,在张叔夜回到阵前时,大部分的武官与一小部分士兵,已经觉察到了东边的敌情。他们很快呼唤起同伴,在李昭光的命令下达之后,第一营迅速恢复了阵形。

张叔夜驱马来到阵前,脸色沉肃。

他完全不知道接下来会发生什么。

"诸君,方才我们奇袭的,不是契丹人,而是女直人。此时,契丹的先锋军,契丹最精锐的马军,正从东面向我们攻来。田侯有令,令我们第一营断后!"

张叔夜瞪大着眼睛,环顾部众,厉声说道:"今日之事,敌强我弱!吾在枢府,曾听人说,三千契丹先锋,可破一万河朔云骑。吾不知是真是假,然吾辈既奉命断后,此战便是有死无生!"

"本官与诸君相处时日虽浅,然愿与诸君以信义交生死。此战不必言赏格,若能生还河间府,荣华富贵,与诸君共之!若战死于此,能与诸君同赴忠烈祠,亦此生快事!"张叔夜说得血脉偾张,高声道,"诸君,今日之事,吾不欲以军法为约束。凡惧死者,此时下马自行逃命,吾绝不为难。欲从吾与李将军赴死者,拔刃向前!"

他话音落下,第一营阵中,一片死寂。

过了一小会儿,才听到有人愤懑地问道:"田侯来俺们云骑军虽短,可待俺们不薄。但俺想不明白,他为何要俺们去送死?俺们退回河间府,契丹人未必追得上。"

"大胆!"护营虞候崔长庆铁青着脸,跨出一步,几个军法官立时便要冲进阵中,揪出那敢为仗马之鸣的人。

张叔夜却挥了挥手,止住崔长庆,高声回道:"问得好!今日军前,不论军法。我可以回答你——为何是我们去送死?!"

"因为——我们是云骑军！"张叔夜厉声回道，"因为，我们是云骑军！"

"欲生欲死，请诸君速决！"

迟疑了一小会儿，有一个人松开了坐骑的缰绳，丢下兵器，离开阵中。

军法官们都骚动起来，崔长庆望望张叔夜，又望望李昭光，见二人不为所动，挥挥手，止住了军法官。陆陆续续，有一百余人，离开了军阵。

张叔夜始终一动不动。

河朔禁军"声名在外"，与其阵前溃逃，被韩宝一击即溃，不如赌在此时。

而李昭光则是对张叔夜完全信任，心甘情愿地交出自己的指挥权。

让张叔夜与李昭光都暗暗松了一口气的是，他们的第一营，并没有一哄而散地走光。虽然走了一百多人，但其余的人，始终坚立阵中，虽然许多人眼中有迟疑之色，但并没有离开。

而且，没有一个武官离开。

张叔夜又耐心地等了一小会儿，见没有人再离开，正待上前，却见崔长庆驱马过来，向他示意。

他心中一惊，正担心崔长庆要干出令他前功尽弃的蠢事，方要阻止，却见崔长庆已经驱马到了阵前，高声命令道："所有军法官、执法队出列！"

七八十名虞候、将虞候、押官、执法队，整齐地策马出列。

所有人都惊疑不定地望着崔长庆，却见崔长庆冷冷地环视了他的部属一眼，沉声说道："诸君听好了！方才战女直，咱们在最后面押阵。但待会儿战契丹，咱们军法官与执法队，当在全营的最前列！"

崔长庆的声音不大，冷酷而无生气，但云骑军第一营，自张叔夜、李昭光以下，都惊呆了。

"既然是有死无生，咱们军法官与执法队，便请在忠烈祠恭候诸位袍泽。"

张叔夜掩饰着心中的意外，"唰"的一声，拔出佩刀，厉声喊道："诸君，忠烈祠见！"

"忠烈祠见！"千百人的应和声，响彻小李庄。此时的天空，竟然从云中射出一缕金色的阳光，照在云骑军的锦云豹子头战旗之上，耀人眼目。

第四章

虎兕出柙

◎◎◎

深州之地，是大宋之土；深州之民，是大宋之臣。岂有抛弃不守之理？

——刘延庆

1

汴京。

大相国寺。大宋故左丞相司马光的灵柩，刚刚由此出发，在司马光的侄子司马富，以及尚未成年的嫡孙司马植的护送下，返回陕州老家安葬。前来送行的汴京百姓，挤满了从大相国寺至万胜门的道路，汴京的内城、外城，甚至西城以外，数十万百姓，密密麻麻地跪在道路两旁，焚香烧纸，泣如雨下，哭声震天。

虽然司马光遗表上，请求薄葬，并且希望不荫封其后代，但是，宋廷仍然违其遗命，不仅赏赐司马家银一万两、绢两万匹用来大办丧事，而且由朝廷选派内官、相士前去看风水，并调动司马光故乡陕州附近四州的厢军、征募民夫共数千人，经营墓地。

宋廷追赠司马光为太师、陈王，由高太后亲自定谥为"文正"，配享高宗庙廷，位王安石之前。同时，宋廷又追赠王安石为太傅、舒王，并与司马光一道陪祀孔庙，微妙的区别是，在孔庙，则是王安石位在司马光之前。

司马光得到的另一个殊荣是，太皇太后与皇帝下旨，允许陕州建陈王庙，祭祀司马光。

在大相国寺停柩时，太皇太后、皇太后、皇帝全部亲临大相国寺，拜祭这位"人臣楷模"。对于司马光唯一的直系血脉——司马康的幼子司马植，不仅由高太后特旨赐爵骑都尉，皇帝还亲自替他选了个老师——桑充国。这件事情是石越与范纯仁都始料未及，而又求之不得的。

小皇帝只是无心之举，但是由王安石的女婿来做司马光嫡孙的老师，这种政治上的象征意义，无疑令许多人侧目。

司马光的祭文由范纯仁与苏轼分别撰写，此外，行状由范纯仁撰写，墓志铭则由石越撰写。三人在祭文、行状、墓志铭中，除了盛赞司马光的道德、功业、文章，更是异口同声地极力推许他与王安石之间和而不同，共辅高宗，致宋中兴之美德。范纯仁在行状中，用了三分之一的篇幅，大谈赵顼、王安石、司马光这君臣三人之"相得"。在他这篇叙述司马光一生事迹的行状中，赵顼对司马光，是与对王安石一样的"君臣相得"，而王、马之间，则是政见不同，但却是同心为国的"君子之交"，他极力赞扬王、马二人，不因私交之厚而废公见，亦不因政见之别而生党争，宣称二人之关系，实是人臣交往之万世典范。

这篇《司马文正公行状》，由《新义报》《汴京新闻》《西京评论》为首的全国性报纸全文刊发。石越在百忙之中，又与陆佃深谈一宿，请陆佃替王安石重写了《王文公行状》，与范纯仁相呼应，然后又将两篇行状一道合刊成《王文公、司马文正公行状》，印了十万册，免费颁发给各州县之学校与藏书楼。

为了应对新党的攻击，石越与范纯仁还不断地宣称，司马光早就预料到了契丹的南犯。高太后也非常默契地配合他们，在召见几位知州之时，突然主动提起这个话题，宣称外界对司马光多有"冤枉"，她表示司马光在密对之时，是支持废除与辽国的盟约的，并且此事最终得到推行，正是司马光"力主之"，她方才允诺。她又说，司马光在密对时数度提醒她，契丹有可能南犯，并且积极筹划应对之策。只不过契丹人过于狡黠，未能在司马光预料之九月后南犯，而是提前犯境，司马光又不幸得病去世……她宣称，司马光在公开场所之反对，只是为了保密，并且防止国内出现人心不稳。

高太后的话，无疑是极具权威性的。

无论是谁，都绝不敢公开质疑高太后撒谎。况且，大宋朝也绝不会有人相信，高太后会为了一个臣子而撒谎——哪怕那个臣子是司马光。另一方面，她所谓的"密对"，自然是别人也无法证实的。

于是，此事就此定论。

石越心里算是彻底松了一口气，他比谁都明白，高太后开了这个口后，终大宋之世，只要还是赵家的子孙在当皇帝，这个案就永远翻不了。人们既不可能找到证据指责高太后说谎，更不敢如此指责，毕竟那是大不敬的罪名。

肯定会有许多大臣在自己的私人著作中，记录着不同的说法。这一点石越倒是非常肯定，这些大臣根本不会理会什么"大不敬"，想想虽然宋太宗硬生生地修改国史，将自己改进了陈桥兵变，并且还成为重要的策划人，可就是这样极为敏感之事，这些士大夫也敢在笔记小说中有意地留下不同的记录——倘若石越此时能带兵去抄了苏辙的家,他多半能找到这样的文稿正躺在苏辙府上的某个书柜之中……关于司马光的真相,更加不可能不被记叙。

但那已经无关紧要。

当这些私人著作被公布之后,当事人早就去世了。而且,只要高太后的证言被国史馆记录在案,这最多就是一件永远说不清的疑案,而官方无论如何不可能不采信高太后之证言。

这是一次意想不到的胜利。

若非契丹大举犯境,石越断难想象他的计划会如此顺利,高太后出于她的立场做出的配合,更加远远超过石越的预期。

但是另一方面……

石越端坐在大相国寺的这间禅室内,用眼角瞥了一眼茶几上的报纸,"阳信侯束城大捷"七个大字,立即跃入眼帘。

"束城大捷!"石越在心里苦笑,那已经是整整一个月前的旧闻了。

如今已经是五月二十七日,距契丹大举南犯,已经有五十天。而"束城大捷",依旧是目前为止,大宋军队在河北取得的唯一令人瞩目的胜利。

大宋所有的报纸都宣称,阳信侯田烈武在束城小李庄,奇袭辽军先锋两万余众,斩首八百级,生擒生女直军统领完颜阿骨打以下五千余众,如今各路大军已接近河北,契丹之覆亡指日可待……

但实际上,田烈武虽然招降了生女直军近两千人,却差点儿被韩宝打了个措手不及,若非张叔夜与李昭光率部狙击韩宝,令田烈武安全撤回河间府,这位阳信侯此时说不定已经是韩宝的阶下囚。

束城大捷是一场惨烈的大捷。

云骑军的表现超过两府的预期,让所有的人刮目相看。仅仅披挂纸甲,只会骑射而缺少近战之能的云骑军第一营,在韩宝的三千先锋面前,展现出了令人惊讶的英勇。据事后的战报,第一营的军法官主动在阵前充当肉盾,张叔夜与李昭光巧妙地指挥着这些弓骑兵们且战且退,双方激战近两个时辰,因为兵力、战斗力、骑术全面居于劣势,第一营始终无法脱离辽军的攻击,在离束城镇不足两里的地方,被韩宝分兵包夹成功,几乎全军尽墨。此役最终只有张叔夜与李昭光带着一百余骑突围出来,但路上又被辽军追击了二十余里,当他们逃至河间府时,整营人马,只剩下不足五十骑。

而韩宝先锋军的损失,据张叔夜与李昭光的战报,不会超过三百人,而且大部分辽军都是被霹雳投弹炸死的,死在云骑军箭雨之下的,少之又少。

歼灭云骑军第一营后,韩宝随即率部直抵河间府城外。他砍下了第一营千余名战死将士的人头,在河间府外,插上了一千多根木桩,每根木桩上,都挂着一个宋军的人头。

他的用意是想激怒城中八千余云骑军出城野战,即使不能如愿,也能羞辱云骑军,打击其士气,同时令城中居民感到惧怕,埋下动乱的隐患。

幸好章惇与田烈武还算冷静,二人遣使执剑把守各道城门,只以火炮进行还击,勉强稳住了河间府的局势。

伏击韩宝是一回事,与之堂堂正正决战又是另一回事。倘若田烈武中计出击,与韩宝野战,纵然是打个两败俱伤,后果也不堪设想。即使契丹无法趁机一举攻克河间府,没有了骑兵的河间府,也是毫无意义的河间府。辽军只要用少量兵力监视,便可以大摇大摆继续南下,而毫无后顾之忧。

好在章惇与田烈武没将这支起到战略意义的马军当成战术部队,在战争初期就给拼光了。只要云骑军还在,八千云骑军也许打不过三千契丹先锋,但契丹要想盯住这支马军,保障自己后路的安全,就不是三千之众可以办到的。

尤其是,在经历过束城之战后,两府对云骑军更加寄予厚望,断不愿意这支刚刚能够让人看到希望的河朔禁军,就这么糊里糊涂地折送了,那样对整个河朔禁军的士气,都会造成难以估量的打击。

但接下来,两府就再也没有接到过多少好消息。

四月二十九日,耶律信在屡屡被雄州守军从地道中骚扰,而又无计可施之后,干脆一把火将整座雄州城烧为平地。

四月三十日,辽主与耶律信率军抵达莫州,只用了两天时间,就攻克缺兵少将的莫州城,莫州知州、通判自杀殉国。

五月一日,辽军攻取君子馆、束城。

五月二日,辽军攻取河间府之肃宁城、肃宁寨。

五月五日，韩宝绕过河间府，攻入深州，当日正好拱圣军北上，路过深州，双方在滹沱河边小规模交战，契丹援军赶到，姚咒退守深州，与辽军僵持。

姚咒的举动令枢密院大为恼火。表面上看，拱圣军进驻深州，正好位于河间府与真定府之中间，与云骑军、武骑军成掎角之势，构成一道防线，可以阻止辽军继续深入，给赵、冀诸州百姓南撤争取更多的时间，但深州城垣不修，四顾无险，非可守之地，拱圣军挡在辽军主力南下的大道上，很有可能被辽军围歼——他所谓的"掎角之势"，是云骑军、武骑军皆不敢轻易支援他的"掎角之势"。

枢府立即严令拱圣军北进河间府，与云骑军合兵，以威胁辽军后路，但敕令往返，早已耽搁时日，而姚咒亦回复枢府，称拱圣军与辽军僵持，无法轻易脱离。韩宝已经深入深州，河间之地房骑密布，拱圣军更不敢轻进河间府，恐中途被契丹算计。

这些虽是事实，但姚咒也有自己的算盘。深州境内有滹沱河横贯，一到夏季，就常有暴雨，引致河水大涨。时至五月，气候有利于宋军。辽军主力若是全部渡过滹沱河，围攻深州，一旦滹沱河水涨，就给了云骑军极大的活动空间。若是辽军主力不敢渡河，姚咒就可以等着河水大涨之后，进攻滹沱河以南的辽军。总之无论出现哪种情况，拱圣军都会成为战场的中心。

但问题是，枢府对拱圣军的信心，明显不及姚咒。枢府也不想将战场定在深州。

而辽军的行动，也比姚咒想的更加快，五月十五日，耶律信给韩宝增兵至两万骑，韩宝立即包围深州。万幸的是，十六日深州就开始下暴雨，辽军不习雨战，韩宝不敢在深州城外久驻，北撤武强县，牢牢控制住武强县与河间府乐寿县之间官道上的几座滹沱河木桥与渡口。姚咒立即率拱圣军追击，双方在武强县附近交战数日，辽军虽然兵力占优，但不习惯暴雨作战，而拱圣军始终是禁军精锐，亦非河朔禁军可比，双方互有胜负，皆不能取胜。韩宝控扼要道，姚咒眼见着滹沱河还没有涨大水，害怕滹沱河北面辽军渡河支援，只得引兵退回深州。

这姗姗来迟的暴雨，在以往可是宋廷最痛恨之事，每到此时，滹沱河泛滥成灾，治河救灾，年复一年。不想此时，这暴雨却也阻住了辽军深入之步伐。

据前线传回来之情报，大雨开始后，辽军主力便驻扎于莫州、君子馆、肃宁城，一面西掠顺安、永宁二军，一面静等暴雨结束——滹沱河的雨季，不会持续很长时间。耶律信也非常精明，他提前给韩宝增兵之后，即使遇上滹沱河涨洪水，两军隔绝一段时间，宋军轻易也吃不掉韩宝。

如此一来，在暴雨之后，控扼要道的辽军将更有优势，而拱圣军的位置愈加尴尬。而这大雨也影响到了宋朝这一方，赵、冀诸州百姓在大雨的天气里南撤，更加困难，速度也变慢许多。更麻烦的是，四五月间，陕西至汴京，也下了几场大雨，虽然西军走的是官道，道路所受影响较小，但是在枢府严令下冒雨行军的西军，行军速度却是大大变慢了。

但稍可安慰的是，在其他次要之战场上，宋军的局面倒还不算太难看。

如今形势已经清晰许多，东线之霸州在燕超的坚守下，仍然没有被攻破，信安军、保定军也全都在宋军手中。而辽军在损兵折将后，也放弃了继续强攻霸州之打算，转而南犯清州。五月十日，一支数千人的辽军渡过黄河北流，进入沧州境内。

枢府于五月四日正式采纳唐康等人的建议，征调虎翼第三军协防东线。但枢府以为黄河东流不足守，改令虎翼第三军北上沧州，配合"沧州八寨"，在浮水、减水河、御河之间巡弋，而令滨、棣诸州于黄河东流设警，仍然做好随时南撤之准备。

沧州之战略地位相当重要，而且沧州境内河道密布，到处都是塘泊水淀，不利于大股骑兵活动，州境内有名的"沧州八寨"，虽然兵少，而且多以教阅厢军驻守，但也不容易攻破。因此，枢府判断辽军几乎不可能攻下沧州，他们对沧州的最大威胁，是焚掠境内，甚至越过黄河东流，一路南下直至京东路。因为沧州境内之兵，守城寨尚可，但根本不足以对犯境之辽军形成实质威胁。

若虎翼第三军协防沧州，虽然虎翼军之海战大船不可能深入沧州境内之河流，只能以三百料、千料级战船为主，以兵力而言亦不可能防守全部河段，但仍能对辽军起到极大的威慑作用。在虎翼第三军赶到之后，即使这支深入沧州的辽军已经越过浮水南下，但他们一旦得闻后面有宋军水师出现，在归路出现威胁，与后续部队之联系被切断的情况下，他们继续越过黄河东流南犯的可能性就会变小。

但滨、棣诸州与京东路所受之威胁，并未完全解除。而此时，枢府已经不得不开始考虑东线之辽军在无法继续深入后，只留下小部分兵力对霸州、沧州保持压力，转道与主力合兵之可能。

而西线上，则是虽无大败，情报却一片混乱。广信军、安肃军、保州、定州、高阳关、博野、真定府、祁州……各府、州、军传回来的情报，都不相同，而且多有抵牾。前一日才接获段子介战死之消息，后一日就传来段子介的公文，称他在某地又攻击辽军得手。

西线各军、州各自为战，只有定州段子介力主主动出击，并隐晦地要求整个西线的指挥权，但这显然是不可能的，以他的资历，即使给他指挥权，亦无济于事，反而会更加麻烦。段子介弹劾真定府的武骑军畏敌如虎，辽军一百余骑自府前而过，万余精锐骑兵竟然作壁上观，不敢出战。而真定府与祁州之守臣却也指责段子介轻率草莽，轻侮同僚，还弹劾他在各州招集亡命无赖，有非分之想，说他遇敌而不敢战，却常常杀良冒功，部下不守军纪，焚掠乡野，过于辽寇。若非石越对段子介颇为了解，他又得到小皇帝的赏识，段子介只怕已经被两府问罪了。

枢府至今都无法准确判断西线究竟有多少辽军。虽然段子介俘获了萧阿鲁带之养子萧继忠，但此君还在被押送来汴京之路上，两府无人相信段子介此功，甚至不肯让报纸宣扬此事。在对这个萧继忠进行审问之前，枢府只能根据各军州之战报进行判断——若这些战报全都可信的话，西线的辽军至少超过二十万。

唯一可以肯定的是，西线各州皆异口同声表示，五月十日开始，西线出现了为数众多的部族军。

辽军多半是增兵了。

但他们的战略意图无法判断，开始枢府根据各州之战报，判断萧阿鲁带部将在深州提前与辽军主力合兵。然而他们又频频接获辽军在真定府境内活动之情报，甚至还有情报显示辽军逼近井陉，这令得枢府大为紧张，以为辽军竟然妄图打通与河东之通道，夹击河东……所幸目前这只是虚惊一场，很快又有小股辽军出现在赵州境内。

但越是混乱，刘舜卿反而越是坚信通过西线辽军之行动，可以判断全部辽军之作战意图。

前提是，他们能拨开西线情报混乱之迷雾。

辽主已经向天下颁布了他的《讨宋檄文》，在檄文之中，辽主指责了宋朝的

"背信弃义"，这笔账一直从辽国内乱算起，斥责宋朝不顾两朝盟好，不顾君臣之义、天理人伦，暗中支持辽国之叛臣，趁火打劫，背弃澶渊之誓，干涉辽国之"家奴"高丽事务，威逼利诱使其背主，在两国贸易中奸诈无信，谋求暴利，压榨辽国百姓，又故伎重施，试图在辽国的"家奴"阻卜、女直中煽动不满。此外，檄文还抨击宋朝"穷兵黩武"，十数年间，就先后在西夏、西南夷、三佛齐用兵……檄文整整罗列了宋朝十八条罪状，宣称辽国以上国之邦，对宋朝屡加容忍，并历数了辽主包括保全西夏等事迹在内的恩义仁德，称是宋朝不知好歹，再次毁约背誓，并且大修边备，对幽蓟之地有觊觎之心，辽国才不得不先发制人，惩罚赵氏。

这篇檄文写得的确是铿锵有力，一看就知道是出自韩拖古烈之手。这个时代并无国家主权观念，他始终站在信义、君臣、主仆这样天下公认之大义之下，说得辽军倒真似一支义师了。

而檄文中也提出辽国的三大要求：恢复澶渊之誓；宋朝放弃对山前山后诸州的野心，承认那是辽国之土地、人民；宋朝退出高丽，承认辽国对高丽的唯一宗主权，并且立即停止在阻卜、女直诸部中的挑拨离间，保证永远不直接与隶属大辽之诸部交往。

这份檄文的确分化了一些宋朝的士大夫，石越也听到一些议论，许多人认为辽国之要求并不过分，尤其在旧党之中，即使是主战派也只认为除了恢复澶渊之誓无法接受外，后两条要求是完全可以让步的。幽蓟诸州虽然无法公开放弃，但至于为了对高丽之宗主权而与辽国打仗，在宋朝国内，依然是不被接受的。即使是对辽强硬派，也不敢将此作为开战的理由。

这是宋朝与汉唐之显著区别，士大夫与民众都还没有做好成为"天下共主"之心理准备。

而宋廷对辽国的回应，是由石越与范纯仁一起草完成的《讨契丹诏》。

诏书的内容十分简单：

契丹本匈奴余种，窃据北国，僭称尊号。蠢兹北狄，匪茹其力，屡犯大邦，不遵理道。今又恃牛马之肥、肆蜂虿之毒，忘我大惠，侵我边州。朕闻《春秋》之义，大九世复仇，耻城下之盟。朕已遣上将，大益精兵，诸路齐驱，克期剪戮此贼。天下士民，有能应接王师、纠合徒旅、雪此世仇者，朕当不吝爵赏。凡敌未退出吾土，而有敢言和，使朕负万世之讥、诸夏蒙夷狄之辱者，当斩于东市，以谢天下。布告中外，咸知朕心。

与这份《讨契丹诏》一同颁布天下的，是另一份《募天下雄豪杀番贼诏》，御前会议立下的赏格是：生擒契丹一人或获马一匹，赏钱二十千；斩首一级，赏钱十千；十人级以上，即加奖官职。所获财物，赏之。擒斩首领以上，令有司上奏，另加优奖。战后凡愿从军者，优先录用；愿归农者，免赋役三年。

这两份诏书及时中止了宋朝内部出现的分歧，至少是暂时压制住了各种反战派的声音。

但石越心里也很明白，无论诏书写得多少斩钉截铁，决定战和意志的，仍然是实力。倘若河北战场上节节败退，再如何慷慨激昂的文告，也阻止不了反战派与议和派的声音抬头。

石越与范纯仁已经有了共识，他们不介意在战争之前尽最大的努力避免战争，但是，战争一旦开始，他们就必须带给宋朝一场胜利。除了战胜者的身份外，他们不打算接受任何其他的结局。

对于一个国家来说，也许无论何时都不应该让自己陷入背水一战的境地。过刚则易折，只知战而不知和亦并非明智。但石越与范纯仁选择了破釜沉舟。

因为他们心里都清楚，这个国家缺少的不是明智。

不过，即使选择了破釜沉舟，他们要面对的，也不仅仅是契丹。

西夏使馆不断地向宋朝示好，职方馆已经向安插在西夏的细作下令，以期确定李秉常的真实态度。但这需要时间，不过以职方馆对西夏渗透之深，既然迟至此时仍未有不好的消息传回来，而西北诸边州也没有传回西夏军队异动之消息，那么石越便几乎可以断定西夏人是可信的。李秉常在西迁之后，也创立了一个专门的间谍机构——四方察访司，不过，他的四方察访使本身便是大宋职方馆的间谍，而在西夏，职位比这更高更机要的宋朝间谍，还有三四个。至少目前来说，唯一能阻止宋朝了解西夏动静的，只有它们之间的距离。

但这些都是极机密之事，无论是为了安抚李秉常，还是为了巧妙地巩固西夏内部亲宋派之地位，又或者为了令李秉常对这些间谍少起一点儿疑心，宋朝都有必要给西夏一点儿甜头。

然而，朝中有许多的强硬派官员对此极为反对。他们认为西夏无论如何都不敢东犯，就算东犯也是自取其辱。这些对李秉常恢复年号之举动耿耿于怀的官员，根本不能接受石越打算送给李秉常的礼物——以市价卖给西夏两门克虏炮。

人人都承认既然辽国已有火炮，西夏拥有火炮也是迟早之事。也没有人会认为卖给西夏两门火炮会对宋朝造成什么威胁，即使西夏能够仿造，其产量与性能在短时间内亦难以与辽国相提并论。但即使如此，他们仍然不能接受这种交易。

石越力主以此为契机，全面开放与西夏之武器贸易，倘若西夏人能从宋朝这里以相对公道的价格买到所需要的火炮，他们便不会有动力去发展自己的火炮工业。

但这个前提是宋朝不再将西夏视为敌人。然而，短时间内，这样的转变连范纯仁都难以适应。大宋上下对西夏人的猜忌心理，仍然根深蒂固。

高丽人则是另一个问题。

御前会议要求高丽立即出兵，威胁辽国的东京道。但高丽正使虽然言语谦恭，却只表示会立即向高丽国王转达此事，并没有一口应允下来。高丽人既然心存观望，御前会议干脆给秦观下达敕令，令他全权处理此事，务必使高丽人尽快向辽国东京道出兵。

但两府都很清楚，高丽是一定会观望的，在胜负未明之前，他们绝不敢轻易得罪辽国。他们的使节已经开始向两府诉苦，委婉地表达希望宋朝减免其债务之要求——他们尚未派出一兵一卒，便先向宋朝开价了。

站在高丽之立场，这本无可厚非。然而宋廷之内，甚至是御前会议之内，对此也是态度两极。韩忠彦与刘舜卿等人皆认为高丽是否出兵无关紧要，他们认为即使高丽乐于参战，倾国而出，亦未必有能力战胜东京道内之现有辽军，更何况高丽必不会尽全力。因此他们认为不值得为此付出过多的代价。但韩维与吕大防却力主拉拢高丽，二人主张，倘若高丽能够在九月之前出兵五万，进攻辽国，宋朝便免除其全部债务。

虽然最终御前会议向秦观下达的敕令中，采纳了韩维与吕大防之主张，但怀疑、猜忌、不满的情绪仍随处可见。

更大的麻烦出现在国内。

御前会议早就决定在河东、河北分别设立宣抚使司，但宣抚使的人选却难以定夺。

石越一心想让章楶担任河东宣抚使，统辖河东境内之兵马。不料小皇帝突然质疑章楶质历不够，提出要令吕惠卿出任河东宣抚使。而朝中竟然也出现奏折与小皇帝相呼应……虽然这些人官阶不高，但石越与诸宰执们除了借口吕惠卿从未领兵、不熟悉军务外，实在找不出更好的借口来搪塞皇帝。

麻烦的是，原本石越与范纯仁、韩维等人商议，要以韩忠彦出任河北宣抚使……韩忠彦本是各方都十分满意的人选，又是遗诏辅政大臣，高太后也愿意让韩忠彦多立功勋，若他能够宣抚河北击退契丹，日后便大可与石越并驾齐驱，甚至后来居上。然而在小皇帝提出吕惠卿之事后，韩忠彦同样也是从未领兵之事实，就变得尴尬、显眼了。原本这并非问题，宣抚使司内自有谋臣幕僚，御前会议与两府亦能遥控指挥，对韩忠彦来说，最重要的就是决断力以及调和掌控诸军——这两种能力韩忠彦都可信赖。

但如今这却成了一个问题。

自高太后以下，包括身为新党的许将在内，没有人想让吕惠卿去做河东宣抚使。倒不是怕他东山再起，便算他在此任上立了军功，众人亦有的是办法不入他重返中枢。而是旧党对吕惠卿的忌恨，实是到了根本不希望听到他名字的地步；石党与新党中除吕惠卿派以外，同样也不想给吕惠卿任何表演的机会。

于是，吕大防、苏辙等人，干脆建议由韩维或者石越出任河东、河北两路宣抚大使。

这让石越越发地难以决断。

倘若韩维出任两路宣抚大使，以韩维之资历威望，石越定然会彻底丧失对战场之指挥权，他只能担任好萧何之角色。这是石越心有不甘的，况且他亦不完全信任韩维之能力。若他本人离开汴京，出任宣抚使，却又有更多的疑虑。

但无论如何，宣抚使之人选不能再拖。很快西军就要抵达战场，除拱圣军外的京师禁军亦要开始逐次出发，暴雨之后，辽军也必将酝酿更大规模的军事行动,还有那个屯兵雁门之外,一个多月来一直没多大动静的耶律冲哥,更加令人担心……若那时河北、河东还没有宣抚使,后果将不堪设想。"

石越心里面想着这些事情,端起茶碗,轻轻啜了一口茶,抬眼望了一眼坐在对面的潘照临。

二十多年了,他已经由布衣而位极人臣,但到了这样的重大抉择之时,他却仍然不得不依赖此人。

2

潘照临眯着眼睛,仿佛正在神游天外。

一晃二十余年的光阴,岁月在潘照临的脸上,也刻下了深深的印记。曾经有一段时间,潘照临几乎以为自己已经失败了——封建南海、与司马光合作、遣散府中幕僚……身居右丞相之位的石越,并不如一颗棋子那么听话。对潘照临来说,石越既是他的主上,亦是他的"作品"。然而,行百里半九十,他几乎以为这件"作品"失败了。

右丞相、位极人臣……这可不是潘照临的目的。

这几年间,他离开汴京,游历天下,只是偶尔才会回来。这几年间的所见所闻,对潘照临而言,真是一种极妙的讽刺。他见到的大宋朝,州县官吏大抵清明,百姓安居乐业,农民赋税减轻,兼并放缓,城镇工商发达,文化更加繁荣昌盛……绍圣年间,不仅汴京之国库渐渐丰裕,便是各地州县府库、常平仓,亦皆仓廪丰实。尤其是东南诸路,其富裕程度,更是让潘照临惊讶。以两浙路来说,王安石在杭州期间,除了主持盐债、封建诸事务外,更是筹措资金,大搞建设。石越当年原本就打下了不错的底子,王安石到杭州后,在危机之中,竟有余力大兴水利、修葺道路、沟通河渠、整顿驿馆,还扩建了杭州城。如今两浙路内之官道,全以青石铺成,雨水虽多,道路却从不泥泞;杭州等城市中,皆有专门之机构收养弃婴与无人照顾之老人;学校密集,识文断字之孩童越来越多;仅仅两浙路内,报纸便多达十余种;取消对过路之商旅征税后,人口往来更加频繁,两浙路随便一座小县城，都能见到数以百计的外来商旅；杭州一场蹴鞠比赛，能吸引数万人观战……如今，杭州一城之商税，便已是骇人听闻，几乎相当于熙宁初年的数十倍。

东南如此繁华，西北也渐有生气。陕西在绍圣以来，虽然经历交钞危机，但是司马光主政后，百姓渐得歇息，到绍圣七年之时，虽不及东南之富庶，中户以上，却也是家家有余粮，户户有牲畜。

也不能说完全没有隐患——与王安石和新党的最大区别是，司马光与石越从未真正挑战过势家[1]豪族，隐田逃户仍在缓慢增加，兼并有所放缓，却并未停止，这侵蚀的是国家最基本的两税收入。司马光与石越的办法是通过节省开支、开拓其他财源来弥补这一块之损失，尤其是裁撤军队的积极效果越来越明显，再加上二十余年工商业之蓬勃发展，令这种损失渐渐显得微不足道。但潘照临敏锐地觉察到，这迟早会再次成为一个问题。

只是，这个隐患的爆发是他潘照临有生之年绝对看不到的……

他能看到的，是天下百姓在交口称赞"赵官家"，高太后的声誉之高在民间无以复加。许多杂赋被取消后，百姓无不感恩戴德……司马光与石越固然功劳很大，在百姓心目中威望很高，但百姓更不会忘记赵家的"恩德"。

他一生的事业，竟然是帮助了赵宋的中兴？

他苦心经营的一切，难道是为了巩固赵家的统治？

他辅佐石越，却是替赵家造就了一个好宰相？

事实还是如此讽刺。石越向他证明他选对了人，也向他证明他选错了人！

潘照临曾经在石越身上看到桀骜不臣的气质，但是，事实却是石越始终心甘情愿地做一个忠臣。

表面上看，在司马光死后，石越的确拥有人臣中无与伦比的巨大威望，军队信服他，士林相信他，百姓也拥戴他……但是，潘照临却看得清清楚楚，这种威望与司马昭、刘裕们不同，反与王莽类似。

司马昭们的威望，是别于君主之外的，军队、士夫、百姓，要么效忠司马昭们，要么效忠皇家，大体上泾渭分明。可石越倒好，信服他的军队，同时也效忠赵氏；相信他的士林，更忠心于大宋；拥戴他的百姓，对赵宋绝无可能有叛心。

---

[1] 势家，有势力的家庭。

他的威望与势力，实是与赵家、大宋朝相辅相成的，倘若割裂、背叛，最后的下场极可能与王莽一样——也许有一群官员会为他歌功颂德，但是更多曾经拥护他、尊重他的人，却会在一夜之间，视他为"伪君子"与"叛臣"，到时他的下场，便是一介匹夫倡义，而天下响应……

这正是曹操当年所顾忌的。魏武帝之处境，已然远远好过王莽，但他属下，仍然有许多的重臣与庞大的势力，其忠心是同时针对魏武与汉献的。只要魏武仍然是汉臣，哪怕只有一丝自欺欺人的微弱希望，许多英雄豪杰便仍然会受此羁绊，而或多或少地为魏武效忠。而一旦彻底割裂这种表面上看似无关紧要的君臣名分，魏武便等同于将一大堆人逼成自己的敌人。

以魏武帝之英武，尚要投鼠忌器。何况石越今日之处境，比之王莽还不如。王莽之世，好歹汉室已经衰微，人心的确思变，但绍圣之世，潘照临却看到了中兴景象，人心思安。

说白了，他潘照临苦心经营二十余年，但天下人拥戴的，是"石丞相"而非"石皇帝"。而另一方面，潘照临也几乎可以肯定，石越的确没有"异志"。这令潘照临在深感挫折的同时，不得不怀疑起自己的识人之明来。

但是，那种桀骜不臣的气质是装不出来的。

所以，最终他只能认定，他还不是真正的完全了解石越。若是如此，这倒是件好事。让臣下觉得捉摸不透，正是身为一个英主所必备的素质。

况且，即使石越本人无"异志"，即使天下人拥戴的只是"石丞相"，即使人心思安，但，时势仍是可以创造，最多是时间长一点儿。

诸葛武侯若要谋反，必定身败名裂。但若他年轻一点儿，不要死那么快，那么诸葛武侯也许就是另一个司马宣王。尽管一个有心，一个无意，但也许结局并无不同。

有些事情不需要在一代之内完成。潘照临只需要在自己死之前，能够亲眼看到赵氏的崩塌已成必然，便也算是遂了心愿。

所幸的是，老天竟然真的又给了他一个机会，让他实现自己的抱负。

也许这是最后的机会。

在契丹南犯之前，他能恰好回到汴京，难道冥冥之中，果真有天意存在？

"潜光兄……"石越先打破了沉默，一开口便是叹气，"如今河东宣抚使之事，我真是势成骑虎。"

"皇上虽未亲政，然他既然提了吕吉甫，若无好借口，终不能欺他年弱……但若用吕吉甫，朝中便要炸了锅。然此中关键，却不便直接与皇上说。"石越无奈地说道，"若论用兵之能、统驭诸将之术，章质夫胜过吕吉甫百倍……"

"依我看，章质夫亦未必驾驭得住吴安国。他在河套之时，便专以纵容吴安国为能事。"潘照临不以为然地打断石越，"河东形势险要，雁门易守难攻，契丹纵然是耶律冲哥为将，亦难有作为。本朝与辽人屡次交战，凡是辽人进犯，便从未在河东吃过大亏。以我之见，河东若只要自保，本无必要设宣抚使。"

"但终不能令河东诸军各自为战，况且御前会议将折克行的飞骑军与河东番骑、吴安国的河套番军全数调往代州，亦不是为了令河东自保而已……"

"莫不成还能指望他们齐心协力？"潘照临嘲讽地再次打断石越，"河东代州与雁门关守军是伐夏后北调之神锐四军，相公莫要忘记那位雁门寨知寨兼神锐军第四军都指挥使是何人？！"

石越不由一愣，"雁门守将是种朴，这有何不妥吗？"

"也不算如何不妥。相公与枢密院的那些公卿大夫们，多半是不会将这些恩怨记在心上的……"潘照临讥道，"不过种朴想必不会忘记当年折克行的救援之恩。"

"啊——"石越顿时明白过来，"种朴是当年拱圣军……"

"我听说，自符怀孝死后，种朴即便是北调雁门，这十余年来，亦从未与折家通过音讯。数年之前，折可适途经代州，去拜会种朴，种朴竟然闭门不见。"潘照临看了看石越，又说道，"便不提种朴与折克行的恩怨，难道相公以为，折遵道会甘居章质夫之下？吴安国虽是章质夫的部下，可与折克行关系极好，交情亦更早，伐夏之时，两人便惺惺相惜，吴安国的次子，便娶了折家的娘子。若以章质夫为宣抚使，除非他诸事都听折克行与吴安国的，否则……可章质夫能优容吴安国，却未必能优容折克行，否则他何以行号令于军中？"

石越摇摇头，叹道："若非折克行与吴安国离代州最近……"

"依我之见，河东全无必要设宣抚使。有飞武三军镇守苛岚、火山，神锐四军镇守代州、宁化军，耶律冲哥欲要犯境，并非易事。而若待自河东主动出击，西陉、雁门二寨以西，辽境皆有长城为隔，大军难以逾越，是天险在辽而不在宋，故此大军北进，必经代州，不走雁门山，必经瓶形寨。然耶律冲哥大军屯于朔州之狼牙村、马邑、石碣谷一带，我军若自雁门、西陉而出，是自取败亡。而自瓶形寨入灵丘，地形险恶，难以运送攻城器械，耶律冲哥又已遣将扼守，攻取灵丘并非易事。纵然侥幸攻下灵丘，灵丘道的东边，还有飞狐关；便攻下飞狐关，东取蒲阴道，有金陂关天险；北取飞狐陉，有蔚州控扼——所经之路，全是险峻崎岖、马不成列、车不成轨之陉道，所攻之城，尽是一夫当关，万夫莫开之险关。若是契丹无人，倒还罢了，然耶律冲哥乃北朝名将……"

石越静静听潘照临分析着河东形势。他们的确忽略了折克行与种朴的关系——十年前之旧事，两个边将之间的恩怨，便是枢府，亦未必有几个人知道。但是，调折克行与吴安国前往代州，倒也不全是因为路程远近的原因。

事实上，是御前会议采纳了刘舜卿与司马梦求的一个大胆的建议。

对于河东的地理、形势，刘舜卿、司马梦求与潘照临有着同样的认识，但却有完全不同的结论。

御前会议调折克行与吴安国部至代州，并且决意设立河东宣抚使司，目的正是想让折克行与吴安国去打硬仗，打连潘照临都不敢想象的硬仗。

耶律冲哥绝不是个让人喜欢的对手，北攻蔚州，孤军北上军都陉，自然是任谁也不敢如此不将耶律冲哥放在眼里的。但是若能攻取灵丘、飞狐口、金陂关，打通灵丘道与蒲阴陉，那么河东宋军就可以循此道直取辽军南京道之易州、范阳，直接威胁析津府。打通山前山后之联系，以精锐之师攻入辽国之心脏，转眼之间，河北之辽军，就会变为腹背受敌。到那时，耶律信若不马上回师，那便可以永远不用回去了。但若果真如此，耶律信想从容回师，也没那么容易。

那将是真正的抗辽第一功。

但这个计划成功与否，保密至关重要。倘若耶律冲哥事先听到一星半点儿风声，以灵丘道、蒲阴陉之地利，无论折克行、吴安国如何骁勇善战，他们便能有一人一骑活着回来，亦是谢天谢地。因此，即使是对潘照临，石越也不会吐露半个字。

这个作战计划，即使在御前会议中，也是只有寥寥数人才知道的最高机密。

这算是一支奇兵，石越与御前会议当然不会将战胜契丹之赌注，压在一支奇兵身上。自古以来，战争之中，妄图孤注一掷者，成功者绝少——虽然他们更引人注目，但看着别人成功容易，假若自己也去邯郸学步的话，往往便会成为输得一无所有的那个赌徒。

主战场永远在河北，御前会议与石越皆不会自河北抽调任何兵力给河东，否则，万一攻不下飞狐口，或者耶律冲哥早有准备，结果便是全局崩坏。面对辽军的主力，每一支禁军，都弥足珍贵，因为你事前永远不会知道究竟哪支部队才是取得胜利的最后一根稻草。而且，纵然是河东得手，倘若因为兵力不济，河北战场之宋军无法对辽军保持压力，甚至遭遇重大挫折，那便是折克行、吴安国攻入易州，亦无济于事。

而实际上，从战术层面来说，能否攻取灵丘、飞狐口、金陂关，兵之多寡亦不是一个重要因素，在灵丘道与蒲阴陉上，兵多了反而碍事。

因此，刘舜卿与司马梦求的计划，是要求种朴守雁门、西陉，折克行居代州策应，而吴安国出瓶形寨——若其得手，折克行部便可随之东出；若其失利，折克行仍可随时支援雁门或瓶形寨，保证代州不失。

御前会议为这个计划丢出去的赌注，便是吴安国的河套番军与一个神卫营——枢府已经下令，令刚刚成军不久的神卫十九营，携十门克虏炮前往河东，名义上是增援雁门、西陉二寨，实际上是令其受吴安国指挥。

从职方馆测绘的地图与地理资料来看，无人能保证蒲阴陉可以运送火炮，灵丘道路况稍好，但也并不容易。不过，既然耶律冲哥有本事将火炮运过天山，刘舜卿与司马梦求便理所当然地认为这个问题不必由他们来操心了。反正若吴安国没有办法的话，这支神卫营仍可以如公开宣称的那样，去雁门寨协助防守……

此时，听着潘照临的分析，石越却突然明白过来。

在刘舜卿、司马梦求乃至枢府的官员们心目中，对吴安国这颗棋子，并不全是他们所宣称的那样寄以重任，实际上，吴安国更像是他们的一颗弃子。

从军近二十年，屡立战功，积功官至昭武校尉的吴安国，自伐夏之后十余年，竟然一直呆在天德军做个知军，统率着区区五千河套番骑，由此已可见吴安国实是不受人待见。这个天德军还是绍圣年间,以宋占河套之地所置,在它的东面,辽国的西南路招讨司亦有个天德军。宋朝这个天德军,休说比不上唐代的天德军,便是比辽国的天德军,亦远远不如。在大宋朝所有军州中,天德军无疑是所辖民户最少、环境最恶劣的军州之一。倘若人缘稍稍好一点儿,以吴安国之资历,休说是龙卫、云翼,便令他统领上四军,亦在情理之中。

人人皆知吴安国难以约束,但他功名卓著,如此大战,不用他亦说不过去,且只怕自己心里也会别扭……

因此,他们才会想出这"一举多得"的妙招来吧。

西汉诸将嫌李广碍事,便常令他独领一军,美其名曰"分兵合击",实则大家都来个眼不见为净。吴安国之事,正与此异曲同工,只不过刘舜卿与司马梦求选择的,是让他去打恶战。成则封侯可期,败则性命难保。若得胜固然能出奇制胜,若失利亦无损于大局……与李广之际遇相比,实在称不上哪个更加恶毒些。

想到此处,石越忍不住摇了摇头。

潘照临却以为石越是不同意他的分析,撇嘴问道:"相公不以为然吗?"

"非也,非也。"石越连忙回过神来,笑道,"只是我以为亦不能闻耶律冲哥之名而变色。东军终不能老老实实任契丹打,一味地死守。耶律冲哥虽是当世名将,但较之折克行、吴安国又如何?"

这却是大出潘照临的意料,他亦不由一怔,"如此说来,竟是打算令折克行领兵出雁门、西陉,与耶律冲哥争锋?"

"这是边将之事,御前会议也罢,枢府也罢,皆不便越俎代庖。"石越淡淡说道,"然河东诸军,若不能统一号令,便是连反击之余地亦没有了。"

潘照临本想劝石越干脆将折、吴二部东调河北,出井陉,下真定,另调一支步军前往代州巩固防守。如此一来,便可以只在代州设立行营,顺理成章便可以让章楶任行营都总管——倘若折克行在河东的话,设宣抚使倒还罢了,无论如何也轮不到他折克行,但若只是设立行营,他却未必会甘居章楶之下。

但此时他听石越的语气,便知此事已是定策了。他其实并不关心河东战局,此时念头一转,便道:"既是如此,则折克行必在河东。倘若设文职领兵,则碍于皇上，不得不令吕吉甫掌此兵柄；若设武职，则恐折遵道不甘居于章质夫之下，反误大事。某倒有一策……"

"潜光兄请说。"

"要解此局，只能设两路宣抚使……"

石越摇摇头，"即使如此，河东亦免不了要设行营……"

"河东不必设行营。"潘照临笑道，"相公只要在河东设一个宣抚副使便足矣！"

"宣抚副使？"石越一愣，"那有何用？章质夫做得，吕惠卿照样做得。"

"那却未必。"潘照临微微一笑，"倘若韩维做两路宣抚大使，吕吉甫自然做得宣抚副使，但若相公做两路宣抚大使，吕吉甫必耻于为相公之副，他如何肯任此职？"

石越顿时呆住了。这的确是他从未想过的。

潘照临又道："吕吉甫必不能受此大辱，折遵道亦无此资格来争，种朴便也不必做折遵道的下属。章质夫虽然名望稍逊，然有相公为宣抚使，出镇诸将，折克行与吴安国亦不敢不听号令……"

石越沉默了好一会儿，才淡淡说道："如此说来，潜光兄是赞成我出京领兵？"他说完，抬眼望着潘照临，一动不动。

潘照临笑了笑，迎视着石越的目光，笑道："我知道相公所虑之事。"

"哦？"

"以常理而言，功高不赏。相公再次领兵，并非上策。但是，相公莫要忘记皇上……"

"皇上？"

"皇上是欲有所作为的。"潘照临抿嘴说道，"他对相公之不满，溢于言表，相公以为不去领兵，便能轻易全身而退吗？自古以来，皆是一朝天子一朝臣！"

石越顿时默然。

"为相公计，如今不如反其道行之。一则如今社稷危急之时，岂能全以个人荣辱为念？二则当年相公伐灭西夏之时，皇上年纪尚小，不知相公之功，今日相公若能驱除契丹，便是存社稷之功，非伐夏可比，亦可让皇上知道相公之能。

"太皇太后春秋已高，相公便不立寸功，将来亦难见容于皇上。皇上年轻，倘其不知相公之能，反而容易轻举妄动，惹得难以收拾。而倘若此次与契丹之战，有他人立下大功，皇上更会觉得少了相公亦不是不行，顾忌更少……

"况且相公此番无论领不领兵，功劳皆是跑不掉、推不了的。只不过皇上年轻，只看得见韩、彭之功，却看不见萧、陈之劳。相公名望愈甚，而皇上却不加敬重，天下之危，孰过于此？"

"保全之道，无一定之规，需审时度势，或奋发有为而全身，或谦退无为而保全。"潘照临直言不讳地击打着石越心中的弱点，"如今太皇太后是明君，范纯仁亦是贤臣，相公出外领兵，不必担心朝中诽谤日增，可谓毫无后顾之忧。相公领兵出外之前，请上表太皇太后，乞求赏赐，并主动表明心迹，战胜之后，便欲退居杭州，著书立说，以为全君臣之恩遇。以太皇太后之英明，必不怪罪。

"他日全功之后，便请相公急流勇退，避居杭州。如此一来，以相公之名望功业，最差亦是一郭子仪。那时某敢肯定，海外诸侯必前赴后继，来请相公为相，而朝廷终不能放相公去海外。在朝在野，唯相公所欲。便是相公不在汴京做丞相，范纯仁、韩忠彦辈，敢不奉行熙宁、绍圣以来之圣政？朝廷凡有军国大事，又焉能不遣一介之使，询问相公之意见？"

潘照临的这番话，说得石越暗暗点头。

没有一个皇帝会甘心于终身笼罩在一个强势宰相的阴影之下。自从登上相位的那一刻起，石越便做好了退场的心理准备。

但他也有许多要保护的东西，他不希望这个"退场"，损害到他要保护的那些人与事。

若能如潘照临所言，那的确是一个美好的结局。尽管还有许多事情没有做完，但到了石越这个年纪，他早就明白他不可能亲手完成所有的事情。他所做的一切，尽管并不完美，但亦算差强人意。

若此生还能有机会带着妻女，乘着大海船去周游列国……石越不知道自己还有什么好抱怨的。

只是……

"潜光兄所言……只是秦汉以来，无有此等事。"

潘照临望着石越，过了一会儿，才淡淡回了一句："自相公封建诸侯起，天下便已不是秦汉之世了。"

3

石越与潘照临密谈了近两个时辰，方才分别离开大相国寺。石越并没有回他的相府，而是直接去了尚书省。

尽管已经做了要妥善安置南逃百姓的决议，但是时间仍然太仓促，即使唐康他们在大名府殚精竭虑，但试图将难民全部安置在五丈河至梁山泊以北的设想，也难以实现。到五月下旬，仍有上万名难民逃到了汴京——虽说这个数字已经令两府感到欣慰了。

开封府下令城内寺观收容难民，施粥赈济，又征募成年男子到汴河等处搬运货物，或者去协助修葺汴京城墙，疏通河道。王岩叟为了应付这些事，忙了个人仰马翻。

与此同时，两府对于南撤百姓的忧虑也与日俱增。

拱圣军进驻深州，带来了一个意料之外的结果。深州以南的赵、冀、邢、恩诸州百姓，恋土情重，加上对战局持有令人哭笑不得的乐观，竟然没有多少人愿意南撤。不仅绝大部分的百姓都心存观望，连这四州的官吏中也不断有人上表反对南撤，其中邢州自恃地形有利，境内有大陆泽可以限制辽军，而以往辽军南犯，对邢州之骚扰也有限，因此自邢州知州、通判以下，竟公然违抗诏令，又是征募义勇守御城池，又是在境内各州县组织百姓结社自保……连北道都总管府也站在了邢州一边，孙路与唐康一面替邢州开脱，一面先斩后奏，拨给邢州大批的兵器与纸甲。

御前会议内，两府之中，对于南撤百姓不以为然者本来就甚多，且安置难民的确是一件极困难之事，此时更是顺水推舟，最终石越与范纯仁亦只得默认。

讽刺的是，姚咒冠冕堂皇的诸多理由中，原本是包括给赵、冀诸州百姓南撤争取时间的……

可人心真是件微妙的东西。

石越完全不能明白深州以南的百姓与州县官吏的乐观情绪从何而来，但实际上，汴京士民的情绪更加乐观。汴京一般市民的舆情，此时是十分猛烈地抨击着两府过于谨慎，汴京所有的茶楼、酒店当中，对于大宋未能在五月份将辽主生擒至汴京献捷，皆是十分失望。

而朝野的士大夫们虽然不至于对石越提出如此高的要求，但也极少有人考虑战败的可能。虽然有一些人对《讨契丹诏》十分不满，认为此诏杜绝了提前议和之退路，非谋国之言，但是，在一片乐观的情绪之中，这样的言论几乎全被掩盖。

虽然石越可以确定，倘若河北战场遭遇重大不利，《讨契丹诏》势必成为他与范纯仁的罪状之一，但至少此时此刻，士大夫们议论的是，要如何惩罚契丹。许多人献策对付契丹，其中有半数以上，竟然是在大谈规复燕云之术。

这种令人啼笑皆非的信心甚至影响到两府。

战争初期的震惊、惶惧，此时早已经一扫而空。这也直接影响到石越在御前会议的地位，他虽然仍是首相，但是，大家既然都相信战争一定会胜利，那么对石越的依赖感自然而然就会降低。两府诸公也就不可能如一个月前那样，对石越唯命是从。

便是高太后的态度，也有了一些微妙的变化。

南撤河北军民在执行上出现的折扣，便是这种心态变化后最明显的后果之一。至五月二十七日为止，据北道都总管府的估计，赵、冀、邢、恩四州南撤百姓，总计不过区区两万五千余人——这无论如何都不能仅仅视为是大雨的影响——难民主要来自深州以北诸军州，因为辽军所至之处，大肆掳掠人口，造成近二十万百姓南逃。

如何安置好这二十万难民，在整个五月份几乎都是令两府最食不知味的事情。为了以防万一，在司马光的灵柩离开汴京后，曾布便要北上去执行吕大防的建议——除了妥善安置逃难百姓外，还要从这些百姓中征募年轻力壮的男子，编成厢军，来负责大军粮草运送、道路桥梁的修葺，为此，御前会议决定一次性招募四万厢军。

石越对此也无可奈何。对大宋朝廷来说，这几乎是一种惯性思维，将这些青壮男子募为厢军，的确可以将动乱消弭于无形，而且此番大军作战，虽然是本土作战，补给线不长，但兵力之多，没有三十万以上的役夫来负责运送后勤补给，也难策万全。而将这些逃难百姓招募为厢军，比起简单的征募夫役，也的确更加能保证百姓的权益，吸引力也更大。厢军的薪俸即使被克剥，但比起小吏对夫役的苛酷，亦不可同日而语。

至于招募厢军容易，裁撤厢军困难，此时却是没几个人去考虑了。

想到这些，石越又不由在心里嘲笑自己，也许战争之后，他就要退隐山林了，而他竟然还在操心这些未来的事情。

他已经决定采纳潘照临的建议。从大相国寺到尚书省的路上，他便已经想好了如何措置此事。

他会先向高太后建议，拜韩维为左丞相、范纯仁为枢密使。这会是一个体面的安排，虽然韩维本人未必想出任两路宣抚大使，但既然人选已经提出，某种程度上就是一种竞争。韩维资历远高于石越，让他任左相，可以避免造成他心中的不快——如此一来，韩维终于做到人臣之极。对年事已高的韩维来说，致仕之前能拜首相，他的一生可算圆满了，而石越也不必以首相的身份出外领兵。

战争结束之后，韩维多半便要致仕了。石越也已决意退隐，将来的左相与右相，不出范纯仁、韩忠彦、吕大防三人。韩忠彦身为遗诏辅政大臣，有先天的优势，石越必须尽早巩固范纯仁的地位，由吏部尚书而枢密使，历任两府，范纯仁的资历也就完整了，加上此番与辽国作战，范纯仁若处在枢密使的位置上，自然是功劳卓著，谁都抢不走他的功勋。

而范纯仁腾出一个吏部尚书给吕大防，亦足安抚最顽固的旧党。如此一来，他便可以留出空间，以便日后能让许将升任工部尚书，而让曾布任枢密副使……

战争期间不宜有过于剧烈的人事变动，但连石越自己都没有意识到，一旦心里有了退隐的想法，他就已经在本能地开始进行布局了……

高太后多半不会拒绝石越的建议。然后，他就可以请求高太后在西湖边上赐给他一大片庄园，同时让人将汴京的产业卖掉。他自然不能公开说出战争之后就会退隐，这样反倒像是逼高太后表态，他只要表明心迹就行。

最后，石越会请求高太后让殿前侍卫班随他出征。

殿前侍卫班全是烈士子弟，对赵家忠心不贰，都指挥使呼延忠是先帝亲信之臣，忠于皇帝，与石越更是素无交往，两家连普通的人情往来都没有。身边带着这三千骑死忠于赵家的"羽林孤儿"，就算将兵权交付石越之手，高太后也绝对可以高枕无忧。

若他能主动做到令高太后与两府安心，那么，石越便能真正的无后顾之忧，否则，他时刻都要担心随时会有一纸诏书至军中，将他召回，然后面临的将是不测之祸……

不知为何，当石越做出这番布置后，他的情绪竟然变得高昂起来。

甚至于对前线的运筹，他也有了比潘照临所建议的更全面的想法。

石越回到东府时，韩维、范纯仁诸人正在商议着事情，见着他回来，各自见过礼，范纯仁便道："子明丞相回来得赶巧，今日的边报刚刚送到……"

石越见他脸上犹有戚容，知道他仍是在感伤司马光之逝世，他本想劝慰几句，又不知说什么好，张张口，脱口而出的却是："如何？姚咒那里可有何动静？"

"深州倒还无事。倒是章子厚与阳信侯上表，道已将那些生女直俘虏，着人经水路押解至大名府关押……"

"这是要献俘吗？"石越闻言不由一愣。

"这多半是章子厚的主意。"韩维捻须插道，"他道是怕这些女直人在河间府久押生变……但阳信侯将那个女直头领留下了。"

"完颜阿骨打？"

"似是叫这个名字。"范纯仁道，但石越见他神色，便已知他其实也不记得这名字。石越心里当然知道阿骨打是何等人物，其实上次唐康使辽归来，便多次跟他提起过，但他也没太放在心上，此时只是有些好奇："他留下阿骨打做甚？"

"阳信侯招降时，许诺日后送他们返乡。不过他想让这个什么阿骨打随云骑军打仗，同时帮他训练云骑军。"范纯仁一面说，一面将田烈武的奏折递给石越，道，"丞相且看看这个，为瞒过契丹人，还给这个女直人起了个汉名，叫甚颜平城……"

"那亦随他。"石越细细读过田烈武的奏折，又说道，"他想留下，便由他留下。这阿骨打虽是生番,但上回唐康时使辽,便甚是称道他,若能为我大宋所用,亦是美事。若不能为我所用,仍吩咐大名府好好看管这些生番,咱们亦不必对生番失信。"

但石越心思显然全不在此,说完又道:"某所担心的,还是姚咒与拱圣军——他到了深州,便如同将一块肉送到狼嘴边,不管是骨头还是肥肉,辽人总是要啃一口。我只怕这雨一停,深州便要有大战。想来想去,还是要设法策应拱圣军……"

"但司马梦求与刘舜卿皆十分反对在深州仓促大战。"范纯仁摇头道,"司马梦求昨日还说,河朔禁军畏敌如虎,可殿前司诸将却全是求战心切,甚是轻视契丹人。他担心诸将到了河北后,便全如拱圣军一般不听节制,故此才刻意压制诸军,不令他们离开驻所……总要河北宣抚使选定后,再令他们北上。"

"嗯。"石越点点头,沉吟了一小会儿,抬眼望望韩维,又望望范纯仁,缓缓说道,"某这几日想了想……"

他方说得这几个字,便已吸引了厅中所有人的注意力,不仅韩维与范纯仁,那些个正埋头做事的文吏,也都抬起头来,偷偷望着石越。自成立御前会议后,暂时打破了两府藩篱,由石越、韩维、范纯仁三人,一齐在原来的政事堂办公;而许将、司马梦求等人,则在枢府办公;苏辙、吕大防等人虽同在东府,却是另辟了几间厢房。如遇有事,小则在政事堂会议,大则至高太后前奏请御裁。如今这政事堂中的文吏,都是自两府抽调来的精干可信官员,因此石越倒不甚避嫌。若是以前,内探、省探[1]防不胜防,如此大事,石越断不敢当着这些文吏张口。

石越顿了一下,又看了一眼众人,继续说道:"司马陈王物故后,某便是首相,依国朝故事,国家有事,某理当出外领兵……"

他此言一出,政事堂中,仿佛空气都停止了流动。

韩维与范纯仁对视一眼,二人皆是十分意外,但见石越神色,却是认真之举,范纯仁抿抿嘴,委婉道:"丞相,此事尚请三思,韩忠彦足当此任……"

---

[1] 在真实的历史上,当时宋代便已有朝报与私人小报出现,朝报是官方每日政事活之公布,小报则由内探、省探、衙探私自搜集朝报未报之事进行报道,并且,"新闻"一词,此时便已出现于小报。小报记者各有分工,内探专门刺探皇宫内新闻,省探专门刺探三省新闻(包括两府学士院),衙探专门刺探三省以下官衙新闻。而在小说之时代,报纸愈加发达,虽有法规加以规范,但此"三探"之职业,自然亦不免更加繁荣发达。

韩维也说道:"子明,此事非同小可……"

他二人却都是真心实意为石越考虑,只是这些事情,却不能明言,二人都是忠君观念极重之人,总不便当众说些"功高震主"之类的话。

石越望着二人,点点头,但态度却是十分坚定,"朝中之事,有二公主持,吾无后顾之忧矣。某也想明白了,这天下之事,算来算去,总是算不清楚。倒不如想简单一点儿,先国后家,他事便听天命可也。"

"丞相……"范纯仁还想再劝,却听韩维已说道:"子明,若是顾忌福建子,不若由某出外领兵。"

韩维如此推心置腹,让石越又是意外,又是感动,但他此时主意已定,便不再犹豫,摇摇头,沉声道:"韩公还是坐镇朝中,更妥当些。某已想过,吕吉甫之事,倒亦有万全之策。"

"哦?"

"某观辽军作战,每每一将之兵,便有数万之徒,而吾军一军之众,不过万余。兵少又不及辽军之精练,此非克敌之道。如今之策,还是要将数军结为一军,以抗辽人。某以为,朝廷可设河北、河东、京东三路宣抚使,在河东、京东各设宣抚副使,凡宣抚使司以下,设诸都总管府、行营都总管司,各辖数军之众,如此,庶可以与辽军一决高下。

"如河东路,可以章楶为宣抚副使,下辖三都总管司:河东行营都总管司,以折克行为都总管,辖飞骑军、河东番骑、河套番军;雁代都总管府,以章楶兼任,辖神锐四军、飞武三军;太原都总管府,以吕惠卿兼任,辖教阅厢军太原军及府内巡检——吕惠卿为判太原府,兼任本郡都总管府,亦是合情合理……"

这宣抚使下设立行营都总管司,其实也是迟早必行之事,并非什么奇谋妙策。但石越这么一说,韩维与范纯仁便立时会意,这的确足以搪塞皇帝了,小皇帝不知道听了谁的话,想让吕惠卿领兵,那便让他领兵,到时候将太原府之厢军、教阅厢军、巡检、乡兵义勇之类,全部算上,也是一支"大军",小皇帝只会知道吕惠卿与章楶、折克行一样,各领一路"大军",哪里能知道这太原府上不着天、下不挨地,道理上可以北出雁门、东下进陉,实际上却什么也干不了。

但二人见石越思虑周详,便也知道,他出外领兵之意已十分坚定。如若是石越自己决定要出外,那么的确也没什么理由阻拦。二人与石越私交都不错,心中虽然担忧,但毕竟如今最要紧之事,仍是与辽国之战争,石越若能出外领兵,自然是于战局最有利的,况且二人都深知石越行事风格,多半另有妥善安排——虽然他们都很难相信此事竟能有什么"妥善"的解决办法,但也便权当自我安慰,不再多说。

然而,此时,三人都不知道,他们的磨磨蹭蹭,造成了什么样的后果。

4

绍圣七年六月一日。

这一天,宋朝太皇太后高太后应允了右丞相石越的建议,拜枢密使韩维为左丞相、吏部尚书范纯仁为枢密使,而以石越为右丞相兼河北、河东、京东三路宣抚使,率殿前侍卫班三千"羽林孤儿",离开汴京,前往北京大名府。京师文武百官,奉诏送于长景门外。

同一天,诏令以河东转运使章楶、京东转运使蔡京为宣抚副使,两府在河东、京东各设都总管司,受宣抚使司节制。

根据石越的建议,河东路设河东行营都总管司与雁代、太原都总管府,分别以府州知州兼河东番军都指挥使忠武将军永安侯折克行、河东路转运使章楶、观文殿大学士判太原府建国公吕惠卿为都总管;京东路设齐州都总管府,以齐州知州宋球为都总管。河北路则设前军、左军、右军、中军四个行营都总管司,另外改北道都总管府为北京都总管府,一共是五个都总管司。五个都总管分别是:前军行营都总管忠武将军姚兕、左军行营都总管游骑将军慕容谦、右军行营都总管定远将军田烈武、中军行营都总管宁远将军王厚、北京都总管大名府知府孙路。

在西军老将凋零之后——到绍圣七年,不仅仅李宪、种古、种谔、种谊、刘昌祚等石越曾经信用、重用的西军名将皆已故世,如燕达、宋守约、曲珍、高永能、苗授、王君万等这些或因为反对军制改革而被有意调离西军,或因为另受重用,如入典宿卫、历官枢府、管军三衙……总之因各种各样的原因错过了熙宁西讨，但仍在西军中威名素著的将领们，此时也已大多不在人世。如本是西军中屈指可数的勇将高永能，军制改革后入典宿卫，然后历任天武、捧日诸军，官至侍卫马军司副都指挥使，绍圣七年虽然仍在人世，却已经七八十岁，早已致仕多年。

甚至，连与石越颇有嫌隙的高遵裕，此时都已去世了……

而在绍圣七年，被石越委以重任、出任中军行营都总管的王厚，在熙宁西讨之时，却不过是李宪的副将而已。

尽管平定西南夷之乱，王厚立下了功勋，但当面对与辽国这样的倾国之战时，若不设宣抚使，王厚的资历根本就镇不住河北诸将——他的官阶，不仅远远低于姚兕，甚至还不及田烈武。而以军中最重视的派系来说，虽然许多的西军将领都出自王韶、李宪门下，但在伐夏之后，西军却可以说是四分天下：王韶、李宪一系的将领固然不少，但种家、姚家以及一些派系色彩不浓的将领，也能各成一派。

种家"三种"虽故世，但种建中进入枢密院，种朴、种师中各领一军，其余如田烈武、吴安国辈，皆出自种家军，种家可谓势力仍存；姚家不仅"二姚"还在，各领禁军，姚兕的两个儿子姚雄、姚古，也颇有出息，姚雄如今已积功官至振威校尉、横山番军副都指挥使兼左军都指挥使，姚古也在拱圣军任营都指挥使，姚家已有后来居上之意。此外如贾岩、张蕴等后起之秀，皆不可小觑。

这些西军将领，没有谁会安安分分听王厚调遣或者配合他作战。

河北五个都总管中，姚兕不用说，田烈武虽然曾经是王厚的部属，但如今却是今非昔比，官位比王厚还高——纵然田烈武乐意听王厚的，这中间也免不了会有芥蒂。孙路官位与王厚表面上都是正五品下，但孙路是文资，王厚是武资，算起来，他还是比王厚高一阶……算来算去，也就只有慕容谦比王厚官小点儿。

而且，这个中军行营都总管，免不了还要指挥前来河北参战的殿前司诸军。

因此，石越这个安排，是颇受质疑的。

虽然大宋的确有"官以委能"的传统，将品秩较低但能力出众的人放在更加重要的位置上是司空见惯之事，但这并不代表当事人不需要面对因此而来的种种麻烦。

尤其是在禁军之中。大宋的武官们听文官的差遣已经成为一种习惯，但若大家同是武官，资历官阶之类，仍然是要摆一摆的。

但是石越仍然坚持己见，众人也只得听从。毕竟有了石越出外领兵后，河北诸将倒也不至于敢公然抗命。

不过，此时，在高遵裕死后继任泸州知州，一直留在益州监视、镇压西南夷的王厚，尚在奉命而来的路上，因为王厚在西南夷之乱平定后，并未典领禁军，直到五月初旬，枢府才想起征调王厚与戎州知州何畏之。后者虽然屡立功勋，但却是献策不用、官至昭武校尉便无论如何也升不上去了，虽然几个儿子都受荫官，两府甚至让他去做亲民官，也算是少有的优待，但对何畏之来说，却始终是郁郁不得志……

当日征调王厚与何畏之，本意是想让二人入枢府参议军机，如今倒也算歪打正着。

而另一个都总管慕容谦，平定西南夷之乱后，遂调至银州，任银州知州兼横山番军都指挥使，此时统率着他麾下一万五千人马，刚刚走到新安境内。

当六月一日石越离开汴京时，最乐观的估计，也就是当他到达大名府时，第一支援军环州义勇可能也抵达了大名府。这是因为环州义勇只有一千骑，行军速度自然比其余诸军要快得多。

因此，这实在谈不上是一个令人振奋的好消息。

但坏的消息却令人压抑——当天晚上，石越与呼延忠率领三千殿前侍卫班走到陈桥驿歇息时，从汴京传来了一个令人意想不到的噩耗——枢密院都承旨刘舜卿，于当天下午，在枢密院议事时，突然暴病而亡！

这个噩耗如同一片乌云一般，笼罩在陈桥驿每个人的心上，石越不必开口询问，只要看看表情，便能知道，自呼延忠以下，每个人都将此视为一个极坏的征兆，虽然呼延忠治军严厉，让这些"羽林孤儿"不敢对此稍加议论，但他们的士气，刚离开汴京，便低落到了极点。

而这也许，竟真是一个不祥之兆。

当日，深州。

拱圣军都指挥使姚兕一大早起来，便披挂铠甲，登上深州城垣，观察敌情。雨刚停了两日，韩宝便如同见了肉的饿狼一般，如附骨之蛆般盯上了拱圣军，一天前便已率万余骑出现在深州城外。今日，城外的契丹人更多了，凌晨时喧嚣了好一阵，显然是又来了援军。姚咒在城头默数着旗帜，估摸着辽军已经增兵至两万余骑。

深州没有守备器具，城垣低矮，四顾平坦，非可守之城。这一点，姚咒清楚，韩宝也明白。这甚至是不需要间谍侦知的，治守备器具是需要花费大量人力物力的，宋朝再有钱，也不会在根本守不住的地方浪费财力，最终变成为他人做嫁人衣裳。

但韩宝也太目中无人了。

雨虽然停了，然而滹沱河的大水，没这么快便消退，拱圣军在深州没有援军，他韩宝在深州，亦是与主力隔绝。他虽有两倍兵力，却也未必能咬得动拱圣军这块大骨头。

姚咒虽已年近花甲，却还未到任人欺侮的地步。

韩宝想吃掉拱圣军，他姚咒还想吃掉韩宝呢。姚咒如今官位已高，伐夏之后，国恨家仇得报，唯因为没有大军功，不得封侯，常引为平生憾事。本以为此生再无望得偿所愿，但契丹南犯，却给了他一个千载难逢的机会。

他打量着城外的辽军，旗帜队伍倒也算严整，只是不时有一队队的辽军，自城下呼啸而过，口里大声吆喝着些他听不懂的胡语，全没有把深州城内的宋军放在眼里。

眼见着辽军如此无礼，城头的拱圣军将校们，都不由得鼓噪起来。

"太尉，待末将出去冲杀一阵，也让辽狗知道我拱圣军不是好惹的！"最先按捺不住的，是姚咒的亲兵军使陪戎校尉田宗铠。

田宗铠是阳信侯田烈武的长子，年方十八，正是血气方刚的年纪。他一带头请战，诸校尉立即纷纷响应，七嘴八舌地说道："正是，难不成还怕了这些辽狗？""俺只要一百兵马，定取了那辽狗的首级……"

但姚咒只听得几句，便厉声喝道："全都给我闭嘴！"

顷刻间，城头便安静下来。

"还怕没仗打吗？"姚咒头都不回，冷冷地说道，"咱们不出城，与韩宝也已经交过几次手了，这次，咱们考考他攻城的能耐。"

说完，他也不去理会属下的这一干校尉，转身大步下了城墙，朝城中的雷公庙走去。田宗铠职责在身，愣了一下，便连忙紧紧跟上，其余诸校尉却不敢再去讨没趣，望着姚咒离去，只得各归本营。

深州的雷公庙是座规模宏大的大庙，此时被拱圣军占据，姚咒临时征募了城中所有的火药匠、铁匠，在雷公庙内，将数万枚受了潮或直接被雨水浸湿过的霹雳投弹的火药倒出来晒干，再一枚枚重新填装好。

这是十几天前武强之战后留下来的隐患。

拱圣军与辽军雨战一场，结果却是几乎毁掉了八成以上的霹雳投弹。

他的儿子姚古正在督促工匠，收拾这个烂摊子。好在霹雳投弹的构造十分简单，这些民间的工匠很快就能上手，用不了半天的工夫，就变得十分熟练了。此时姚咒已经不再考虑保密的问题，其实也无此必要，辽军早就掌握了霹雳投弹的技术，并且也制造了一批出来，之所以没有大规模装备军队，原因不过是他们在铁矿开采冶炼、火药购买、火器作坊上，都存在规模不足的问题。当他们的作坊开始竭尽全力造火炮后，其他的火器自然就受到限制。

这一点宋朝也是一样的，对于军队来说，并非火药武器的种类越多越好，而是越少越好。花样繁多的武器增加了训练的难度，士卒也不可能熟练掌握所有的武器，而若分工过细，又会增加军队的脆弱性。

因此，自熙宁西讨以后，枢密院的策略是明确而清晰的，不仅仅是大量的火器被淘汰，甚至连普通兵器也是如此。千奇百怪的长兵器，看起来好看却毫无实用性，吹嘘得多么厉害的新兵种，往往在演习时便不堪一击，枢密院恨不能干脆一律裁汰，只保留长枪与长矛才好。短兵器则是统一的配刀，连剑都被大量取代，只有校尉以上的武官，才被允许使用自己趁手的兵器。火器亦是如此，即使在实战中取得过效果的火器，也照样会被淘汰。熙宁年间千奇百怪的火器，能够在神卫营中被保留的少之又少，普遍装备军队的火器只有火箭与霹雳投弹，再加上绍圣以来最受重视的火炮，便构成了如今宋军的三种主要火器。

枢密院的思维是很简单的，火器只分为两种：要么便威力大得如火炮一样，值得为此培训专门之兵种；要么便如火箭、霹雳投弹一般，简单到每一个宋军士兵经过很短时间的训练都会使用，并且人人都可以携带，在实战中能收到显而易见的效果。

大宋自绍圣以来,所有的火器作坊都在造这三种火器,为的就是给每一个禁军都装备上霹雳投弹。

但结果却是,这玩意经不得暴雨淋一天。

道理上,是有一大套如何在雨天保护它们的办法,但是没有谁能指望自己的士兵们会完全照办,而且当士兵必须带着它们作战时,更加难策万全。

可令人沮丧的是,这玩意又的确很重要。

比如,若姚咒想守住深州足够长的时间的话,他就十分需要这批霹雳投弹。

他心里很清楚,他在深州是等不到任何补给的,他想要补给的话,只能自己去真定府、河间府、大名府……任何一个地方都有。

然而,他去不了。

粮草可以解决,绍圣七年,大宋朝称得上府库丰盈,深州的存粮,养活他的拱圣军与城中百姓一两个月不成问题。尽管几乎可以肯定,明年深州将面临严重的饥荒,辽军践踏毁坏了每一块麦田,这个秋天,也许超过半个河北路,不要指望有一点儿收成。而这原本是大宋朝的粮仓之一。

不过这些不是姚咒需要考虑的,他要算计的,是他的火器、箭枝……深州没有足够的能做箭杆的材料,他更找不到足够的工匠打造箭头。亏得拱圣军自姚咒为将后,便一直以契丹为假想敌,一切皆仿照契丹之要求,例如姚咒要求拱圣军每人携四张弓、四百枝箭,这在辽军司空见惯,在宋军却是绝无仅有。

但四张弓、四百枝箭也未必够用……

因为,他们也许很快就将面对数量超乎想象的敌人。

"太尉。"在偏院的姚古见着姚咒前来巡视,连忙迎出来行礼参见。

"如何?"姚咒即使对自己的儿子,也并不稍假颜色,板着脸问道,"这些投弹何时能用?"

"不成。"姚古摇了摇头,"天非得再晴个三五天,火药才能晒干,没个十天半月,装不好这些家什……"

田宗铠眼见着姚咒的眉头锁得更深了,"我可等不了那么久!"

"可我们已经是在不分昼夜地干了。"姚古道,"太尉,末将就是想不通,为何咱们偏在这深州固守。就算是现在,咱们要退回大名府,还是有办法的。敌众我寡,这深州说得好听点儿,是一座城池,说得难听点儿,便是一座大点儿的营寨。城外的辽兵射箭,可以直接射进城中……"

"那又如何?"姚咒不耐烦地打断姚古,"别说还有座城池,便是真的是营寨,辽人又能奈何得我?"

"太尉莫要忘记,辽人还有火炮。雄州是如何失的……赵隆是太尉旧部,亦并非无能之辈。"

"你懂个屁!雄州守不住,是因为雄州守军无野战之能。与辽军正面交锋,他们便有三倍兵力,也不是辽军对手,何况兵力还少于辽军。城墙一破,自然就是万无幸理。可我麾下,全是大宋的精兵。难不成辽人有那几门破火炮,我们便连城都不守了?它便是轰塌深州城墙又如何?只要我拱圣军还在,深州便仍是一座坚城。"姚咒拉高了声音,语气几乎有点儿不可一世,"何况这十天半月的,它们的火炮还来不了。韩宝在城外,连架云梯都没有。"

"云梯这些攻城器械,只要有工匠,用不了几日便能造好。"姚古仍在不依不饶地苦谏,"太尉请再三思,咱们拱圣军进驻深州而不退,摆明了是向辽主挑衅,辽人要越过深州南下,亦容不得咱们屯兵于此。此时不走,过得几日,面对的只怕是十万计的辽军……可咱们无后援军,西军与其他的殿前司禁军都还没到大名府,这是无谓之战。兵法有云,用兵之道,在以众击寡,以石击卵……"

"什么破兵法。"姚咒呸了一声,"你便是个纸上谈兵的赵括。我老姚不晓得什么破兵法有云,我老姚只知道,我带的军队,绝不能见敌避走!辽主要嫌我老姚在深州碍事,那我在深州便是对了。十万大军又如何?就算是百万大军,我也在深州等他们!"

说罢,他瞪了一眼还待劝谏的姚古,道:"你休得再聒噪。深州是河北之洛阳,四通八达,是四战之地,非可守之城,这便是你和那些书呆子参军的道理。可我告诉你,你莫去想咱们是守深州便对了。我老姚进驻深州,是图进取之策。持守势之策,想要守深州,自然不会有好结果,但若是持攻势之策呢?欲规划河北者,能不图谋深州?"

姚咒这番话一出口,不但是姚古,连田宗铠也愣住了,这却是他们从未细想过的。

姚咒不屑地瞥了他这个儿子一眼，"是谁告诉你们，辽人气势汹汹地攻来，咱们便只能守的。他以长矛刺来，咱们便只能用盾牌挡？！我老姚不信这个邪！他往南攻来，我便往北攻去，他以长矛刺我，我亦以长矛击他！什么鸟大名府防线，咱们只要能在深州坚守两个月，甚至一个月，朝廷大军便会倾巢而来！说什么避实击虚，人家一拳打在你面门上，还空谈个鸟避实击虚！咱们就是要打硬仗，以堂堂之师，对皇皇之阵，不打赢几场这样实碰实的硬仗，契丹不会知道害怕！"

"给我收起那点儿小聪明。你是姚家的儿子，若我要让拱圣军的孩儿们死在深州，你便要冲在最前面！"姚咒对姚古丢下这句话，又转头对田宗铠说道，"伯坚，你也一样，你父亲是阳信侯，天子近臣，这拱圣军人人都知道。我宁可对不起你父亲，亦绝不负国家。"

"太尉。"田宗铠连忙抱拳欠身，回道，"知父莫若子，若末将战死深州，家父绝不会怪罪太尉。况且宗铠并非田家独子，宗铠便死，田家不会无后，死亦无憾。"

深州城外，辽军大营。

韩宝率一干将领，焚香设案，跪于中军帐中，签书北枢密院事萧岚手捧诏书，正朗声宣读："……以签书北枢密院事萧岚为监战，十日之内，必克深州，生擒姚咒，毋令拱圣军一人一骑，生离此城……"

萧岚读完辽主给韩宝的诏书，望着韩宝恭恭敬敬却神色肃然地接过圣旨，交给属下收好，他是最会察言观色的，因笑道："晋公，深州非可守之城，拱圣军是败军之余，我军两倍于敌，十日之期，当不算为难吧？"

只见韩宝立时便换了一副笑脸，道："这算什么难事，十日之期，那是宽裕了。签书尽可放心，深州之事，弹指可定。"一面说着，一面请萧岚在上位坐了，又道，"下官先给签书引见营中诸将。"

萧岚是何等机灵之人，眼见着韩宝是皮笑肉不笑，心中便已知他言不由衷，当即打了个哈哈，也装作大松了一口气的样子，笑着点头应允，由着韩宝一个个的替他引见着营中诸将。

韩宝麾下有超过两万骑兵,其中契丹骑兵除了三千先锋军外,另有五千永兴宫宫卫骑军,除了永兴宫都部署、副都部署外,每一千骑,别设部署、副部署。此外,则是一万二千余骑的部族军与属国军,包括隶属西北路招讨司的三支部族军:突吕不部、奥衍女直部、室韦部[1],计六千余骑;阻卜国大王府、黄龙府女直部大王府各三千余骑,皆各有节度使或详稳[2]统军。

构成如此复杂的大军,需要引见给萧岚的人差不多便有二十余人,萧岚耐着性子,一一见过,又做了一番即兴的小演讲,好不容易等到韩宝令他们告退,他长吁了一口气,马上便问道:"晋公,深州之事,可是有难言之隐吗?"

韩宝此时也收起了笑脸,摇了摇头,"不瞒签书,下官与姚咒几次交手,虽是没有大胜负,但拱圣军不好对付……"

"晋公是否多虑了?"萧岚疑惑地望着韩宝,"姚咒虽是南朝有名的勇将,但他说到底,终不过匹夫之勇。孤军深入,屯兵深州,便可见一斑。当年拱圣军败于梁永能之时,亦不可谓不善战,然结局又如何?"

"可这是面对面的硬仗。"韩宝摇着头,"啃下这根骨头,不会容易。况且下官猜不透姚咒屯兵深州的原因——这是大背常理之事,姚咒再无谋,不会连最浅显的用兵之道也不懂。他敢在深州与我僵持,必有所恃。"

"晋公之意是他有援军?"萧岚诧道,"晋公是担忧有个折克行在我们背后?"

"不可不防。"韩宝点点头,"下官已让萧吼南出深州四十里,一直到胡卢河北,侦察宋军动静。"

萧岚笑道:"既是如此,可策万全,复有何惧?"

"签书,两军交战,哪有万全之事?"韩宝苦笑道,"下官既摸不透姚咒的意图,对于攻城,更无必胜之信心。便是一万南朝步军结个方阵,若无火炮之助,也是棘手得很,更何况深州虽小,终究是座城池。下官原本还想,最好是设法将拱圣军诱出城中,可这十日之期……"

"这是兰陵郡王的主意。"萧岚仿佛是随口说道,"若依我的意思,这深州其实可以当个诱饵。南朝不是将大军龟缩于大名府一带吗,咱们就这么围着深州

---

[1] 此室韦部,特指室韦之一部落。按现代学者认为室韦、阻卜皆属同一民族或种族,亦有认为室韦即鲜卑者,然辽时,二者各属不同部族则无疑。
[2] 详稳,辽国官名,为将军、长官的一种通称。

的拱圣军，一面遣骑四出抄掠，一面不紧不慢地攻着，引诱宋人来援，咱们再以逸待劳，便在深州附近，击溃南朝援军。可兰陵王有他的主意。"

他这么一说，韩宝却不便接话，只能听萧岚又打了个哈哈，笑道："不过兰陵王终究是本朝名将，主意既然定下了，咱们还得听他的。他说若能大破拱圣军，姚兕是南朝有名的老将，名震天下，一朝失利，河朔震动。将来就算南朝天下援军大集，诸将之中，亦必有许多人因此心存怯意，如此一来，宋军与我交战之时，便难以互相呼应如意，那南朝兵马虽多，亦不足为惧。晋公，便有诸多顾虑，还得勉为其难，为朝廷立下此功！"

"下官必竭尽全力。"韩宝连忙回道。

萧岚又压低了声音，笑道："如今部族、属国军大聚，室韦、阻卜、熟女直，素皆畏服晋公，这些蛮夷，还望晋公善加驱使。"

说到这里，韩宝嘴角亦终于露出一丝微笑，淡淡回道："下官理会得。"

这也算是此番大辽伐宋的另一个目的，冒着让这些蛮夷军队通过大辽腹心之地的危险，让他们来到南朝，可并非贪图他们那点儿兵力相助，这些部族、属国军，有些是值得信任的，有些来了还不如没来。兵马虽多，若人心不一，亦难成大功，这道理大辽君臣都心知肚明。只不过，用耶律冲哥的话，这唤作"驱虎攻狼"之策！

生女直降宋，正好证明了此策的绝对正确。对于大辽来说，生女直不过是它上百个部族、属国中一个微不足道的部族，它的向背无关紧要，大辽君臣惋惜的，只是因此让田烈武逃回了河间府。但完颜阿骨打降宋，也让辽国君臣更加重视对这些部族、属国军的"善加驱使"。

5

六月的夜晚总是特别的短。深州到了六月，天气就变得炎热起来，此时的气温对宋军来说还可以忍受，但对于来自北国的辽军，这种炎热的天气，实是他们最可怕的敌人。白天他们不停地喝水，并且不得不驱使虏获的四五千宋人，挖出一条沟渠来，将一条小河的水引往他们的营地，以供人畜之用。但即使如此，炎热的天气仍是难以忍受。只有到了晚上，清凉的晚风，才让他们觉得舒服一点儿。

但就是这样的夜晚，萧岚与韩宝也没能睡踏实。刚刚过了子时，深州的宋军突然悄悄地开了南门，溜出一百骑宋军，他们策马跑到在深州西面扎营的阻卜大营前，往里面扔了两颗霹雳投弹，惊得阻卜大营一阵人仰马翻的忙乱，有几十匹战马受了惊吓，挣脱缰绳逃了出来，那些阻卜人又喊又叫地围堵，结果闹得各营都如临大敌，一晚上没睡好觉。室韦部详稳耶律薛禅是个沉稳老将，屡随辽军出征，颇建功勋，得赐姓耶律，慌乱之中，只有他记得遣兵去追击宋军，但追到城前，被城头宋军一阵乱射，那些宋军被掩护着退回了城中。耶律薛禅无奈，只得召回追兵。

六月二日，韩宝召集诸将，想要报复拱圣军的骚扰，不料他尚未提出攻城方案，麾下部族、属国军诸将，却迫不及待地先喧嚣起来，众人纷纷要求将大营再后退三里，移到一片树林旁边的阴凉处扎营。韩宝如何肯应？但这种天气，的确是让这些北国部族无法忍受，即使是契丹诸将，因韩宝治军极严，不敢多说，但心里面仍是同意那些部族将领的。让韩宝意外的是，萧岚十分坚定地站在他的一边，反对移营。两人一个又哄又骗，一个威胁斥骂，折腾了一个上午，总算将这事弹压下来。

但攻城之事，却又耽搁了半日。韩宝与萧岚中午时分骑着马去巡视诸营，发现那些部族、属国军，十有八九，都光着个膀子，别说盔甲，便是连衣裳也脱了个干净。有许多人干脆横七竖八地钻到马车底下睡觉。只有韩宝的先锋军、永兴宫宫卫骑军，还有萧岚的一千骑私兵、耶律薛禅的室韦军，尚算部伍严整——但他们也是在不停地喝水，时时有人要离开营地去方便。

这种情形，尽管早有预料，但仍然让韩宝深感头痛。

下午，他派出一队骑兵去东门挑战，然而姚咒却一改此前主动寻找辽军决战的风格，不管辽军如何辱骂，始终闭门不出。

这让韩宝更觉得蹊跷。

随军的汉人、渤海工匠，两三日间，便赶造了十八架简易云梯。但韩宝见识过拱圣军的战斗力，即使与他的先锋军相比，也并不逊色多少，而其器甲更加精良。他并不想轻易地蚁附攻城,挫伤己军的锐气。因此,尽管萧岚带来了十日破城之令,但韩宝仍然只是下令工匠连夜制造箭楼与望楼。通过前期的交锋,韩宝已经知道深州城内并没有抛石机、床弩,如此一来,箭楼就能派上很大的用场。

一些部族军的将领对这些攻城的器械很感兴趣,往往跑到工匠营中去观看制造的流程,他们中有不少人,是从来没见过攻城的,望见并不高大的辽国城池,便十分惊叹,以为是无法攻克的堡垒。但战争便是如此,既然大辽已经将这些"蛮夷"带来一道进攻南朝,许多战法,就难免不被他们学去。

到黄昏时分,工匠们造好了第一座望楼,高达三丈,韩宝与萧岚登上望楼,深州城内的动静,立时了如指掌。这座望楼也吸引了许多部族、属国军将士的注意,许多人几乎是敬畏地望着这座望楼,众人都显得十分兴奋。

然而韩宝却兴奋不起来。

他发现深州城内的旗帜比他预计的要多,而城中列伍而行的宋军,也不止拱圣军一种服饰,这可能是姚咒的疑兵之计,但也可能是宋军事先在深州里部署了他们所不知道的军队。

此外,他还发现宋军正在东面城楼上造弩台。这又是一件意料之外的事情。

韩宝又将观察的重点放在南门一带。

深州只有三座城门,没有北门。它防御的重点,在东门与南门。东面是辽军来的方向,自然是辽军的主攻方向;而南门是宋军出入的大门,城中军民需要出城砍柴做饭,拱圣军的几万匹战马,也要轮流出城放牧。他们不可能仅靠城中的粮食长期喂饱战马,困在城中,就算是保证马的饮水,亦非易事。因此,虽然深州并没有羊马墙,宋军每天早晨与傍晚,仍要出南门,城头有重兵策应,城外有精兵护卫,放牧战马与城内牛羊,并保护百姓出城砍柴。

果然,他发现了一队宋军赶着许多牛马,往南门一带行进。

韩宝连忙唤来一个永兴宫部署,让他率领本部一千骑,去试探着攻击出城的宋军,看能不能占到什么便宜。为防万一,他又命令选调五百阻卜精兵,从西边绕过去应援。

这日护樵的宋军将领,一个叫刘延庆,一个叫荆离,分别是拱圣军第二营第

三、第五指挥的指挥使。两人都不过二十岁出头，履历亦出奇的相似：都是出身将门，都是十几岁从军，以武艺出众，绍圣中选调为班直侍卫，又入朱仙镇讲武学堂，卒业之后，升为御武校尉，绍圣五年入拱圣军任指挥使至今……此外还有一位，却是田烈武之子田宗铠，他此行并非负责护樵，因这日放牧的两千匹战马，差不多有一半以上属于拱圣军军部，姚咒便让他带了一百亲兵，出城牧马。

他们出城不过一里多点儿，到了一块水草肥美之处，正要放牧牛马，田宗铠也脱光了上衣，正准备跳进一条小河中洗个澡，忽然便听到南城传来鼓角示警之声。田宗铠连衣服也来不及穿，光着上身便跳到马上，才摘了大弓，便见着千余骑辽军自东边杀来。田宗铠只觉一阵热血上涌，打了个呼哨，他的一百名部下，立即都上马张弓，随着田宗铠冲了出去。

护樵的刘延庆见着辽军势大，心中顿生怯意，本欲退兵回城，不料转瞬之间，先是田宗铠光着上身率众迎了上去，然后便是荆离也领着所部三百骑兵冲上前去，刘延庆不敢弃袍泽不顾，只得硬着头皮，率兵也朝东边迎去。

那队辽军来势甚急，两个指挥外加牧马的一百名宋军，都有点儿准备不足，未来得及布成阵形，这七百余人散乱无章地朝天放了几箭，辽军便已到近前，刘延庆便听到田宗铠发出一声怒吼，摘了长枪，单手持枪，疾驰着冲入辽军阵中，一枪刺中一个辽军的左臂，顺势一带，便将那辽军挑落马下。荆离也是大声吼叫着，抢起骨朵，与一个辽将战到一起。刘延庆眼见着这队辽军，大多臂力过人，皆以铁骨朵之类的重兵器为主，他自己却是使刀，心中见怯，不敢力敌，便带了一队人马，绕着混战在一起的两军放冷箭。他箭法倒好，嗖嗖数箭，便射落几个辽军，但辽军哪里容得了他在一旁使冷箭，一个辽军小校得了个空当，收起骨朵，摘弓搭箭，一箭射向刘延庆。刘延庆慌忙策马避开，另有两个辽军小校已经拍马杀到跟前，一人使枪刺向他的腰间，他拍拍马头，战马轻巧地一跃，避开刺来的那一枪，但另一人已挥舞着铁骨朵，砸向他面门，刘延庆惊出一身冷汗，电光火石间，本能地拔出佩刀，往上一架，只觉虎口一震，佩刀竟被砸飞了。刘延庆再不敢恋战，慌忙伏低了身子，驱马疾驰，他部下的几个节级一涌而上，挡住使枪的那个辽军小校，另一个小校却识得他是宋军的武官，摆脱了他的部下，紧紧跟着不放。

刘延庆慌乱之中，抽出一枝箭来，朝追赶的小校射了一箭，却没甚准头，落到那小校一丈开外的地方。他心中更是着急，百忙之中，发现田宗铠与荆离尤在苦战，田宗铠浑身是血，也分不清是敌人的还是他自己的，正被三个辽军围攻；荆离看起来似是左肩上中了一枪，招式有些沉滞，但他气势未减，整个战场上，都能听到他的大吼声。刘延庆暗暗叫苦，此时他的虞候也已与辽军混战在一起，虽无人管他，但姚咒治军军法甚严，深州城虽近在咫尺，可友军尚在苦战，他更不敢往城门逃去，只能在战场上绕圈子。但不管他怎么跑，那个契丹人便似认定了他，就是死死地跟着不放，前面还不时会冒出几个辽兵，斜地里刺一枪、抡一锤的，弄得刘延庆左支右绌，防不胜防。

幸运的是，刘延庆的窘状，竟没有影响到他第三指挥的部下们。他的挚旗本该死死地跟在他身后，而战旗在哪里，士兵们便朝哪里汇聚、冲锋。但这场战斗一开始，他的部下们各自陷入苦战中，根本无法汇聚；而他与挚旗也被那两个辽军小校冲散，挚旗一时找不着刘延庆，依照条例，便朝着副指挥使所在靠拢。但他的副指挥使与挚旗很快就战死，辽军拼命想要夺这面旗帜，又被几个士兵拼命护住，保住战旗，聚到了田宗铠附近。

拱圣军到底是上四军，田宗铠与荆离身先士卒，勇猛无比，便是普通的节级，虽然队伍被冲乱，但兵荒马乱中，面对契丹的宫卫骑军，亦丝毫没有怯意，短兵相接，毫不落下风。重建的拱圣军，近战皆以长枪为主，而这支辽军则以铁骨朵为主，兵器上面，双方各有所长。拱圣军皆是钢甲，铁骨朵原本正是对付甲胄精良的敌人的好兵器，管你的铠甲是什么样的，一骨朵砸将下来，不死也成重伤；而辽军则是普通的铁甲，拱圣军挟枪冲刺，借着马匹的冲力，一枪便可洞穿辽军铁甲。两军混战，一方是扎、刺、缠、点，一方是砸、挂、搔、冲。拱圣军要将枪使得好，需要积年累月的训练，技艺生疏者，到了这战场上，几个回合，非死即伤；而辽军则要求臂力过人、体力耐久，这铁骨朵砸将下来，虎虎生风，威力惊人，但要让人挥舞着这兵器战斗过久，亦不免很快体力不支而露出破绽。

两军战得一阵，眼见着辽军占不了什么便宜，拱圣军反倒越战越勇，众将士也渐渐汇聚到田宗铠与荆离旗下，连刘延庆也终于被几个亲兵找到，护卫着与田、荆二人会合了。指挥这一千骑的辽将观察着战场的形势，正待鸣金收兵，不料便在此时，东面大营却突然鼓角齐鸣——远远地，从西面几百名阻卜精兵疾驰而来，他精神一振，又提起骨朵，催促着部下继续厮杀。

但那五百名阻卜精兵并未能形成夹击之势，从南门之中，又冲出几百骑宋军，挡在阻卜人的路上，与阻卜人杀将起来。

深州南门外的这一番恶战，从黄昏战到天黑，双方才各自收兵。

拱圣军定要保护出城牧马、砍柴之活动空间，而韩宝却绝不肯让宋军轻易达成此目的。双方针锋相对，自这一日起，南门外早晚时分，几乎必有恶战。

韩宝的攻击永远一成不变，契丹宫卫骑军自东攻，部族、属国军自西攻，因为南门外河塘纵横，不便大军布阵作战，宫卫骑军每次只出动一千骑，而部族、属国军亦只令挑选精兵出战。而拱圣军为保无虞，却已不得不增强护樵的兵力，由两个指挥增加到一个营。

到了六月四日，工匠们终于赶造出了近三十座箭楼，每座箭楼可容十数人站在上面射箭。韩宝将这些箭楼全部部署在城北与城西，避开东门的弩台，又自各军中挑选出数百名能挽强弓善射者，登上箭楼，昼夜不停地向城中射箭。

如此一来，大半座深州城，都处在辽军的射程之内。不仅仅百姓出门都要背着门板挡箭，城墙上巡守的宋军，一不小心，也会被冷箭所中。箭楼上的弓手都有良好的防护，以弓箭还击没有作用，姚咒命令城头的拱圣军用火箭还击，但效果不彰。没有弩台，深州狭窄的城墙上，又根本摆置不下床弩。姚咒只得加紧督促工匠制造抛石机，然而那实非一朝一夕之功。反倒是箭楼上的辽军向城中射起火箭来，危害极大。箭楼上的辽军视野极好，专挑城中易燃之建筑射火箭，比如茅草盖顶的房子、牲圈之类，一旦射中，城内军民就要出来救火，然后他们就趁势射杀城中军民。

这些箭楼给深州造成了巨大的威胁，尤其是心理上的。城墙保护不了他们，不分昼夜，每个人的生命都处于危险当中，随时都会有人受伤、死去，即使在睡梦中，也要提防房屋着火。城里的医者疲于奔命，而草药也很快就变得紧缺……

尽管拱圣军在南门外的争夺战中勉强控制住了局势，但城中的士气，仍然不可避免地一落千丈。随之而来的，是军中对于固守深州的质疑声，越来越强烈。

然而，姚咒却似乎毫不在乎。无论是属下献策偷焚辽军箭楼，还是建言拆城中建筑造箭楼与辽军相抗，又或者是劝谏弃城而走……总之，不管是攻、守、战、走，姚咒尽皆不予理会。他将麾下五营分成五部，一营护樵、两营守城、一营待命、一营休息，每日轮流转换；又严令城墙上的弓手，只要辽军未入射程之内，便不得还击。至于射程内的辽军箭楼，无论它们如何为所欲为，亦不准理会。

他在拱圣军中积威有年，普通士兵对他的一切行为，几乎只知服从，而根本不敢有半点儿反抗，便是那些武官，心中虽然大不以为然，但他既然颁下令来，也无人敢谏。

而城外的辽军，仿佛韩宝已经彻底忘记了十日破城之令，一直到了六月九日，距离辽主所定的破城之期，只剩下最后两日，辽军也没有正儿八经地攻过一次城。他似乎完全满足于用箭楼围攻深州与南门外的小争夺，甚至连监战萧岚也对此漠不关心，韩宝麾下诸将不仅从未听到他催促过韩宝，甚至于从未听他再提及过此事。萧岚的兴致，看起来全用在了与诸部族、属国军诸将套近乎以及搜罗南朝美女之上。他每日要么宴请几位部族、属国军将领，要么就主动去他们的大营，嘘寒问暖，人人都知萧岚是个"南朝通"，他向众人描述的南朝盛况，让所有人瞠目结舌又好奇不已。余下的时间，萧岚则是派出他的私兵，四出劫掠美女，用不了几天，所有的人都知道，凡是姿色出众，或者能歌善舞的南朝女子，送到萧岚帐中，必然能得到很可观的赏赐。

但韩宝与萧岚不急，他们麾下的将领们却不能不急。

契丹诸将都惧怕耶律信，如此消极避战，一旦追究起来，倒霉的绝不止韩宝一人而已。

而一些部族、属国军将领却是变得极不耐烦，摆在他们面前的，是一座城池，拥有无数的财货奴婢，他们亲眼看着城内的宋军被几十座箭楼射得龟缩于城中，束手无策；他们也亲眼看着这座城池，从城外可以直接射箭进城中。如今他们已经"见多识广"，或见过或听说过更高的雄州城是如何被夷为平地的，甚至亲眼看到过河间府那种真正的坚城是何等雄壮，而他们已经在深州城附近呆了足够久的时间，对于城墙的敬畏之心，早已经被一种轻蔑的态度所取代……

况且他们如今还有云梯，在箭楼的掩护下，有望楼洞悉宋军的部署进行指挥，深州的城墙，比一道竹篱笆强不了多少。无休无止地耗在一座城池之外，打这种无聊的战争，让许多的部族、属国军将领感到憋闷、烦躁不安，更何况还有这该死的闷热的天气，韩宝又不准许他们移营。他们都盼着尽快攻下这城池，可以纵兵大掠，将之洗劫一空，然后他们可以进城，在阴凉的房屋中，好好休整一段时间。

他们已经耐心耗尽，而他们也不关心韩宝如此消极作战是否是因为他与耶律信之间的不和，抑或是别的原因……

到六月九日这天，眼见着破城之期将至，一些部族、属国军将领再也按捺不住，众人便推举同属契丹族的突吕不部详稳娑固，趁着当日点卯议事之时，向韩宝请战。娑固是突吕不部有名的老将，德高望重，他的夫人又是北枢密使萧禧的堂妹，便是萧岚与韩宝，多少都要给他几分面子。

但这日议事，不待娑固请战，韩宝聚集众将之后，张口便说道："今日议事，部分[1]攻城之事。"

说完这句，韩宝又扫视帐中将领一眼，神情仍是肃毅，对于众将的喜动颜色，全然没有当回事，只是继续说道："皇上下令，十日破城，诸位都是亲耳听到了的。十日之期，只余两日，两日之内，必破深州！"

这时他才把脸转向萧岚，"先请监战萧签书颁军法。"

萧岚点点头，站起身来，环视众人，平时嘻嘻哈哈和蔼可亲的眼神，此时变得犀利冰冷，众将凡见着他的眼神，无不心中一凛，他待众人都凝神静听，方高声道："攻城军法：闻鼓角则进，闻金则退，违令者，斩！先登城者，赏钱千缗，官升三级！怯战懦弱者，斩！此外……"他稍稍顿了一下，又看了韩宝一眼，方继续说道："最先登城，并能打开缺口，使后军继进者，深州府库之财货，尽归此部，所获宋军之器甲，亦以半数赏予此部！破城之后，大掠三日。"

他颁完军法，看着众将欠身领令，方退回座位坐了。

韩宝这时便开始部属攻城兵力。帐中弥漫着一股贪婪的气息，随着韩宝的每一道命令颁下，有人欣喜，有人失望，甚至于有人心生怨恨……

这是一座看起来唾手可得的孤城。

所有府库的财货，还有守城宋军半数的器甲，即使是永兴宫的宫分军，也不能不为之心动眼红。

---

[1] 当时口语，安排之意。

相比而言，大掠三日便只能算是一些剩饭残羹了。

6

同一天的早晨，深州城内。

一个三十来岁的灰袍男子拎着两条猪肉、几包草药，走进拱圣军第二营第三指挥的驻地。驻地内的宋军见着他进来，都笑着打招呼："张先生，这么早就来了？"

这张先生也一面笑着回应每个人的问候，随手将猪肉与草药递给几个士兵，吩咐了几句熬药的要求，便走进一间大屋。这屋子原是一座小庙的大殿，此时躺满了伤兵。他进去后，伤兵们纷纷努力起身，向他打着招呼。张先生便挨个询察他们的伤病。

拱圣军第二营算得上是伤病满营。

这个"张先生"本名叫张癸，原本并不是一个医者，他本是《汴京新闻》的一个探事，俗称"外探"，专门替《汴京新闻》打探外地的新闻，此番冒着危险北上河间府，不料却遭遇深州之战，他当机立断，便改道前来深州。适逢辽军围攻深州城，城内本就缺医少药，而拱圣军第二营的军医，又被辽人的冷箭射死，张癸会点儿医术，在汴京时又识得拱圣军的一个参军，便由那参军荐举，临时做了第二营的军医，不料竟然大受欢迎。

须知自来良医难得，当时好的医者，大多身兼他职，或是著名的官员学者，或是佛道门中有名的大师，便是专门悬壶济世者，也多半非富即贵，大抵要去做军医的医者，便都不会有多高明的医术。当时毕竟是太平盛世，只要有寻常医术，在汴京街头摆个摊子，也能养活一家老小，衣食无忧，又何苦投身禁军遭奔波迁徙之苦，还要受人管制？更不用提若有战事，还有生命危险。故此当时军中军医，十之七八，都不过是稍会医治跌打损伤，凭此能混口饭吃而已。而张癸却是正儿八经的读书人，也读过些《灵枢》《素问》，虽无大能耐，但平时看些小病，也能药到病除。他这等人到了军中，俨然便是华佗、扁鹊之亚，加上他为人和气，对武人并无居高临下的优越感，治病之余，还能替士兵们写写家书，因此，不几日间，他便赢得了拱圣军第二营上上下下的好感与尊敬。

而另一面，张癸也是个野心勃勃的男子。

他在科举上并不如意，父亲早死，家有母弟妻儿需要他来养活。因他母亲不愿意去南方，因此又不能轻易离开大宋，前往诸侯国博取功名，他便只能靠给《汴京新闻》做外探，来养活一家老小。但张癸始终是不甘心于此的。他给自己设计了另一条出路，若他能成为《汴京新闻》最成功的外探之一，他便能积攒下一大笔钱财，足够他一家生活许多年，他就可以全无后顾之忧地前往诸侯国，谋个一官半职，最终若能富贵显达，便可以将全家接去，共享荣华。

可惜的是，他做了五六年的外探，却一直碌碌无为，直到战争爆发的消息传来，张癸才意识到，属于他的机会来了。因此，他才不惜甘冒奇险，前来河北。

张癸很清楚战争期间对报纸有管制措施，耸人听闻与不利于宋军的报道，是不会被允许见报的。但千篇一律地夸大战绩，报喜不报忧，又会让他被淹没在众人之间，显得毫无价值。

这些天来，他一直在琢磨着如何才能另具一格，让自己的报道吸引所有人的目光。几天前，他试探性地写了两篇报道，并贿赂了送递军情的兵士，让他们带回汴京或者大名府。其中一篇，他是以一个亲历者的眼光，描写南门之战，恰到好处地渲染田宗铠、刘延庆与荆离的英勇。而另一篇的主角则是姚咒……《汴京新闻》的人会将两篇报道的反馈设法告诉他，只要深州不被围死，消息总有办法传进来，一二十年的经营，他们在各地都积累了令人不敢小觑的人脉。但另一方面，张癸不能坐等汴京告诉他结果，他必须不停地记录、撰写，尝试各种他所能想到的视角，然后找到机会就送出去。在汴京的同仁会帮他做出正确的选择。

但出于一种直觉，张癸总是将目光停留在田宗铠、刘延庆、荆离身上。他隐隐地感觉到，这场战争中，这三人的命运，也能成就他。

他给一个伤兵换好药，在洗手清洁的时候，又想起昨天他问田宗铠与荆离的一个问题。

"我们究竟为何要固守深州？"

张癸并不懂这些，但这些天，他的确听到了许多私底下的质疑声。有人告诉他，固守深州，在兵法上是大忌。许多人用一种笃定的语气告诉他，深州非可守之地，这是用兵的常识。

他倒并不想关心这些问题，反正他已经将命运赌在了深州。但他问田宗铠与荆离时，仍然带有几分私心。

田宗铠的回答是慷慨而乐观的："因为我们能在此地击败韩宝！"

而荆离的回答也符合他的个性："武人天职，在于服从。"

他认真地用工整的小字记录下来，又想今日若见着刘延庆，应该也问问他这个问题。

"张先生。"正想着，张癸便听到刘延庆朝他打招呼，他转过头，见刘延庆一身戎装，手里捧着头盔，走进殿中。他慌忙回了一礼，道："刘将军。"

打过招呼，他才见着刘延庆的脸色不太好看，但这是容易想到的——刘延庆的第三指挥，自南门之战以来，伤亡惨重，总共才三百余人，便有五十余人战死，百余人受伤，还损失了副指挥使、挚旗、三个军使、三个副兵马使[1]以及六十多匹战马……他不得不将两个什将提升为军使，让行军参军兼任副指挥使。

如拱圣军这样精锐的上四军马军，无法随意补充兵员，而深州的局势却表明，真正的恶战还没有开始，可刘延庆就伤亡了一半的兵力，他很快就有可能与某个指挥合并，然后他很可能就要暂时屈居副指挥使。

如果他还能活到那个时候的话。

不是每个人都能如田宗铠一样，时刻保持乐观。想到这里，张癸与刘延庆寒暄几句，便抛出了自己的问题。

"刘将军，在下有一事不明。"他顿了顿，望着刘延庆的眼睛，然后才问道，"你说咱们究竟为何要固守深州？"

刘延庆被他问得愣了一下，眼神有点儿迟疑，过了一小会儿，才仿佛确定了什么，反问道："这需要理由吗？"

张癸不解地望着刘延庆。

"武人的天职，便是效忠皇上，守卫国土，保护百姓。"刘延庆平静地说道，"深州之地，是大宋之土；深州之民，是大宋之臣。岂有抛弃不守之理？"

---

[1] 军使，骑军都一级编制单位长官。副兵马使，骑军都一级编制单位副长官。

"但兵法说……"

"什么兵法说？"刘延庆突然笑了起来，望着张棻，笑道，"兵无常法，但天地之间最大的道理却是不变的。"

"那便是仁者无敌。"

"仁者无敌？"张棻一愣，正不知刘延庆这话究竟是漂亮的空话，还是发自内心的真心话，忽然，外面传来震耳欲聋的鼓角轰鸣之声，便见一个兵士闯进殿中，朝刘延庆大声禀道："刘指使[1]，辽狗攻城！"

"啊？"刘延庆再也无暇理会张棻，连忙戴上头盔，大步走出殿中，一面大声吆喝着，"快快！列阵！上西城！"

刘延庆所属的拱圣军第二营，因为伤亡最为严重，遂被安排守卫西城与南城。因南城是辽军最难列阵攻城的方向，而西城则面对的都是辽国的部族军、属国军，其不擅攻坚，众所皆知，因此这算是一个较轻松的差事。而刘延庆与荆离，以所部较为勇悍，皆被派到西城。两部轮流值守，另有数百名巡检、民夫配合，故此虽闻杀伐之声震天彻地，但初时刘延庆倒也并没有放在心上。荆离的第五指挥尚有二百余名勇悍之士在城墙上，西面又不可能是辽军的主攻方向，刘延庆心里是怀抱着几分庆幸的。

他登上城墙之前，心里还在想着方才对那个张棻的鬼扯。刘延庆心里面真是巴不得拱圣军赶紧撤离深州，身处此险地，陷于辽军的重兵包围之中，他只要想一想，都感到头疼。刘延庆可是深信用兵之道，在于以石击卵，而不是以硬碰硬。但他与其他的武官不同，他是一个谨慎小心的人，既然姚咒已经决定要死守深州，他虽然在心里大叫倒霉，但表面上却是始终要与姚咒保持一致的，况且那个张棻还是个外探，说与他知，便是说与天下人知，刘延庆要与他说真心话，那才是见了鬼了。

刘延庆与寻常武官也是不同的，他也是读书识字的，他知道谁爱听什么样的话。谁家打仗是为了守土卫民？自然是为了升官发财。但是如今这世道，风气已变，汴京上到朝延大臣，下至市井百姓，尤其是那些穷儒士子，最爱听的，便是这类的话。既然他们爱听，刘延庆倒也不介意免费奉赠，反正就是动动嘴皮，又

---
[1] 指挥使的简称。

没有受伤丢性命的危险。

但他心里面对张癸的嘲笑,在登上城墙的那一刻,立时便被抛到了九霄云外。

他的视线之内,到处都是辽军!

短短一段西城墙,辽军竟扛了十几架云梯冲来,攻城的辽军密密麻麻,真的如蚂蚁一般,前赴后继地冲来,他心里咯噔一下:攻城的辽军,怕有三四千人!

城墙上,荆离指挥着部下,不断地射箭,根本不需要瞄准,箭矢如蝗雨一样飞落,总能射中几个辽人。几个要紧的口子上,两个军使指挥着巡检,推下滚石檑木;几个民夫在城墙上架上了铁锅,拼命地扇火,烧着油锅。烧着一锅,立时往城下浇去,便是一片哀嚎之声。

但这根本阻挡不了辽军的攻势,刘延庆已经见着几个辽人顺着一架云梯爬了上来,为首的一个辽人十分勇悍,挥刀便砍翻身边的几个宋军,眼见着西城便要失守。刘延庆冷汗都浸了出来,此时也不及多想,拔出佩刀,便冲了过去,与那个辽人战在一起。他的几个亲兵也挺着长枪,跟了上来,与登城的辽军一阵混战。

这支生力军的加入,立时逆转了缺口处的形势。与刘延庆对战的辽人虽然勇武,两刀每次相碰,都震得刘延庆虎口发麻,但毕竟寡不敌众,眼见着同伴一个个被杀死在面前,而登城的缺口又被一群增援的宋军堵住,心中便有些着慌,这时被刘延庆瞅准一个破绽,一刀砍在右腿上,他一阵作痛,动作稍稍迟滞,便被刘延庆的一个亲兵一枪扎在后背上,将胸口扎了个大洞,立时便断了气。

刘延庆方松了口气,跳过去割了那辽人的首级,正要着人悬起来,鼓舞士气,不料马上就看到另一处又有辽人登上城来。城外鼓角之声,更加急促猛烈。他心中也是一阵打鼓,看着荆离率了几个部下赶过去,将那几个辽人赶下城去,心中紧绷的弦稍稍松了一点儿,然而马上又轮到他去另一个缺口苦战。

辽军对深州城的骤然猛攻,从巳初开始,似暴风骤雨一般,持续了一个多时辰,仍然未见到丝毫的减弱,反而一波强过一波。刘延庆凭着感觉,判断辽军应该是从西、北、东三面同时猛攻,但他实在很难明白韩宝是如何做到这一点的——西面城墙之下,一波又一波的攻击过后,留下的尸体至少有五六百具,但这些胡狄却似中了邪似的,一次又一次地冲向深州的城墙,仿佛毫无畏惧之意。

但刘延庆却已经从心底里生出一股怯意。

辽军在半个时辰前调整了部署,他们将西边的箭楼全部集中到了西城偏南一处,并且悄悄向前移动了约十步左右,一直在城墙上陷入苦战的刘延庆与荆离都没有注意到这个变动,结果在那里烧油锅的几个民夫先后中箭,宽约二十步的一段城墙,有一小段时间几乎完全被辽军的箭楼所控制。荆离亲自率领着几个士兵,挑着布幔冲入箭雨中,架起布幔遮蔽箭雨,但是沿着云梯攀援而上的辽军,只要一有机会,就会尽可能地砍断布幔的竹竿,在这一来一去的争夺血战中,那二十步宽的城墙上,竟然便倒下了二三十名宋军。

但刘延庆几乎抽调不出一个人去增援荆离。

深州城实在太矮,这对于守城方来说,极为不利。他们不仅直接置身于敌军箭楼的射击之下,低矮的城垣也不利于防守云梯,无论是滚石檑木还是滚烫的油水,都不可能无休止地向城下倾倒,于是不断有辽军登上城头,与宋军肉搏。而这又鼓舞了那些胡狄,让他们总是不断看到希望,以为只要再攻得猛烈一点儿,他们就可能攻破这座城池。

而刘延庆与荆离的兵力在不断的消耗中,越来越少。连刘延庆都开始感到疲倦,士兵们的体力也渐渐不支。

但每次请援的士兵,带回来的命令都是死守。

第二营还有两个指挥的兵力在没有战事的南城,一个指挥在轮休。但他们的营都指挥使是个固执而死板的人,没有姚咒的命令,他绝不会调动南城守军,甚至也不会让轮休的士兵参战。

拱圣军自姚咒入主以来,所颁军令,从未对士卒失信过。

轮到他们休息了,就可以休息。就算天塌下来,姚咒也绝不会失信于部属。

刘延庆并不指望那姚咒会打破此成规,但若再无援兵⋯⋯

在勉强又抵挡住辽军的一波攻击之后,刘延庆斜靠着女墙坐在城墙上喘息,突然之间,便感觉到自己被一种前所未有的恐惧感所包围,小腿竟然害怕得不停地抽搐起来。

他不过二十来岁,前程似锦,家里还有一个新婚没几年的娇妻,大好的家业,不管是为了什么,他都不想死在这里。但死亡的威胁,又切切实实地已笼罩在他的头上。他心里面突然冒出一些让他感到可怕的念头，然后他连忙使劲摇摇头，狠狠地呸了一口，将这些念头赶出自己的脑海。投降是不可能的，不管他想不想，他都难以做到，他的武艺不如荆离，而且在军中的威信也没有那么高，他也不信任那些蛮夷，想到今后的人生就要与这些胡狄为伍，他觉得这也许就是真的只比死好一点点了……刘延庆脑子里想得更多的是设法逃离这战场，但是，另一种恐惧又萦绕着他。

姚咒在这支拱圣军中，建立起了一种纪律。

尽管他本人不在刘延庆身边，但是，只要想一想背叛姚咒的军纪，长期训练的结果就开始呈现，虽然刘延庆知道那一定是死路一条，但是让他无法违背军纪的原因，又并不是死亡威胁——以他的聪明，也许能找到办法避开军法的惩罚，但仍有一种说不出原因的惧怕，让他无法这么做。

也就是说，尽管心里头会突然冒出这样可能遭人唾骂的想法，但是，事实却是，他刘延庆始终会站在这城墙上，提着马刀血战，直到他死在某个据说是猪狗不如的胡狄手下。

这让刘延庆更加感觉绝望，他的右腿抽搐得越来越厉害。

他感觉到荆离小心地弯着腰走过来——虽然箭楼上的辽军不再射箭，但仍会时不时有几枝冷箭射来，荆离长得很高大，不得不弯腰才能让女墙遮蔽住他的身体。

"刘兄，不要紧吧？"荆离看见了他的右腿在痉挛，他以为是刘延庆战斗得脱力了，连忙蹲了下来，用力按住他的右腿，帮他伸直。刘延庆的一个亲兵这时也发现了这件事，忙快走两步，过来帮刘延庆捶腿。

刘延庆想要拒绝，但口里说的却是："荆兄见笑了。"军中阶级相同，多以兄弟相称，而在宋军中下层武官之中，结义也是一件很寻常的事，但他与荆离的关系却一直普通得很，此时见荆离如此相待，不免有点儿不好意思。

"难免的。"荆离笑着点点头，见刘延庆好了一点儿，才松开手，骂道，"这些辽狗邪门得紧！都说一鼓作气，再而衰，三而竭，直娘贼的一而再，再而三的，也不见他们竭了。"

"他们还在一鼓作气呢。"刘延庆勉强挤出一丝笑容，回道，"韩宝这是孤注一掷，人家一个月的本钱，他一天就用光了，不过这般攻城法，我们只要守得住今日,就算守住了。"

但他说完,看着荆离的眼睛,就知道连荆离也没什么信心。

果然,便听荆离压低了声音说道:"方才又接到军情……"

"唔?"刘延庆的心突然沉了下去。

"辽狗是从东、北、西三面同时猛攻,还有一支精兵就在南门之外……"荆离印证了刘延庆最初的感觉。

难怪南城的那六百多人不能过来增援。刘延庆在心里说道,突然他想起一事,奇道:"辽狗哪来这许多兵力?"

辽人也不是神兵天将,他们要如此一波一波地接连猛攻而不懈怠与畏惧,必然是要有充足的兵力进行精密的轮转。他们早已经推算过辽军的兵力,北城与东城要保持与西城同样的攻击强度,辽军的兵力不会太充足。难道是来了援军?

荆离猜到了刘延庆在想什么,苦笑着摇摇头,道:"在东城和北城,辽狗是驱使百姓,扛云梯的、填土的、造土山的,全是掳来的百姓。他们甚至用百姓作肉盾。"

刘延庆倒吸一口凉气。

他倒不是同情这些百姓,只是马上惊觉到这对协助他们作战的深州巡检与百姓的影响会有多大。而没有巡检与民夫的协助,他们根本不可能守住深州。

"那为何咱们这边?"

"也有一些是百姓。"荆离压低了声音,显然他早已经发现此事,却一直隐忍着没说,这让刘延庆心里有些不是滋味,"但人数不多,总共也就是一两百人,每次都是几十人,与那些胡人混杂在一起,我猜这是这些胡人各自为战的结果。咱们在讲武学堂时,也学过塞北胡人的风俗,他们各部掳掠所得,除了上缴的外,皆是各部私产,多半是咱们这面的胡狗,掳掠的壮年男子不多。"

说到这里,荆离又道:"方才传来的消息,契丹的签书北枢密院事萧岚在指挥攻东门,北边是韩宝的将旗,南边那支不知是何人领军,但看服色是契丹人,只有咱们这面,旗色杂乱,多半便是归属契丹的杂胡。"

刘延庆苦笑起来,"你是说咱们还是碰上了软柿子?"

他听懂了荆离的言外之意——东城与北城更加吃紧,不要再指望更多的支援。

荆离也苦笑了一声,"听说北面还有几千契丹精兵始终未投入攻城。"

"便是说，太尉手中，至少也会有一个营的兵力，不到最后关头，绝不会用来守城？"刘延庆不由得发出一声哀叹。

荆离点点头，还要再说什么，便听到城外角声大作，战鼓催急，二人连忙起身，从女墙后望下去，便见密密麻麻的辽军，扛着余下的八九架云梯，又朝着他们把守的城墙冲了过来。

这一次，刘延庆发觉，那些扛云梯的人，服色相貌，果然是汉人。而且，看起来人数应该是比此前更多了，兴许是韩宝调拨了一些掳获给他们，兴许是这一拨攻城的杂胡并不是此前的那些杂胡，而这些只是他们自己的掳获……

但是不管怎么说，这一次，城墙上的所有人，都发现了这明显的不同。

与敌人作战是一回事，伤害自己的同胞又是另一回事。

所有的人都呆呆地望望城外，又望望荆离与刘延庆。

刘延庆狠狠地瞪了他的部下一眼，恶声喝道："看什么看？！不知道辽国也有汉人吗？那是辽国南京道的汉军。"

说罢，他张开大弓，朝着一个扛云梯的汉人，一箭射去。众人虽然将信将疑，但在这个时刻，刘延庆的解释，也已经足够他们自欺欺人了。荆离脸上虽然露出不忍之色，但是也默默地张弓搭箭，射向城外。

但辽军这一次的进攻，更加猛烈凶狠。

宋军的箭矢，丝毫没能阻止辽军将云梯靠上城墙，上千名举着木盾的辽军，动作迅捷地顺着云梯，攀爬上来。更让刘延庆胆战心惊的是，这次这些"胡狄"又学会了新战法，他们驱使着上百名百姓，扛着一捆一捆的干柴，向城门冲来。

"直娘贼的想烧城门！"刘延庆拿着一把钩镰枪，一枪捅翻一个快要爬上城来的胡狄，一面大声吼道，"赫经、徐平，跟我来！"他知道这已是事关死生，急红了眼时，已顾不得害怕，叫了两个得力伍长，快步跑到西城楼上。那里有几个士兵正不断往城下射箭，但却没什么效果，那些干柴就是天然的盾牌。刘延庆喝止那几个士兵，丢过一捆麻绳给他们，自己将另一头捆在腰间，又挑了一张齐肩高的大盾，一手提刀，一手持盾，见赫经与徐平也依样准备妥当，便厉声命令道："坠我们下去！"

但这边方坠着三人下城门，辽军便已发觉。箭矢立时像雨点似的射来，刘延庆三人用盾牌护住身子，但转瞬之间，木盾便如刺猬一般，上面插满了箭矢。一队辽军骑兵，见箭矢伤不着三人，冒着宋军的箭雨，朝城门疾驰而来。

城头的宋军虽然连连放箭，想要阻止这队辽军，但此时城头兵力已然不足，眼见着那队辽军便要接近城门，城头的宋军便不敢再坠下三人，只得又合力将他们拉了上来。

如此一来，宋军又对城门越垒越高的柴堆变得无可奈何。虽然刘延庆又指挥着士兵从城头砸石头、推檑木，但这种手段对撞车云梯有用，对柴堆却不是什么有力的应对之法。

眼见着城门辽军就要放火烧门，刘延庆长叹一声，转眼去看荆离那边的战局，发现辽军已打破几道缺口，正如洪水一般，涌上城头。

"休矣！"刘延庆在心里哀叹一声，此时他心里再无战意，便待寻路逃命，就在此时，他忽然听到有人大喊："荆指使、刘指使何在？"

刘延庆心里一愣，循声望去，却见便在这关键之时，田宗铠带着一队人马，正上城而来。

这真是恍如便要溺毙之人，看到了救命的木板。城头顿时欢呼起来，田宗铠方探出头来，见着城墙上这番惨状，提着长枪，便朝一伙辽军杀将过去。

他带来的人却是不少，足有三四百之众。刘延庆略略看一眼，见田宗铠带来的援兵，除了本营合当歇息的那一指挥外，尚有一百余是军部的直属部队，这伙生力军杀将进来，刚刚以为自己在城墙上站稳脚跟的辽军，立时陷入被分割包围的苦战之境。

刘延庆与荆离又是喜出望外，又是奇怪姚咒竟然也会破例。但此刻城墙之上，危机未解，却不是细问之时，二人一面苦战，一面望着田宗铠这队援军之后，又有上百名民夫，抬着一个个木桶上城而来。

二人正不知这些木桶是何物什，忽然便听到东城、北城，皆传来一阵阵接连不断的震耳欲聋的爆炸声。

紧接着，便见一个不相识的宣节校尉，指挥着几十名他自己带来的巡检，点燃木桶边上的一根火绳，然后将木桶朝着辽军云梯所在之处推了下去。

刘延庆眼见着那些木桶掉到一半，尚未落地，便"轰"的一声，在半空中炸开了。十几个木桶爆炸带来的巨大震动,让他几乎摔了个跟跄。但他还是看见了辽军的那些云梯,在顷刻之间,不是被震飞,就是直接被炸成两段。至少有数百名杂胡,在这惊天动地的爆炸中,直接丧命。甚至连城墙之上厮杀在一起的士兵们在这一瞬间,都忘记了战斗。

刘延庆方重新站直身子,便又听到了东城城楼上传来的号角与战鼓声。西城城门不知何时,已经被人打开,整整一个营的骑兵,高举着拱圣军的战旗,大声嘶吼着,杀向城外。

姚咒将他的反攻方向,定在了西城!

"杀!"刘延庆听到荆离大声吼叫道,也忍不住跟着大声吼了起来,"杀!"然后挥舞着战刀,杀向城墙上残余的辽军。

那些胡人再无战意,纷纷丢下兵器。

让刘延庆意外的是,西城之外的那些"杂胡",却并没有溃败。他们只是迟疑了一下,便听到北面传来的战鼓声与号角声——那是韩宝的将令,进攻之令!

只是迟疑了一会儿,这些杂胡也大声吆喝着,挥舞着各式各样的兵器,朝出城的拱圣军冲了上来。

田宗铠带来的援兵,也很快下了城墙,骑上战马,加入到这场战斗中。

但刘延庆与荆离都没有离开城墙。荆离正指挥着残余的部下押送俘虏至安全的地方,而刘延庆在这看起来胜券在握的时刻,却感觉到自己几乎已经累得脱力。

他只是站在城头上,看着这场骑兵间的决战。

刘延庆并不知道这场战斗实际上才进行到一半。

辽军是有足够的兵力驰援的。

虽然东城的辽军驰援不及,亦不敢乱动,否则大军轻动,必被东城的拱圣军掩击。南城的那数千辽军,也是如此。但北城的韩宝,麾下却是有兵力过来增援的。

拱圣军保留了生力军,韩宝也保留了生力军。

但是,辽军投入攻城的兵力远多于拱圣军投入守城的兵力,如此一来,双方能用于骑兵决战的生力军,便已经相差无几。

因此,虽然姚咒已经使出了自己的最后一根筹著,但是,韩宝却还有耐心等待。

在攻城之上，韩宝输了一招。姚咒的意图如今已经很清楚，他甘冒大险，韩宝用大部分的兵力攻城，他却只用较少的兵力苦守。在最紧要的关头，当韩宝已经派出他的大部分兵力，而他的守城之兵士将到极限之时，他突然抛出那种奇怪的火器，大挫辽军士气，然后，他将自己余下的精锐，猛攻辽军最薄弱最疲惫的那部分……

姚咒几乎便将韩宝算进去了。

但是，姚咒也算错了一些地方。

他苦心保留的那支生力精锐骑军，未必便能这么容易击垮西边的部族军。

现在该轮到他韩宝来消耗姚咒了。

韩宝站在望楼上，目不转睛地注视着西城的战局。他在耐心地寻找一个最适当的时机，只要能击垮这支生力军，深州就唾手可得。

北面与东面的辽军，表面上正在喘息，受到突然的打击后，他们需要重整旗鼓，但在他们身后，还有两千骑一直没有参加攻城之役的先锋军，正在等待韩宝的旗令。

忽然，韩宝的瞳孔放大了。

在他的视线之内，发生了一件让他完全意想不到的事情——西边部族军的营地之内，突然之间，原有的战旗全部被拔掉了，数以百计的赤红战旗，顷刻之间，便取而代之。

远处，西边那片树林的后面，旌旗闪动，尘土飞扬，一支大军正朝这里疾驰而来！

疑兵？！

韩宝心里刚刚闪过这个念头，便听到城内欢声震天，鼓角之声大作，他看见城内姚咒急骤地调动着军队，一队队宋军骑上战马，向着西城涌去。

中计！韩宝再不敢犹豫，立时转身，对身边的传令官沉声下令："传令，各军立即北撤！命韩敌猎率军接应西城之军，替大军断后。各军撤军前，必须焚毁所有器械，列队而行，敢自相惊扰者，斩！"

第五章

喋血深州

◉ 两强争胜,实无奇谋可用,唯勇者可胜!

——姚咒

1

大名府。

宋右丞相兼河北、河东、京东三路宣抚使石越与三千"羽林孤儿",六月一日于汴京出发,日行六十里,于六月六日,抵达此城,至此时,已经过去了半个月。但是,设置宣抚使司,并不只是任命一个宣抚使这么简单。

虽然六月初宋廷颁布诏旨,任命了诸路宣抚使、宣抚副使、都总管,但是,这些机构要能运转起来,发挥作用,却还需要选拔任命更多的官员。

如石越的宣抚使司,下面还需要任命宣抚判官、提举一行事务、参谋官、参议官、主管机宜文字、书写机宜文字、勾当公事以及随军转运使等幕僚与属官。所有这些僚属都是高级官员,一方面他们多由宣抚使来荐举,一方面也需要朝廷认可除拜,每个人事任命都牵涉宽广。便以宣抚使司参谋官这一职位来说,其官位与诸路提刑使相当,平时参赞军务,协助处理本司事务,若遇主帅病假,甚至可以代行主帅之职,遇到有事,还可以统军作战。因此这宣抚使司下属的官员,每一个都必须仔细斟酌。

因为石越、范纯仁等人此前的犹豫无断,石越出任宣抚大使,只是到最后关头方形成的决定,因此,对一切僚属,石越心中皆无成算。他六月一日离京,六月二日才在路上举荐范翔担任主管机宜文字,而书写机宜文字按宋朝之制,允许主帅任命亲属家人担任,石越遂在六月三日,举荐侍剑任书写机宜文字。侍剑此前按着当时之习俗,已随了石越之姓,至此又将"侍剑"二字,换了单名一个"鉴"字。

石越到了大名府之后,在范纯仁的荐举下,两府又任命了陈元凤任宣抚判官兼随军转运使[1]、唐康为参谋官。而石越一直拖到六月十日,才终于大体拟定了其余僚属的人选:

参谋官:正奉大夫、太仆寺卿仁多保忠,入内押班李祥;

---

[1] 真实历史上,南宋之宣抚判官有监军之责,位高权重,常以节度使充,可与副使抗礼。但在北宋,宣抚判官位权尚未及此。故小说中,范纯仁能荐陈元凤任此职。

参议官：游击将军、讲武学堂大祭酒折可适，朝奉郎、大名府通判游师雄，昭武校尉何畏之，昭武副尉、雄武一军副都指挥使和诜；

勾当公事：朝奉郎、鸿胪寺丞吴从龙，振威校尉、天武二军副都指挥使高世亮，给事郎、著作佐郎黄裳，承务郎、讲武学堂教授何去非。

石越并不是总能选择最优秀或者最合他心意之人。他宣抚使司的僚属，除了个人的才干以及要以亲信故旧为主外，距离的远近也是至关重要的，事到如今，他也只可能尽量选择身在汴京或者大名府的官员。

即使如此，从上表奏请，到高太后同意，到这些僚属赴任，又花费了十天的时间。因此，虽然大名府距深州只有四百七十宋里，军情急报一天半便可以传至，但当六月十日，深州解围的消息传至大名府时，石越可以商议的僚属，不过陈元凤、唐康、游师雄、和诜以及孙路等数人而已。

而这些人中，石越并不信任陈元凤，也不相信和诜。对于陈元凤，除了更加复杂的恩怨之外，石越的确也不相信他有任何军事上的才华，尽管这极可能是一种偏见。而对于和诜，石越之所以重用此人，不过是因为和家是河朔禁军中传统的世代将门之一，和诜虽然在军中颇有令名，亦受到枢密院的认可，但是石越实际上对他全无了解。相反，石越对于河朔禁军的不信任感，较之他对陈元凤的偏见，更加根深蒂固。

于是，虽然游师雄当日极谏，请求石越立即派人星夜前往深州，迫使韩宝撤军，但石越却同意了唐康与孙路的意见，认为韩宝既然稳定了战局，那么拱圣军如能继续扼守深州，对于宋军来说利大于弊。毕竟，将辽军引至大名府防线前决战只是迫于无奈的一种办法，没有人会真的愿意让敌军在自己的国土内如此深入，拱圣军在深州表现出来的战斗力让包括石越在内的大多数人都大感振奋，石越实际上是默认了唐康与孙路主张的将辽军阻挡于深州以北的战略。

若时间永远停留在六月十日，那么石越的确是可以对战局抱有乐观态度的。

姚咒展现出了一个老辣的将领所能拥有的一切。他早已知道定州知州段子介所部的活动范围已深入深州一带，于是利用在深州城南与辽军的战斗，神不知鬼不觉地让他主管情报的参军带着一个指挥的兵力出了城，而辽军毫无察觉。然后，他的这名参军与段子介部取得了联系，又让部下假扮樵夫，将这个消息带回了深州。于是，所有的人都被蒙在鼓里，不知道段子介的牙队指挥使、北平寨主李浑，已经率领着三百精锐敢战士与一千余名段子介在定州招募的勇壮，悄悄从深州西边而来。

可惜的是，原本两军是约定在十日晚子时同时夹击辽军在深州西面的大营，不料辽军却在九日就猛攻深州。李浑只得当机立断，待辽军倾巢而出之时，率三百精锐轻骑直入，夺了辽军营寨，插上宋军军旗，又令拱圣军的那名参军与千余勇壮在后面大布疑兵，辽军瞬间军心大乱，连韩宝亦以为是宋军援军大至，仓皇撤兵。姚咒遂与李浑合兵一处，纵兵追击，与辽军断后之军鏖战竟日，大胜而归。

拱圣军这九天之内，伤亡总计超过两千余人，折损战马一千余匹，但是却成功击退了韩宝，深州战报辽军死伤两万余人，自然是不足为信，但是斩首五百级、俘虏三百余人，却是不易造假的数字。因此，石越相信辽军的伤亡应当在四五千左右。

如此大捷，足以让石越不再去追究姚咒不听调遣之事。所谓"将在外，君命有所不受"，石越以文臣领军，素来重视给将领相当的自主权——这是他自在陕西领兵以来便坚持的原则。战争的法则，便是以胜败论英雄，姚咒若然失败，自然其罪难逃，但若得胜，既往不咎也是理所当然之事。于是，宣抚使司建牙第一事，便是准了拱圣军的议功之请，石越特别以宣抚使司的名义，上报宋廷，重赏深州之战的有功将领，尤其以李浑、姚古、刘延庆、田宗铠、荆离数人，论功最大。

李浑自不待言，姚咒不仅推他首功，而且还流露出欲将他留在拱圣军之意。而姚古亦是深州之战的大功臣，若非他果断决定将霹雳投弹改装成火药桶，九日之时，工匠们还在将晒干未久的火药重新填装呢……至于刘、田、荆三人，皆以作战勇敢而得赏，其中犹以刘延庆最为英勇无畏，战事最急时，曾坠城而战，战后论功，西城不失，刘延庆为首功。

因此，除了遍赏有功将士外，此五人，李浑由御武校尉晋两级为宣节校尉，姚古加勋一转，刘、田、荆三人各晋一级，分别为宣节副尉、仁勇副尉。

除此之外，在六月十日前后，其余各地传至北京的也都是好消息。

东线，虽然辽军攻破了沧州两处城砦，但六月初，虎翼三军就有数十艘三百料的战船，已经奇迹般地进入浮水、减水河、御河之间，协助防守——原来枢密院命令下达之时，虎翼三军的几十艘战船，恰巧正在沧州以东的海面进行演习，虎翼三军接到命令后,除了千料级以上大战船不敢冒险进河道外,所有的小船立即转向,西入沧州。而且天时也在宋朝一边,黄河与北方各大河流皆进入汛期,在发觉沧州出现宋朝水军之后,深入沧州的辽军也开始撤退。

自古以来,诸如所谓"黄河之险"之类的北方河流,便是仅靠水军守不住的,除去自然条件所限,如冬季河面结冰、春夏又常有大汛,水军无法常年维持外,北方这些河流许多地方的河面太窄,亦是重要原因。倘若船行河中,而岸边弓弩可以直接射至船中,那所谓的"水军",便毫无优势可言。更糟糕的是,这些战船将无法依靠风帆,否则风帆将成为敌军火箭最好的攻击对象,而若大量依靠人力驱动,却又会减少船只作战水军的人数,从而进一步削弱战船的威力。

因此,虎翼三军西入沧州,原本并不能对辽军形成绝对的优势,但却会对深入的辽军造成心理上的压力。当宋朝水军出现在沧州之后,孤军深入的辽军就不能不害怕他们与北面主力之间的联系被全部切断,不知道各处战局的变化,完全丧失补给的可能,士兵们的心态发生微妙的变化……如此风险,是任何一位将领都不敢冒的。

东线辽军的重点,转而成为攻打清州乾宁镇。夺下此镇,方能确保辽军在沧州与霸州之间的联系不被宋朝水军切断。如此一来,沧州的压力骤然减轻,更南面的京东路,自然就更加安全了,至少是暂时如此。

而西线镇、定的形势也出人意料的好。不但段子介俘虏萧继忠的事情已经被证实,段子介还在定州附近招兵买马,仅仅一个多月,所募之兵,已经超过一万,号称"定州兵"。他还和诸州忠义社合作,与萧阿鲁带几次交锋,虽然互有胜败,但他声势既盛,反而牵制了萧阿鲁带不能轻易南下。

除此之外,殿前司诸军的骁胜军、神射军,西军中的环州义勇,也逐次抵达大名府,北京军容渐盛,更让石越感觉安心,进而对战局变得乐观。

原本,自到了大名府后,石越便发觉许多情况并不如公文报告中说的那么乐观,尤其是难民的人数——仅仅在大名府,便聚集了不下十万的难民。北京都总管府的解释是,这是六月以来陆续增加的逃难百姓。这十万难民并不如想象中的那么听指挥,尽管有官吏宣导,试图让他们离开大名府,但是他们并不愿意轻易离开。大名府屯集的重兵,还有坚固的城墙,给了他们安全感。而在唐康与陈元凤的主持下，赈济之事也做得有条不紊，虽然仍有不少逃难百姓饿肚子，粥厂并不保证每个人都能喝上粥，甚至每天总有人饿死，但即便如此，这些逃难百姓也不相信还有更好的去处，他们心里已经有一种根深蒂固的想法："好官"并不是到处都有的，能够碰上，便是运气，就算是饥一顿饱一顿，也愿意忍受，而不愿再冒险去一个未知的地方。

事实上，他们所想的也未必没有道理。

即使是在宋廷事先准备的安置难民的地方，也绝不可能保证没有人饿死，不可能保证不受人欺侮，甚至不可能保证人人都有地方睡觉⋯⋯

石越不得不接受一个现实——如此大规模的赈济行动，远远超出了宋朝的组织能力。

所以，尽善尽美之事，原是不可能发生的。

唐康和陈元凤，在宋朝的官吏中，已经是相当有"吏材"的了。宋廷不断调运各地的粮食至大名府，两人便想方设法从中挪出粮食用来赈济，又以大名府巡检为基础，募集了一支人数可观的军队，将灾民分开安置，日夜巡逻，防止犯罪与阴谋活动。在两人的努力下，虽然他们原本希望的大名府附近不要有任何难民停留的预想早就不可能实现，但至少也勉强保证了大名府的治安没有恶化。

只是，即使是唐康也不敢驱赶他们离开大名府继续南下。

面对这样的现实，尽管石越口里绝不会承认他的南撤百姓之令，很可能会演变成一场大灾难，但他的确已经开始暗自庆幸如邢州这样的抗命不从之事了。

收回南撤军民之诏是不可想象之事，而石越也不能指望诸州皆如邢州一般拒命。既然如此，既能保全脸面，又能保护百姓，还能避开难民问题的唯一办法，便顺理成章地只余一途，便是坚守深州，拒辽军于深州以北。

而自六月十日前后的战报来看，这是一个很容易完成的目标。

可惜的是，天下之事，不如人意者十常八九。

仅仅过了五天，石越就变成了哑巴吃黄连。

韩宝在再次东撤武强之后，一面向辽主请援，一面再派他的远探拦子马前至深州试探。李浑主动请命率军出战，结果他领麾下三百精兵出战，虽兵力三余倍于辽军，却被萧吼打得大败，六十余人伤亡不提，还被萧吼俘虏了十几名活口。

深州虚实,立时被韩宝知道得一清二楚。

六月十七日,宣抚使司便接到战报,韩宝再次围困深州。

而到这一天为止,在宣抚使司的命令下,由冀州提供给深州的援助,不过是千余斤火药、几万枝箭矢,以及接回了一部分拱圣军伤兵而已,石越没来得及派出一兵一卒进入深州城,增援拱圣军。

当辽军再度围城后,石越再想要发兵前去救援之时,却被游师雄竭力劝阻了。游师雄预言辽军在上次受挫之后,此番必然纠集大军攻打深州。孙路当时还不以为然,石越与唐康也将信将疑,但一天之后,深州传来的消息便证实了游师雄的判断——辽主对韩宝的失利勃然大怒,向深州增兵三四万之众,包括契丹、渤海、汉、诸部军在内,将深州围了个严严实实。

自此以后,宣抚使司再也没接到深州的任何报告。所有与深州有关的消息,都来自深州以南的冀州的报告。

石越既不知道拱圣军的死活,也拿不准主意究竟是否要救援深州,亦不知道要如何救援深州……

一直到六月十九、二十日,他的僚属们——仁多保忠、李祥、折可适,终于风尘仆仆地抵达大名府。每个人到了大名府后,前脚刚踏进驿馆,立即便会接到一份详尽的战报抄本。石越早派了人守在驿馆,告诉仁多保忠众人,战事紧急,若无要事,不必急着参见他,只管在驿馆先看战报,待众人到齐,自会召见会议。

六月二十日的早晨。

折可适是在十九日的傍晚,大名府城门关上之前,抵达大名的。宣抚使司早已派了几个"羽林孤儿"在城门候着,待他到达,便引至驿馆。他更衣未毕,便有范翔带着一大堆的战报抄本,亲自送至他的房间,他只是与先他而至的仁多保忠等人草草打过招呼,便燃烛阅读战报,直读到二更时分,方才睡下。

二十日一早起来,随他而来的亲从服侍着他穿好衣服,洗漱完毕,折可适正准备到院子里散散步——他独占着驿馆的一座院子——便有驿馆的小吏进来通报:和诜一大早便来拜会了。

折可适与和诜原是故交。熙宁西讨后期,折可适曾与章楶往河套经营,直到吴安国前来河套，他才回了府州。朝廷正待大用，不料天不遂人意，他竟突然大病一场，几乎要了性命。虽然最终勉强逃过此劫，然而曾经被视为"将种"的他，身体却再也没有恢复元气，休说打仗，便是骑马，也不能耐久。便连此番前来大名赴任，也只能乘马车。后来他又在河东路做过一两年地方官，直至几年前，石越举荐他出任讲武学堂第五任大祭酒。原本心灰意冷，竟开始改学诗词歌赋，与士大夫往来唱和，逃避命运的折可适，在到了朱仙镇后，终于又渐渐恢复了往日的气度。也是在朱仙镇，他与和家有了许多来往。和诜之父和斌，参与了仁宗时代的许多重大战役，如定川之役、狄青南征等，功勋卓著，为将清廉，勇武多智，即使在西军中，也素有恩信，熙宁时和斌便为河朔名将，绍圣之时，和氏一门已是河朔禁军中数得着的将门。熙宁、绍圣以来风气，这等将门世家无不是要将子侄送往朱仙镇讲武学堂，以谋取一个前程。和家亦不能免俗，他家子侄辈在朱仙镇读书者，多达二十余人，对于大祭酒折可适，自然不免要着意结交。

如今两人同在宣司，和诜又是地主，前来拜会问候，本也是礼数之内的事。只是当时之人往来拜会，都要先递名帖、札子，约定日期，折可适与和诜还未亲好到熟不拘礼的地步，照平常礼节，和诜着人送份札子过来问候，便算是尽到礼数了，他本人如此突然而来，反倒不同寻常。但他既然来了，无论如何，折可适亦不能将其拒之门外，当下连忙让人请了和诜进来，至接客厅相见。

折可适其时不过四十多岁，而和诜却更加年轻，三十出头，便已官至昭武副尉，虽说多半是由父荫，但他本人也是颇有令名于军中的。折可适看见他，便好像看见十几年前被人称为"将种"的自己一般的少年得志。只不过，和诜长得高大、白胖，此时身着锦袍，更是颇显富态，与半生戎马的折可适大不相同。

二人简短地寒暄了几句，和诜官位虽已不低，又是世家子弟出身，但他毕竟年轻，又常在军中，不太会绕着弯子说话，很快便把话题转到他的来意："祭酒当已经知道下官的来意？"

折可适早知和诜的性子，倒也不以为怪，只是笑着抱了抱拳，道："还要请教？"

"下官是为了这两日间，子明丞相便要会议决定之事而来。"和诜说话直言无讳，不过却很难说这种直爽有多少是出自真诚，又有多少是出自他世家子弟的那种肆无忌惮。

"如今宣台头一桩大事,便是援不援深州、如何援深州……想来祭酒胸中已有成算?"

折可适一时愕然,"岂敢!在下初来乍到,此等大事,如何敢轻易妄议?"

和诜望着折可适,声音忽然高了几分,"祭酒又何必过谦?祭酒本是西军名将,今日宣台幕僚,谁不知道丞相最倚重者必是祭酒,莫非祭酒是信我不过,不愿多言?"

他这般倚熟卖熟,倒让折可适一时感觉有些尴尬,忙道:"此话却是言重了。我与君同为参议,如何谈得上倚重不倚重?且不说子明丞相胸中自有庙谟,便论宣司谟臣,可适亦不过区区一病夫而已。"

"可不管怎么说,丞相却是等着祭酒来北京,方肯决策。"和诜"嘿嘿"笑了几声,"宣台三参谋,唐康时虽亲近精干,却毕竟不熟军务,仁多乃降臣,李押班又是内侍,此事是明摆着的,若说丞相在等谁,自然便是祭酒了。这与契丹之战,祭酒便是吾军之军师。"

他一面说着,眼见着折可适有些窘迫,又哈哈一笑,把话题绕了回去,道:"祭酒虽然谦退,但如今是为国家朝廷谋划,义之所在,不可后人。便不论这些虚名排位,这等大事,祭酒总不能全无想法吧?"

折可适原本是豪侠爽直之人,被石越荐为谟臣,心中自然有他的抱负自许,但他也毕竟不比当年,人生受过如此巨大的挫折,便不消沉,亦不免更加沉稳,不愿如年轻时那么张扬,因此,不管和诜如何说,他却是断断不肯随随便便交浅言深的。只是和诜追问不已,他轻易也脱不了身,只好反客为主,试探着反问道:"看来昭武胸中已有成算?"

"下官确是有一点点愚见。"和诜倒是一点儿也不避讳,折可适一问,便即说道,"拱圣军在深州被契丹重兵围困,其实如今援不援深州,是不须多议的。"说着,他留神看折可适的表情,见折可适点了点头,方又继续说道,"不说别的,单单是手握重兵,却坐视拱圣军覆败、深州沦陷,这罪责,便是子明丞相也担当不起,纵是舌灿莲花,亦无以向朝野解释。更何况,如今还有此物……"

说话间,和诜已从袖中取出一卷报纸,递给折可适,笑道:"这份《汴京新闻》,昨晚刚刚寄到北京,但我想祭酒必是看过了的。便如此物所叙,深州之战,慷慨壮烈,其间武臣如田宗铠赤膊对阵、刘延庆坠城杀敌,更是吾辈楷模。那位刘延庆将军已经说了,深州之地,是大宋之土;深州之民,是大宋之臣。岂有抛弃不守之理?况且用兵打仗,仁者便能无敌,咱们若是让深州丢了,让这位刘将军死在深州,我看用不了一个月,汴京的杂剧、鼓子词里,咱们便都可以当奸臣了。"

折可适接过报纸,稍稍翻了翻——其实这报纸他是早已经读过的,自是早已知道所叙何事——一边又听和诜连讥带讽的,亦不由莞尔,也笑道:"我来之前,便已经听到传闻,朝廷表彰敢战忠臣,这位刘延庆,要特授从七品下翊麾副尉,权拱圣军第一营副都指挥使……"

"可不是吗,一战之功,直晋三秩。"和诜讥讽地笑道,"这才是会做官的天才!祭酒有所不知,如今这已经不是传闻了,枢府的敕令已经快马送到宣台。恕我直言,姚武之这位前军都总管,不仅是自己轻兵冒进,连带着将吾等全都拖了进去。古语云,将在外,君令有所不受。可如今却是世道不古,若只是皇上、朝廷,咱们或还可以详加解释,晓析利害,大不了拼着抗旨。但此物……"和诜指了指折可适手中的报纸,苦笑道,"你却要如何解释?这些话白纸黑字写在上面,天下便是翘首相盼,若然不诺,于军心、民心打击之大,可想而知。况如今大名府屯兵近十万,深州近在咫尺,若有万一,吾辈必成过街之鼠。但如今宣司内的意见,游景叔力主持重,只知道劝丞相不可因一城一军之得失,而乱大计,失分寸,只欲诸道大军聚齐,再与契丹决战。他倒是不怕深州丢,他恨不能契丹大胜拱圣军之后,志得意满,我们再示敌以弱,引着契丹前来大名府送死。唐康时与孙正甫原本主张御敌于深州以北,此前虽然失策,致拱圣军再度被围,但现今却愈加地坚执己见,唐康时已是几度请战,想要亲领一两万人马,北上增援……"

"明人面前不说假话,唐康时若是想带骁胜军、神射军北上增援,下官虽不敢苟同,亦不至于如此着急。"和诜竟是十分坦白,"但他自知难以驾驭这些殿前司的骄兵悍将,反与孙正甫商议,要领着环州义勇与我的雄武一军北上。便这点儿兵力,贸然北进,岂非以卵击石?若平心而论,下官是赞同游景叔持重之法的,不过,我亦看得清楚,如今之情势,必不可能容得下咱们在此持重不发。救是非救不可，但断不能如唐康时、孙正甫的那般救法！"

"契丹明明是要引虎出山，咱们其势不得不出，也就罢了，但若还分兵冒进，为其各个击破，却未免也太蠢了些。"和诜一直是边说边留神折可适的反应，见他始终凝神倾听，神情认真而诚恳，心中暗喜，又继续说道，"若依下官愚见，要解深州之围，亦不必轻易动摇大名府防线。只须骁胜军北进冀州，再令真定之武骑军东出击辽军之侧翼，河间之云骑军牵制辽军之东翼，辽人纵不能解围而去，亦不能集中兵力攻城。我军便可从容等待，至诸路之师大聚之日，再列阵北上，辽军久困于坚城之下，若不遁去，必败无疑。"

和诜滔滔不绝地说着，直到听到这时，折可适才算是听明白了，和诜虽然振振有词，所献之策也不是全无道理，但是归根结底，他无非是不愿意他的雄武一军离开大名府的坚固城寨，去与辽军野战而已。

他也不置可否，只笑着点点头，敷衍道："昭武所言，确有几分道理。"

和诜却以为折可适赞同他的意见，喜道："既是如此，待丞相在宣司会议，还望祭酒能据理直言。下官人微言轻，但若是祭酒所言，丞相必然采纳。"

折可适下意识地点点头，方欲回答，却见一个随从急匆匆地进来通报："宣台有官人求见。"

"快请。"折可适连忙吩咐随从，须臾，便见一个节级快步进来，朝他行了一礼，道："折将军，紧急军情，丞相有请！"他说完，才抬头看了一眼和诜，又躬身道："原来和将军亦在此，那便省了小人奔波了。"

和诜瞅了来人一眼，却是眼熟的，只是一时却想不起名姓来，因问道："可知是何事如此着急？"

"这个小人实实不知。"

和诜也知道宣抚使司虽然初立，但规矩甚严，两天之前，便有一个小吏只因为嘴快泄露了宣司之内石越的两句无关轻重的话语，便被斩首示众，因此也不再多问，只转头望了折可适一眼，道："祭酒的车马只恐仓促未备，不如便乘下官之车同往？"

折可适亦不推辞，抱拳谢道："如此便恭敬不如从命。"

2

二人不敢耽误，同乘一车，很快便到了宣抚使司衙门。只见宣司内外，到处都是刀甲鲜明的"羽林孤儿"，马车远远便被截停。和诜的亲兵报了二人身份，便有几个班直侍卫过来，引着二人下车步行，进了宣司。折可适留神观察，却见宣台之内的文吏与武官往来匆匆，脸色上却都透着紧张。那几个侍卫引着二人到了一间大厅，二人才发觉仁多保忠、李祥、陈元凤、孙路、游师雄等人皆已在座，范翔正与众人在说着什么。见折可适与和诜到了，范翔连忙起身，引着二人至座位坐了，折可适方留神观察，见宣台谟臣中，却独独不见唐康，和诜却早已出声相问："范机宜，到底出了何事？怎的不见唐康时？"

范翔未及回答，已听门外高声唱道："右丞相驾到！"

众人连忙起身肃立相迎。便见着石越身着紫衫，由楼烦侯呼延忠、石鉴等人簇拥着，自门外而来。

折可适这几年虽在汴京，官位亦不算低，但也不是时时能见着石越，便有朝会，二人不在一班，他多数也只能远远隔着百官，望见石越的背影而已。此时屈指一算，离上一次见着石越的面，竟已经有一年之久。

一年之前，他见着石越时，石越神采焕发，但时隔一年，再次相见，这位大宋朝的右丞相，却显得疲倦而少神，显然已经有一段时间没过过好日子了。

他目送着石越到帅位坐了，众谟臣参拜已毕，便听石越开口说道："不到半个时辰前，宣台接到馆陶的急报，几天前进驻馆陶县的骁胜军，突然拔营北上了！"

"啊？！"顿时，议事厅中，一片哗然。

折可适亦是深感意外，不由抬头望了和诜一眼，却见和诜也是张大了嘴巴。

石越的脸色铁青，"这是刚刚接到的骁胜军都指挥使李浩李大将军给我的书信。"他一面说，一面从袖子里拿出一封书信来，"啪"的一声，摔到桌子上，"李大将军言道：冀州有警，仓促间不得请示，因此，他便先斩后奏了！"

"为防骁胜军孤军深入有失，我已急令唐康率环州义勇北上，一则策应以防万一,一则了解冀州究竟发生何事!"石越说这段句时,语带讥讽,辞含深意,但语气毕竟又稍稍缓和了一点儿,"今召诸公至此,便是为此事……"

一时之间,议事厅内,一片死寂。

这厅中绝大部分人都知道,此事并不寻常。

骁胜军都指挥使李浩,字直夫,也曾是熙宁朝有名的西军老将。他不仅仅是将门之后,而且少年时代,就参加过破侬智高之役,立下过人的战功,其资历之深,如今禁军活着的老将之中,无人能及。更麻烦的是,此君是一个新党,熙宁初年曾以《安边策》上王安石,在王安石执政期间,深受重视,转战南北,不仅在陕西与西夏作战,而且还曾随章惇在南方打过仗。直到王安石罢相,他因为反对石越主导的兵制改革,先调到河北做过总管,后来又被远远打发到了广西路任提督使,兼管厢军屯田等事务,竟无缘宋夏之战,直到绍圣初年,才因为王、马和解而被调回。章惇为兵相,因他是陕西人,本欲让他守兰州,但由于李浩一直主张对西番持强硬政策,司马光怕他生事,便折衷将他留在汴京,统领骁胜军。除此之外,只有诸如折可适、仁多保忠等少数人才知道的是,李浩是极受小皇帝信任的将领。当今的皇帝在学习熙宁年间的政事时,便已经读过李浩的《安边策》,并大加赞赏。而且,李浩一生自始至终,对一切"蛮夷",都力主持强硬态度,更得皇帝欢心。他又能征善战,无论是对西夏,还是对国内的叛乱蛮夷作战,一生未尝败绩……

折可适甚至还听说过一些传闻:骁胜军离京前,皇帝曾经召见过李浩,加以勉励——汴京便有人风传李浩受了皇帝的密旨。

即使这些传闻只是无稽之谈,李浩与石越之间的恩怨,也是一桩令人头疼的事。李浩虽然颇得章惇的赏识,但他一生戎马,却没能立下大功,不仅官爵迟滞十余年不迁,亦很难进国史馆立传,这种种际遇,不能说与石越无关。而他对石越的怨恨,在汴京已有数年的折可适亦早有所闻。

但另一方面,禁军诸将之中,换任何一个人敢不听调遣而擅自行动,石越都能毫不犹豫地斩了他。唯独李浩,他不能不投鼠忌器。

李直夫的资历、他的新党背景、他在皇帝心中的地位,甚至他与石越的恩怨,都让他能做出不服石越的举动,而石越却必须小心处理与他的关系。

故此,即使李直夫已经擅自率军北上,石越遣唐康率环州义勇前去,明明是为了追回骁胜军,兴师问罪,但话语之中,仍然要留下一些退步的余地,并没有给李浩轻易就扣上一个罪名。

统率诸军,有时候,不是仅仅靠着纪律严明、赏罚分明、严刑峻法便可以做好的。历史上,同样是申明纪律,有些人就成为名将,成就功勋;有些人却背上暴虐少恩之名,最后兵败身死,成为天下的笑柄……

因此,石越的话音一落,猜到石越心思的折可适便已经在思忖周全之法。

但最先打破沉默的却是游师雄。

"丞相恐怕失策了!"游师雄一开口便将众人吓了一跳,连折可适也不由得抬头觑了石越一眼,见他并未动怒,方才放心,但游师雄却只是自顾自地说下去,"丞相令唐康时去追李直夫,下官却怕连唐康时也要一去不返。"

游师雄的话,便如同一声惊雷,响在众人的头顶。

折可适本是虑不及此,被他一语道破,也不由得呆了一呆。

和诜更是已脱口而出:"只怕,只怕……"一面说,一面迟疑地望了望石越,话却还是说了出来,"只怕游参议所言,不无可能……"

折可适悄悄看了众人一眼,众人脸上的神色,显然都觉得游师雄说的,的确是有可能发生之事。

唐康是力主增援深州的,他原本只不过担忧难以驾驭骁胜军而已,而如今,对唐康实是一个千载难逢的机会,以他一贯的胆大妄为,他顺水推舟,反与李直夫一道北上……

石越显然也是意识到了这一点,他的脸色变得更加难看了。他转头望向游师雄,"那景叔以为当要如何应对?"

"依下官之策,不若将错就错!"

"将错就错?"

"正是。骁胜军之事,深州之拱圣军才是症结所在。这数日间所议,拱圣军也是一块心病,如今正好一并去除。只须丞相给下官一纸之令,下官愿单骑北上,解此连环。"

"如今拱圣军困守深州,实是如同鸡肋,下官以为本不当为一城一池之得失,而乱大计。然若丞相以为深州不得不救,那倒不如便趁势而为。骁胜军与环州义勇既然已经北上冀州,下官愿至军中,请二军于葫芦河之阴盛陈疑兵,接应拱圣军突围。只要有宣台札子,下官亲至深州,姚武之必不能再持坚守之议。"

"不可!"石越听到游师雄愿意亲自入深州令姚咒突围,不由得一犹豫,便听到折可适与仁多保忠、李祥皆是齐声反对。

"丞相。"折可适朝着石越欠欠身,温声道,"深州万不可弃!"

仁多保忠也道:"不错,深州万不可弃!"

"为何?"石越见二人态度如此坚定,又看看李祥,虽不说话,显然也是同一意见,不解地问道,"深州虽然重要,但我大军尚未聚齐,只恐难以坚守。以大名府现有之兵,便倾巢北上,以己之短,攻敌所长,只怕难保万全……"

"丞相说得极是。"和诜连忙表示赞同,一面吃惊地望了折可适一眼,"依托大名府防线之坚城要寨,诱敌深入,消耗辽人,再聚集大军,一鼓而歼之,这是既成之策,不可轻易更改。"

"和将军所言差矣。"仁多保忠不屑地看都不看和诜一眼,"兵无常势,水无常形,岂得固守一法?耶律信也是北朝名将,他为何便要来大名?"

"守义公所言虽然有理,但为难之处是我军暂时难与契丹争锋。"游师雄委婉地反驳道。

"话虽如此,然游参议徒知深州于我军是一块鸡肋,却不知深州于契丹,同样也是一块鸡肋!"仁多保忠讥讽道,"契丹多是马军,要的便是宽广之纵深,方能驰骋快意。深州一失,契丹往来南北,自界河至大名,全无限隔。耶律信若不来攻我大名府,我诸城之兵,只能眼睁睁看着他们各路往来,除了束手兴叹,又能有何办法?如今难得契丹一心一意想要攻克深州,其数十万大军,局促于真定、深州、河间之间,这深州与大名防线,又有何区别?"

"守义公说得极是。"折可适接过话来,笑道,"虽然深州不若大名府防线坚固,离我军远而离辽国更近,但若非如此,耶律信又如何肯轻易将他的兵力耗在某座城池之下?总得让他看到这城池是不要付出过大的代价便攻得下,又能有大挫我军锐气之类显而易见的好处,他才肯下本。"

"折将军之意是把深州当成大名?"游师雄略思忖了一下,面露难色,"只恐难以如意。以深州小城,姚武之再善战,契丹果然大举进攻,深州绝难坚守。"

"那却未必。"折可适笑道,"事在人为。我大宋与辽国,战和百余年,近二十年来,又通使通商,前古未有,两朝互相了解之深,前史所无。况且辽主非庸主,辽将亦非庸将,若我辈些些风险亦不肯冒,只打自己的如意算盘……"

"若有办法守得住深州,本相亦不愿意将大好河山,丢弃于辽人之手。"石越内心的天平,终于彻底地倾向一方。他心里是很明白的,若是实在没有办法,他只能放弃深州,那便只能割尾求生。但是,他也已经敏锐地觉察到,朝野的舆论,已经将深州与拱圣军置于一个他丢不得的地步了。只要有一丝可能,他便会下令死守深州,只不过,他不知道有什么办法能保住深州而已。现在,显然折可适与仁多保忠都有方略,他便不愿意在大方针上再浪费时间。

"本相也明白,两军交战,难免要冒险。不过,本相也绝不肯随随便便拿着千万将士的性命去冒险。"

"丞相说得极是。"折可适马上接道,"下官以为,骁胜军与环州义勇既已北上,不论李直夫是何原因——此事他终究要给出一个合理的解释,否则国法、军法不容——但如今是临战之时,亦要权变,宣台可向其下令,令其择机增援深州。同时,再遣神射军北上冀州,接应骁胜军。两军合兵一处,可战则战,不可战便退守冀州,辽军轻易也奈何不得。只要能牵制住一部分辽军,令其不能专心攻打深州,又使深州知道援军近在咫尺,必能拼死守城,便有机会令深州守到我大军聚集之日。"

"丞相,下官愿意随神射军北上。"折可适话音刚落,仁多保忠马上向石越请战。

石越知道仁多保忠此举不无私心,他这次来大名,带了次子与第三子前来,自然是想找机会给两个儿子立功,毕竟他的爵位只能由长子承嗣,但对此石越也是求之不得,当即应允:"若守义公去,本相无忧矣。"

那边厢,游师雄见石越主意已决,亦不再坚持。和诜虽然心下不以为然,但听到是神射军北上,他也放下心来,事不关己,自然是要高高挂起。

只是他轻松得太早了一点儿,石越马上便又问道:"不过……还有一事,倘若最终与辽人决战,要至深州一带,甚至更北,大名府诸军便不能安守大名观战,契丹多马军,河朔军多步军,恐难当其锋……"

"丞相放心。"和诜正要说话,折可适已先回道,"下官有一策,或可一试。"

"哦？"不仅是石越，所有人皆有些意外折可适的回答。

折可适看了一眼座中一直不曾说话的何去非，道："昔者在朱仙镇时，下官便曾与何先生一道计议以步克骑之法，当时便想出一个法子，只是未有机会施行。如今契丹所恃者，不过是其有火炮之利，可破步兵大阵。下官等以为，若要对付火炮，便只有用火炮。契丹以火炮别为一阵，我军却可以火炮与步军为一阵。我军可制造一种战车，装载火炮于车上发射，布阵之时，便以此战车居前，长枪次之，弓弩手再次之……当日何先生曾画出战车与阵法图纸，下官录有复本……"

石越心中大赞，但又有几分奇怪："此策为何不曾上呈枢府？"

折可适尴尬地笑了笑，"却是被枢府拒绝了。"

石越大奇："为何？"

"布一阵，用火炮太多，朝廷一时没这许多火炮来装备诸军……"折可适马上又说道，"但大名府有现成的火炮与炮手，稍加挑选，便可用于此阵。"

"布此一阵，大约需要多少门火炮？"

"辽军火炮同样移动不便，两军列阵之时，只需前阵有火炮便可，其余三面，仍可依旧制列阵，若是一军列阵，有大小火炮四五十余门足矣。倘若四面皆有火炮，其余三面可略加裁减，总计一百五十门火炮，足以令辽军不敢缨我之锋！"

"一百五十门？！"众人听得目瞪口呆。

"大名府一城，便有大小火炮三百余门。"石越想了想，还是决定试一试，"从大名府防线诸城寨拆个一两百门下来，辽人也未必攻得破。此城有的是工匠，只要有图纸，造战车亦非难事。"他的目光投向和诜，"便请何先生与和将军一同主持此事，让雄武一军操练此阵……此阵叫何名？"

"环营车阵。"折可适也没想到石越如此轻易便答应了他的建议，看了何去非一眼，二人都是喜出望外，忙又说道，"以和将军与何先生之能，雄武一军又本已熟悉火炮，操练一两个月，必能成功。"

这的确是有些意想不到的，要知道，对于如何将火炮应用于野战中，应对辽军的火炮，枢密院最终支持的是另一种意见——与辽军一样，组建专门的火炮军。枢密院因此增建了许多的神卫营，这些神卫营拥有的火炮少则数门，多则也不过数十门——枢府看中的便是他们调动灵活，便于控制。而这种意见的代表将领张蕴，就统领着最大的一支神卫营部队，此人原是石越的部将。

因此，折可适虽然借机提了一提，却绝对想不到居然真的有了这样的一个机会。

当天晚上，临清县。

一天走了八十里后，骁胜军都指挥使李浩便下令他的部下在临清县城外一条小河边扎营。他的部下正轮流牵着自己的战马到河边饮水，突然便听到从南边传来一阵马蹄疾驰之声。

这些刚刚松弛下来的骁胜军，顿时一阵骚乱。

虽然马蹄声是从南边而来，按理说临清也不可能有辽军，但是，南面的馆陶方向，也就只有骁胜军这一支马军。

这又是哪里来的马军？

不过，很快，他们就再次放松下来，他们看见了这支马军的旗号——"环州义勇"。骁胜军虽然与环州义勇驻扎之地相差数千里，但是骁胜军是一支教导军，军中有许多校尉、节级便来自陕西，有不少人是识得环州义勇的，他们兴奋地喊了几声后，众人便彻底放松了戒备。

甚至没有人注意到他们的都指挥使正脸色铁青着走出大帐，这支刚刚出现在他们视野中的环州义勇，便如一阵疾风般，冲进了他们的营地，然后气势汹汹地包围了他们的中军大帐。

骁胜军的大部分将士，至此时才感觉到气氛有些不对。

而中军大帐附近，却已经剑拔弩张。

李浩的亲兵牙队，全部拔出了他们的佩刀。

"李老将军！"骑在马上的唐康，居高临下地望着站在大帐门口的李浩，嘴角露出一丝讥讽。

李浩抬了抬手，他的亲兵牙队迟疑了一小会儿，才不情不愿地将刀插回鞘中。唐康这才跃身下了马来，径直走进中军大帐中，几十名环州义勇也跳下马来，跟着唐康进了帐中，接管了中军大帐的守卫。

李浩轻轻"哼"了一声，也跟着入了大帐，进到帐中，一抬头，便看见唐康那双阴沉沉的眼睛，正从他的帅位上望着他。

"李老将军，下官奉宣司之命前来公干，失礼得罪之处，还望海涵。"唐康说着，漫不经心地朝李浩抬了抬手，"请问李老将军，究竟为何事突然率军离开馆陶？！"

李浩板着脸，不软不硬地顶了回去："李某接到消息，有辽军孤军深入临清至冀州一带，故此前来剿贼。此事早已关报宣台，不知唐参谋问此事，又是何意？"

"好一个前来剿贼。"唐康冷笑道，"李老将军要剿的贼，只怕在深州吧！"

"唐参谋此话又是何意？！"李浩作色反问道。

"下官何意？"唐康哈哈大笑起来，"下官奉宣台之令，来请李老将军回北京，亲自向右丞相解释此事！"

"唐参谋兴师动众而来，便为此事？那只恐李某难以从命！"

"李老将军莫非是想抗命吗？"

"将在外，君命有所不受。我骁胜军动止，早已关白宣台，右丞相不信，那多半是有奸小从旁进谗。便要回去，也要等李某击溃这些契丹人再说，否则，岂不是有口难辩，只能任奸人诬陷？"

"李老将军过虑了，老将军乃天子近臣，区区宣台官吏，又有何本领能诬陷你李老将军？"唐康讽道，"或者冀州、临清这一州一县的大小官吏，个个庸碌奸猾也是有的，故此契丹犯境，远在馆陶的李老将军能知道，这些地方守吏却全不知情，不过，依下官看，朝廷是真该收拾下这些庸碌之臣了。只是此事也算因老将军而起，只恐老将军亦不能置身事外，说不得，还得劳烦老将军一趟。况且这区区小股辽贼，杀鸡又何必用牛刀？明日下官遣一介之使，令冀州巡检克期翦灭此贼便可。"

李浩被唐康讥讽得脸上红一阵白一阵，他心知口舌上难以胜过唐康，却终不肯乖乖随他回大名，只是强梁道："这些个刀笔是非，李某如何辩得过那些文官？况且两军对阵，瞬息万变，宣台不谋却敌之策，却来管这些个不急之务，此乃乱命，李某绝难遵从。"

唐康盯着李浩，"嘿嘿"笑道："李老将军若是不肯说实话，只怕遵不遵从，也由不得李老将军。"

"你敢……"

"李老将军以为下官有什么事是不敢做的吗？"唐康微笑着望着李浩。

李浩抿着嘴，一时说不出话来。中军大帐已被环州义勇包围控制，他其实也不敢真的与唐康兵戈相向，致族灭之祸，而这个唐康时的事迹，他也是有所耳闻的。真的被他五花大绑押回北京，他虽未必有事，但事情闹大，对他亦没甚好处。

他也听出了唐康话中有话，但是他却也不敢轻易接话，谁知道唐康是不是设计诳他？

"其实李老将军立功心切，亦是人之常情。"唐康笑道，"明人面前不说暗话，骁胜军欲北援深州，与契丹一较高下，亦未可深责。"

"只不过对李老将军，这不遵号令、擅发兴之罪，轻也够个编管某州了。李老将军虽或不惊宠辱，但是这建功立业的大好机会，却只能再次失之交臂。下官亦为老将军感到可惜！"唐康叹惜着摇摇头，"可惜！可惜！"

唐康把话说到这个份儿上，便是呆子也能听得出他话中留下的余地，只是李浩仍不敢轻信唐康，只含糊接道："唐参谋若果能体谅，还请高抬贵手，放某前行。待某破贼后，甘愿负荆请罪。参谋此恩，某绝不敢忘。"

"下官虽然有心，惜上命难为。"唐康却是面露难色，"下官率这一千环州义勇而来，空手而归，李老将军却叫我如何向右丞相复命？"

此时，李浩已有三分相信唐康有意放他一马，但他与唐康素无交情，唐康又是石越亲信，这等天上掉下来的好事，李浩如何肯轻信，他心中揣测，这若非是针对他的阴谋圈套，便是唐康另有所求。低头思忖了一会儿，他方试探着问道："唐参谋素称机智，想来必有周全之策教我？"

唐康却一口回绝，"宣台军法甚严，下官又焉能有什么周全之策……"

李浩不料他突然又回绝得如此干脆，不由一愣，抬眼却见唐康口里说着话，目光却一直望着他的置于帅案上的将印虎符，李浩并非鲁直武夫，心中顿时恍然大悟——原来唐康想要的，竟是他的兵权。他亦曾听说过唐康曾经想要亲自率军前往救援深州之事，看起来，他此心未死。

事情已然明了，只要他李浩愿意屈居唐康之下，那二人便可以随便编造一个敌情——唐康乃宣司参谋官，本就有权节制诸军——临敌从权，若遇到什么突发之事，他权统骁胜、环州义勇两军，与辽军作战，那亦是顺理成章之事。

只是唐康年纪虽轻，却是老奸巨猾，他是绝不肯自己开口，免得落人口实，而是要李浩自己提出，他才顺水推舟……

李浩并非不能居人之下的人，事实上，大宋朝的武臣，自开国以来，皆以顺从听命者居多，真正桀骜不驯之人，寥寥无几。这既是宋廷重文官政府之权之国策使然，亦是由于中唐以来，武将莫不受制于监军，数百年间的锐气消磨，养成的一种惯性。中唐以后的武将，绝大多数便如同被圈养的老虎，虽然还是百兽之王，但只要被驯兽师用鞭子敲一下，便老老实实俯首听命，早已经没有了山林之主的野性。如李浩，他虽敢违宣抚使司节度北上，可其中原因，实是十分复杂。

况且，唐康品秩虽稍低，但却是御前会议成员、枢密院副都承旨、宣司参谋官，大宋朝一百余年来，官场的习惯都是重差遣轻品秩的，唐康虽然口口声声称"下官"，实际却是他的上司无疑。

但是，要屈居一个毫无领兵经验，以衙内出身的唐康之下，而且还是他所怨恨的右丞相石越的义弟，对李浩来说，仍然不是一件容易的事。

只是，形势比人强。李浩此时肠子都悔青了，他若不是以为临清境内没有辽军，又没料到大名追兵会来得如此之快，放松了营地的警戒，被唐康轻骑直入，占了先机，唐康亦未必能有什么办法。真的要让环州义勇与骁胜军兵戈相见，李浩固然没有这个本事，唐康再胆大妄为，也不可能有这个胆子。然而世上并无后悔药，如今主客易势，他自己落入了唐康掌中，想不就范，亦是千难万难。

他心里也不是不明白，唐康肯与他一道北上，便已经是他祖上积德，撞了大运了。

3

六月二十五日。

冀州，衡水县。

唐康与骁胜军都指挥使李浩、环州义勇都指挥使何灌率军至此，已有整整两日之久。所谓"衡水"，其实不过是葫芦河流经此县一段水路之别名，又叫"衡漳水"或"横漳水"，当地人也称之为"长卢河"或者"九曲水""苦河"，因为葫芦河是自西南入境，自东北出境，在衡水县境内迤逦百转，而河水又咸又苦，故有此别名。这衡水城便位于葫芦河以南一二十里，北距深州城不过区区五十里。站在衡水的城墙上，甚至可以清晰地望见深州城中燃起的烽火。

但更加旌天蔽日的，却是遍目可见的契丹骑兵。

唐康、李浩、何灌都判断不出，对岸到底有多少辽军。辽军甚至已经占据了葫芦河下游的下博古城与下博桥，轻骑随时可以深入冀州境内。唐康与李浩选择屯兵，也是因为衡水县境内的袁谭渡还在宋军的控制之中。衡水知县是个精干之人，在辽军进犯深州之后，便将县内所有的船只征集起来，藏于县城西南二十里的北沼之中，此时宋军若要北渡，只需将船只相连，搭上木板，便可以迅速地造出一座座浮桥。

然而，当他们真的到了衡水之后，无论是唐康，还是李浩，却都胆怯了。他们只敢用三五艘渡船，载着一些哨探渡河，探听虚实。

唐康、李浩每日与麾下诸将会议，众将皆是喏喏不敢言。

何灌倒是力主渡河，但他虽为环州义勇都指挥使，实则论阶级不过一区区宣节校尉，骁胜军是教导骑军，阶级较寻常禁军要高，军中一个小小的指挥使也多半可能便是宣节校尉。论出身则他虽是武选出身，然却不过在河东做巡检，虽曾得韩缜赏识，却是由判太原府吕惠卿所荐，打发到环州义勇，环州义勇虽然也是一支西军劲旅，却终究有点儿不入流，更加无法与身为大宋骑军教导军的骁胜军相提并论。他人微言轻，甚至连唐康真正的使命是什么都无资格知道，只能奉行命令，他的意见实很难影响到唐康与李浩的决策。

这一日清晨，何灌照旧率领着三十来骑亲兵，沿着苦河巡察敌情，他们一路缓缓而行，到袁谭渡时，已是快近中午。唐康与李浩早派了一个指挥的骁胜军在渡口把守，何灌到时，这些骁胜军正架起了锅子，在那里烧火做饭，隔了老远，他便闻到一阵阵诱人的酒香、肉香随风飘来，何灌顿时大喜，对亲兵笑骂道："这些个骁胜，怪会过日子。咱们也分一盅去。"

众亲兵都是高声欢呼，驱使着坐骑，朝着渡口紧奔去。众人在袁潭渡下了马，将战马拴在河边的柳树上，把守渡口的一个副指挥使迎了出来，将何灌等人请进去。原来这些骁胜军不知道从哪里搞到一头整猪，还有十几坛好酒，正在此打着牙祭。何灌心里头其实明白，殿前司诸军的军纪，远不如西军。在西军，战前喝酒，那是难以想象的事情，但在骁胜军，却是司空见惯。至于这头猪，或许是偷，或许是抢，或许是买，都有可能。熙宁以前，宋军虽然一直严申军法，但真的大军出动，别说偷抢百姓财物，便是奸淫杀伤，也终是难免。当年石越治陕之时，对西军严申纪律，曾经一日之内，杀了一百名犯事兵将，因此至今西军纪律依然严明。但殿前司诸军却没受过这种整肃，军纪虽不算太坏，却也只是相对而言。虽然一天前唐康才处死了一名强奸民女的陪戎校尉，但却已经招致李浩的极大不满，因此对于顺手牵羊、强买强卖之类的事情，便连唐康也只能睁一只眼闭一只眼。

故此，何灌更加不会去多管闲事。何况他与麾下的环州义勇，大抵都是好酒之人，此时不受军法约束，更是乐得自在。那边的指挥使请了何灌过去，同坐一桌，又送了一锅肉几坛酒过来，他的亲兵们便找了棵大树，围成一圈，席地而坐，自开一桌。

"仲源兄！"那个骁胜军指挥使是豪侠爽快之人，酒过三巡，便已和何灌称兄道弟，直呼起他的表字来，"俺听说你也是个英雄豪杰……"何灌一时愕然，便听他又说道，"这可是咱们刘振威亲口所说，说仲源兄神射，是大宋六十万禁军第一人！"

何灌知道他口中的"刘振威"，说的是骁胜军第二营都指挥使、振威校尉刘仲武，也是西军出身，参与过伐夏之役。不过那时他还只是一个小小的副指挥使，直到战后才积功升至致果副尉，绍圣初年时他因率所部平定灵、夏境内的小股叛乱，从此官运亨通，调任骁胜军，做到从六品上的振威校尉，成为西军出身的年轻将领中，又一个前途无量的人物。

刘仲武是西军出身，又曾经在泾原领兵，对身处环庆的何灌有所了解，自是不足为奇，但何灌听这指挥使说刘仲武夸他箭法第一，饶是他素来自矜神射无敌，也不由得大吃一惊，忙道："这是子文将军过誉了。"

"哎——"那指挥使一面喝酒，一面拍了拍何灌的肩膀，笑道，"仲源兄又何必过谦？子文将军是随便说人六十万禁军神射第一的吗？"他说着，生怕在座几个校尉不信，又口沫横飞地问道，"你们是不是也不信？是不是不信？"

他见那几个校尉口中诺诺，脸上神色自是不免不大以为然，一把拉着何灌手臂,道:"仲源兄,你将那一箭射入坚石的神射,给这些个村夫露两手!"

"什么?"那几个校尉这时不免也吃了一惊,有人便将信将疑地问道:"俺只听说过汉朝飞将军李广、唐朝的薛仁贵有这本事?果真有人能箭入坚石?"

"你们这些个村夫!"那指挥使喷着口水,仿佛在说自己的事迹一般,"这可是子文将军亲口说的,那是仲源兄在火山军还是苛岚军做巡检时的事。尔等可知道,那些个契丹人,老是越界来打水,仲源兄便亲自与他们划了界,不许他们过来,结果那些辽狗不自量力,兴兵来犯,仲源兄单枪匹马应战,辽狗在高处,仲源兄便在低处,张弓连射,箭箭中敌,有几枝没中的,全部射进崖石,吓得那些辽狗屁滚尿流地跑了……"

他说得手舞足蹈,仿佛是自己亲眼所见,虽多半是事实,何灌亦不免略觉尴尬,他几度想要打断他,但他根本不容何灌插嘴,说完见那几个校尉张大了嘴,仍是不敢相信的样子,他竟是比何灌还生气,转头又一个问着何灌:"仲源兄,你的弓箭呢?可带来了?给这几个村夫见识见识,叫他们拉拉,这几个村夫每日都自吹能拉三石弓的……"

何灌越发为难,他见着这个指挥使盛意拳拳,那几个校尉也是一脸的期盼,但他却是有规矩的——但凡神射手的弓箭,轻易都是不肯给别人碰的。连唐康想见识下他的弓,亦被他婉言拒绝了。可是他也是深知这些武人,他们可不如唐康那样的士大夫善解人意,他们好意请他喝酒吃肉,又是好意想看看他的弓箭,若连这他都要拒绝,势必引致误会。

他正寻思着设法找个两全其美的法子,突然,苦河对岸,传来一种种急促的角声、马蹄声、弓弦拉动声、箭矢破空声,还有此起彼伏的契丹人的大喊声。

众人连忙丢了筷子、酒杯,各去取自己的弓箭、兵器。何灌曾在火山、苛岚任巡检,听得懂契丹话,他听力又极佳,须臾,便已听清对岸的契丹人喊的都是:"拦住他!""抓住他!""休叫他跑了!"

他虽被河对岸的草木遮挡了视线,心下却已知必是契丹要拉截什么人,当下高声喊道:"快,准备渡船,摇我去对岸!"

几个骁胜军犹疑地望了他一眼,那指挥使已是大声催道:"快点儿!听何宣节的!"

他的命令一下，马上便有一艘渡船摇到渡口边，两个骁胜军节级举着长盾蹲在船头，船尾却是一个本地的船夫在摇橹，还有个百姓装束的人，举了扇门板，权当盾牌，遮护船夫。何灌也不多说，取了弓箭，跃身上船，那船夫便摇着船，向河对岸缓缓驶去。

渡船行至河中之时，北岸的情况渐渐看得分明。果如何灌所料，是数十骑契丹骑兵，正在追捕两个宋军校尉装束的人。那两个宋军校尉一个骑枣红马、一个骑白马，边往南面疾驰，边引弓还击，跑得较南的那个校尉显是已经看见了何灌的渡船，高兴得在马上挥手高呼，不料一个分神，被辽军射中坐骑，便听得那些契丹人发出一阵刺耳的欢呼，那个校尉摔下马来，不知死活。

"船家，划快点儿！划快点儿！"何灌急得不停地大声催促着船夫，但那船夫早已倾尽全力，渡船速度有限，却是快不得半分。

而北岸的追逐仍在继续，余下的那个骑枣红马的校尉经过同伴坠马的地方，稍稍放慢了一下速度，何灌听到他发出一声悲吼，便催马疾驰，心中一沉，已知那个宋军已是不活了。他目算着距离，眼见着那个幸存的宋军驰至河边时，他的船也很难赶到对岸，心中更是焦急。

但那个校尉却是出乎意料的机智。他快至河边时，便不再引弓还击，而是将弓箭全部抛弃，然后一面疾驰，一面便在马上卸甲。

"聪明！"何灌在心中大赞，果然，那校尉到了河边，已只有胸甲一时难以卸去，他飞速地跃身下马，将身子藏在马后，飞快地卸去最后的胸甲，纵身一跃，便跳进水中。

顿时，何灌身后传来一阵欢呼之声。他也是长吁了一口气，缓缓张弓搭箭，对准了北岸，一面心里默算着，八十步、七十步、六十步……右手手指一松，一枝羽箭从他手中疾飞而出，然后穿过了驰在最前面的那个契丹人的胸口。

身后的欢呼声更大了。

但此时何灌已经完全听不见身后袍泽的声音，当他的箭搭上弓弦之后，他整个人便与手中的弓箭融为一体，他只是从容而优雅地张弓、搭箭，然后发射，看见对岸的契丹人，随着他的弓弦响动，而一个接一个地应声落马。

他并不是那种百发百种的神射手，而是另一种让人恐惧的神射手。他的箭，有时竟会贯穿一个穿着重甲的契丹骑兵,然后再夺去他身后另一个契丹人的生命。

何灌并没有感觉到,很快,苦河的两岸,不再有呼喊,不再有欢呼,而是变得鸦雀无声。

他只是看到北岸的契丹人脸上的惊讶、恐惧,然后看见他们带着不甘,却畏惧地缓缓后退,直至从他的视野中消失。

这时候,何灌才小心翼翼地将他的弓箭重新挂好。

他转过身来,船篷里一个湿漉漉的年轻男子正在朝他微笑,眼睛里有无法掩饰的钦佩。他看见他朝自己抱了抱拳,"在下开封田宗铠,敢问将军尊姓大名?"

"田宗铠?"何灌感觉自己似乎听说过这个名字,他低头思索了一会儿,才抬起头来,惊道,"田宗铠!原来足下便是阳信侯的长子!"

唐康直到当天傍晚才知道田宗铠突围渡河请援,也因此一并知道了何灌单舟却敌的神勇。这日白天,他与李浩去了北沼的一个村庄拜访一位隐士,据说这个隐士不仅是冀州第一名医,能妙手回春,而且精通六壬之术,是个占卜神算。虽然儒家讲"敬鬼神而远之",不肯将自己的命运与人世之间交付鬼神之手,但一般的人对占卜卦相仍然抱着一定的信仰。而领兵的将领则更加如此——其时辽军与西夏固然每战必卜,大宋朱仙镇讲武学堂,也有专门的先生教授奇门遁甲、六壬太乙之术,枢密院编修的《武经总要》,也有相当的篇幅,是专讲此类奇术的。不论如何,此类学问当中,至少也的确包括了相当的天文知识与心理暗示,尤其是世间终究是有一些此道高人,不管他们是真的拥有神秘的力量,还是只是操纵心理、观察入微的高手,但这些人的存在已经足以让一些将领对此深信不疑。

因此,唐康虽然将信将疑,但李浩对此却深信不疑。此时二人徘徊于苦河之南,犹疑难决之时,找个世外高人来占卜决疑,便理所当然地成为一种选择。

但不幸的是,唐康与李浩到那个隐士隐居的村庄之时,才知道原来那位隐士已经去世半年了。只不过他所居的村庄是在北沼偏僻之所,消息流通不畅,因此连衡水县也没有几个人知道。

其实,当时的士大夫大抵都会一些占卜之术,《六壬神定经》之类的书籍,唐康自己也读过,只不过他曾经悄悄应用过几次,却是从未准过,因此他也颇有自知之明，从此便绝口不提此事。他平生无论遇到多艰难的事，都极少求神拜佛，此番白跑一趟，更觉自己无缘，沮丧之余，倒也彻底绝了这种念想。

回到衡水后，李浩决定自己去沐浴更衣，亲自占卜。唐康却连茶都没顾得喝上一口，便赶忙请田宗铠来见他。

二人本是素识，唐康尊田烈武以师礼，与田宗铠便是平辈论交，两家往来密切，这时候谈起事情来，倒也方便，既不必拘礼，又无所忌讳。田宗铠便一五一十地向唐康介绍着深州的局势。

自深州再度被围至六月二十五日，已近十日。在这段时间里，深州与拱圣军经历了最严峻的考验。辽军知道深州粮多而城小，利于急攻而不利于久困，因此自再度围城的那日起，对深州采取的便是持续不间断的猛攻之策。

辽军抓来大量百姓，在城的东、西、北三面都垒起了土山，制造了大量的云梯，还有几架撞车、抛石机，并且调来了火炮，所幸的是，不是专门攻城的神威炮，而是普通的仿制克虏炮。在这些攻城器械的帮助下，辽军昼夜不停地攻打着深州。而深州能用来反击的，不过是两架赶造好的抛石机与两架床子弩。幸好再次被围前补充的火药发挥了作用，深州的工匠们造出了各种各样的简易爆炸火器，用来协助守城。除了霹雳投弹、火药桶外，他们还造了一些的简易炸炮，对于守城十分有用，趁着半夜悄悄出城埋于城外，特别是城门以外的区域，白天当辽军开始攻城之时，便往往会遭受意想不到的打击。但辽军将领也是极厉害的人物，他们很快就想到了应对的方法，残酷而简单，他们在攻城之前开始大量驱使俘虏的百姓走前面，结果反而给守城的宋军造成了极大的困难。幸好在宋军停止制造、使用炸炮，并且用行动证明他们不会因为辽军的残暴而屈服之后，辽军也并没有坚持这种残酷的战法——不管怎么样，契丹人本身仍是一个相对较文明的种族，这一点毋庸置疑。而深州的宋军则又发明了一种可以喷火的火器，这对于抵御云梯攻城，极为有效，甚至远比爆炸性的火器有用……

辽军变着法子攻城，姚咒则随机应变。在守城方面经验丰富的宋军虽然不会输给契丹人，但是双方实力的巨大差距却是无法弥补的。连续的强攻让辽军伤亡惨重，而拱圣军也接近崩溃。如今拱圣军已经伤亡过半，能够勉强作战的士兵不超过四千人，甚至连姚咒也差点儿动摇——若非两天前发现援军到了衡水县，姚兕几乎就要下令弃城突围。

但他们等了两日,却发觉援军并没有渡河!

因此,姚兕才令田宗铠率十名死士半夜出城,突围请援。

结果,只有他一人活着过了苦河。

田宗铠的介绍,让唐康面红耳赤,既羞且愧。在说到他们等了两日而援军却按兵不动之时,田宗铠的眼睛中并没有半点儿责怪埋怨之意,相反,唐康甚至能感觉到他的理解。在这点上,田宗铠继承了他父亲的胸怀与气度,而这却让唐康尤为无地自容。

他欲待解释两句,但一向能言善辩的他,望着田宗铠的眼睛,竟不知如何措辞。

"唐大哥,方才听何将军说是你亲自领兵前来,实是让我喜出望外。"田宗铠欢快地说道,他是完全信任唐康的,相信他绝对不可能见死不救。

"哦,我还带了一封姚太尉的书信,是给援军的主将的,见到唐大哥,我差点儿忘记了……"田宗铠不好意思地挠挠头,从怀里掏出一封书信来,双手递给唐康。

唐康接过书信,小心地打开火漆,取出信来,跃入眼帘的,是姚兕那刚劲的大字。他低声念着:"……吾之必守深州者,非有奇谋也。吾以为二十年来,两国交通,前古未有,辽之知宋,犹宋之知辽,两强争胜,实无奇谋可用,唯勇者可胜!深州者,河北之中,其势不可让也。北朝谓己强,大宋又岂得甘为弱……"

"两强争胜,唯勇者可胜!北朝谓己强,大宋又岂得甘为弱?"唐康喃喃重复着姚兕信中的话语,心中大受触动,"我率军万余虎贲而来,岂能临战而惧,作壁上观?!"

正想着,却见李浩兴冲冲地闯进帐中,高声笑道:"康时,好卦,好卦!"

"唔?是何卦象?"

"是第十八卦,蛊卦!元亨,利涉大川!先甲三日,后甲三日。"李浩高兴地说道,"我查过历书,七月三日是甲申日,先甲三日,六月月小,咱们二十九日渡河!"[1]

----
[1]　此处是李浩机械地解释卦辞,实则"甲"不必理解为"甲日",亦有数之首、事之始之意;大川亦不必理解成河流。后文唐康不过顺水推舟,读者不必以为唐康时连孔颖达的注疏亦未读过。便是李浩,亦非读书不至,不过专事附会而已。

"不必！"唐康望着李浩，"咱们今晚便渡河！"

"什么？！"

"后甲三日，二十二日是甲戌日，今日正是良辰！"

"这……来得及吗？"

"万事俱备，来得及！"唐康望望李浩，又望望田宗铠，"咱们连夜渡河，正是出奇不意，打辽人一个措手不及！"

4

由袁谭渡至深州城南门这四五十里的地区内，主要是以河流稻田为主，尤其是靠近深州南门的一二十里内，地形极不利于骑兵展开，但是在袁谭渡苦河的北岸，却有南北约三十里，东西约四五十里的地区，是一片较为平坦的碛地。苦河之水不能饮用，亦不能用于耕地灌溉，因此沿河的许多地区，要么是寸草不生的沙碛地，要么是杂草丛生中点缀着稀疏几棵树木。

这样的地形对于唐康来说，既可以说有利，也可以说不利。这是一片天然的战场，他的骁胜军与环州义勇全是骑兵，渡河之后，这样的地形便于他们布阵展开，但同样的，这样的地形也便于契丹骑兵活动。

因此，唐康与李浩一早就预料到，渡河之后，必然将有一场恶战。

不过至少最坏的情况并没有发生，辽军并没能阻止他们渡河，或者趁他们立足未稳发动猛攻，甚至半渡而击之。

宋军早已做好了渡河作战的各种准备，在下定决心之后，虽然有些突然，但是在衡水的巡检与百姓帮助下，宋军利用早已准备好的渡船、铁链、木板，不过一个时辰的工夫，就迅速地在并不算太宽阔的苦河上，搭起了十来座浮桥。

从亥时开始，宋军点燃火炬，开始有条不紊地渡河。除了辎重部队继续留在衡水外，所有的作战部队，在子时之前，全部渡过了苦河。唐康和李浩并没有刻意掩饰他们的行动，事实上这也不可能做到，既然契丹人反正会察觉，那么尽快渡河布阵，便成为比掩藏行踪更重要的事。

渡河之后，除了何灌率领环州义勇负责警戒以外，骁胜军开始迅速地背水列阵。这自然有些冒险，对于骑兵来说尤其如此，在使用骑兵上，宋军与辽军的理念几乎是完全相同——他们永远都需要足够的回旋空间。坚若磐石一样的阵形，是步军的任务。但是此时受限地形，他们不得不犯一点儿兵家忌讳。

骁胜军是宋朝的教导军，这也带来一些问题。因为他们实际上是由各种各样的骑兵兵种构成，这其中包括两个指挥约六百六十骑的重骑兵，八个指挥约二千八百骑的轻骑兵，同时也是枪骑兵，还有十个指挥约三千四百骑的弓骑兵，以及五个指挥约一千七百骑的突骑兵。突骑兵是一个特别的兵种，它早已有之，但仍属于枢密院的一个尝试，他们希望每支禁军中都有这样一支部队：他们全部骑着最快的战马，装备最轻的铠甲，由最优秀的士兵组成，根据战场的需要，精于突袭、诈败、侦察、诱敌、包抄……然而不幸的是，这种骑兵，也就是刘仲武的第二营，目前还从未被应用于实战，而也许他们第一次上战场，就将面临一个极不利于他们的环境——预定的战场上可能没有空间供他们施展。

唐康很明智地暂时将骁胜军的指挥权交给了李浩。

而对自己的军队十分了解的李浩并没有选择传统的阵形。

他将重骑兵以什为单位，列成五排，布成六十个锥尖向外的锥形小阵——另有六十骑是这两个指挥的军官与军法官，他们也一起布阵，但分散在各自的位置上——然后，所有这些重骑兵稀疏地分布在前阵的最前列。

这些重骑兵的后面，紧跟着队形较为密集的轻骑兵，他们全部以二十五列四排为一小阵——实际人数是一百零五人，包括各都的五名武官与军法官——这样的小阵一共是二十四个，每十个锥形重骑兵阵后面，跟着四个轻骑兵阵。

这构成了他的前阵。

然后，他以弓骑兵分居两翼，以突骑兵为中军，而环州义勇在阵中实际担当"无地分马"[1]之任。

这是一个明显的攻击阵形。这样的阵形，让所有的宋军将领都有些兴奋与紧张：在步军阵法与马步阵法上，宋军都有丰富的经验，但在骑兵阵法上，宋军的经验其实并不多。如李浩所列的这种阵法，便从未经实战检验是否可行。

....
[1] 无地分马，指轻锐机动部队。

万余人马喧闹了小半个时辰,在各军终于找到自己的位置之后,李浩并没有下令连夜朝深州前进。保持战斗阵形前进是非常缓慢的,连夜行军也会让士兵与战马易于疲倦,与其累得筋疲力尽再被辽军邀击,倒不如便在河岸从容休息到天明。

于是,在衡水征募的一千多民夫又忙碌了小半夜,在大阵的外面布满了粗陋赶制的拒马,才撤回衡水。宋军燃了一夜的火炬,将苦河北岸照得恍若白昼,除了哨探外,绝大部分的宋军便随地打个木桩,拴好战马,然后倚偎着自己的坐骑,囫囵着睡了小半夜。

直到夜空终于开始发亮。

二十六日的清晨,苦河北岸,寂静得让人不敢相信。辽军不仅晚上没有来骚扰,即便天已大亮,唐康也仍然看不到一个辽人。

但这并不能让人轻松。

果然,唐康还没来得及啃完自己的干粮,哨探便很快传来消息,在十里以外,出现了大股的辽军。

显然,辽人并非没有做出反应,而只是因为不知虚实,不愿意冒险半夜奔袭数十里。

"韩宝果然不愧是北朝名将。"李浩就着水送下一口干饼,一面斜眼望了一眼唐康。唐康知道他是想看到自己吃干粮难以下咽的情形,虽然这干饼实在是唐康有生以来吃过的最难吃的东西,但他仍然让自己微笑着,慢条斯理地啃着。他并不故意大口地吃给李浩看,那样就会露出破绽,而是细嚼慢咽,仿佛这就是他平常吃的食物一般。尽管平常唐康吃一顿饭花的缗钱,可能足够买几百万个这样的大饼。李浩看了一会儿唐康,略感失望,然后才继续说道:"此人真是沉得住气。"

"他知道咱们必要往深州,于是等在路上,以逸待劳,却并不急于来攻打咱们。"唐康接着他的话说道,"咱们列阵行军,人马疲乏不说,阵形也易出现破绽。"

被唐康说出心中的想法,李浩更觉不快,他重重地"哼"了一声,道:"那便看看他这算子打不打得响。"

他说完,一口吞下最后一口干饼,随手在袍子上擦了下手,高声命令道:"传令!准备列阵北行!"

随着李浩的一声令下,宋军的临时营地再次喧闹起来,士兵们狼吞虎咽地赶紧吃完手中的干粮,抓紧时间再给战马喂最后一口水,梳最后一下毛,然后骑上马力较劣的那匹坐骑,在令旗的指挥下,一队接一队地向北而行。

这是一支东西连绵数里之长的部队,队伍行进的速度十分缓慢,每走一段距离,李浩便下令停下来休息,重新整顿阵形,不过七八里的路程,竟然走了一个多时辰。

在距离辽军大约两里的地方,这片平坦碛地上的一个坡度很小的坡地上,李浩下令大军停了下来。此时他们已经可以很清楚地看见两里以外的辽军,辽军同样也占据着一块小坡地。虽然在这块平坦的碛地上,这些所谓的"坡地",对于骑兵来说,完全可以忽略,但是两军交战之时,任何一点点的有利因素,双方将领都不愿意放弃。

辽军的阵形宽度同样的绵延数里,黑压压的,如一条长蛇一般,盘亘在宋军的前方,人数大约与宋军相当,万骑左右。让唐康觉得安慰的是,他并没有看到韩宝的帅旗,也没有看到萧岚的旗帜,从旗号来看,对面可能是一支宫卫骑军。对于辽军来说,也许这已经代表着对骁胜军的重视了。

双方开始了短暂的对峙。

两边的将领都利用这个时间观察着自己对面的敌人,而士兵们则抓紧时间完成最后的战斗准备。宋军的重骑兵们在扈从兵的帮助下,在披挂铠甲的余下部分——为了节省马力与体力,他们事先只是穿好身甲,披膊、臂护、垂缘、膝裙等部分,以及胄、兜鍪、面具都要临时披戴,战马的马甲则在上次休息整顿队形时已经披好。然后,在扈从兵的帮助下,重骑兵们被一个个扶上他们的战马。

辽军并没有趁势发动进攻,一直到看见宋军停下来之前,他们甚至都没有骑上自己的战马,这也是他们的士兵上马,检查自己的兵器、装备的时间。

唐康知道这是辽军的风格,他看过职方馆的细作发回来的数不清的报告,这支也许是正处于鼎盛期的军队,无论面对着什么样的对手,都总是能保持着从容不迫。他抬头看了看天空,天阴沉沉地压着头顶,空气中一点儿风都没有,唐康仿佛这才意识到天气的闷热,而身上那珍贵的犀甲虽不如将士的铁甲沉重,却也远不如丝绸织成的袍子舒适,他不由得抹了把额角的汗,斜眼去窥李浩。李浩的中军将旗所在,由四辆战车及数十骑手挚各色令旗的传令兵组成他的指挥系统。在这些颇费周折才运过河的战车上面,除了有指挥作战的五色令旗外,还有几面大鼓以及钲、角等物,这些都象征着战场上的指挥权。此时,李浩身上披着一套普通的瘊子甲,登高站在一辆战车上,抿着嘴,目不转睛地观察着对面的形势。

他希望从辽军的大阵中,寻找一个破绽,但是唐康从他的神色中,看得出他并没有成功。

"一锤子买卖!"冷不防,李浩嘴里恶狠狠地吐出这五个字来,"便攻辽狗的正面!撕开直娘贼的!"

他的话音一落,唐康便见几面大旗向前点了几下,战鼓声、号角声,突然之间一齐响起,他的耳中响彻着震耳欲聋的"咚咚咚咚……""呜呜呜呜……"的声音,紧接着,雷鸣一般的声音从脚下的大地传来,仿佛地面都在摇晃——骁胜军的前军高喊着"杀啊""杀啊"如同一条条巨蟒一般,冲向辽军。

一瞬间,唐康屏住了呼吸。

他看见数百骑的辽军迎了上来,引弓射向骁胜军。但是辽人的弓箭射到冲在最前面的重骑兵的身上,便如同稻草杆一样,纷纷落了下来。那些辽军不甘心地射了几轮箭,眼见着宋军就要到身前,不再抵挡,朝着两边逃了开去。

他们身后,另一队挥舞着狼牙棒、铁锤的辽军冲了上来,但他们同样也无法阻挡住冲锋的宋军,在他们的兵器碰到宋军之前,重骑兵手中平持的长枪,已经刺穿了他们的胸膛,或者将他们带落马下,跟在后面的轻骑兵轻松地用长枪扎穿他们的身体,或者他们干脆被疾驰的战马踩成了肉泥。

李浩的战术,看起来取得了效果。

冲锋中的宋军,如同一把锋利的斧子,从辽军大阵的正面砍了进去,正面的辽军在这种猛烈的攻击下,开始动摇,虽不能说如同受惊的兽群一般,乱成一团地向后面、两边逃窜,但他们的确是在不停地后退,便像是退潮的海水,向着后方、两翼散退,眼见着这把斧子就能将辽军的大阵硬生生地劈成两半。

唐康不由得松了口气,一旦撕裂辽军的阵形,让辽军内部发生混乱,这场战斗的胜负就基本上定下来了。他这时才腾出工夫来,转头去看李浩,但李浩的表情却让他怔住了。

他看见李浩眉头紧锁，神色更加严峻。

此时，在辽军大阵的后面约两里左右，有大约两千骑辽军列成一个方阵，静静地站立着。在这两千骑辽军的后面，在几百名精锐战士的护卫下，韩宝与萧岚站在一辆驼车上，正目不转眼地观察着两里之外的战局。但他们的周围，并没有自己的旌旗。

"那几百具骑人甲，啧啧。"萧岚笑着摇头，"用具装骑兵冲乱对方的阵形，太中规中矩了，我要是李直夫，就用这些骑人甲从两翼进攻，只要冲垮对方的两翼，就能对中军形成压迫围攻之势……"

"妙策！"韩宝意外地看了萧岚一眼，亦不由得由衷地赞道，"大王所言，只怕是前人所未曾想过的。这也怪不得李直夫。"

"然这正面冲锋之策，几百年前，便有法子可破了。"萧岚笑道，"让我猜猜晋公的破敌之策。他以重骑与轻骑配合冲锋，我们只要避其锋芒，无论他是多么训练有素的部队，只要是骑兵，战马便会有快有慢，冲锋之后，阵形便会散乱，跑得越远，阵形越乱，快马会冲到前面，慢马会落到后面，我们只要诱敌深入，待其前后脱节，反戈一击，以优势兵力包围歼灭跑在最前面的，再将较后之部队各个击破，宋军很快便会崩溃……"

"只怕不可言之过早。"韩宝摇摇头，笑道，"这个战场太狭窄了，施展起来，也许结果并不会如意。"

"但我还是猜对了，对吗？"萧岚不以为然地笑道。

韩宝笑笑不语，只招手叫来一个军官，弯下身子，在他耳边低声嘱咐了几句。

萧岚的确是猜对了韩宝准备的战术。

在宋军轻重骑兵的冲锋下，辽军正面的军阵节节败退，整个阵形被冲得稀稀拉拉的，并且如宋军所想要的，整个阵形被切成了两段。

但同时，这也是韩宝早就预料到的局面。

自两朝驻使、通商以来，这二十多年，两国之间其实真的很少有什么秘密存在。如果说辽人对环州义勇的了解以传闻为主,那么对于殿前司的骁胜军,就算从未交锋,通事局的情报也足够让韩宝知道他该知道的一切事情了。

在骁胜军来到苦河南岸之时,他便已经知道,他将要面临一支少有的精锐重骑兵。这个兵种从全局来看毫无用处,实际上,它既冲不破宋军步兵的坚固方阵,面对大辽的轻骑,它更是笨重得可笑。它永远追不上大辽的骑兵,而你所要做的就是不断地引诱它们追赶——反正它绝对不可能追上你——然后用弓箭一个个将他们射死。尽管大辽骑兵并不是人人都能如宋军的步军一样拥有可以射穿一切铠甲的劲弩,但是提前聚集这么一群射手,也并不困难。而重骑兵的出现你总是可以提前知道的。

在韩宝看来,宋军弄出这些重骑兵来,虽然人数并不多,但主要是用来镇压国内的叛乱。如果你面对的是一群纪律松散的乌合之众,或者是临时拼凑久不训练征战的部队,它倒的确会是最有力的。

尽管如此,打了几十年仗的韩宝也深知,兵种搭配虽然大多数时候会因为配合失误而弄巧成拙,但倘若是一支精锐之师,却可能收获奇效。在一个空间压迫的战场上,这几百具"骑人甲"冲阵的威力,仍是不可小觑的。

所以他选择了战场,精心布下了他的陷阱,等待着骁胜军的到来。

便如他所预料的,宋军开始冲锋之后,所谓的"阵形"便成为一句空话。尽管宋军的具装骑兵所骑的战马皆是精挑细选出来的良马,但是战马一旦开始疾驰,马的优劣、骑兵的骑术高低,马上就区别开来,一部分重骑兵冲到了前面,另一部分则落到了后面,而开始时他们身后的轻骑兵还努力维持着队形,但很快,他们发现这是不可能的事情,况且,在重骑兵深深地切进辽军的正面军阵,冲乱了辽军的阵形后,这种克制似乎也已经没有了意义。在身后那一声声的富有节奏的战鼓声的催促下,轻骑兵们轻易地便将重骑兵甩到了身后,他们只剩下一个松散的队形,追击着眼见着便要陷入慌乱的辽军。

但是,在轻松地"击溃"了辽军正面的军阵后,骁胜军的前军才发现,在辽军正面军阵的后面一两里处,居然还有一个严阵以待的军阵,许多辽军便是向那个军阵的后方逃去。阵形变得混乱的宋军已经无法重整他们的队形,杀得兴起的轻骑兵也来不及等待被他们抛在后面的具装骑兵,在他们的指挥使、都头、什将的号令下，端起长枪，再次杀向这支人数在两千骑左右的辽军。

但这一次，这些宋军的冲锋，仿佛撞到了一面软墙上。

这支辽军全部骑着快马，挟带着劲弓利矢，他们且战且退，将这些冲到最前面的宋军再次分割开来，包围起来，用弓箭射杀。虽然骁胜军的轻骑兵都是训练有素的马上格斗战士，但是大多数时候，他们接触不到这些攻击他们的契丹人，而他们身上的盔甲，携带的小盾，面对辽军的箭雨，显得毫无作用。

在这种打击下，宋军的内部开始混乱。

然后，他们发现，在他们的身后，不知何时竟然燃起了烟雾。这遮蔽了他们的视线，他们再也不能看见身后发生了什么。

与此同时，其余的辽军军阵也开始了移动。他们的两翼各分出一支骑兵，从两翼杀向那些落在后面的重骑兵与轻骑兵，而先前已被"击溃"的正面军阵的那些逃向两翼军阵的辽军，也再次聚集起来，直接冲向宋军的中军阵。

他们将冲锋的宋军前军分割包围起来，并且将之与宋军中军的联系割断，以优势兵力尽快歼灭宋军前军，再加入与宋军中军的战斗。

而在一片混战中，这样的调动本就不易被宋军将领觉察。况且辽军还有意在他们的阵后点燃早已准备好的干草，身后的战场被浓烟笼罩，让宋军将领完全看不清楚战场的变化。

但是，就在所有的辽军将领以为一切都在控制之中了的时候，韩宝脸上的肌肉突然间绷紧了。

他知道这一刻是紧要的时候。

果然，他看见两名传令官正穿过浓烟，从他的两翼军阵向他疾驰而来。

便在辽军燃起浓烟的那一瞬间，李浩也挥动了令旗，骁胜军的两翼同时向辽军发动了进攻。辽军的两翼顷刻间陷了入艰苦的混战。

韩宝知道自己到底是不可能如此轻易地取得这场胜利。

在战场的局部地区，双方各占优势，也各有劣势。他分割包围了宋军的前军，而他的两翼却正好在最薄弱的时候受到攻击，重新聚集的正面军阵与宋军的中军阵之间则是胜负难料⋯⋯而在浓烟的干扰下，唐康与李浩固然看不见他们前军的命运，但浓烟之后的辽军第二军阵也无法看见他们第一军阵的情况。

但直到此时，韩宝依然坚信他胜券在握，他将快速歼灭已成困兽的骁胜军前军，然后支援他的其他军阵。

宋军两翼的弓骑兵原本是计划在辽军混乱之后再出动趁势射杀辽人的，但是他们撞上了兵力虽薄弱却是严阵以待的辽军两翼。

攻坚并非弓骑兵所长，好在辽军的两翼也不是举着坚盾列成方阵的步军。骁胜军在奔跑的战马上向辽军射箭，辽军也用同样的方式还击，双方往来追逐，靠得近了，便有人投掷霹雳投弹，更近一点儿，便抽出马刀来互砍……战场之上，到处都是人仰马翻，鲜血四溅，士兵们的嚎叫、战马的嘶鸣，还有此起彼伏的爆炸声，伴随着鼓角声，全部笼罩在由北面飘来的浓烟中。战场的两翼，完全陷入了一场昏天黑地的厮杀。

宋军中军正面的战场比起两翼来，要更加的惨烈。先前一触即溃的辽军，此时变得凶狠无比，他们的兵力看起来也要更多，此时与刘仲武的突骑兵们缠斗在一起，也并不稍落下风。这时战场已经不需要李浩的指挥，他换乘战马，与他的亲兵一道，杀进了战场。这个老头倒是出乎唐康的意料，他挥舞着一柄大刀，手起刀落，接连砍翻四五个辽人，实是让唐康小小地吃了一惊。原本一直跟在唐康身边的田宗铠也早已按捺不住，提了一杆大枪冲了出去，与辽军战到一起。他继承了他父亲的勇武，也许还要青出于蓝，唐康看着他在敌军之中左冲右突，往来如飞，顷刻间便杀了两三名辽军，忍不住赞道："真是将门虎子。"

他身旁的何灌却是不以为然地撇撇嘴，道："此又何足道哉？！"面前打得难解难分，但是唐康始终不肯将环州义勇投入战斗，反而让他们留在身边观战，这让何灌心中已是生出一些不满来，只是不敢明言。

唐康不用看他，便已知他心中想的是什么。他并非手无缚鸡之力的文弱之人，实则熙宁、绍圣之儒生本就皆习弓马，况且石越、王安石、司马光皆是极恨文弱之风的人，数十年来朝野倡习武艺更是蔚然成风。唐康自小得名师指点，说"弓马娴熟"绝非饰语。因此这时虽是初历恶战，心里却无半点儿怯意，他也是熟习兵法的，在枢密院这么多年，凡禁军操练、演习不知道经历过多少，虽未亲自指挥，但也算是没吃过猪肉亦见过猪跑。战斗开始时，他尚有些紧张，一些战局的细微变化他亦很难分辨，难以判断哪些是稍纵即逝的时机，哪些又只是战斗之中出现的平常之事，但是战斗进行到此时，唐康早已变得从容冷静，虽在细节之处仍不可能一蹴而就，但整个战局的变化，却已经清晰地印在了他的脑子里。

"何将军，你说那浓烟之后有什么？"他没有接何灌的话，反而执鞭指了指他的正北方。

"必是契丹的陷阱。"何灌不假思索地回道，"辽人定是设了伏兵，困住了前军。"

"这是不必说的。"唐康目不转睛地望着那些浓烟，"但辽人为何要燃那些浓烟呢？"

"必是因为他们利在乱战！"

"为何利在乱战？"唐康突然转头看了何灌一眼。

何灌被他问得一怔，却听唐康又说道："因为他们的伏兵并不多，韩宝必是怕拱圣军乘机出城，内外夹击，因此不敢带太多的兵来。他要的是利用这浓烟，让我们不知虚实，断绝联系，各自为战，然后他才能各个击破！"

"这是自然，因此咱们才要尽快攻破一个缺口，左、中、右，无论哪个，只须成功，便能取得主动，辽军的算计便会落空。"何灌苦笑回道。

他却看见了唐康的冷笑，"何将军，你以为加上你的环州义勇便能攻破一个缺口吗？"

何灌想说"那是自然"，——但是唐康却没容他将这句话说出来，"契丹皆百战之余，骑术精湛，以骑对骑，攻其有备，环州义勇虽然善战，但多这一千骑，未必便能轻易取胜。况且吾攻其左，辽人未必不能救其左；攻其右，辽人未必无力救其右。"

唐康轻击马鞭，又说道："兵法说，出其不意，攻其不备。何将军说，辽军此时，最无备的是何处？"

"唐参谋是说？"何灌的眼睛亮了。

"你看这满地的浓烟，还有这混战，便是咱们就这么走了，只怕也没人能看见……"唐康"嘿嘿"笑道，"可惜，本官不能随你们一道走。"

"这如何使得？！"何灌大吃一惊。

"若是前头苦战的将士突然回头见不着我，这军心只怕……"唐康笑着说。

他好整以暇地摘下弓来,驱马出阵,张弓搭箭,一箭射倒一个辽兵,回头笑道:"本官箭术虽不及将军,但自保当绰绰有余了,况且还有这些亲兵卫士在!何将军,拜托了!"

"末将领命!"何灌大声应道,转身面对他的环州义勇,沉声喝道,"听吾号令行事!"

在一片浓烟弥漫中,原本在宋军军阵最后面的环州义勇,消失得无影无踪。

5

苦河北岸,辽军与骁胜军的激战已经持续了两个多时辰。在战斗开始之时,萧岚本以为他可以回营从容地吃上一顿中饭,但是现在他已经在心里悄悄地将中饭变成了晚餐。

宋军的战斗力超乎他的预料,即使到此时,他们仍然没能如预期吃掉已陷入包围的宋军前阵。这些宋军善于应变,他们原本都携带了弓弩,在发现辽军的意图后,很快便找到了应对之策。在那些低级武官的指挥下,他们纷纷下马,以战马、重骑兵居外,以轻骑兵居中,组成了一个个圆阵,用弓弩、火器与辽军战斗。

宋人也许不是天生的骑手,但他们的确都是天生的步军。这些结阵而战的"步军",让战斗再一次变得艰苦起来。开始时只是一个个的小圆阵,然后他们开始互相声援,最后变成了几个难以啃动的大阵。

萧岚身边的一些亲随对于宋人如此不爱惜自己的坐骑十分的愤怒,他们大声地咒骂着。对于契丹人来说,这些宋人的确十分的可恶,他们怎么能不假思索地便将一匹匹良马当成肉盾?那还是他们自己的坐骑!

然而,萧岚和韩宝却都从对方的眼中看到了一丝惧意与忧色。

战斗进行了这么久,他们已经可以断定这些宋军中间,并没有什么高级将领,在最先的打击中,他们的几个高级武官都已经被射杀,现在指挥这些宋军的最多不过是些指挥使,他们失去了阵形,被断绝了与中军统帅之间的联系,但在陷入绝境之后,他们竟仍然没有丧失组织力!

这是萧岚一生之中见过的最可怕的军队!

但这是怎么样的噩梦?他们竟然要与这样的军队为敌?!

萧岚真希望此时耶律信也站在他的位置上。

而这样的苦战也是萧岚所厌恶的,毫无美感,只是无谓地消耗士兵的生命。他几次试图劝说韩宝鸣金收兵,但看见韩宝怒睁的双目,他便知道自己最好还是识趣一点儿。

这是两支骑兵之间的野战,越是难以对付的敌人,韩宝越是不会轻易认输。若不能击溃这支宋军,韩宝绝不会服气。但他已经没有筹码可用,他们身边除了这支护卫亲兵,再无其余的部队,而萧岚知道,韩宝绝不肯再回营调兵,他会将之看成一种耻辱。

可这样僵持下去……

辽军每次冲锋、射箭都能给宋军带来一些伤亡,但他们始终冲不破宋军阵形。有几轮冲锋中,辽军甚至动用了震天雷、霹雳投弹,但即使如此,也没能炸开他们的圆阵——与那些蛮夷不同,宋军的警惕性很高,他们会用弓弩优先攻击那些准备投掷火器的辽军。这让辽军的火器战术难以为继,也形不成猛烈的打击。

然而,韩宝的命令十分简单明了,他要求部下持续不断地,一波接一波地进攻,让宋军无法休息,时刻保持高度紧张的状态,他们总会疲惫,然后就一定会出现破绽。

而且,他们不是弓骑兵,他们携带的箭矢不会太多,总会用完。

这样的战术一定会有效果,只是瞬间万变的战场上,没有人知道浓烟的南面会出现什么样的变化而已。

想到这里,萧岚不自觉地往左右望了望,他犹豫是否要悄悄地去调兵相助。就在他转过头的那一刹那,他发现从东西,有一支马军正朝自己这边疾驰而来。

萧岚不由得松了口气,虽然那浓烟飘得四散都是,让他看不太清楚那是哪支部队,但那是辽军却是不需要怀疑的。但出于一种谨慎,他还是挥手招来一位亲随,吩咐道:"去看看那是哪位将军领兵前来?"他听见那亲随答应了一声,策马朝着东边驰去,便又转过头,留神战场。

但萧岚并没能把心思放在战场多久,突然间,他听到身边的亲从"啊"的一声大叫，他转头一看，却见刚刚遣出去的亲从，胸口中了一箭，被他的战马驮着，小跑着折了回来。

"宋军！宋军……"几个亲随结结巴巴地喊着。

"宋军？"萧岚方愣了一下，却见韩宝已霍地转身，眼睛眯成了一条线，死死地望着那队人马前来的方向。过了一小会儿，韩宝恶狠狠地说道："看来韩某倒是低估了李直夫！"

一股寒意突然从萧岚的背脊上冒了上来，他下意识地握紧腰间的刀柄。每一个契丹人，都不难判断，那队人马至少有上千，而此时他们身边不过百余亲从。

更紧要的是，倘若这支宋军与被围困的宋军合兵一处，整个战局都会发生天翻地覆的变化。

"这……这要如何是好？"萧岚脑子里不断地转着念头，眼睛却望向了韩宝，但是这位大辽的名将，此时也只能是铁青着脸，一筹莫展。

即使是在嘈杂的战场上，萧岚也能清楚听见那队人马疾驰而来的马蹄声。

便在此时，萧岚忽然听见从北面也传来一阵马蹄声。"休矣！"萧岚在心里暗叫一声，扭过头去，却见韩宝的表情松弛下来，他怔了一下，方才明白过来，那竟然是大辽的人马。

萧岚好一阵子都不敢相信这样的事实。

一个巧合——韩敌猎与萧吼因为担心这边的战局，二人领了一千骑人马，前来接应，便在环州义勇出现在辽军背面的同时，他们也赶到了。

然后，萧岚看见这两队人马，不约而同地张开了弓箭，朝着对方射去。

双方冲在最前面的骑士纷纷中箭落马，但两队人马仍在飞快地接近。心情仍有些恍惚的萧岚忽听到韩宝"哎哟"了一声，他这才惊醒，顺着韩宝的目光望去，却见那队宋军当中，策马冲在最前面的一个黑甲白马的将军，正在连珠发箭，箭箭都是射向辽军中冲在最前面的萧吼。素以勇武著称的萧吼，在他的箭雨下，显得极是狼狈，左支右绌间，右臂已是中了一箭。韩宝的那声惊叫，必是因见萧吼居然中箭才发出来的。

萧岚看着也是暗暗心惊。几名裨将见着此景，皆忙引弓去射那宋将，却被那宋将轻拨战马，轻巧避开，回手连射几箭，那几名裨将竟一一中箭，落下马来。

这几箭令得萧岚与韩宝皆是大惊失色，韩宝转头问身边之人："那是何人？南朝亦有如此勇将？！"左右却无一人知道此人姓名。

好在两方很快便碰到了一起，那宋将的神射便少了用武之地。此时韩宝与萧岚的目光已全被那宋将所吸引，只见他收了大弓，摘了一柄大槊在手，舞将起来，直奔萧吼而去。萧吼是大辽有名的神力之人，平素少逢敌手，并不如何挑拣兵器，只有韩宝知道他最拿手的是一支铁鞭，平日只是挂在马上，并不使用，这时却是摘了铁鞭，右手持刀，左手执鞭，与那宋将杀在一处。

萧岚看了几合，便知二人武艺不相上下，但萧吼亏在未战之先，右臂便已中箭，此时咬牙恶战，却是使不上全力，那宋将力气极大，每一槊抢下，皆是势大力沉，萧吼只敢用铁鞭去接，却不敢用右手，因此渐渐便落了下风。他生怕萧吼吃亏，正待叫过亲从当中几个武艺好的去相助，不料眼前几骑快马冲出，他一愣之间，才发现是韩宝下车换马，摘了狼牙棒，冲了出去。他的几个亲兵生怕他有失，慌得紧紧策马跟上。

萧岚这时已来不及劝阻，只能提心吊胆地观战。

那宋将十分枭勇，虽被韩宝换下萧吼，亦无惧意，一杆大槊与韩宝的狼牙棒竟是杀了个难解难分。萧岚看了一会儿，见韩宝并不落下风，几名亲兵又紧紧地围在二人旁边，知道不会有事，这才放下心来，去看别处情况。

便在这短短一小会儿，其他战场的情况又已是风云突变。

一名身着犀甲的宋将，领着数百骑人马，不知何时，已穿过辽军的前阵，杀进后阵之间，将辽军的包围杀开一道大口，被围困的宋军见到援军，军心大振，纷纷上马，且战且退。

他来不及哀叹咬进嘴中的肉竟然也要吐了出来，两翼的探马又飞来报告，辽军的整个前阵与宋军已经陷入彻底的乱战，已经没有任何阵形、序列、指挥可言。

他这才明白那队宋军是怎么突然杀进来解围的。

到这个时候，萧岚已经知道，歼灭骁胜军的目标已经不可能实现，继续战斗下去，除了让双方无意义地流血，再无作用。但是，他甚至不可能随便鸣金收兵，当务之急，已经不是追杀宋军，而是利用他第二军阵仍然还存在的阵形，保护其他各阵退出这场战斗。

他再不犹豫，策马驰向他的后阵，接过战场的指挥权。

苦河边上的这场恶战，直到当天晚上，太阳完全落山之前，才终于彻底的结束。

辽军几乎已经将半支骁胜军咬进了嘴里，最后却不得不心不甘情不愿地吐了出来，而宋军也几乎有机会一举击杀韩宝与萧岚两名辽国统帅，却因为运气不佳而功败垂成——尽管他们自始至终都不知道曾经拥有过这样的机会。

这场战斗，到最后，双方都是筋疲力尽，死伤惨重。

最终，辽军后退了五里扎营，宋军也被阻在了深州之外，不得不退回他们前一个晚上的营地。

此时，除了苦战一天的筋疲力尽以外，宋军之中开始弥漫起一种悲观的情绪。

唐康强打着精神，与李浩分头巡察过大营后，二人又不约而同地一齐回到了唐康的大帐中。唐康吩咐亲兵给李浩看了座，端上茶水，两人都是捧着茶杯在手，半晌无言。过了好一阵，二人不约而同地抬头，一齐唤道："唐参谋！""李老将军！"然后，又是一小阵沉默。

当李浩再次开口时，唐康其实已经知道他要说什么了。

果然，便听李浩长长地叹了口气："契丹之善战，实出乎意料。"

唐康也深有同感，不由得微微点了点头。白日他也曾引兵死战，唐康一向自负文武双全，自以为一身武艺，较之一般的将军，绝不逊色，但直到上了战场，真刀真枪的实战，才知全不是那么回事。在生死之际，那些生长于马上、久历战阵的普通契丹士兵，远比他想象的难以对付。

却听李浩又沉声说道："恐怕咱们这次，是到不了深州了。"唐康默然无语，李浩连连摇头，神色沮丧，"吾等矫命而来，如今真是进退维谷。不立寸功而返，来日何以塞两府、宣台之口？然今日之战，全军伤亡近四成，战士疲惫，已到强弩之末。如今大军背水结营，数十里之外，便有数万辽兵，若其夜半来袭，恐后果不堪设想。"

"李老将军说得极是。"到了此时，唐康也不由得英雄气短。

"那么，不如早做决断，今天晚上，趁辽人未觉察，咱们连夜撤回衡水，待休整数日，再图别策。"

"今晚？"唐康不由得吃了一惊。

"事不宜迟，恐夜长梦多。况白日若辽人有备，岂能容我从容渡河？"

唐康沉吟了一会儿，终于点了点头，"也罢！"

二人又商议了一阵退兵之法，一切议妥，李浩便告辞离开，安排连夜撤军之事。唐康在帐中，一面吩咐亲兵收拾行李，一面坐在烛下沉思。他是一个不甘心失败的人，但是如今的形势却已经告诉他，单凭他手中的兵力，想要解深州之围，绝非易事。事到如今，他也只有再想方设法说服石越增兵，但这又岂是容易之事？唐康还不知道石越此刻正如何恼他呢。他想了一会儿，终无头绪，又想起一事，披上披风，跟亲兵吩咐了一声，便出了大帐，径直往旁边的一座小帐走去。

到了那小帐前面，他正要掀开帘子进去，不料田宗铠正好自帐中出来，见着唐康，急忙上前行了一礼，十分焦急地问道："唐大哥，我正要寻你，刚才听说咱们要撤兵？"

唐康尴尬地点了点头，他本就是特意前来与田宗铠解释一声。但田宗铠见他点头，立时便急了："唐大哥，这万万不可啊！"

"宗铠，这亦是迫于无奈的下策。"唐康避开田宗铠的眼睛，轻轻拍了拍他的肩膀，道，"今日之战，你也曾亲历。我军已经力尽，非得回去休整数日不可。你放心，我唐康绝不会对深州见死不救的，咱们还会再来……"

但田宗铠哪里听得进去，"可是……可是……"他心里也知道唐康所言不无道理，但正因如此，他心中却更加着急，想着围城中的拱圣军袍泽日夜盼援，田宗铠鼻子一酸，忍不住痛哭失声，"可是深州……"

唐康见他如此，心中更是喟叹，只得勉强安慰道："你放心，咱们定不会让深州陷落的。"

田宗铠也意识到自己的失态，很快止住眼泪，抬头望着唐康，道："不！"

"不？"唐康一愣。

"唐大哥既有此诺，宗铠当谨记在心。"田宗铠看着唐康，高声说道，"但是深州城内，姚太尉，还有一众袍泽，却还不知道唐大哥的这个承诺……"

"这好办，我会着人送信进城，告诉姚太尉……"

"不必了。"田宗铠笑着打断唐康，"宗铠是拱圣军的人，是宗铠出来请援，便当由宗铠将这个消息带回深州！"

"此事万万不可！"唐康真是大惊失色，"绝不可如此！如今深州重重被围，你岂能轻易进去？你若有个万一，我如何向阳信侯交代？"

"大宋朝谁人无父母？别家父母，亦是同样的难交代。"田宗铠平静地笑道，"田家世代忠烈，宗铠既已从军，马革裹尸，亦是分内之事。今日一番恶战，辽军必然也是极疲惫的，我正好连夜进城。唐大哥尽管放心，这往来的路，我都是极熟了的。"

"这……"

"我回到城中，必将大哥的话转告城中军民。大哥放心，只要深州尚有一个宋人在，城池便不会陷落。"

唐康看着田宗铠的神情，知他主意已定，绝难劝阻，但他心中又着实为难。唐康一生做事，绝少顾忌人情，唯有对田烈武，唐康深感其德，念念不忘。此时要送他亲生儿子去一座随时可能落入辽人之手的城中，他如何能点这个头。但是，他也知道，他没有理由拦住田宗铠，他总不能告诉天下人，他唐康对深州能否坚守得住没有信心吧？

过了好一会儿，唐康才终于极勉强地点了点头，"你要回去可以，但不能一个人回去。我让何将军挑出三十名好手，护送你回去。"

便在唐康与李浩心生惧意，宋军悄无声息地准备退回衡水之时，辽军大营内，萧岚也是忧心忡忡，他在自己的大帐内喝着闷酒，却始终无法压制心底泛起来的那种惧意。

大辽军队，自南下牧马以来，除了在沿边雄、莫诸镇还算得意外，此后进展，实难让人安心。开战两个月，谍报显示西军尚未出现，但他们所遇到的宋军，却都已经很不好对付，甚至可以称得上劲敌，这哪里像是一支曾经被一些不值一提的西南夷打得屁滚尿流的军队？

深州城内的拱圣军，与今日让大辽铁骑死伤三千余人、损失战马五千余匹的这支骁胜军，皆是令人生畏的对手。而另外的战场上，宋军的韧性也让萧岚颇为吃惊。

原本，按照耶律信的命令，此刻西线的萧阿鲁带部，应当早就到了深州，与韩宝、萧岚合兵，若是那样的话，他们原是可以抽调更多的兵力与骁胜军决战的，那样战局也许便不会是今日这个结果。

但是，直到此时，萧阿鲁带部还是连踪影都见不着。

原因便是那个段子介。

转战镇、定之间的段子介，自侦知深州被围，除了派兵增援深州外，还料到了萧阿鲁带下一步必然是要南下与韩宝合兵。此人耳目极广，萧阿鲁带部才开始合兵，他便已经知道。连萧阿鲁带部南下的时间与行军路线，竟皆被段子介窃知，让他预先伏兵于唐河之畔，欲趁萧阿鲁带部渡河之时，打个措手不及。幸好段子介依靠的，除了他的定州兵外，到底还是些乌合之众的忠义社之流，机事不密，反被萧阿鲁带所乘。萧阿鲁带将计就计，在唐河畔大破段子介，斩首千余级。段子介率败军退保博野，萧阿鲁带引兵追击，攻城数日不克，不得不解围再次南下，不料段子介便如打不死的阴魂，竟然又悄悄引兵蹑其后，大破萧阿鲁带的后军。萧阿鲁带无法从容渡河，不得不又回军与段子介交战，但段子介这次却学了个乖，先是藏在一个老寨中固守，然后在夜色掩护下，连夜遁回博野。

结果，双方在博野一带，竟就此陷入一种可笑的僵持。唐河曾经是宋朝的塞防重点，那里有无数废弃的寨子、营垒，如今都被段子介善加利用。一旦萧阿鲁带想要渡唐河，段子介就率军追击，攻击他的殿后部队，当萧阿鲁带回军交战时，段子介马上跑到某座城寨中坚守不出，若见萧阿鲁带率的兵多，便赶紧遁回博野。

于是，虽然博野至深州不到二百里，但因为中间夹着唐河、滹沱河两条大河与许多小河，萧阿鲁带若不能解决段子介这个心腹大患，便无法从容渡河。然而，他虽然屡施计谋，想诱段子介出战然后一举歼灭之，但奈何段子介自吃亏一次之后，便奸猾如狐，轻易绝不肯上当，偶尔受挫，损失个数百上千人，对段子介来说，又没什么影响，他在镇、定之间，插旗募兵——据说他得宋廷准许，可用日后之赋税来抵从军之军饷，此时分文不出，转瞬之间，便能补充数千兵额。

这些乌合之众，虽不能与大辽铁骑正面交锋，但是亦让人十分头疼。时间越长，段子介便越成气候。段子介不仅能自己在博野与萧阿鲁带缠斗，竟还有余力遣将四出，令各地忠义社结社自保，闻大辽兵至，便避入城寨山林，绝不与战，又密藏粮食，毁坏桥梁，在道路中埋置乱石，萧阿鲁带部困于唐河之北，不唯不能渡河，便是外出劫掠，没有数百骑，绝不敢轻出。甚至，段子介还派遣偏将攻入大辽易州境内，幸亏易州守将早有准备，引军迎战，大败宋军，将他们赶回宋境，段子介这才不敢有非分之想。

但不管怎么说，萧阿鲁带的西路之军无法顺利南下会师，而镇、定之间，又陡然出现一支兵力过万而且人数越来越多的宋军，对大辽的整个战略部署，都构成了巨大的威胁。此辈虽然只是乌合之众，但兵力一多，亦能成患，况且一旦萧阿鲁带真的南下了，他们便处在辽军最薄弱的侧翼，这种隐患是绝不能忽视的。

此时，萧岚所不知道的是，当日段子介在唐河设伏之前，便曾经担心兵弱不堪与辽军一战，他曾亲自前往真定府，希望与真定诸将捐弃前嫌，合兵伏击，但因慕容谦未至，真定守臣对段子介极为不满，遂一口回绝。段子介迫不得已，才自己独领定州兵伏击萧阿鲁带，因为兵力不足，他被迫广招各地忠义社助战，结果反而泄露机密，遂致唐河之败。不仅他辛苦募练的定州兵元气大伤，还被镇、定间那些与他不和的地方官员弹劾，真定府的官员更是借题发挥，禁止境内忠义社与段子介合作……对于此时正在博野与萧阿鲁带作战的段子介来说，他已是真正的腹背受敌。

很难知道如果萧岚知道了这些内情，他又会作如何想法？

但此时此刻，萧岚原本便不如何坚定的内心，已经开始土崩瓦解。他已经认定，南下侵宋，是一个极大的错误。而且，是时候来设法挽回这个错误了。

可这并不容易。

耶律信绝不会答应。倘若如此兴师动众，换来的竟然是无功而返，对耶律信来说，那会是一场政治上的灾难。他会被赶出北枢密院，剥夺军权，如果皇帝不肯原谅他，他甚至连身家性命也难苟全。可以想象，一旦他提出此议，与耶律信便是一场你死我活的斗争。

而对萧岚尤其不利的是，他知道皇帝本人也不会答应。

无功而返，空耗国力，反而结怨宋人，皇帝的脸面挂不住，他会视为极大的耻辱。况且如今胜负未分，大辽不一定会失败，要停止战争，皇帝如何能听得进去？这几乎形同儿戏了。

而即使是韩拖古烈这些文臣，萧岚也无法确定他是否还会支持自己。猜忌与不信任是理所当然的。

他也不知道，在武将当中，他能得到多少支持。

耶律冲哥的暧昧态度说明了一切，但他远在西京道。河间诸将必定是唯耶律信马首是瞻，他亦不必指望。对于萧岚来说，倘若他真的决定挽回这个错误，也为自己将来的前途定下一个更好的基调，他首先要做的，便是争取韩宝的支持。这是一切的前提。

倘若韩宝也出现厌战之意，主张与南朝议和，那么，他这边便多了一个重重的砝码。甚至，在这个时间，这比韩拖古烈的支持更重要。

然后，他必须向皇帝上一封奏折，在不触怒皇帝的前提下，委婉地表达退兵与议和之主张，说明他对战争前景的悲观态度。这样耶律信不会高兴，皇帝也不会高兴，但是，他至少是"立此存照"了，即使皇帝最终没有采纳他的意见，但总有一天，这封奏折会发挥大作用。

在此同时，他还要做另外一些事情，增加自己手中的筹码。

他需要谋求南朝的支持。倘若，他能与南朝达成某种谅解，譬如和议之可能，甚至促成南朝的某种让步，他就能有把握保全皇帝的脸面，那么，只需要一个时机，他便能底气十足地来主持与南朝的和议。他甚至能成为辽宋两朝的功臣。

萧岚相信自己比其他人都看得更远，他也很清楚有时候这样会给他带来危险。比如，这个时候，倘若他莽撞地让人知道他在策划和议之事，他便会陷入万劫不复的深渊。皇帝绝不会原谅他。

他必须耐心，小心地处理。给皇帝的奏折，措辞要斟酌再斟酌，让皇帝确信，这只是一个忠心臣下的深谋远虑，他只是在竭力地顾全方方面面的事情，他并不是反对战争，而只是看到了消极与危险的一面，考虑到万一，事先多谋划一条退路。

在南朝那方面，有些他可以公开地进行，有些就必须极隐秘地进行。

他至少要派出三拨使者。一拨使者将秘密前往汴京，了解哪些有分量的大臣是可能希望与大辽议和的，然后，他们会有办法与这些大臣联系上，直接试探宋廷的心思；一拨使者去大名府，试探石越与他身边谟臣的态度。但这两拨都是非正式的，只是私下地接触与试探，而倘若他争取到韩宝的支持，他还可以派使者进深州城，直接致书姚咒，试探和议之可能。姚咒并无权利决定和战，但这会是一个正式的渠道,代表着一种正式的接触,按照旧例,姚咒会将此向上禀报,一直送至南朝太皇太后的御几上。

对于向深州派使者,萧岚相信皇帝并不会责怪他,甚至耶律信也无话可说。

双方迟早都是要议和的。耶律信可以主导战争,而他可以主导和议,这两样对大辽来说,都是必要的,而且都应该谋求胜利。议和对大辽的利益绝无损害,即使和议并不能取得成果,也可以在南朝内部制造争端,削弱他们战争的决心。

但萧岚也不能不承认,也许与南朝达成一项和议,远比他想的重要与急迫。

对于这场战争,他已经率先失去了胜利的信念。

若是为了大辽计,他应该尽快推动和议,但为了他自己计,他必须保持足够的耐心。他很担心这二者能否两全。

"签书。"一个亲从掀开帘子,打断了萧岚的神思,"晋国公求见。"

萧岚大感意外,怔了一下,连忙起身,道:"快,快请!"

"签书,刚刚收到的消息,皇上又派了使臣来……"韩宝方一进帐,便告诉了萧岚一个坏消息,"使臣可能后日便到军中。"

"可知道使臣是何人?"萧岚不动声色地问道,一面请韩宝坐了。他直觉地意识到,这个使臣对他来说,或许将是一个威胁。从韩宝的脸上,他看出了韩宝显然也有同感。

"有可能是慕容提婆……"

"那个鲜卑杂种?"萧岚皱起了眉。北院郎君慕容提婆,是耶律信亲自提拔之人,也是耶律信的亲信。他这时候巴巴地跑来深州,肯定不会是什么好事。

韩宝没有接萧岚的话,而是只沉声说道:"恐怕这几日皇上的心情不会很好。从肃宁回来的家丁说,几天前,河间田烈武侦知我大军辎重所在,遣张叔夜、颜平城两员大将,率军潜出城外偷袭,若非兰陵王谨慎,早有准备,几乎吃个大亏。然两军交锋一阵,结果还是让张、颜逃回了河间,皇上对此十分恼怒。此外,雄州北归之路,亦无宁日,赵隆率军出没于雄、莫之间,数支部族军与押送粮草辎重的部队,皆遭其袭击。虽然此后兰陵王遣将设计诱击之,在莫州一带大败赵隆,斩首一百五十余级,但还是让赵隆逃脱了性命。如今肃宁谣传柴贵友、赵隆皆逃到了高阳关。顺安军[1]知军元荣原是庸碌之辈，兼之兵少将寡，本不足为虑，然倘若柴贵友、赵隆真到了高阳关，柴氏官高，赵隆颇有勇略，难免反客为主，高阳关地处要害，与河间府互相呼应，难免又是一个大隐患。皇上对此事极为不满，据说肃宁诸将正在争论是分兵去看住高阳关的宋军，还是干脆打下高阳关……"

"攻打高阳关？！"萧岚大吃一惊，"这如何行得通？高阳关是南朝边关旧垒，虽然说这二十年间南朝不再经营，可规模形制仍在，纵然有火炮之助，恐怕也不是旬月间能攻破。"

"正如签书所言，不过，此中利害，我等看得到，兰陵王自然也看得到。"但说着，韩宝仍不住叹了口气，"当务之急，可不是顿兵坚城之下。咱们已经出师两月有余，虽然所向克捷，掳获财货奴婢颇丰，但并无真正聚歼过一支够分量的南朝禁军。两朝相争百余年，真正确立我大辽地位的，是高梁河、岐沟关、君子馆[2]，可不是澶州之誓……"说到这里，他的声音突然低了下去，"但签书今日也见着了，咱们本以为以万余精兵，以逸待劳，击溃一支南朝马军，纵不说易如反掌，亦是十拿九稳之事……"

"这回确是咱们失算了。"萧岚苦笑两声，"我契丹以骑射为立国之本，马战本是我朝所长，哪料得到……"

"攻城不能克姚兕，野战不能胜李浩！"韩宝长叹一声，移目注视萧岚，道，"昔日宋太宗久攻幽州不克，遂有高梁河之惨败，正足为今日之鉴。这仗不能再这样打了！"

萧岚听到这话，心中一动，望了韩宝一眼，试探道："那晋公以为该如何？"

"大辽所长，在于来去如风，穿插调动，待敌疲分散之时，聚集优势兵力，以雷霆万钧之势，一举击破之。但这些年，咱们打蛮夷打多了，如今与宋人交战，竟也用与蛮夷的法子来打，这阵战攻坚，对付那些蛮夷还可以，与南朝，岂非以己之短，攻敌之长？"

"晋公说得极是。"萧岚若有所思地点点头，"咱们将成列不战的祖训都给

---

[1] 顺安军即高阳关。高阳关乃习惯称呼，其时正式名称是顺安军。高阳关守将即顺安军知军。
[2] 此处分别指宋太宗败于高梁河，曹彬败于岐沟关，刘廷让败于君子馆。

忘了。"

"如今若是依我之见，咱们当再调集所有兵力，猛攻深州，但无论攻不攻得下，打完之后，便该当撤兵了。"

"撤兵？！"萧岚虽然已经觉察到韩宝也有厌战之意，但是仍然万万没料到他竟然会对自己说出"撤兵"这两个字来。

"不错。"韩宝却是毫无避讳之意，"若是下了深州，吃掉姚咒，那便是又一个君子馆，咱们这次南下，便算是竟全功了。趁此机会，能议和便议和，不能议和，便叫南朝调集军队来追咱们吧，看看这次，他们咬不咬得动南京城。若是攻不下，咱们更不当再在这坚城之下，拖到师老兵疲，坐待南朝各路之兵大聚。况且如今将士离家两个多月，正是渐生思乡之绪的时候，士气亦不可能与初来之时相提并论……与其师老无功，不如明岁再来。"

韩宝与萧岚并非至交，萧岚又是监战，此时他当着萧岚面如此直言不讳，虽说每一句话都正中萧岚下怀，但反倒令萧岚疑惧起来。他一时疑心韩宝是受人指使，故意来套他的话，有所图谋，但心中思忖再三，却又觉得这未免过于匪夷所思——就算韩宝与耶律信勾结到了一起，无论怎么说，如今却还不到耶律信与他公然反目成仇的时候。

转瞬之间，他心里便想过种种可能，最终还是觉得这的的确确只是韩宝的牢骚——不仅仅是对耶律信作战方略的不认同，更多的还是对耶律信又派来慕容提婆这个使者的不满。韩宝是大辽有名的上将，他心里并不会真的认为自己比耶律信差多少，如果说萧岚来监战，还是循惯例，况且萧岚本人的资历亦不辱没了韩宝，那么这次耶律信遣来慕容提婆，却已是一种赤裸裸的不信任。

这对于韩宝来说，既是一种侮辱，兴许他还看成了一种挑衅。

而韩宝心里也肯定知道他萧岚对于这场战争的微妙立场。

如果他是来寻求联盟的，而自己却因为猜忌而不肯表露出相应的诚意……

想到这里，萧岚决定就算冒点儿小风险，也不能放弃这次难得的机会——从长远来看，若能与韩宝结成联盟，无疑有利于他在未来占据对耶律信与耶律冲哥的优势。

"晋公，理虽如此，然恐兰陵王绝不肯轻易答应……"

6

深州六月的夜晚，安静、清爽。田宗铠领着三十名环州义勇，走在朦朦胧胧如罩了一层黑纱的夜色中，听任夏夜的凉风吹拂着脸庞，之前失望的情绪渐渐平复了。因为怕惊动北面的辽人，田宗铠特意绕了一个大圈，他从辽军驻地西边的一片稻田中穿过。在战争的破坏下，这片稻田无人耕作，本该已经收获的稻子，被辽人破坏得惨不忍睹。他们不敢骑马，事先裹好了马蹄，给战马衔枚，悄无声息地穿过这片稻田，绕到了契丹人的身后。

白天的苦战对于辽军来说也是极大的消耗。他们虽然放出了哨探，但是疲惫较之警惕更占上风，辽军的哨探也只是抱着应付上司的态度巡逻着，田宗铠一行很轻易地便避开了他们，甚至他们还发现了两拨辽军哨探在草丛里呼呼大睡。

但田宗铠仍然是花了一个多时辰，才终于到了深州的南门之下。为防辽人夜袭，深州城墙上倒是灯火通明，他们快接近城墙时，被城外的辽军发现，但这些辽军也只是稀稀拉拉地射了几箭，便放任着城上坠下吊篮，将他们接进城中。

田宗铠进城之后，守南城的几个校尉都围了过来，有人便忍不住试探着问起白天的战况。通过简短的交谈，田宗铠很快就知道，白天在深州城也发生了恶战，姚兕几次试图冲出城去，里应外合，但是拱圣军能战之兵已所剩无几，而辽军在城外留下了充足的兵力，结果几次冲锋都被辽军打了回来，反而又折损了两百余人。

但田宗铠却抿紧了嘴巴，绝不肯透露半点儿消息。

尽管是深夜，但田宗铠回来的消息，还是很快传遍了全城。下城不久，便是如今已是拱圣军第一营副都指挥使的刘延庆来迎接他，前往姚兕的帅府。

第一营在田宗铠出城时，便只剩下九百余人，而白天的作战中，刘延庆新上任的这支部队又成为主力，与辽军几番死战，如今只剩下了不到八百人，营都指挥使还负了重伤，上任没几天，刘延庆便又接掌了第一营的指挥权。不知道是该喜还是该忧的刘延庆，心里面对于骁胜军的战况，是十分关心的。升官无疑是件喜事，但他打心眼里觉得拱圣军已经支撑不下去了，损失了超过一半的兵员，蜗在深州这样的小城内，不可能有什么前景可言。

唯一的希望就是援军。

他很想直接问问田宗铠，但如今他的身份地位已大不相同了。此前有人带进来几份报纸，刘延庆在上面看到了自己的事迹，还有枢府、宣台的褒奖，这些都让他的虚荣心膨胀到了极点，虽然略感可惜的是，他的恩人张葵在不久前中流箭死了，但是他又受到了姚咒的赏识。这种意想不到的际遇，让他变得谨言慎行。

刘延庆十分明白一个道理，福能从口入，祸亦能从口出。

他宁可自己来观察——援军还给了田宗铠三十名护卫，这应该是一个好迹象。他认得这些护卫是环州义勇，他早就听说过这些家伙中不少人喜欢在额头上刺青，通行的图案是一面青铜面具。这三十人中，差不多有一半人的额头上，便绣了个那玩意。从这个细节，他能得到好几条信息：其一，西军来了；其二，形势有利于宋军，否则没有人会愿意到一座必然被攻克的城中来。在刘延庆看来，环州义勇虽然威名素著，但毕竟是乌合之众。他从未想过，他们也会遵守、畏惧军法，何况是让人去送死……

这让刘延庆安心不少。

送田宗铠回到帅府后，姚咒便屏开众人，单独听田宗铠密报。刘延庆则给这些环州义勇张罗住处，他严厉地呵斥部下不得向环州义勇问东问西，自己也是绝口不多问半句。直到天色微明，帅府开始点卯，一宿未眠的刘延庆，又匆匆忙忙赶到姚咒的帅府。

姚咒的帅府，此时已经换到了深州城中的一座小土地庙内，原来的拱圣军军部所在地以及深州州衙，在此前辽军猛烈的攻击中，皆被辽军的抛石机、震天雷击毁。在持续的攻城作战中，原本不擅攻城的辽军也积累起了不少经验，每次以云梯蚁附攻城之前，他们会对主攻的城墙，集中抛石机、火炮、弓弩进行猛烈地打击，这段时间对于守城的拱圣军来说，总是最难熬的，密如飞蝗的矢石从头上呼啸而过，城墙上的拱圣军，都只能把身子埋在女墙后面，稍不小心抬头，便是非死即伤。辽人甚至还学会了用抛石机发射震天雷，这些火器一旦碰巧落在城墙上，带来的便是巨大的伤亡。不过，在火炮的使用上，辽宋两国其实都面临着一个类似的问题，他们缺少大量具备几何学等相关知识的炮手，双方的精英都清楚地知道火炮的角度与射击距离的关系，但要培训一批懂得利用简易工具进行计算的炮手，在当时的条件下，却并非易事。炮手们主要是依靠经验，有时则干脆采用平射的方式，比如在城外垒一座与深州城墙同高的炮台——这是花了一段时间，辽军才想到的办法——虽然这有点儿费时费力，但毕竟能大幅度提高射击的精确度。而此前，因为操作抛石机与火炮的工匠大多经验不足，时常测不准距离，辽军经常将炮石打进城中，深州城内的许多房屋都遭损坏。姚咒此前的帅府，便是毁于这种"流炮"。

但在此时，一座小小的土地庙，对于拱圣军军部每日的点卯来说，也显得过于宽敞了。

无论是出击还是守城，姚咒都以严酷的军法要求他的校尉们身先士卒，这的确是维持着拱圣军的士气在重大伤亡之下亦不至于溃散的重要原因，但它带来的直接后果便是，拱圣军的将校伤亡比也远高于普通的士兵，当六月二十七日的卯时，刘延庆来到拱圣军军部之时，他已经是拱圣军屈指可数的几个阶级较高的将领之一了。

军副都指挥使重伤，护军虞候战死，战前的五个营都指挥使，如今只有姚古还算完好无损，此时各营的主将，大多资历也不比刘延庆高多少，要么是战前各营的副将，要么是军行军参军。而他们统率的兵马，其实也不过区区数百人——几天前，姚咒便重新调整了各营的编制兵马，每营多不过九百人，少则只有五六百人。

如今深州城内兵力最多的，反倒是宣节校尉李浑的"深州兵"。他奉姚咒之命，以拱圣军"军行军参军"的名义，与深州知州一道，在城中募集勇壮，训练乡兵。因姚咒不断放出风声，声称城破之后，契丹必定屠城，故此城中百姓大多自认必无生理，只能拼死守城，因此李浑手下反倒有数千之众，虽然绝无野战之能，但协助拱圣军守城，倒也是一支重要的力量。

五个营的主将，加上田宗铠、李浑，区区七人，便是如今拱圣军军部每日要点卯的全部将领了。

姚咒听过田宗铠的报告后，并不相信唐康的那一个空口诺言，骁胜军既已被击退，而他仔细询问，又确定再无其他援军抵达冀州，因此他心里面，对短期内援军的再次到来，已经不抱希望。然而事到如今，即使想要突围也更加困难，辽人本就在深州三面扎寨,防范严密,如今因骁胜军的到来,又经此大战,辽人必然也会加强南面的戒备,倘若他从深州南面突围至冀州,有苦河需要渡过,而空间逼仄,在辽人有备的情况下,他根本无法在这段距离内甩开辽人,一旦辽军尾随而来,拱圣军便有全军覆没于苦河之边的危险。

姚咒是十分刚决之人,他判断了自己所处的局势之后,便已下定决心,无论如何艰难,亦只能坚守深州。况且他心中也很清楚,他在深州坚守如此之久,辽军攻城损失惨重,一旦他弃城而去,辽军轻取深州之后,必然屠城报复。那样一来,他之前的擅自行动,一定会被两府追究,台谏也必定将深州的被屠算到他的账上,虽以大宋之传统,他多半不会被处死,但是结局也好不到哪去。

然而,他也无法判断他们还需要坚守多久,才能等来援军,又或者,在深州城破之前,援军根本不会到来。因此,他也不能对他的几名大将隐瞒此事——他们很快就会发现骁胜军退回了衡水。在点卯会议之时,他故意轻描淡写地介绍了他们的境况,然后径直宣布他们将继续坚守深州,等待援军的再次到来。

但众人仍然立即明白了自己真正的处境。

原本充满期盼的气氛,顷刻间,便降到了冰点。压抑、绝望的情绪,在众人的脸上显现出来。

他看见姚古的嘴动了动。"除了坚守待援,咱们亦已经别无选择!"姚咒抢在前面,没有让姚古把话说出来,"事到如今,突围只会全军覆没!"

他一时之间却没注意到,自主帅口中说出"全军覆没"这样的字眼来,在这种情况下,却更加让人感觉不吉利。

在清晨的会议上,姚咒又重新安排了各城的防务。刘延庆的第一营因为先日经历激战,被调到了南城,权当休整。他此时心情复杂,一时忧心忡忡,又无计可施,一时又顾念自己的锦绣前程、身份地位,生怕露出半点儿怯意来,落人话柄……在患得患失之中,他心不在焉地交接了南城的防务,然后站在城头,远眺南方。

一大早起来,发现骁胜军已经退回苦河南岸的辽军,此时正收拾了营寨,骑着战马,拉着马车,返回深州。看着一队队的契丹骑兵,口含树叶,吹着小曲,从深州的南面招摇而过,刘延庆这时才无比真实地感觉到他们正身处一座孤城之中。援军已被击退,而突围也不可能。他又看到数以千计的宋朝百姓、辽军家丁,正在千余骑辽军的监视下,在城外挖掘壕沟。

这显然是防止宋军里应外合或者半夜突围的策略。

"开饭喽!开饭喽!"几声吆喝将刘延庆从神游中拉了回来,他回过头去,看见李浑领着几十名深州兵,挑着饭菜,正从上城的阶梯处冒出个头来,他的部下发出一声欢呼,丢掉手中的兵器,小跑着围了上去。

李浑笑容满面地让人分发着饭菜,一面高声喊道:"大伙慢着点儿,太尉有令,援军不日大集,将辽狗赶回老家指日可待。这回是石相公亲自领兵,昨日来的便是石相公的先锋……故此这深州的存粮,咱们也不必精打细算啦,大饼管饱,有肉有菜,还有好酒!"

他这个"酒"字一出口,城墙上立时欢声雷动,连刘延庆也忍不住凑上前去,骂了一句粗话,"娘的,多少年没闻过酒味了!"

李浑见他过来,忙亲自递了一大碗酒过来,笑道:"刘将军,这是城内富户李三眼家酿的酒露,听说李家好大家业,都道河朔衣被天下,李家的绫绢,本州人都道,也就比相州、定州的那几家大户差了点儿。[1]连这酒露制法也是从东京巴巴学回来的,李三眼和我夸口,说他家的酒,和烈武王府是一个味道,刘将军给他尝尝!"

刘延庆端过酒来,一口饮尽,咂舌赞道:"好烈酒!好烈酒!"一时心中的乌云,暂时抛到了九霄云外。

李浑见他喜欢,笑着叫人捧了一小坛酒过来,送给刘延庆,一面轻轻踢开一个又来讨酒的节级,高声道:"太尉有令,这酒便是给大伙解解馋,待到打败辽狗之后,再与大伙痛饮,不醉不休。今天每人限量一碗,以免误事。要是有人喝了酒,待会辽狗攻城,直娘贼的连弓都张不开,那以后可没命喝酒了。"

"没事,俺量大!"那节级早和李浑相处惯了,也不太惧他,臊着脸,又凑上前来。

---

[1] 其时河北产业,铁、铅、锡、银等矿产,主要分布于大名府防线一带及以南地区,但纺织业则是遍布整个河北路,纺织品素以精美著称,其中尤以定州缂丝、相州染色工艺最为著名。按,历史上河北精绢产量之大,即令人咋舌,据学者推算,仅每年为内库收藏之河北精绢,即不下一百万匹。而以工艺精美来说,南方如两浙之纺织业,此时尚不能与河北路相提并论。

"量大也不成,太尉的将令,谁敢犯?"李浑笑着啐了他一口,"你要是今日喝了酒,还能射杀几个辽狗,明日我再给你两碗。"

"李将军,这可是你说的!"

"谁还赖你。"李浑笑着拍了下那节级的头盔,眼见着各人酒菜都分发毕了,便过来与刘延庆告了罪,下城而去。

这一日的南城,经过李浑来这么一趟,众人的士气又高涨起来。刘延庆虽然明知道援军无望,但是也不那么心事重重。

然而,让人奇怪的是,原本预计之中的猛烈攻城,在这一天,竟然也没有发生。辽军突然停止了连日持续不断的攻城,他们仅有的动作只是在南城外挖挖壕沟。

这突如其来的变化,不仅让刘延庆意外,连姚咒也有点儿摸不着头脑。

辽军不仅在二十七日停止攻城,二十八日也没有攻城,只是零星地朝城里打几炮。此时深州城被辽军围得铁桶一般,特别是辽军开始在南城挖壕沟以后,深州与外界便完全断了联系。拱圣军诸将全然不知道外界发生了什么,对于辽军的突然变化,他们也只能带着种种猜测,静观其变。对拱圣军有利的是,深州城内粮草充足,不惧辽人久困,但不利的是,这种优势并非拱圣军独有,深州下辖五县,个个都是人口众多、富有丰饶的望县,除了深州州治所在的静安县,辽军很早就攻克了武强县,在这次围城之时,又抽出兵力,先后攻取了束鹿、饶阳二县,尤其是束鹿县的常平仓,积蓄了三万余石粮食,因当地官民心存侥幸,抗令不遵,舍不得焚毁,结果全部落入辽军之手,大大缓解了深州辽军的补给压力。

因此,刘延庆又生出一丝侥幸来:或许辽人准备改变策略,想要长期围困深州。

只要辽军不再攻城,这样的局面,刘延庆是乐于接受的。

但他的幻想仅仅维持了一个晚上,六月二十九日的清晨,便在刘延庆把守的南城之外,他看见一个辽人身着白衫,身上没带任何兵器,单骑驰至城下,朝着城头喊话,要求进城面见姚咒。

刘延庆一面止住打算往城下射箭的部下,一面连忙着人向姚咒请示,得到允许之后,才放下一只吊篮,将这个辽人吊进城中。

"我是为两朝百姓而来!"这个使者一上城头,便用一口流利的汴京官话,如此宣称。

不消说，这是个刘延庆心里非常赞赏的使命。

但他还是戴上了面具，旁人绝难从他冷冰冰却不失礼貌的脸上看出他对于这个使者的态度。按着姚咒的命令，他亲自护送着这个契丹使者，前往静安县衙。

他知道姚咒的行辕本不在静安县衙，此时只是为了接见辽使，不得不选一处较气派的地方，一时之间，人马调动难免需要时间，因此他故意不紧不慢地走着，为怕被辽使觑出城中虚实，又宁可多绕道路，也要挑着破坏不大的街道行走。

这么着花了好一阵工夫，他才终于将辽使送至静安县衙，他到达之时，远远便望见县衙内外，一队队虎背熊腰的将士，挎剑持戈，盛陈兵甲，一片肃杀之气，心知姚咒必已准备妥当，这才放下心来，伸手请辽使下了马，步行进县衙。

走进县衙之内，肃杀之气更重，衙内兵士，皆是凶神恶煞一般，仿佛立时便要将辽使生吞活剥了。他悄悄斜眼打量辽使，见他表面上虽做出不以为意的样子，眼神却已有几分慌乱，不由暗暗好笑。此时田宗铠早已披甲持剑，站在公厅门口，见着刘延庆与辽使过来，亦不降阶，只是微微躬身，道："使者请，我家太尉，恭候多时了。"

那辽使脸色更不好看，在公厅前顿了顿，挥了挥袖子，大步跨进厅中。

刘延庆不动声色地跟在他身后，进了厅中，便见深州知州、通判、姚咒各据一座，皆是冷冷地望着辽使，并无人起身相迎。

那辽使见着这般情形，顿时怒形于色，亦不行礼，只是倨傲地虚抬了抬手，高声道："学生范阳萧与义，奉大辽萧签书、韩晋公之令，求见大宋姚太尉……"

他话未说完，已听身后田宗铠一声断喝："尔敢对太尉无礼？！"

那萧与义几乎被田宗铠唬得一抖，但言语上却并不稍让，"哼"了一声，讥道："我大辽之礼仪，素只对知礼之人而行。"

田宗铠大怒，猛地上前一步，拔剑出鞘，却被姚咒挥手阻止，姚咒望了萧与义一眼，冷冰冰地说道："尔等无信无义之辈，亦敢奢谈礼仪？！说吧，萧岚、韩宝令你来，所为何事？"

"学生是为这深州一城百姓性命、太尉一世英名、两朝百年交好而来！"

"这倒是天下奇事。"姚咒讥道。

"两日之前，南朝骁胜军已败于苦河之北，如今深州已是一座孤城，太尉乃南朝名将，其中利害，自不必学生多言。我大辽素重英雄，若非萧签书、韩晋公感念太尉乃当世英豪，学生亦不必来此。"

"如此说来，你是来劝降的？"姚兕脸上露出一丝冷笑。

"非也。太尉岂是投降将军？！此下智所不为也。学生此来，是来表达诚意，为恢复两朝交好之谊……"

"那你是来求和的？"姚兕的讥讽中带着一丝意外。

"太尉此言差矣。我大辽自南狩以来，所向克捷，未逢败绩，用'求和'二字，岂不滑稽？此番南下，不过为南朝朝廷中有奸小之辈，对大辽常怀非分之望，挑拨两朝关系，致使令主不顾两朝百年兄弟之谊，背信弃义，巧言毁约，故不得不略施薄惩。若论两朝渊源，本是恩多怨少，但凡兴事，皆为南朝有竖儒抱残守缺，念念不忘觊觎本朝山前山后诸州而来。若是南朝君主经此一事，果能以两朝交谊为重，以天下苍生之重，我大辽又岂愿多兴兵戈，而使生灵涂炭？！

"签书、晋公知太尉乃明理通达之人，故遣学生前来，望太尉能将此情，上禀南朝太皇太后、皇帝陛下。若是南朝仍顾念两朝兄弟之谊，我大辽亦不愿多事杀伤，深州之地，两军亦可相安无事，以待重订盟约……"

刘延庆在旁边听着萧与义开口所提的条件，一时惊讶得张大嘴合不拢来。

这岂非天上掉馅饼的好事？纵然不愿议和，但也不妨答应下来，为缓兵之计也不错。他简直怀疑萧岚、韩宝的脑袋是不是被驴踢了，他完全想不到姚兕有什么理由不答应下来。

他不由将目光转向姚兕，却见姚兕的眼中，闪过一丝凶光。刘延庆心中一惊，便听姚兕语带讥讽地笑道："这可要多谢萧签书、韩晋公的美意了！不过……"他的脸色突然一变，厉声道，"想来萧、韩二公，尚不知道我大宋太皇太后、皇上早有圣谕！尔等尚以为大宋国土，是尔辈说来便来，说走便走的吗？！"

"议和也罢，重订盟约也罢，待我大宋将士到了幽州城下再说不迟！"他俯着身子，居高临下地望着萧与义，恶狠狠地说道，"原本两国交兵，不斩来使。不过，看来要让萧、韩二公明白本朝的心意，着实不太容易，迫不得已，只好借君头颅一用了！"

姚兕长相本就十分的凶悍，这时恶狠狠地盯着萧与义，将萧与义吓得腿都软了，嘴巴张合，半晌发不出声来。

只听姚咒站起身来，高声喝道："来人，将这厮剁了，扔下城去！"

"遵令！"田宗铠大声应道，几个亲兵冲进厅中，不由分说，抓住萧与义，便拖了出去，过了好一会儿，才听到从院中发出萧与义的尖声惨叫。

刘延庆目瞪口呆地望着姚咒，只听这中间一直不发一言的深州知州朝着姚咒抱了抱拳，问道："太尉，这……却是为何？如此，必然激怒辽人……"

一旁的深州通判也是一脸惊疑，附和道："便是虚与委蛇也好，缓兵数日……"

姚咒转过身去，看了二人一眼，苦笑道："公等有所不知。"

"唔？"

"姚某若是应允了，却不将此事上禀朝廷，那便是私与敌国交通，日后只怕连公等亦脱不了干系。"

"那上禀朝廷便是了！"

"嘿嘿……"姚咒干笑了几声，望着二人，半晌，才说道，"咱们真的甘心便这样与辽人议和？！若将此事传至朝中，二公以为朝廷果真能信守那不议和之诏？"

见二人尽皆默然，过了一会儿，姚咒又慨声说道："大丈夫要死便死，要我姚咒做王继忠[1]，深州再作澶渊，那却是万万不能！"

深州城外。

萧岚、韩宝看着萧与义的尸体，一段一段地从深州的东门外抛下来，二人的脸色皆是难看到了极点。

半晌，两人默然对视了一眼，韩宝见萧岚轻轻咬牙点了点头，心中的怒火，立时化作一声怒吼，迸发出来："屠了它！"

---

[1] 澶渊之盟时，王继忠被俘，然后受辽人之意，致信宋真宗，提出议和。

第六章

庙堂之忧

❀❀❀

羽檄联翩昼夜驰,臣忧顾不在边陲。
——陆游《送杜起莘殿院出守遂宁》

1

绍圣七年七月一日。

自骁胜军与环州义勇退回到衡水县,已经过去四天。这四天的时间里,唐康时刻都在关注着苦河北岸的深州的战局。此间,大名府的宣抚使司睁一只眼闭一只眼,接受了唐康与李浩编造的解释,没有追究二人的责任,只是移文唐康与李浩,命令他们接受仁多保忠的节制。但是,让唐康与李浩都深感意外的是,尽管仁多保忠统率着神射军于六月二十七日便已经抵达冀州,他却并没有前来衡水,而是率军径直前往衡水东北的武邑县,在那里安营扎寨。

武邑县距深州城也不过六十里,与深州的武强县隔着改道后的黄河北流南北相望,两城相距不过四十里,神射军屯兵于此,对于深州的辽军侧翼,构成极大的威胁。仁多保忠将自己的辎重部署于观津镇,中军扎营于阜城,并分兵一营三千之众,北进河间府北望镇,另遣第一营,在黄河北流的东岸列阵。

仁多保忠这样的部署,从战略上来说,便是唐康与李浩也不得不承认是一招妙棋。他背后的永静军,位于御河,也就是永济渠之傍,那是连通大宋北方诸镇的重要水道,而仁多保忠将阵势布好之后,一面将永静军置于自己的保护之中,另一方面也让永静军的教阅厢军与大量军事物资,成为自己的后盾。若做长期打算的话,神射军可以从永济渠得到源源不断的补给。

此外,他占据的几个地区,进可以进攻辽军,次则可以起到沟通河间府与冀州之作用,使河间之云骑军不再成为一支孤军,最差,他也可以凭借着黄河天险进行防守,在他已率先布阵的情况下,辽军要想越过黄河来进攻他,绝非易事。

平心而论,以知兵而言,仁多保忠这一手,较之唐康与李浩先则急不可耐地屯兵于苦河之南,而后又轻率进兵,不利之后仓皇后撤,实是要高明太多。

辽军亦的确对仁多保忠的出现迅速地做出了反应。

在发现神射军出现在武邑等地之后,辽军在武强县的兵力增加到了两千骑以上,河间府的辽军更是派出数千人马,开始加紧攻打河间府南边的乐寿县,除此以外，辽军还沿着黄河东流的西岸，加派了巡逻的哨探……

但令唐康与李浩不满的是，仁多保忠似乎绝无渡河之意。

他只在当地收罗征集船只，并且征募工匠，昼夜不停地造船。从他经营的规模来看，全然不是为了神射军区区一万五千余人马打算的。唐康与李浩不能不疑心，仁多保忠打的是等待西军的主意。

仁多保忠将中军大营扎在了阜城，离衡水较远，因此，六月二十九日，唐康只是派了一名参军去问候，聆听训示。但仁多保忠亦无甚指示，只是吩咐二人"持重用兵"而已。然而，这却是二人所无法遵从的，因为在六月二十九日，他们派出去的哨探回报，辽军在休整了两天之后，开始更加猛烈地攻打深州城。韩宝这次攻城，不仅异常凶狠，而且更有章法。据唐康派出的哨探观察，辽军并未采用此前的蚁附攻城之法，而是集中了全部火力，攻打深州东城。他这一次，调动了全部的火炮、抛石机，猛攻深州东城。在弓弩、炮石的掩护下，辽军将事先秘密造好的数十架尖头木驴推到深州城下，每架尖头木驴里面，可以躲藏十名辽军，这些辽军拿着铁凿、斧锤等工具，开始径直在深州的城墙根部凿洞。

这又是火药时代出现的一种全新的攻城术。

唐康不难猜到韩宝想做什么。一旦辽军在深州城墙上成功地凿出几个大洞来，再在洞里装满震天雷或者火药桶，点燃之后，深州的城墙便会被彻底炸塌。这一招不是韩宝的独创，宋军当年在攻打兰州之时，便已经用过，只不过，当时宋军是耐心地挖地道，而韩宝则更加的简单粗暴——如果你拥有足够的能力压制城墙上的守军，你的确可以采用更加简单但也更加迅捷的办法。

但唐康无暇感慨辽军在攻城方面的迅速进步。当韩宝一开始围攻深州的时候，唐康敢打赌他是绝对不曾想过尖头木驴这种用法的，但现在他们会了，据哨探的报告，他们甚至还学会了利用风向，在深州城外燃起浓烟，用烟雾来遮蔽守军的视野，同时熏得他们在城墙上难以立足。对于唐康来说，他只是深刻地感受到威胁，当辽军开始学会有效的攻城方式之时，深州城离陷落便越来越近了。

而另一方面，守卫河间乐寿县的，除了几百名教阅厢军外，再无一兵一卒，乐寿知县便率领着这些厢军与百姓缨城自守，沦陷亦不过是迟早之事。虽然乐寿县在军事上意义不大，但仍可部分抵消神射军北进北望镇的影响。

六月三十日，唐康与李浩召集麾下的将领召开了一次会议，讨论骁胜军与环州义勇的进止。除了北边岌岌可危的深州城外，骁胜军与环州义勇还面临一个潜在的威胁——补给不足。当地的官员在他们退回衡水之后，便开始来试探询问他们打算在衡水待多久。骁胜军与环州义勇自带的补给马上就要用完，以衡水县的财力来说，供养这两支骑军个把月或许不成问题，但是地方官员也有自己的考虑，他们不可能倾县之力来供养这两支军队。对衡水县来说，最好是唐康与李浩分兵，留下必要的军队保卫衡水，其余的人马则不妨回冀州的治所信都县就粮。尤其是上次血战之后出现了大量伤兵，衡水县借口缺医少药，急不可耐地希望唐康将这些人送到信都县去。

这些问题本是早应该考虑周全的。这也是仁多保忠为何要将自己的部队分散驻扎的原因，在没有长期经营准备的情况下，即使在自己的国土作战，也必须考虑到地方的承受能力，否则就不可避免要造成地方的反弹。即便你的任务的确很重要，你也没有理由认为别人一定要为你牺牲让步。

但唐康缺乏经验，他与李浩又都过高地估计自己的战斗力，此时便不免陷入一种窘境。

他们已经没有能力再次单独渡过苦河增援深州，但又不甘心坐视深州陷落，更不愿意南撤一部分人马回信都。

三十日的会议上，骁胜、环州义勇众将，无一人愿意再次增援深州，众人纷纷主张在衡水就地征募一些勇壮，补充兵力。除非神射军愿意北上，众将才愿意再次渡过苦河，协助牵制辽军。

尤其对于骁胜军诸将来说，他们是绝不愿意自己在这边苦战，而神射军却在武邑隔岸观火的。

与骁胜军同属殿前司的神射军，全军共计一万五千余人，骡马四千余匹，军如其名，神射军装备了近万架神臂弓，除了列阵所必需的长枪手、刀牌手以及少量骑兵外，其主力作战部队全部是神臂弓手。神臂弓制造不易，价格高昂，在大宋步军中，神臂弓营向来都是精锐部队，征战时极受倚重。宋朝枢密院苦心打造这么一支部队，不知耗费了多少财帛，它一向被视为以步克骑的利器。骁胜军与神射军在演习之中，向来互为对手，结怨不少。而神射军主将郭元度又是个寂寂无名之辈，能居此重位，大半是靠家世，骁胜军上上下下对他多是鄙视与不屑。

倘若骁胜军在这边苦战，神射军却在武邑安然不动，这让他们如何能心理平衡？

原本仁多保忠虽官高爵贵，却毕竟是以降臣领兵，而唐康不仅是石越义弟，更是御前会议成员，纵然宣抚使司下令让他听仁多保忠节制，唐康也未必会真的听从。但此时，他部将皆无斗志，进则无功，退亦受辱，所谓"人在矮檐下，不得不低头"。六月三十日会议之后，唐康与李浩一商量，亦只得收拾起心中的傲气，由李浩在衡水主持军务，他则由何灌率人护卫，轻骑简从，次日亲自前往阜城拜会仁多保忠，争取说服仁多保忠渡河援救深州。

衡水县与阜城相距整整一百宋里，唐康一行清晨出发，一人三马，马不停蹄地挥鞭疾驰，只花了一个多时辰，便跑了五十里，到了武邑县。到了武邑之后，唐康并不入城，只吩咐几个随从进县城打探，得知城中并无禁军，他迟疑了一下，最终还是决定绕道先去黄河边的神射军军营看一眼。

在武邑黄河北流之傍列阵的，是神射军第一营。他们沿着黄河边上，用木栅建了大小三个营寨，木寨之中，密密麻麻的有将近百来个营帐。唐康一行到时，一些低级武官正在指挥部下与民夫在修建望楼、箭楼，还有几百人在中间的大寨之前大挖壕沟，自武邑方向，更有许多百姓挑着一捆捆的木柴，送至军营中，有几个穿着神射军校尉服饰，却长得肥头大耳的男子，在那儿吆喝着，指挥几个士兵帮着称木柴的重量，然后发给送柴的百姓数量不等的木签。

唐康看了这情形，便知道这些薪炭柴火的供应，必是由武邑县承担。他不由得皱了皱眉，须知骁胜军除了粮草供应迫不得已必须仰赖地方之外，如这些薪炭之类，都是自己解决，或者士兵自己去砍柴，或者掏钱买柴，总之以不惊扰地方为上。他虽感不满，却也不便多说什么。只是神射军摆出的这副阵势，完全是想在武邑做长久打算的样子，这更让他担心起仁多保忠的态度来。

不过，除此以外，神射军的营寨倒也颇有法度，营寨四面都广布侦骑，很快，便有人发现了唐康一行，回营禀报。没多久，他们的副都指挥使、护营虞候便出营相迎。这二将皆是班直侍卫出身，与唐康本是旧识，尤其副都指挥使张仙伦，晋升此职时，唐康正在枢府，从中出了不少力，此时见唐康，格外热情。因他们的营都指挥使去阜城会议,营中便由他主持军务,他领着唐康巡视营寨,不仅将神射军的部署毫不隐瞒地告诉了唐康,末了,待唐康离开大营之时,他又单独送出数里,悄悄告诉唐康,仁多保忠在先前的军中会议中,已做了"厚张军势,绝不轻动"的决策,并称中军行营都总管王厚不日将履任,凡神射军、骁胜军都要受王厚节制,一切进止战守,全要等王厚到任再说。他并告诉唐康,神射军都指挥使郭元度虽然表面上唯唯诺诺,对仁多保忠恭恭敬敬,实际上却是心怀不满。郭元度是个外谦内傲之人,他统率神射军,演习之时屡屡取胜,因此自视甚高,对自己未曾立过值得一提的战功,十分耿耿。此番出兵,他一心以为可以立下不世之功,早已将武功侯当成囊中之物,不料仁多保忠却按兵不动,凡是郭元度的亲信,都知道他常怀腹诽,只是郭元度是个素以"儒将"自命的人,他做过班直侍卫,也在枢府担任过差遣,还在朱仙镇讲武学堂做过教授……这些履历让他自觉要与寻常武将区别开来。他生平最重阶级之法,常常挂在嘴边的便是武人要服从命令、守纪律、清廉不贪,因此,对于阶级高于他的仁多保忠,他面子上仍是遵从不渝。但是,神射军各营的将领却并不如郭元度那么好说话,各营将领在骁胜军进取无功之后,其实都想好好打个胜仗,好让骁胜军一辈子都抬不起头来。况且,对于营一级的将领来说,若不打仗,则不能立功,升官封侯便都无指望,谁也不想坐失良机。只不过,众将对郭元度却都十分服气,又素闻王厚"小阎王"的威名,谁也不敢当出头鸟,怕的是落到王厚手中,大好人头被他用来立威。

　　唐康也很难知道张仙伦说的话,有几分是真,几分是夸大其词。他心里自是明白,张仙伦与他说这些话,心里面自有他自己的小算盘。但是,不论如何,倘若郭元度与神射军诸将果然有进取求战之心,那事情总要好办许多。

　　离开武邑之后,唐康不再耽搁,一路疾驰前往阜城,但半路之上,又遇到大股逃难百姓,他停下来打听,才知道这些百姓都是自河间府乐寿县而来,唐康想询问乐寿县的情况,但这些百姓逃难较早,都是一问三不知,只是纷纷传说阳信侯在肃宁打了败仗……唐康听得又惊又疑,他自与李浩领兵至衡水,久不闻田烈武消息,此时听到这些流言,虽难辨真假,但仍不能不担心。他相信以河间府之坚固,又有火炮之助,纵然是耶律信亲率主力攻城,也绝非旬日所能攻破。但是唐康深知章惇、田烈武皆非甘心缨城自守之辈,若是他们主动出城攻击,为耶律信所乘,那也不是不可能之事。深州已然难守,若云骑军再遭大挫,辽军兵势更盛,河北形势就更难收拾了。

他一路忧心忡忡,直到下午申初时分,才终于到阜城。

阜城在绍圣七年,隶属于河北路永静军东光县。它曾经是一个小县,在宋仁宗嘉祐八年时,才并入永静军治所在的东光县,降格为镇,到熙宁十年,又恢复为县,但这次复县没能持续多久,因熙宁间司马光、石越力行撤并州县计划,所以很快阜城又再次降格为镇。

阜城的地理位置虽不及御河旁边的东光县,但原也是一个商业发达的繁华之地,唐康至阜城之时,发现此地已经被仁多保忠改造成了一个大军营。原本的集市已被神射军征用,成为兵营。城墙上旌旗密布,城门口站着一队队持戈荷矛的士兵,城西更是整出一片空地,数百名神射军将士正在那里练习阵法。

唐康一行离城尚有数里,便被侦骑发现,不多久,便有仁多保忠的次子仁多观国与一个神射军的参军迎了出来,将唐康请至仁多保忠的行辕。

仁多保忠正在与诸营将领议事,得报之后,连忙亲率诸将迎了出来,他远远见着唐康,便笑容满面地抱拳招呼道:"康时,是哪阵风将你给吹来了?"

唐康本是有求于人而来,却不料仁多保忠如此阵仗相迎,心中大感意外,当下连忙笑着回礼,客气说道:"康奉台命,受守义公节制,早该前来请安听令。只是苦河血战之后,军中多事,又恐为韩宝所乘,不敢轻动,故拖延至今,还望守义公毋怪才是。"

"康时说哪里话来,说甚节制不节制,这却是见外了。"仁多保忠哈哈笑道,"你我同僚,所思所想,不过是同心协力,抵御外侮,报效皇上。"

唐康正待再谦让几句,却见着郭元度便站在仁多保忠身旁,朝他行了一礼,说道:"守义公说得甚是,守义公乃成名宿将,唐参谋是后起之秀,二公齐心协力,何愁契丹不破。"

唐康耳听着众将齐声附和,连忙谦道:"郭将军与诸位将军谬赞了,康岂敢与守义公相提并论?!便是郭将军,亦久历戎机,在下实是钦慕已久。此番能与诸公携手应敌,实是平生幸事!"

唐康当真是能屈能伸之人,这个时节,他无论何等谄媚之语,都能脱口而出,半点儿也没有不好意思的想法。休说仁多保忠与神射军诸将,便是何灌也大吃一惊,众人早都听说过唐康是个恃才傲物、不可一世的衙内,少年新贵,平素何曾轻易许人颜色,此时听他说话,仁多保忠与郭元度也就罢了,神射军那些对他不甚了解的将领,却都是暗中感慨,传言不可尽信,闻名不如见面。人人都以为唐康不好共事,这时却都认定他是个谦谦君子,平易近人。

当下,仁多保忠将唐康请进议事厅中,在郭元度的上首设了个座位,请唐康坐了,何灌则站在唐康身后。这里自仁多保忠以下,却也没人认识他,只当他是唐康的卫士,何灌却也不以为异。

坐定之后,仁多保忠便问起深州的战局,尤其是苦河之战,唐康便详细介绍,仁多保忠问得仔细,唐康回答得也是条理分明、事迹清晰,众人听得都甚明白,不断地点头。对于这场战事,仁多保忠并无一字评论,直说到唐康与李浩决定撤回衡水,田宗铠再度返回深州,仁多保忠才说道:"退兵之事康时与李太尉堪称果决,既然进取无功,若迟疑不定,必酿大祸。只是不合放田宗铠回去……"

唐康知道仁多保忠与田烈武私交甚好,趁势说道:"让他回去,虽是田宗铠本人坚执,可在下亦以为若田宗铠回到深州,使深州军民知援兵不日将至,必能鼓舞士气,坚其死守之心。"

"话虽如此,但要救援深州,必要得其法……如今辽军势大,我大军未集,仓促进兵,是所谓'欲速则不达'。援救深州之事,还当从容图之。"

仁多保忠话里有话,唐康听得脸上一红,却只能当没听懂,他朝着仁多保忠欠身抱抱拳,只说道:"守义公说得虽然有理,然恐深州已等不到咱们再从容图之……"

仁多保忠微微一笑,打断唐康,"康时必是见韩宝这几日又猛攻深州,故而着急。我却以为,深州似危实安。"他不待唐康发问,又解释道,"康时有所不知,韩宝攻得虽急,但是自古以来,攻城都是要一鼓作气的,倘若不能在最初极短的时间攻破城池,便只能长期围攻。韩宝几次攻打深州,全是不得其法。这次他攻的时间太久,久攻不下,士气难免低落,虽然勉强进攻,然终究难竟其功。"

唐康一面听一面留神观察仁多保忠神色,但一时却也分不清他究竟是拿话来塞他之口，还是果真作此想。他又不便在言语中过分冲撞仁多保忠，只得苦笑道："守义公所言虽然有理，然只恐拱圣军亦已是强弩之末。"

仁多保忠却只是微笑摇头，轻描淡写地说道："康时，你莫要太小瞧姚公。我大宋诸军，不日大聚，到时深州之围，不战自解，又何必此时轻兵犯险？"说完，他似乎不愿意再讨论这个话题，又对唐康说道，"康时，且耐心数日。咱们还是先议议两军如何相互策应之事，衡水离阜城终究是稍远了点儿，我还听到一些传闻，道是衡水县对供应粮草，颇有为难之处……"

唐康听他反客为主，既失望又无奈，却也只好打起精神来，设辞应付仁多保忠那一个个绵里藏针的问题。他心里面其实能猜到仁多保忠在想什么。

对于唐康来说，他的确是真心诚意地想救深州，这不仅仅出于公心，于私来说，深州如今已经是大宋朝野万众瞩目的地方，倘若他唐康能够率兵解围，成为挽救深州的那个英雄，对于他的前程，自然是十分有利的。反之，倘若他未请令而率军解围，却坐视深州城破，无功而返，对于他的声誉，将是一个不小的打击。难免会有人因此将他视为空有热情而无能力的庸才，而这更是唐康无法忍受的侮辱。

但对仁多保忠来说，无论从公心上他是如何想的，倘若从私心来说，他个人的利益并不在此。深州能否守住，拱圣军是否覆亡，仁多保忠并无半点儿责任。相反，在唐康、李浩救援无功的情况下，倘若深州城破，拱圣军败亡，他就是那个有先见之明，预先做出防范，力挽狂澜的大功臣。人们会说，他早就预见到了深州已不可救，而事先在冀州做出部署，使得河北局势不至于因为姚兕的兵败而溃烂……唐康与李浩已经成为他的挡箭牌，既然骁胜军苦战无功，也没有人能强求神射军能成功。

而若是深州无事，那么无论如何，也少不了仁多保忠的一份功劳。

仁多保忠无论在军事上，还是政治上，都将自己摆在了一个极有利的位置，唐康自然也明白，虽然他听说仁多保忠原本是宣抚使司力主救援深州的几个谟臣之一，但是如今时移势转，要说服他进兵实非易事。而讽刺的是，造成这种局面，有大半也是唐康的责任，倘若没有骁胜军血战苦河无功而返，仁多保忠多半也不会如此谨慎小心。此时此刻，在仁多保忠心中，无论唐康说什么，大概他都会将骁胜军与环州义勇视为残败之军,因此,对于仁多保忠来说,让他即刻北进深州,无异于孤军深入。神射军说到底,仍是一支步军,守强攻弱,他又岂肯冒此大险,而不顾惜自己半世英名?

但唐康也不是轻易放弃之人,自来无利不起早,唐康一面回答着仁多保忠,一面已在心里暗暗盘算着自己的筹码,计算着自己能画出一张多大的饼,吸引仁多保忠出兵。

七月一日的第一次会面,唐康并没能说服仁多保忠允诺立刻进兵深州,但这也是意料之中的事。会议之后,仁多观国便将唐康一行送至驿馆歇息。待仁多观国告辞离去,唐康立即唤来几个得力的亲从,将早就准备好的礼物,包括每人四匹骏马、一把宝刀、黄金三十两、精绢两百匹,分别送至仁多保忠与郭元度处,神射军的副都指挥使与护军虞候也各有礼物,只是价值减半。这些礼物,唐康宣称是与契丹作战获得的战利品,但众人心里都明白,苦河血战,又哪有什么战利品可言。

礼物送出之后,素以"清廉"闻名的郭元度和他的两位神射军同僚,嘴上谦让一番,便高高兴兴地笑纳了,但送到仁多保忠处的礼物,他却只收下战马与宝刀,而将黄金与精绢退了回来。唐康知道,这不过是仁多保忠表示不却他脸面之意,他当然不算一无所获,只要郭元度等人收了他的礼物,也就意味着,他争取到了三个有力的盟友,但是,唐康仍然无法高兴起来,因为他最大的敌人是时间。

他没有多少时间来从容地争取仁多保忠了。

这也是他不惜重金去行贿的原因。

当天晚上,仁多保忠在驿馆设宴招待唐康,宴会之上,唐康又几次试探提起救援深州之事,虽然郭元度等人收了礼物之后,果然都从旁帮着说话,但是仁多保忠却只是劝酒观乐,以宴席不谈公事为名,推脱开去。唐康心情抑郁,又劳累了一日,宴会之上,不由多饮了几杯,宴会之后,倒在驿馆,一阵好睡。

这一觉直睡到二更时分,唐康感到口渴头痛,便从床上坐起来,大声呼唤随从,半睡半醒之中,只听到驿馆之中,到处都是匆匆忙忙的脚步声,在门外伺侯的两个亲兵听到他呼唤,忙推门进来,正点灯倒茶,却见何灌突然走到门口,高声问道:"唐参谋可醒了吗?"

"何将军何事?"唐康听见,连忙披了件衣服,趿着鞋子,便站了起来。

何灌听到唐康的声音,大步走进房间,欠身禀道:"参谋,出大事了。"

"唔?"唐康顿时瞪大眼睛,望着何灌,却听他又禀道,"刚刚有人送进驿馆,浑身是血,正在将养,是仁多参谋的亲兵看护,不许旁人探视,下官只说是参谋有令,方才勉强进去,问得清楚……"

"究竟出了何事?"

"两天前,段定州中伏,败于唐河,全军覆没!"

"啊?!"唐康大吃一惊,急忙问道,"消息可真?"

"千真万确!萧阿鲁带大军如今已南下深州,与韩宝合兵。这探子本是仁多参谋派去深州打探消息的,他亲眼见着萧阿鲁带的旗号,还有被辽人俘虏的定州兵。他打探清楚,段定州在唐河一带中了萧阿鲁带的奸计,死伤不计其数,被俘虏的就有两千余人,萧阿鲁带将带伤的俘虏全部处死,尸体布满唐河,只带了四五百俘虏南下。"

"那……"唐康胸口一阵冰凉,"那……段定州呢?"

"生死不明。"何灌低声道,"有传言说,段定州已经自刎殉国。"

"你说什么?!"唐康呆呆地望着何灌,整个人像被定在了那里。

2

便在唐康得知段子介兵败的消息的时候,真定府南城,灯火通明,真定府知府、通判、真定县知县、武骑军诸将,都站在城头,望着南方一支逶迤而来的部队。因为隔得太远,他们只能看到这支部队所打的火把,却没人知道是敌是友。

按理说,从南边来的应该是援军,但是真定府的文武官员都未曾接到任何公文说在这个时间前后会有援军前来,而他们已经缨城自守太久了,真定府治内,凡城寨以外,辽军原本就畅行无阻,虽然他们后来都离开了,但是,谁也不知道那是不是只是契丹人虚晃一枪。在白天,他们已经知道,那个让他们厌恶憎恨的段子介,已经在唐河兵败,生死不明。这个消息让他们更加自矜,纷纷为自己的"先见之明"感到庆幸,但是,段子介兵败虽然是不知轻重、自取其辱,可让他们感到恼火的是,兵败的后果,他们同样也要承担。没有了段子介的定州兵牵制辽人,真定府的文武官员们又要开始担心辽军卷土重来。他们还不确定萧阿鲁带已经去了深州,因此,对于真定府的防务,倒没有人敢有半点儿的掉以轻心。

真定知县陈文英是由明经及第入仕,做了几十年的官,才终于积劳升到真定知县,已是六十有余,须发皆白,齿牙松落。他这么大年纪,半夜被人唤醒,跑到城头站了半晌,只觉腰酸背痛,头冒金星,心中暗暗叫苦,不知何时才是个头。只是同侪多是少年新进,嫌他不能快快致仕,与他关系素来冷淡,他本也不敢去问,怕自取其辱,但此时实在是耐受不住,只得悄悄移动几步,凑到武骑军副都指挥使王赡跟前,觍着脸低声问道:"下官此前也曾听人说起,道那萧阿鲁带必要南下深州与韩宝会师,应当不至于又突然出现在南边……未知王将军以为这来的究竟是敌是友?"

"明府说得极是。"王赡点点头,随口应道。陈文英满怀期盼地望着他,不料王赡说完这一句,却不肯再多说什么,过了一会儿,他才自觉讨了个没趣,便不再多问,又悄悄地挪回到原来的地方,半靠着女墙站着,一面在心里低声咒骂着:"欠管教的小猪狗,真当自己是个什么东西!"

无论心里如何愤怒,他总是不敢得罪王赡的。这个王赡是熙宁朝名将王君万之子,那王君万原是王韶部将,勇敢过人,因贪渎而遭弃用,郁郁而终。但王赡却仕途得意,熙宁西讨时,他在李宪部下为指挥使,立下战功,到熙宁末,官至武骑军第一营都指挥使,其后积功累劳,年纪轻轻,便已经升至武骑军副都指挥使。这些倒也罢了,但这王赡虽本是西军出身,但在真定带兵却已经有七八年之久,如今已是不折不扣的地头蛇,他不仅在真定府的关系盘根错节,便是在武骑军中,连都校[1]荆岳也要让他三分。

王赡全然没有注意到陈文英在背后望他的眼神,对他来说,一个老掉牙的真定知县,太平无事之时,也许还需要笼络一下,但在这个时候,却实在没什么利用价值可言。

---
[1] 都校,军都指挥使的简称。

他关心的是几天前他派到大名府的家丁带回来的传言：左军行营都总管慕容谦并没有前往大名，而是在半途改变方向，径直前来真定府了。宣台早已行文真定府，镇、定诸州兵马，皆受慕容谦节制，那慕容谦便是他的新上司，但对这个新上司，王赡却没什么了解。多年前在西军中听到的传闻，他早已淡忘，他现在已经是一个彻彻底底的河朔禁军将领，对于慕容谦，他唯一能记起的，便是他与石越应当有点儿沾亲带故……

从王赡的内心来说，他是盼望着受王厚节制的，他曾经是王厚的部属，而他的父亲又曾经是王厚之父王韶的部属。尽管他父亲的遭遇他并不能完全释怀，但他倒也从来没有怨恨过王韶父子。

不过，天下之事，不如意事十常八九，王赡也不曾以为自己有资格挑选上司。"不知道这会不会是慕容谦？"他在心里想着，却没有将这个想法告诉任何人。他还依稀记得西军将领的行事风范，这个慕容谦既然也是西军名将，那么他未经请示宣台，便自作主张昼夜兼行直接前来真定府，倒也很符合西军那些家伙的做事方法。

他正揣测着，忽然，城外传来清晰可闻的马蹄声，那是数匹快马在黑夜中疾驰的声音。这疾驰的快马显然是朝着真定府而来的，没用多久，城头上的真定官员便都可以看见那几个骑者的装束——赤色的战袍。

王赡感觉到身边的众人都松了口气，荆岳已经吩咐一个都头朝着城外大声喊道："来者何人？！"

喊叫声中，那几个骑者已经驰到了城下，勒马立住，领头的一人从怀中掏出一块铜牌，伸手举着，高声回道："左军行营都总管司慕容总管麾下亲兵都头赵甫，城上快快打开城门！"

城头上，顿时发出一声欢呼，王赡眼见着荆岳眼里闪过一丝犹疑，他心中一动，快步上前，探头望向城下，厉声喊道："尔是何人，半夜如何能看得分明？况且吾等替皇上守城，便是慕容总管亲至，半夜也不能开城门。"

却听城下赵甫恼怒地喊道："你是何人，敢如此放肆？！慕容总管率大队人马随后便来，还不快快准备迎接，你真敢让慕帅在城外露宿吗？"

"便是石丞相来，半夜也不能开城门！"王赡斩钉截铁地回复道，"吾乃大宋武骑军副都指挥使王赡,若果是慕容总管,王某明日再负荆请罪!"

城下的赵甫听到他的语气,沉默了一会儿,稍稍收敛了一点儿,"王将军不必疑心,若然不信,可用吊篮吊我上城,验明正身。"

王赡冷笑道:"天下何物不可造假?夜间易出差错,倘果真是慕容总管,亦不必急在一晚……"

但他话未说完,却已被荆岳打断:"赵都头休怪,吾马上放下吊篮,果无差错,便当迎慕容总管进城!"

他说罢,不满地望了王赡一眼,道:"贤弟,这慕容总管得罪不得。"那真定府知府、通判,亦是连连嗔怪,王赡眼见着城头已经吱吱呀呀地放下吊篮,亦不反驳,只是心里冷笑,退到一边。

未多时,吊篮便吊了两个人上来,王赡在一旁望着那先前说话的赵甫在几个士兵的护卫下朝着这边走来,心中不由一愣——这个赵甫,他看得却是有几分眼熟。王赡不由自主地上前几步,定睛看了一会儿,猛然间想起,慌忙欠身长揖一礼,道:"方才王某不知城下竟是姚将军,多有得罪。"

荆岳等人都是一怔,王赡连忙又解释道:"荆兄、诸公,这位不是旁人,正是姚太尉之子,横山番军中大名鼎鼎的姚振威。"

荆岳望望王赡:"贤弟,你会不会认错?"

"愚弟在绍圣五年,曾至朱仙镇受训,碰巧姚振威亦在同期,虽然没有多少交往,但岂会连人都认错?"

那姚雄万万料不到会被人识破身份,端的是十分尴尬。他倒是知道武骑军有个王赡,但两年前在朱仙镇时,二人却是从未打过交道,他印象中根本没有这个人,哪里会想到这一处。这时既被认出,他只得抱拳笑道:"奉慕帅之命前来打前站,不得不掩人耳目,非是有意隐瞒,还望毋怪为是。"

"哪里,哪里!"荆岳哪里顾得这多,又惊又喜,上前数步,高兴地问道,"果真是慕容总管来了吗?"

姚雄笑道:"如假包换。"

"好!好!"荆岳忙不迭地说道,"快,快,开城门!准备迎慕容总管进城!"浑没有留意到,姚雄那转瞬即逝的皱眉。

左军行营都总管慕容谦以出人意料的速度，在七月一日当晚抵达真定府，是远在阜城的仁多保忠与唐康们所无法预料的。按照计划，慕容谦应当率领他的横山番军先到大名府集结，然后再前往真定府，但谁也没想到，慕容谦在半路上接到他的左军行营都总管之任命，便毅然改变行军路线。因为涉及沿途州郡的补给供应问题，他让他的右军一万步军，仍然按原定路线行军，由护军虞候率领，前往大名，而自己与副都指挥使兼左军都指挥使姚雄则统率左军——也就是五千番骑，昼夜兼程，直奔真定府。

无论是枢密院还是宣抚使司，都不曾认为有这种必要，因为他们都判断镇、定一带并非主战场，慕容谦虽然被任命为左军行营都总管，但在枢府与宣抚使司的计算中，他能否尽快到任，并非急务，相反，他们想的是让横山番军先到大名，到时候再根据局势之变化随机应变。所谓的"左军行营都总管司"，不见得是要坐镇真定府指挥，也可以从大名府北上，与王厚齐头并进……

但慕容谦有他自己的判断。他并不能未卜先知，预料到段子介兵败，但他却因此在关键的时刻，出现在了真定府。

他的出现，让因为段子介兵败而惶惶不可终日的真定府文武官员暂且安下心来，度过了一个安稳的夜晚。但是，这个时间并不长，当绍圣七年七月二日的太阳在真定府的天空升起之时，许多人一觉醒来，睁开眼睛，便已经意识到了另外一个麻烦。

跟随慕容谦前来的，是姚雄！而姚雄的父亲与兄弟，此刻正被围困于深州城中。原本应该被镇、定之兵牵制的萧阿鲁带大军，也许已经顺利南下与韩宝会师。想来姚雄如若听到这个消息，绝不会太愉快。

因为不约而同地想到了这个问题，所以，当大清早荆岳前往驿馆拜见慕容谦，却"顺道"来到王赡府上时，王赡马上猜到了他这位主将的来意。

"荆兄，只怕咱们的安稳日子算是到头了……"王赡开门见山地打破了荆岳的幻想。

"这是如何说？"荆岳听到王赡这么说，不觉忧形于色，不断地搓着手，"前几天才接到消息，唐康、李浩在苦河边与韩宝苦战一日，死伤惨重，被迫退回衡水,那可是骁胜军、环州义勇!难不成咱们真的要去深州打仗?阳信侯的云骑军,在束城侥幸赢得一阵,却折了一个营。段子介那厮不自量力更不用说,便是仁多保忠、郭元度率着神射军来,结果又如何,听说也没有过黄河……"

他一面说,一面望着王赡,"贤弟你足智多谋,一定得想个法子才成。咱们武骑军算啥,比得过骁胜军吗?比得过神射军吗?环州义勇不是西军精锐吗?便是比云骑军,只怕也要差些。这以弱击强,以寡敌众,哪里会有好下场?段子介的下场,咱们都见着了。咱们的长处在守城,契丹的长处在野战,依托坚城,以己之不可胜,待敌之可胜,才是正道。这偏要以短攻长,万不得已,也要等着诸路之兵大聚……"

"荆兄与愚弟说这些,亦是无用。"王赡只能苦笑着安抚荆岳,"父亲兄弟皆在围城中,姚家大郎焉能坐视不救?"

"那咱们也不能陪着他去送死。他横山番军不是西军精锐吗?当年这些番人帮着西夏打仗,可也是威震西陲的。他有本事带着他的横山番军去救他老爹。"荆岳直是气急败坏,口不择言,过了一会儿才说道,"再如何说,左军行营都总管不是他姚雄。只要能说服慕容总管……"

"这绝非易事。"王赡摇着头,"咱们走一步看一步吧。荆兄,愚弟有一句肺腑之言……"

"贤弟只管说来,咱们何分彼此?"

"依愚弟之见,便是有千不甘万不愿,荆兄亦莫要触这个霉头。先别提深州这事,这慕容总管追不追究咱们不救段子介,还未可知。这姓段的可是天子跟前的红人。反正咱们是听命于真定府的,到时候,荆兄还当明哲保身,将这些责任,全部推给那些文官,只说咱们兄弟也是想与契丹大战的,只是上官不允……"

"难不成这不救段子介还是咱们兄弟之错了?!"荆岳恼道,但他心中终是知道王赡说的是正理,见王赡一直望着自己,只得心不甘情不愿地点点头,道,"一切都听贤弟的便是。"

"这便是了。"王赡点头笑道,"咱们一切都唯慕容总管马首是瞻。他道咱们要守,咱们便守;他道要救深州,咱们就救深州;便是他说要去打辽国,咱们也去打辽国……"

"可……"

"荆兄莫要着急。只要咱们还统领着武骑军,咱们便可以随机应变。天塌下来,有慕容总管与姚家大郎他们顶着呢。"

荆岳这才会意,连连点头,笑逐颜开,赞道:"还是贤弟主意高明。"

二人商议妥当,正要一起前往驿馆,却见一个家丁打扮的人急匆匆走进来,远远望见荆岳,不敢说话,便叉手站在正厅之外候着。王赡早已瞥见,不动声色地朝荆岳抱拳说道:"还请荆兄在此稍候,容小弟换件袍子。"

辞了荆岳,王赡走回后院。那家丁见状,忙悄悄绕道进了后院,见着王赡,连忙禀道:"禀官人,小的刚刚从驿馆回来。"

"可有何异常?"

"小的见着定州的一个书记官了。"

"你说什么?!"王赡吃了一惊,"你说是定州的?"

"是。"那家丁肯定地点点头,道,"还带了一个小厮,是从定州连夜赶来的,清早才进的城,小的套了那小厮的话,他们本来是打算见府尹的,进城后听说慕容总管来了,便先去了驿馆。"

"他提过来真定何事吗?"

"那厮口风紧得很。不过他说了,他们是奉段定州之命来的……"

"什么?!段子介没死?"

"听他语气,应当是没死。"

王赡呆了好一会儿,也想不清段子介没死这个消息,究竟是祸是福,他回过神来,见那家丁还在那里,挥挥手,道:"你打听得很好,去账房支三百文钱,买壶酒喝。"

"谢官人!"家丁兴高采烈地谢了赏,退了下去。王赡定了定神,回房让爱妾帮他迅速换了身袍子,又回到正厅,与荆岳一道,前往驿馆。

"大总管,俺们全是被吴三儿那狗贼所卖!这厮忘恩负义,若不是俺家使君[1]知遇他,这狗贼不过是个猪狗不如的东西,谁知他恩将仇报。段定州见他

---
[1] 使君,知州之别称。这里指段子介。

机灵，令他与吴和尚一道打探萧阿鲁带的动静，不料他早降了辽狗，反引着段定州往萧阿鲁带的埋伏中去。后来吴和尚冒死跑回来，才知道原来这狗贼认得一个辽国通事局的奸人，两人平素便称兄道弟，那奸人许他一万贯钱，答应在析津府送座宅子给他，他便诓了吴和尚，连父母之邦也不要了，祖宗亦不认了，将段定州给卖了。吴和尚被他所欺，冒死跑回定州，向俺家使君认罪，可怜他自觉对不起死去那么多将士，对不起段定州知遇之恩，说完之后，一头撞死在定州州衙的石阶之上！"

慕容谦静静地望着面前这个痛哭流涕的诉说着段子介兵败经历原委的书记官，心里面亦是百感交集。

他不知道该说些什么来安慰他，实际上，对于段子介的兵败，他也是始料未及。在行军的路途上，他所听到的消息，还是段子介如何将萧阿鲁带缠得脱不了身。

但是战争就是如此，瞬息万变。如今鬓角已暗生华发的慕容谦，经历了无数的战阵，对这样的变化，即使再震惊，也已能淡然处之，从容面对。

"可怜那么多好男儿，最后随使君逃回定州的，只有三十余骑！才三十余骑！"那书记官泣不成声地哭道，"俺们定州兵，还是打不了阵战，虽然天天练习，可是连齐射都练不好，许多人都是想为亲人报仇，平素连弓都没见过，契丹人冲锋的时候，有人连两箭都射不出去，大部分的人都没有准星，只能用箭雨，可被辽狗包围后，射不了几箭，有人就连弓都张不开了，还有人将弦拉断了，有人射出去没有力道，射不进辽狗的盔甲。俺们以前都是以多打少，这些个都不打紧，但是，但是……俺们定州兵都不怕死，辽狗近了，俺们就用刀砍他们的马腿，马军打不过，有人便跳过去，抱着辽狗滚下马来同归于尽……死的人太多了，太多了……"

慕容谦默默地望着他，此时他已经完全知道了段子介兵败的经过，虽然有偶然的原因，但也有必然的因子。慕容谦比谁都清楚，要培养真正能打硬仗的弓箭手，绝非一朝一夕之功。当年陕西沿边弓箭手，虽然平时务农，但也是数十年如一日地天天练习，甚至隔个十天半月，便会与西夏人发生小股的冲突，并不是随随便便招些农夫来，便可以成为弓箭手的。能否射准还在其次，两军交战，大部分时候靠的是密集的箭雨随机地杀伤敌人，但是，射箭的力道与耐力，却是必须掌握的，真正遇上硬仗的时候，一个方阵内的弓箭手可能要射出二十枝箭，甚至六十枝箭，有时他们必须整整一天都持续不断地射箭，步兵被包围之后，将战斗拖到黑夜来临，便是唯一的选择与机会。而且，他们必须保证自己的箭能射穿敌人的铠甲，于是，力道与发射距离的选择，也要恰到好处。而这些都是需要时间来训练，才可以掌握的。自秦汉以来，百姓揭竿而起，历代皆有，但在未成规模之前，又或者朝廷军队尚未完全腐化之前，对于数万百姓作乱，数百骑训练有素的官军便可一举击溃，原因何在？这些百姓并非没有弓箭，并非不会射箭，但是，他们却是称不上"弓箭手"的。

因此，一旦段子介的定州兵被迫与相当数量的辽军正面交锋，甚至陷入包围，结果是早就注定的。

段子介能捡回一命，慕容谦便已经十分欣慰。

"你放心，这些死难将士的仇，咱们会找萧阿鲁带报的。"慕容谦待到那个书记官情绪稍稍平复，方缓缓说道，"只是不知如今定州尚有多少兵马？段定州令你来真定，又是为何事？"

"谢大总管！"那书记官连连磕头，"如今定州尚有一千余人马，全是禁军。段使君说，如今辽人已经南下，定州兵虽少，但绝无危险，因此令下官来告知真定守军，短期之内，真定府也不会有危险……"

慕容谦听到身边传来姚雄的一声冷笑，他见那书记官不解地停了下来，忙说道："他不是笑你。"

这倒不是假话，慕容谦也罢，姚雄也罢，心里都很清楚，这是段子介的无奈之举，他明知道武骑军是王八不出壳，但终是不肯死心，又知道自己多说无益，只能如此委婉地希望武骑军能够主动出击，多少分担深州的压力。

但两人都知道，段子介的这番心意，是不会被真定府的文武官员们体会的。那书记官显然也清楚这一点，否则他不会临时改变主意，先来参谒慕容谦。

"此外，还有一件事……"那书记官继续说道，"朝廷在真定府有个火器作坊，段使君想问问，能否分些工匠出来，打造点儿东西……"

"哦？段定州要造何物？"慕容谦奇道。

"火铳！"那书记官一面说，一面送上一张图纸，"段使君当年在京师做官时,曾见过此物的图纸,这是凭记忆画出来的,使君说,朝廷已经将此物赏赐高丽与海外诸侯,不算机密之器。"

"此物又有何用?"慕容谦一面看着图纸,一面奇怪地问道。

"段使君道,他听说邺国以此物装备军队,颇获奇效。此物虽不及弓弩能射远,然胜在简便易用,且威力亦不小,于禁军虽然无用,非军国之器,然倘若用来装备乡兵义勇,却是易于成军。唐河之败,使君道,倘若俺们定州兵有这种火器,虽然不能挽回败却,却也未必会如此惨败。"

慕容谦仔细看着段子介亲手所画的图纸,在心里暗暗摇头。他全然无法理解这种火铳能有何用,只觉得段子介已经是病急乱投医,大败之后,正在拼命抓住每一根稻草——他遭遇如此大败,朝廷不可能不追究他的责任,兴许连定州知州,他也没几日好做了。但另一方面,对于段子介在这种大败之后,居然这么快就计划着卷土重来,当真是屡败屡战,越挫越勇,慕容谦心里也不由得有几分赞赏。

他怀抱着七分同情、三分欣赏,实在不忍心一口拒绝段子介的这一点点要求,想了想,便委婉说道:"这火器作坊之事,恐怕本帅亦不能随便做主。你可回复段定州,他果有此意,不妨上禀宣抚使司,要临时打造这什么火铳,亦耗费时日。若是宣台许可的话,本帅以为兵器研究院那帮人既然造过这劳什子,只怕京师作坊里总有些没人要的存货,自京师运来,多半还要省事些。"

"多谢大总管指点。"

慕容谦笑着点点头,着人将这书记官送出,方转头问姚雄道:"姚将军,武骑军诸将都来了吗?"

"已在外头候着。"

"那好,你出去告诉他们段定州无恙的好消息。然后让他们各自回营,一个时辰后,本帅要亲自检阅武骑军。"慕容谦沉声吩咐道,"本帅要亲眼看看,这支河朔骑军,究竟是个什么样子!"

同一天,深州。

自三天前辽军开始再度攻城起,刘延庆便已经没怎么下过城墙,每天晚上他都是裹件披风,在城墙上囫囵睡一会儿。辽军的攻势论声势兴许不见得比此前几次更猛烈，但拱圣军的将领心里都很清楚，这是辽军最具威胁的一次攻城。

三日之内，城外的辽军越来越多，先是自河间府方向来了一拨辽军，然后自安平、饶阳方向又来了一拨辽军，人马众多，竟有数万之众，从旗号上来看，竟然是萧阿鲁带的部众。这让李浑尤为担心，段子介终究是没能拖住萧阿鲁带，没有人知道北边究竟发生了什么，但是众人都识趣地刻意不提此事，只是无论如何，李浑脸上的笑容都已经消失不见。

拱圣军已经懒得清点城外辽军兵马的数量。这些兵马的到来，只是令他们将深州城围得密不透风，辽军并没有因此而轻率地增加攻城的兵力——也许在韩宝看来，已经无此必要了。他攻城的战术取得了极大的成功，虽然拱圣军数度坠下死士与那些凿城的辽兵死战，虽然拱圣军不断地集中火器轰炸那些凿城的辽军，但是，花了三天三夜的时间，辽军终于在东城与北城分别凿出了四个大洞。这些大洞已经能够容纳一个人的身体蜷进去，这样一来，拱圣军要伤害到这些辽兵就更加困难了。他们现在需要做的，只是继续耐心地扩大这些洞穴，然后堆满火药，点燃……

刘延庆早已经绝望了。

但是他心里清楚，在姚咒残忍地杀害了辽使之后，深州已经不存在投降的可能。

城必然会破，城破之后，必然会遭屠城。

覆巢之下，没有完卵。

所以，他们拼死守城，也不过是为了能多活一日便算一日。人人翘首以盼的，是援军何时到来。这是维系他们信心的唯一希望。

然后，等了三天，援军一点儿音讯也没有，反倒是辽军越来越势大。

"翊麾，你瞧！"有人突然叫了起来，刘延庆循声望去，却见一个守阙锐士弯着腰，正从女墙后面，小心翼翼地伸长脖子望着城外，他猫身过去，观察城下，却见城外的辽军军阵，正发生一阵阵的骚动，几名辽军将领正骑着高头大马，在数十骑的簇拥下，从城下辽军的军阵前招摇走过。他们走走停停，还不时地伸手指向城头，指指点点。

"左边那厮是萧岚，右边那厮是韩宝，中间那个老头定是萧阿鲁带，还有一个是谁？"神不知鬼不觉地，田宗铠突然出现在刘延庆身边，自言自语道，几乎吓了刘延庆一跳。

他扭过头来，冷笑道："我管他是何人呢！能与萧阿鲁带一道走在中间，必定也是个大人物。"

田宗铠笑道："翊麾又有何打算？"

"你说呢？"刘延庆反问道，二人的眼睛不约而同地瞥去城东那个硕果仅存的弩台。那个弩台已经被辽军的火炮轰塌一角，炸死了四五名宋军，自此之后，这具床子弩便被弃置不用，辽人似乎以为他们已经摧毁了这具床子弩，也没有再对之进行过火炮打击。

但这并不代表这具床子弩便不能用了。

"还有没有人会用床子弩？"过了一会儿，刘延庆低声问道。即使在宋军中，能指挥一具床弩进行准确射击的人，也不是很多。

"有也来不及了。"田宗铠一面说，一面轻轻地朝身边的士兵招了招手，领着十来个士兵，便朝着弩台跑去。

很快，随着一阵吱吱呀呀的声音响起，床子弩开始绞动起来。

刘延庆只见田宗铠顶着一个头盔，小心地把头探出来，观察着韩宝等人行进的方向与距离。

侥幸的是，辽人并没有发现田宗铠的举动。他们仍是不时地打着炮，却只是漫无目的地压制着城墙上的宋军。

而城外，韩宝等人正一步步走向田宗铠那具床子弩的射击范围。

刘延庆的心提到了嗓子眼。

"再走几步！再走几步！"他在心里不停地呐喊着，双手紧紧抓住女墙，几乎抓出几道沟印来。

这是扭转战局的一次机会！

但是，就在刘延庆以为韩宝等人要踏进床子弩的射程之内时，那群辽军中有一匹战马突然人立起来，将他措手不及的主人从马背上掀翻在地。辽军一阵混乱，从军阵中冲出几十骑辽军，手忙脚乱地将受惊的战马和那倒霉的主人强行带走。

刘延庆以为再次看到了希望。

然而，便在即将踏进危险的前一刻，韩宝突然勒住了坐骑，辽将们再次停了下来，嘀嘀咕咕地说了些什么，然后改变方向，回到了阵中。护驾与旌旗，顷刻间便遮蔽了他们的身影。

"直娘贼！"刘延庆几乎恶狠狠地骂出声来。他旋即转头担心地望向田宗铠，怕他意气用事射出无用之箭，却见田宗铠一脸的不甘，却终于还是心不甘情不愿地率人退出了弩台。

韩宝与萧岚都不知道他们就此逃过了一次无妄之灾。

如今在深州的辽军，军容鼎盛，兵强马壮。

韩宝与萧岚麾下的军队，原本已达五六万众，但绝大部分都是渤海军、汉军、部族军、属国军，须知大辽真正的精锐常备军——御帐亲军与宫分军，此番南下河北者，虽达八万骑之多，但其中三万御帐亲军绝不会离开皇帝半步，五万余骑宫分军分成三线作战，萧阿鲁带与萧忽古部便带走一半有多，中路的宫卫骑军总共不过两万余骑，按照事先的作战计划，三路大军最后的会师是极为重要的。但逢劲敌，大辽真正能依赖的，自然也只能是御帐亲军与常备军。

苦河之战时，韩宝与萧岚麾下军队虽多，但宫分军不过一万余骑，几乎是倾巢出动，与骁胜军苦战，结果折损近三成人马，这实是大辽南征以来，宫卫骑军损失最惨重的一次战斗。因此萧岚才心生怯意。

此时萧阿鲁带的西线军抵达深州，虽然多有伤亡，但其麾下宫卫骑军仍有八九千骑，此外更有一万余骑部族、属国军。而耶律信派来的慕容提婆，虽然来得比二人预料的晚了一两日，却意外地又带来了三千骑宫卫骑兵。更让韩宝与萧岚安心的是，在东线进攻无果之后，耶律信派人断然征调了萧忽古麾下一半的宫卫骑军来中路——他们其实与耶律信一样，早已经不关心萧忽古能否取得什么战果——而这件事既能增强中路的兵力，又能恶化萧忽古与耶律信的关系，对韩宝与萧岚来说，怎么看都是一件好事。

而且，不管怎么说，韩宝与萧岚终于拥有了一支庞大而可怕的军队。

单单正兵便有七八万之众，深州城下，旌旗密布连绵，倘若是站在深州城头，只怕一眼都望不到尽头，但实际上，仅仅是深州城下，也是绝对摆不下这许多兵力的。

为了防范意外出现在武邑的神射军，原本韩宝是虚张声势，只是选调了一支室韦骑兵，换上宫分军的服饰、旗号，驻守武强，吓阻宋军，同时广布侦骑，巡视沿河，以便各部之间可以迅速互相增援。但如今，他已经可以从容四处部署兵力，绝不会有捉襟见肘之感。

在许多方面，韩宝和萧岚与耶律信的见解还是不谋而合的。

譬如这次慕容提婆带来的消息——耶律信早在一个月之前，便已经暗中遣使前往汴京，谋求和议，并动摇宋朝君臣抵抗之决心。慕容提婆这次还带来几个消息：皇帝与耶律信已经决定调整战略目标，要求萧岚与韩宝做好在深州附近与宋军主力决战之准备，同时，各路大军开始陆续将掳获的金帛子女送回国内，除了将士私人的掳获照例由自己处置外，大量的奴婢将被送往辽东、上京安置，替皇帝本人垦田。同时，大辽已经正式派遣使者，经由冀州传递信息，向宋朝谋求和议。如果南朝同意，韩拖古烈将亲赴汴京，觐见南朝的太皇太后与皇帝陛下。

对于韩宝来说，慕容提婆带来的这些消息，是一个两全其美的结果。既然这也正是他所主张的，那么耶律信如此主张就更加省事了。但对于萧岚来说，这些消息却犹如当头一棒，甚至令他背脊发凉，感到一阵阵的惧意。

这时候他才真正发现，耶律信是一个远比他厉害的对手。耶律信并不如他所想象的，是一个只会鼓动皇帝打仗的武夫，而更是一个收放自如，能够随时掌握局势，并可以断然改变策略的谋臣。

而且，他计虑之深远，更是远在自己之上。他后知后觉地想要掌控议和之主动权之时，哪曾想到，一个月前，耶律信便已经在谋划此事，只是他将此事瞒得无人知晓而已。

萧岚突然觉得自己便像个小丑。

也许，比起自己来说，耶律信唯一的劣势，就是他杀伐过于果断，因此会树敌过多。他一切事情都由自己一手操纵，除了皇帝，再不与第三人商议，因此也无人知晓。无论是耶律冲哥，还是萧忽古、萧阿鲁带、韩宝，对他都难免有或多或少的不满。众将皆是一时人杰，倘若是萧佑丹也就罢了，但若是耶律信的话，谁也不可能心甘情愿地做他的棋子。

纵然他是再优秀的国手，倘若他以为的"棋子"个个心怀怨恨与不满，那么，他纵使不输在对手手上，也难免会输在他的"棋子"手上。

只是，如果谋划这些，萧岚又感觉自己像是个妒贤嫉能的小人。

幸好他们在见解上仍有分歧。

耶律信判断深州之拱圣军已经不足为虑，并且即使攻下深州、歼灭拱圣军，也未必能彻底打击宋军的斗志，因此，他要求萧岚与韩宝不必急于攻克深州，只需持续施压，进一步削弱姚咒的兵力与斗志便可，以免造成不必要的重大伤亡。同时他要求二人加强对西南两个方向的监视，将目标转为歼灭一两支来援的宋军精锐，耶律信相信，这才是真正能彻底打击宋朝战意的胜利。既然所谓"西军"的战斗力才是南朝最后的心防，那么倘若能歼灭一支西军精锐，南朝君臣的心防，便会彻底瓦解。到时候他们心理上所能依赖的，便只剩下所谓的"大名府防线"，而那些装着火炮的城寨是不会走路的，当南朝重新回到了只有城池与火炮才能让他们感觉安全与可靠的时代，那么一份新的"盟书"便唾手可得。而且，数十年之内，绝无后患。

但在这一点上，萧岚与韩宝却不作此想。

韩宝对于深州势在必得，已非任何人所能劝阻。

而萧岚虽不在乎深州之得失，但绝无半点儿信心歼灭一支来援的西军精锐。

没有亲历苦河之战的耶律信相信能做到的事，却是经历过那场恶战的萧岚不相信能做到的。

在萧岚看来，攻破深州、歼灭拱圣军，谋求一场类似君子馆的大捷，便已经是极限了，至于有没有后患，不妨从长计议。耶律信想要的另一次好水川[1]，是不切实际的，倒不如尽快攻克深州，一方面足以震慑宋朝，另一方面，也使宋朝丧失与辽军决战的急迫性，双方可以在深州一带形成僵持，从容议和。

但耶律信派来的慕容提婆，自到达深州后，便不断地给二人施加压力。此番萧岚与韩宝陪着萧阿鲁带与慕容提婆巡察深州，亦是为了尽力塞住慕容提婆的嘴巴，争取萧阿鲁带的支持。

"深州不过弹丸小城，姚咒能坚守至今，除了我军先前攻城不得其法外，南朝禁军实亦不可小觑。如今诸军会师，我军兵强马壮，而深州城内不过是百战疲

---

[1] 指宋夏好水川之战，夏主元昊在好水川一举歼灭宋朝苦心经营的精锐野战军，从而宣布了整个宋仁宗时代宋朝对夏战争的彻底失败。此后，直到赵顼登基后，因为西夏不断内耗，宋朝才再度开始了对西夏的攻势作战。

师,这正是兵法说的'以石击卵'。古贤说,天与弗取,反受其咎。如今若是以火药炸城,配合大军四面同时猛攻,最多三日,少则一日,必克此城。为何反要留下这个祸害,贻无穷后患?"

"签书莫要忘记,当日晋国公也曾许过十日破城之军令状。"慕容提婆长得颇为肥胖,挺着个大肚子骑在马上,让人担心他随时会摔下来,但他说起话来,却十分刻薄,全不将韩宝放在眼里,竟直揭其短,不留半点儿颜面,萧岚斜眼看韩宝,见他一张脸涨得通红,怒容满面,只是不能发作,"自来要钓大鱼,便要舍得放饵。下官看这深州,已经被打成这等残破,城上南军连头都不敢露出来,偶见着几个兵丁,都是形影憔悴,一阵风都能吹倒的样子,凭城而守,那是南朝看家本领,或者还要费点儿心思,但倘若出城作战,找几千蛮夷,便可以收拾掉了。这迟早是嘴边的肉,又何必急于吃掉?莫非签书与晋公是怕别人说两位当世名将,攻一小小深州而不能克,致使声名受损?实在大可不必过虑,小人饶舌,自来都有,二公皆本朝重臣,仍当以大局为重……"

"扯你娘的鬼淡!"萧岚在心里骂道。他眼见着韩宝就要按捺不住,当场便要发怒,忙悄悄朝韩宝摆了摆手,示意韩宝镇静,一面冷笑道:"那只怕是郎君想多了,某与晋国公岂是顾惜私名的人?这几日也与郎君反复详说过利害,郎君只是不信,既然如此,咱们便把丑话说在前头,吾等皆是奉令行事,日后若有好歹,那也不干吾等的事。"

"那是自然。"慕容提婆昂然应道。

"既然如此,郎君这几日是时时不忘要与南朝打场硬仗,好好教训下南朝。那么某想问下郎君,需有多少人马,方能成事?"

慕容提婆立时听出萧岚话里有话,抬头望了一眼萧岚,问道:"签书之意是?"

萧岚笑道:"拦子马探得真切,武邑县便有一支南朝殿前司主力。依某看来,南朝援军若要来,南边无非是武邑、衡水,西边无非是束鹿,咱们不妨兵分三路,相互策应。郎君是兰陵王麾下第一名将,人称智勇双全,便请郎君去武强……"

"签书莫要说笑。"慕容提婆眼见着萧岚话中已现杀机,他却是不傻,神射军在武邑厚张军势,持重不出,他到了那里,进退维谷,攻则有萧岚、韩宝掣肘,绝难成功,守则落人话柄。况且宋军的援军主力多半仍是要从武邑北上,而耶律信派他来，是让他督促萧岚、韩宝去打恶仗的，他本人倒是很有自知之明的，论及打仗，无论如何，他也不可能与韩宝相提并论，岂能傻乎乎地答应去武强？"下官岂能无些许自知之明，皇上将十万大军交付签书与晋国公，是信任二公之能……"

但他话未说完，已被萧岚打断，"郎君又何必妄自菲薄。若论知人善用，某也信得过兰陵王。某已打听清楚，神射军虽属殿前司，却并未经历战阵，又是步兵，统兵之将仁多保忠是西夏降将，无足称道。郎君率五千宫分军，足以一战而胜。"

"这……这……"慕容提婆被他逼得极为狼狈，立时冷汗都出来了，"听闻这神射军善于阵战，只恐……只恐……"

"无论郎君还要多少人马，某皆可成全。"萧岚冷冷说道，"某当年常听说郎君于火炮战法颇有见解。便是要火炮，某也可以给郎君！"

慕容提婆这几日间都是咄咄逼人，萧岚只是一概承受，都是婉言解释，却万万料不到萧岚突然来这么一手，这分明是要借刀杀人。倘若真的有足够的兵力，慕容提婆心里面倒也未必真的害怕仁多保忠，只是耶律信给他命令并不是让他主动出击，而是要以深州为饵，寻找机会，歼灭来援的一两支宋军。至于统军打仗，当然还是要由韩宝来指挥。别的他倒不怕，怕的是他若将这差事办砸了，耶律信岂能饶他。再说他也不是三岁小儿，现在萧岚说的好听，但真的给起兵，别说火炮，连个火星都未必能给他……

但是他若是推诿不肯，萧岚便自有话说：你自己都畏敌如虎，此前所言，那自然全是放屁。

他思前想后，觉得实在无法推脱，正要咬牙答应下来，寻着仁多保忠打一两场小仗，得一两个小胜，再做计较，却听萧阿鲁带忽然笑道："签书便莫再与慕容将军玩笑了……"

萧阿鲁带这么一打圆场，萧岚、韩宝皆是一愣，慕容提婆当真是如蒙大赦，感激地望了萧阿鲁带一眼，却见萧阿鲁带并不理他，只是又说道："既然兰陵王主意已定，咱们为将者，仍当奉行。这深州兵马，也当奉签书与晋公之号令，不宜分什么彼此。老夫一子死于宋人之手，一子为宋人所擒，但军旅之事，关系国族之兴亡，一时私人恩怨，实不宜过多计较。"

萧阿鲁带德高望重，萧岚与韩宝听他这么说，都只能凛然听着，"老元帅说得极是。"

"依老夫之见，依着兰陵王的主意，让诸军休整数日，也是好的。这许多人马，也不能都拥挤在这小小深州城下。不如这样，老夫率军前往武强，一面休整，一面监视黄河南边的宋军；慕容将军率一些人马前往束鹿休整，同时监视真定府方向之宋军；签书与晋国公仍在深州，一则继续攻城，再则监视衡水宋军，三则居中策应，果真南朝援军开始进逼，诸军仍然听晋国公调遣……至于这深州城还守得了多久，便看它的造化。"

萧阿鲁带这个是委曲求全的法子，萧岚与韩宝听说又能继续攻打深州，又能支开慕容提婆，二人对视一眼，微微点头。慕容提婆虽不甘心，但也不敢再反对。他刚刚也仔细看过深州城防，感觉凭萧岚、韩宝的兵力，总要花些时日才能成功，这也不失为缓兵之计，哪怕有四五日工夫，他也可以上报耶律信，让耶律信再给二人施压。他也知道真定府的武骑军实在不足为惧，他到束鹿，也难有什么战事，又素知道萧岚、韩宝舍不得让宫卫骑军在攻城上有太大的损伤，因此忙又故作大方地笑道："萧老元帅这是谋国之言，束鹿离静安极近，下官以为，南朝主力若然来援，多半是自南边，故此，下官若去束鹿，倒不必全带宫卫骑军，只要一两千宫分军，再带几千部族、属国军，甚至汉军亦足矣。"

萧岚与韩宝都知道他是想分薄二人手下用来攻城的兵力，但是二人皆自负数日之内，必能炸塌深州城墙，到时候拱圣军不过刀俎鱼肉，两人又都是希望自己麾下精兵越多越好的人，也乐得顺水推舟，故意说道："难得郎君如此深明大义，如此，恭敬不如从命。"

3

束鹿是深州辖下的一个县城，在深州城西边四十五宋里[1]，境内有一南一北两条大河通过，北边是滹沱河，南边是苦河。从真定府城沿滹沱河东来，至束鹿

---

[1] 此据《元丰九域志》。《读史方舆纪要》谓二十五里，亦不取。《中国历史地图册》相关图页束鹿之标注方位亦疑有误，请读者仍以本书描叙为准。

不过一百七八十里，骑兵倍道兼程，不过一昼夜可至。但这些倒并不在慕容提婆的担心之中，在行枢密院时，他就听说过荆岳与王赡面对萧阿鲁带时的种种事迹，因此，尽管萧岚故意分给他一些杂七杂八、老弱病残，他也并不争论，反而故作大方地领着两千宫卫骑军，外加四千老弱汉军、一千多由三四个小部族拼凑而成的部族属国军，浩浩荡荡地前往束鹿。因为辽军夺取了束鹿的常平仓，还有一些掳获的财帛不便随军携带，也堆在束鹿，所以那里原本还驻扎了三千多部族军守卫，这样统计算下来，慕容提婆麾下也有一万多人马。当然，最要紧的是，驻守束鹿也可以算是一个肥差，束鹿屯集的那许多财货不提，每天派些人马去西边的祁州打草谷，亦是不可小视的生财之道。尤其对于慕容提婆这样自南征以来，一直呆在行枢密院，一路南下，连汤都没喝到的将领，能有机会摊到这样的差使，他心里面对萧阿鲁带的感激实是难以言表，便是对故意刁难他的萧岚，他也很难真正生出多少怨恨来。

便在七月二日当天，萧岚、韩宝以送瘟神的心态与速度，催促着慕容提婆整军出发，慕容提婆亦半推半就，给耶律信写了一封信说明自己的苦衷与"不得已"后，便高高兴兴地去了束鹿。一到束鹿，慕容提婆头一件事就是巡察仓储，然后便是"广布侦骑"，派出数队骑兵，前往祁州打草谷，顺便侦察真定府宋军动静。辽军破城之时，并未遇到过于激烈的抵抗，因此束鹿城内，倒也没有受过大规模的劫掠，除了县衙的府库外，只有少数商家与大户的积蓄被辽军没收，其余人户，则以摊派征税为主，除勒令各家出男丁替辽军服劳役外，每户更要捐纳不等的钱帛粮食，方可保得平安，否则全家轻则沦为奴婢，重则死于非命。慕容提婆到束鹿之前，这些摊派，早已催缴完毕，但这自然难不倒他，当天晚上，他便想出一个名目，宣布大辽要将金帛财货运回国内，需要大量牛马驴骡助运，因此束鹿百姓都要按户等高低，捐纳牛马驴骡，没有的话，则要折以钱帛粮食，名曰"助运钱"。

所谓"上有所好，下必甚焉"，虽然萧岚与韩宝原本曾在西边广布侦骑，最远的拦子马甚至深入真定府境内，而慕容提婆也派出了打草谷的分队前往祁州，但慕容提婆在束鹿大张旗鼓地敛财，并且公然暴露出急于将所抢掠的财帛奴婢运回国内的意图，一时之间，束鹿辽军军心涣散，不仅各部族属国军、汉军都抓紧时间抢掠财物，做好打道回府的准备，便是宫卫骑军也不能例外，有人成群结队私自外出打草谷，有人在县城中公然抢掠，也有些宫分军守在束鹿城外四周要道，向友军要分成，那些部族属国军、汉军抢来的东西，宫分军见面便要分一半，否则一言不合，便兵刃相见。

慕容谦虽然七月一日晚上便已到真定府，而且并未刻意掩饰自己的行踪，然而束鹿的辽军，自慕容提婆以下，一个个懵然不知，仍以为在他们旁边，还是那支畏敌如虎的武骑军。

直到七月四日的中午，也就是慕容提婆到达束鹿县的第三天，当慕容提婆正骑着高头大马，领着一队骑兵在束鹿挨家挨户征收"助运钱"的时候，他才收到自祁州仓皇逃回来的一队败兵带回的消息，上千骑服饰相貌都很奇怪的宋军，出现在祁州的滹沱河南岸。

完全摸不着头脑的慕容提婆这才匆匆忙忙停止对束鹿的巧取豪夺，一面派出使者，四面召回派出去的人马，一面再次派出探马，打探这支突然冒出来的宋军的动静。

宫卫骑军的拦子马很快带回消息，原来出现在祁州的这支宋军，不过八百余骑，他们沿滹沱河东来，一路并不停留，直奔深州而来，很快便到了束鹿境内，在距废弃的晏城不远处安营扎寨。他们的旗帜全是赤色战旗，战袍也以赤色为主，但是大部分人都是左衽，有探马听到他们所说语言并非汉话，长相亦与汉人有异，其中髡发的、结辫的，所在不少，几乎令人疑心是一支大辽的部族属国军，但是其中分明也有一些宋人武官存在。

这些情报足以让慕容提婆确定这是一支宋朝的番骑。他知道南朝有几支番军存在，但一时也无法判断究竟是哪一支，让他警觉的是，真定府是没有这样的军队的，这支番军的出现，意味着宋军的援军已经到了真定府。不难判断，这八百番骑，只是一支大部队的先锋。

慕容提婆无暇哀叹自己的霉运，他绝没想到，自己在束鹿居然也要打仗。此时他也没有时间从容思考，他知道耶律信法度森严，而萧岚、韩宝与他更非同心，宋军既然来攻，他跑是不敢跑的，否则只怕用不着耶律信下手，萧岚、韩宝便会把他宰了。因此他迅速打定一个主意，既然这八百宋军敢孤军深入，他手下也有万余人马，以多打少，就先吃掉这支宋军，然后迅速退回束鹿，向萧岚、韩宝求援，二人看在束鹿的粮草积蓄的份儿上，也免不了要分兵救，若其不然，他便烧了粮草积蓄，逃往饶阳，到时算起账来，他也有话说——非是他不战，而是敌众我寡，而萧、韩二人拥兵不救，他不得已撤退。有了这八百骑宋军垫底，便是在皇帝面前，大概也足以交差。

主意打定，慕容提婆一面着人收拾值钱细软，随军带好，一面召集起赶回来的麾下兵马，清点之后，马步军合计大约不下七八千之众，连夜出发，前往晏城。

这七八千人马又是一通忙乱，出发之时，已是深夜，行军时拖拖拉拉，至晏城时，竟然天已大亮，拦子马回报，那些番骑刚刚吃过早饭，清理完营地，正自北边直奔晏城而来。慕容提婆倒也没有把这些宋军番骑放在眼里，他自恃兵力十倍于敌，便传令下去，沿着晏城废城，摆出一字长蛇阵。

他亲率仓促到齐的一千余宫卫骑军在中间列阵，右边是三千多部族军，左边则是三千余汉军。诸军皆不曾吃饭，只等"灭此朝食"。

慕容提婆绝想不到，统率着这支横山番军前来的，是左军都指挥使姚雄与指挥使任刚中。横山番军并不采用禁军编制，都指挥使以下便只设指挥使，指挥使所统兵力，由三百至一千不等，这是因为绍圣中枢密院采纳慕容谦、王厚建议，横山番军招募兵士，皆以同部族同乡里为一指挥，而各部族各乡里所募战士，数量自难均等，枢府亦不削足适履，而是随机应变，因此编制十分灵活。其指挥使或为汉将，或为番将，副指挥使则全部是番将。姚雄与任刚中所率领的这八百骑横山番骑，有五百骑便全出自一个地方，以横山羌为主，杂有羌化的西北汉人，指挥使任刚中是大宋仁宗朝名将任福之从孙，自熙宁间从军，颇立功勋，在诸羌中颇有威名。另外三百骑则是姚雄的亲军，本来这样的先锋军，是不当由他来担任主将的，他贵为横山番军副都指挥使兼左军都指挥使，若非父亲兄弟被围，姚雄心中焦急，无论如何也不可能发生这样的事情。但慕容谦也对他十分了解，知道他外表看起来从容冷静，实则内里却是个刚烈急躁的性子，这件事情，实难相劝，便亦干脆由他去做。

慕容谦自七月二日在真定检阅武骑军，当场诛杀三名迟到校尉立威，然后便断然下令，令武骑军收拾行装，东援深州。真定府文武官员被他吓得战战兢兢，皆不敢阻拦，于是七月三日，大军便自真定府出发东行。

但姚雄却等不及这么久，慕容谦阅兵之后，七月二日的晚上，他便领着自己的亲军，挑了一个指挥的番骑，亲任先锋，往深州而来。一路之上，晓行夜宿，他是一肚子的着急，却又不敢过于急躁地行军，毕竟横山番骑已是劳师远征，一路之上，未经休整，人马疲惫，也是十分危险。若非横山羌人平素生活艰苦，本就较汉人更能吃苦一些，他是断不敢如此轻率进军的。因此，姚雄心里面是恨不能肋生双翅，直接飞到深州，一面却要慢慢调整部下的状态，让他们边行军边休息，保存足够的体力。明明急得要死，脸上还要装得若无其事，偏偏他本性又是个刚烈之人，真是憋了一肚子的邪火。七月四日在祁州遇见打草谷的辽军，他击溃这小队人马后，便已知大战就在面前，虽然心里明白应该耐心等一等慕容谦的主力，却仍是不由自主地继续往前走。

这一方面是因为他早已发现辽军对西边并无多少防备，欺辽人不知虚实，仓促无备；另一方面，他亦是自恃兵少，皆是骑兵，往来迅疾，大不了打不赢就。在父亲兄弟危在旦夕的时候，这样两条理由，哪怕不怎么经得起推敲，但亦足以让姚雄不去停下自己的脚步。

慕容提婆那边连夜出发，走到半路上，姚雄派出的侦骑便已经察觉。初听到敌军数量，姚雄也是大吃一惊，但他是胆大包天之人，敌人虽众，他也没有马上想着逃跑，而是亲自领着任刚中一道悄悄再去侦察，眼见着来的这些辽军，兵马虽多，但行军之时，部伍不整，队列散乱，他那一点点退避之心，立时丢到了九霄云外。与任刚中一合计，二人回来，并不惊扰部下，只是埋头继续睡觉。一大早起来，他该做什么做什么，待到清理完营地，部下都已经能看见辽人遮天蔽日的旌旗，慌慌张张前来禀报，他才从容披甲上马，召集部下。

十倍于己的辽军，突然出现在面前，尽管横山番骑中有不少是经历过战阵的老兵，亦不免感到惊慌。他们当年帮西夏人打仗的时候，可不曾见过这样的将领——姚雄仿佛全然没将那些辽人放在眼里，他策马缓缓走过整个队伍，锐利的眼神，扫过每一个兵士的脸庞。

士兵们的情绪慢慢稳定下来。

"直娘贼的契丹，离咱们不过咫尺之遥了！"姚雄一手捧着头盔，一手持鞭，指向身后，用横山羌语大声吼道，"你们是没舔过血的雏吗？！"

"不是！"众人齐声吼道。

"那你们怕个鸟！"姚雄用羌语熟练地骂着脏话，"咱们要转身逃跑，那就变成被猎狗追赶的兔子，你们见过跑得过猎狗的兔子吗？！"

"俺可不是他娘的兔子！"一个士兵高声回道。

众人哄然大笑。姚雄也高声笑道："说得好！谁他娘的要做兔子，自己跑去。不愿意做兔子的，随老子往前冲！"

说到这里，他顿了一下，扫视众人，"你们看那些契丹人人多？探马已探得清楚，这些契丹人，旗帜东倒西歪，行军混乱不堪，不过是乌合之众，不堪一击！谁家命都是命，要是没十成把握，老子不会拿自己的命开玩笑，老子是堂堂大宋振威校尉，家里有地有田有宅子，有老婆有小妾有儿有女，我他娘的嫌命长吗？你们谁要想升官发财，想跟老子一样过好日子，就听好了——看紧我的将旗，别丢人现眼冲散了。打完这一仗，掳获大伙分了，每人再赏交钞三贯。其余的赏格照发！"他说话之间，已有一个亲兵捧着一箱交钞过来，在众人面前打开。

这番话的作用真的是立竿见影，上万张百文面额的交钞，更是耀得众人眼花，众番兵一阵欢腾。若说众人以前替西夏卖命，都是迫不得已，如今为宋朝卖命，那也不会是报效朝廷。宋廷在横山地区的免赋役期早已过了，他们加入番军，虽然也是承担赋役义务，但主要是为了挣钱养家糊口。这些人大多不愿意辛苦耕种放牧，倘若幸运能加入番军，每月皆有薪俸柴米，在当地便足以养活一家老小。他们家境大多并不富裕，许多人穷得连女儿都嫁不出去，姚雄所立赏格，对于这些番兵来说，无异于一笔巨款。见利而忘害，本是人之常情，这时众人早已忘记害怕，满心期盼的都是打赢之后分钱的场景。

姚雄策马转身，从容戴上头盔，便听任刚中在身后高声喊道："上马！别丢了横山番军的脸！"他轻轻夹了一下马肚子，坐骑听话地小跑起来。

姚雄的八百横山番骑，始终保持着匀速前进，他看着辽人背靠着晏城废城乱哄哄地布阵，也并不心急，只是从容行进，直到距离辽军一箭多点儿的距离，才挥挥手，下令停止前进。

战场之上,陷入短暂的沉寂。

只有风吹过战旗,猎猎作响。

"任将军,你怎么看?"

"不足惧!"任刚中坐在马上,仿若一尊雕塑般,冷冷地回道。

"慕容!"姚雄眺望着对面的将旗,轻蔑地说道,"辱了这个姓氏!"他挥鞭指着那面将旗,"击破此军,余众自溃!"

"敢不从命!"他话音刚落,便听任刚中大声应道,摘了长矛,策马疾驰,冲向辽军阵中。姚雄连忙挥动将旗,顷刻之间,杀声震天,八百横山番军,如同一条赤龙,杀向慕容提婆的中军。

慕容提婆万万没想到宋军竟然敢主动进攻,却也没太放在心上,将旗一点,号角齐鸣,指挥着中军杀了出去。双方策马疾驰,边冲锋边在马上放箭,靠得近来,便以随身兵器格斗,若论弓马娴熟,武艺精湛,横山番军较之契丹宫卫骑军,正是旗鼓相当,甚至还要稍胜一筹。双方混战到一起,一时之间,全无队伍阵形可言,横山番军素来不习阵法,自由散漫,这种混战正是其所长。而慕容提婆这一千余宫分军,连夜行军,人马疲惫,这时又是饿着肚子仓促应战,两军缠斗在一起,打得难解难分,时间一长,许多宫分军便开始体力不支,连战马也有些脱力。这些宫分军连夜赶来,原本只想轻松击败敌人,对于遇上如此劲敌全无心理准备,猝不及防之下,更是狼狈。

慕容提婆眼见着宫分军渐落下风,忙挥动将旗,招呼左右两军前来夹击。不料他令旗点动,忽然一把飞斧劈空而来,将他的将旗砍作两截。慕容提婆大惊失色,抬眼望去,只见一名宋将,骑着一匹黑马,手持长矛,直奔自己而来。两名亲兵迎上前去阻拦,被那宋将一人一矛,转瞬之间便挑落马下。

慕容提婆虽然肥胖,却也是素以勇力自居的,这时怒自心起,恶由胆生,吩咐亲兵取了大斧,策马冲向那宋将,两人恶斗在一处。

那单挑慕容提婆的宋将,正是宋军指挥使任刚中。任刚中武艺过人,他远远望着慕容提婆,欺他体胖,料想必然不堪一击,不料几合下来,却是大出意料。慕容提婆双手持着一柄几十斤的大斧,舞得水泼不进,他不仅力气极大,武艺也极好,一个大胖子骑在马上,移挪转腾竟是十分灵巧,倒是任刚中感到有些招架不住。他的长矛不敢去碰慕容提婆的大斧，被慕容提婆左削右劈，几次斧刃便挨着头皮削过，亏得任刚中自小也是在马上长大的，胯下坐骑，追随已有数年，十分默契，否则已死在慕容提婆斧下。

他支应得数十回合，气力渐渐不支，正在心中暗暗叫苦，忽然听到脑后风响，不及回看，本能地俯下身子，便见一枝羽箭破空而来，从他头上飞过，射向慕容提婆。任刚中见慕容提婆抬手一斧，拨开箭杆，他暗叫一声"可惜"，却下意识地拍了一下坐骑，战马听话地往左斜跨两步，便听身后"嗖嗖"声响，几枝羽箭连珠射来。任刚中不必回头，便已知射箭之人必是姚雄，二人配合已久，下手全不用思考，眼见着慕容提婆挥动大斧去拨挡姚雄的羽箭，任刚中一个翻身，斜吊马侧，单手持矛，一枪扎向慕容提婆的战马，便听那畜牲一声悲鸣，前蹄一软，倒了下来，将慕容提婆甩下马去。

慕容提婆的亲兵不料突生此变，慌忙拥上前来，想要护住主将，有人忙不迭地张弓搭箭，射向任刚中，想要阻住他去伤害慕容提婆。但任刚中如何肯错过这千载难逢的良机，右手拔出长矛，格开一个冲过来的亲兵，左手抽出挂在马上的佩刀，就势砍向慕容提婆。

那慕容提婆在马上极其灵活，但跌落在地，却没那么灵便，瞧见任刚中一刀砍来，翻身一滚，仍被任刚中砍中左臂，痛得他"哇"的大叫一声，几乎昏死过去。但也是如此缓得一缓，数名亲兵已冲上前来，拼死护住，有人将他手忙脚乱抬上马车。

任刚中知道机会已失，正暗叫一声"可惜"，却听身后姚雄扯着嗓子用契丹话大喊："慕容……死了！慕容……死了！"他不知道慕容提婆名字，便故意喊得含糊不清，但战场之上，哪有人来认真分辨，辽国诸军眼见着将旗已断，回头望去，又不见主将身影，倒是那些亲兵卫队，一脸惊慌，不知所措的样子，眼见着这支宋军又极其凶猛，一时间军心大乱，再无半点儿斗志。

慕容提婆部署在左右两边的部族军与汉军，初时虽已见着他的将旗点动，但眼见这支宋军极其凶狠，连宫卫骑军也抵挡不住，不免心存犹豫。汉军多是老弱病残，而部族属国军更是杂七杂八拼凑而成，各部各族不免互相观望，绝不肯先动一步。眼见着将旗一断，更是人心浮动，无论督战的契丹将领如何催促，也无人肯前进一步。只是眼见着宫分军还在死战,看不清形势,故而迟迟没有率先逃跑。这时听到姚雄的喊叫声,又望见慕容提婆的亲兵卫队乱成一团,哪里还有人肯多花半刻来分辨一下,先是部族属国军一声大喊,也不知哪支军队率先脚底抹油,转瞬之间,三千余骑散了个精光。左边的汉军眼见着右军跑了,焉肯自甘人后?那些部族属国军因骑着马,虽然逃跑,还不忘带着家当,但这些汉军却十有八九是没有马的,先前已走了一晚上的路,这时逃跑,若还带着兵器,穿着盔甲,又要如何跑得动?因为休说兵器,便是连盔甲,但凡穿了的,也赶紧扯下来,只求跑得轻便。

左右两军顷刻之间作鸟兽散,慕容提婆的众亲兵更加慌乱,这时也管不了太多,护着慕容提婆,便往东逃去。他们一跑,宫卫骑军仅存的一点点纪律,也荡然无存,各人纷纷掉转马头,跟着慕容提婆的亲兵一起逃去。

姚雄、任刚中却是得势不饶人,辽军一溃散,二人立即挥旗掩杀,穷追不舍,这一路猛追,竟是追了几十里,直追到束鹿城下。留守束鹿的辽军眼见着是慕容提婆败来,不敢不开城门,但城门一开,败兵如洪水般涌进,城门口一阵兵荒马乱。败兵刚走,追兵又至,守军哪知道究竟有多少宋军,只道慕容提婆七千人马,都被打得大败,谁愿意以卵击石,白白送死?败军自东门入,自西门出,守军也紧随其后,各自捎上值钱物什,四散逃出城去,将一座束鹿城就这么着拱手让给了宋军。

姚雄憋了一肚子的气,这时方得畅快,他并不知道束鹿城中有众多军资,本待继续追赶,但辽军逃窜之时,四处纵火,顺手牵羊,残杀无辜,践踏人众,搞得束鹿城中乱成一团,他终是不能坐视不管,兼之任刚中苦苦相劝,追不得已,方才下令收兵。

深州城。

辽军在北城上凿出的两个大洞,总算已经扩大到能容纳数人的宽度,辽军的随军工匠们算了又算,也终于认可这两个大洞已足以炸塌深州的城墙。在又一次击败试图夺取两个大洞的宋军之后,萧岚下令开始往洞里面搬填火药。仿佛意识到已经到了最后的时刻,守城的宋军也变得疯狂起来,他们不计伤亡,冒着箭雨,自暴自弃地往城下倾倒易燃的油、硝、木炭，甚至是火药，意图十分明显，如果辽军继续往里面堆积火药，他们就提前引燃外面火药，这样所有运送火药的辽军，都必死无疑。

这种疯狂的举动，的确吓阻了一会儿辽军，但辽军的工匠很快想到了方法，他们献策向城墙下同时泼散沙土和水。萧岚立刻采纳了这个建议，派人到处寻找沙土，一担一担地运到城边，四处泼散，然后另一些辽军则挑着一桶桶水泼在沙土上面。

这个举措立即取得了效果，宋军停止了无意义的行动，辽军又继续往洞里面有条不紊地填装火药。

这会是历史性的一刻。

萧岚骑在马上，有些扬扬得意地想着：就算只因为这一件事，他也会被载入国史。他是第一个使用火药炸塌敌人城墙的大辽将领，他攻克了由宋军精锐把守的一座坚城，全歼了一支上四军禁军⋯⋯虽然略有遗憾的是，他要与韩宝分享这些荣耀，但这个时候的萧岚，可以大度地不去在乎这小小的不足。

他开始幻想城破之后的情景，蝼蚁尚且贪生，何况人乎？他能招降姚兕吗？倘能如此，那这就是一场完美的攻城战，日后将不断被辽国的将军们提起。人们会谈论他与韩宝的善战，谈论他们如何围困宋军，如何击退宋人的援军，如何不断地创造试验新的攻城战法⋯⋯这亦会成为他今后数十年中极重要的一个政治资本。

"还要多久才能装满引爆？"萧岚有点儿心急地询问着部下。

"大约还要半个时辰左右⋯⋯"

萧岚觉得有点儿等不及了，但是欲速则不达，这个道理他还是懂的。宋军比以往更加猛烈地投掷石块、滚水、震天雷等物，运送火药的军队很难更快。

"城破之后，诸军全都重重有赏。深州大掠三日，让众将士都好好高兴⋯⋯"萧岚高声说道，给攻城的将士提气鼓劲，但他话未说完，忽然听到自西边传来一阵喧嚣。他转头望去，却见西城的军队出现一阵混乱。

"出何事了？！"萧岚方皱眉问道，却见一个校尉神色慌张地骑着马疾驰而来，见着萧岚，慌忙翻身下马，跪倒在地，禀道："签书，大事不好了！"

"慌什么？！"萧岚厉声训斥道，"慢慢说，出何事了？"

"是。禀签书，方才自束鹿逃回一伙败兵……"

"你说什么？！"萧岚几乎疑心自己听错了，"哪里？败兵？"

"是……是束鹿。是一些蛮兵，还有几个宫分军……"那校尉胆战心惊地说道，生怕萧岚一个不高兴，会迁怒于己，"他们说，从真定府来了大股的宋军，慕容提婆将军迎战失利，战死殉国。如今束鹿已经丢了，宋军正朝深州追来……"

"放你娘的狗屁！"萧岚一鞭子抽到那校尉脸上，怒道，"你敢乱我军心？！慕容提婆昨晚送到的军报，分明只有八百宋骑，他亲率八千之众，去剿灭这小股宋军。哪来的什么大败？！"

那校尉无辜挨了这一鞭，却也不敢躲闪，只能忍痛回道："小的不敢胡说。签书若不信，请往西边大营去，那些败兵在大营中胡说八道，城西各军都已是人心惶惶。"

萧岚听得心里面也是惊疑不定，慕容提婆先后送来两份军报，道有不明身份之宋军自西边大举东来，他怀疑所发现八百骑宋军是宋军先锋，故大举兴兵出战，以防万一，并请求援军。萧岚与韩宝商议之后，决定先攻破深州，再调集宫卫军往援，难不成那鲜卑杂种竟然中了宋军的计策？但是依慕容提婆所言，他率八千人马出战，其中还有两千宫卫骑军，他得遇到多少宋军，才能败得如此之快、如此之惨？萧岚抬头看了看天色，掐指算了算时间，慕容提婆的八千人马，非得在上午就被击溃，才能有败兵此时便逃窜至深州。倘若这消息是真的，那萧岚真是要不寒而栗——除非南朝西军主力大举来援，否则，八千人马，就算要吃败仗，也没有败得这么快法。

难道他们都中了石越的奸计？南朝来援的西军，竟然不是走大名府，而是走河东，下井陉？可他们如何来得这么快？而且长途行军，不经休整，便敢投入大战？但即使如此，这么多兵马，他们不是往真定府派了拦子马吗？

萧岚脑子里，冒出一个又一个的疑问。他在心里咒骂着慕容提婆那个该死的鲜卑胖子，回头看看眼见就要攻破的深州城墙，没好气地喊着他的亲兵队长，如今统率着他的一千余骑私兵的萧排亚："萧排亚何在？！"

萧排亚忙驱马近前，听萧岚吩咐道："你去将那些满口浑话的王八崽子给我绑来，送到晋国公那。"

"遵令！"萧排亚欠身答应，朝身后挥挥手，领着数十骑私兵，直奔西大营而去。萧岚恶狠狠地瞪了那报信的校尉一眼，一拉缰绳，大叫一声"驾"，朝城东韩宝的中军驰去。

到了韩宝那儿，萧岚才知道韩宝也已经得到消息，正在帐中厉声讯问两个败兵，见到萧岚进来，二人对视一眼，见对方眼中都有惊惧之色。萧岚默默找了张椅子坐下，听韩宝审问那两个败兵，那些败兵所言，却与他之前听到那校尉禀报之事，相差无几。这让萧岚更是又吃惊又担忧。

过了好一会儿，韩宝终于问完话，挥手斥退那两个败兵，望着萧岚，良久，长叹一声："签书，早知今日，悔不当初！"

"谁能知道那慕容提婆如此草包？！"萧岚愤然骂道，"直娘贼的鲜卑猪，在西京之时，听说处理军务，十分能干，亦打过几仗，都称他勇武过人，许多番部十分畏服他……"

"如今说这些亦已无用。"韩宝摆摆手，叹道，"束鹿一丢，束鹿一丢，哎！"

萧岚亦是又悔又急，二人皆知，这束鹿一丢，西边面临巨大的威胁倒也罢了，最要紧的，是那里存着许多的粮草与掠来的财货，财货丢了，还只是心疼，粮草丢了，却是个大麻烦。虽然束鹿的那三万余石粮食也只够如今深州的大军紧巴巴地吃二十天左右，但多少总能缓解些转运的压力，但如今粮草丢了，却又多了萧阿鲁带大军数万人马要吃粮，军中余粮算算，不过只有二十余日之用了，耶律信若不尽快运粮接应，大军断粮，后果真是不堪设想。

但好在他们还远远谈不上穷途末路。

"晋公，如今木已成舟，悔之无用。当务之急，依在下之意，仍是要急攻深州，只要攻破深州，吾等以深州为据，可攻可守，可退可走，纵然真定有百万南军前来，亦不足为惧！"

"签书说得极是。"萧岚的大话大合韩宝心意，韩宝也点头说道，"攻破深州，不过是一顿饭的事。岂能因慕容提婆这等无能鼠辈，而自乱阵脚？！吾二人仍按先前部署，下官攻东，签书攻西，打破深州，再谋其他！"

二人谋划之后，定下心来，正要起身出帐，却听帐外禀报，萧排亚前来缴命。

韩宝问过萧岚,因这时亦不必再多问那些败兵,便吩咐道:"去告诉萧将军,且将这些败兵锁起来,改日再行处置。"

那禀报的小校答应了,却不立即退出传令。

韩宝望望他,皱眉道:"还有何事吗?"

小校低了头,不敢看韩宝,低声回道:"帐外还有耶律薛禅以下一干诸部族、属国节度使、详稳求见……"

韩宝看了一眼萧岚,转头问小校道:"他们来干什么?"

"众人听说束鹿丢了……"

"我知道了!"韩宝立时明白,挥手打断小校,道,"让他们进来吧。"

萧岚虽然令萧排亚将那些败兵全都抓了起来,但是为时已晚,束鹿兵败之事早已在西大营传开,而且是一传十,十传百,转眼之间,深州城外的辽军全都听说了此事。自那些败兵口中,宋军已被传说得不知道有几万人,如此军中以讹传讹,更是人心惶惶。一般将士,对束鹿的粮草倒不甚关心,但倘若有一支庞大的敌军突然出现在自己的侧翼,这份危险便足以让他们无心恋战,何况还有许多部族将掠夺来的财货中不便随军携带的放在束鹿,这时听说束鹿丢了,当真是气急败坏,哪里还有心思去打面前的深州城。一时之间,除了契丹军队仍在打炮放箭,各部族、属国军,一大半倒收了弓箭,没人肯继续射箭,有人甚至开始回营收拾行装,只等一声令下,便要开拔。便是众汉军,也是心存观望,不肯用力。没了密集的箭雨掩护,单靠着那几门火炮,往城洞里运送火药也受到阻挠,几乎便是停了下来。众契丹将士不知所措地望着这突如其来的变故,韩敌猎、萧吼骑着战马,不断往来诸军督战,大声喊叫,但是除了汉军开始稀稀拉拉地射着箭,诸部族、属国军却是无人理会他们。

这些节度使、详稳们,都自动聚集到韩宝的中军大帐前,等着韩宝下令撤退。

尤其是城西,以部族、属国军为主,没有人愿意在那里将后背露给那支顷刻之间便将慕容提婆打得全军溃败的宋军。

但这些节度使、详稳们还是有几分畏惧韩宝的,被韩宝召见帐中之后,却也无人敢吭声,只是你望望我,我望望你,谁也不敢作仗马之鸣。当真触了韩宝的晦气，被韩宝一刀砍了，难道他们还真能造反不成？这个胆子，他们却是无论如何也没有的。

韩宝冷冷地望着这一群节度使、详稳们，强压心中怒火，倘若这些家伙是契丹人，韩宝早将他们一个个砍了，但是，对付这些家奴，手段不能如此简单。他尽量让自己的语气变得心平气和一些，将目光投向耶律薛禅。

"老将军，连你也动摇了吗？"

耶律薛禅羞愧地避开韩宝的目光，抱拳回道："晋国公，非是吾等胆怯，实是西面局势不明，倘若果真有大队宋兵自西而来，吾等却全然无备，与深州宋军拼个你死我活，岂不是螳螂捕蝉，黄雀在后？能这般快地击溃慕容提婆大军，宋军只怕有三四万之众……"

"诸公也是这般想吗？"韩宝不动声色地环顾众人。

众节度使、详稳纷纷点头称是，七嘴八舌地应道。

"实是不可不防……"

"依我看，咱们已中宋人之计，这深州是宋军之诱饵无疑……"

"南人也说，小心使得万年船。行军打仗，不是儿戏，还是小心为上……"

"诸公差矣！"韩宝高声说道，他目光扫过帐中，帐内立时便安静下来，"诸公可想清楚了，束鹿离深州城有四十五里，宋人要是步军，要走差不多一整日。倘若是马军，至少也要走半日！诸公看看天色，束鹿的宋军即使大战之后，全不休整，立即行军，到深州，亦已是半夜。敢问诸公，若是公等指挥大军，明知道前方有一支人马众多的敌军，公等敢连续行军，半夜至敌人面前吗？！"

"本帅敢说，没有人敢！倘若谁敢如此，他们前来，亦是送死！"韩宝厉声说道，"然诸公再看看深州城，只要一个时辰，不！只要半个时辰，便可攻破！

"诸公，咬进嘴里的肉也要吐出来吗？！这时候放深州一条生路，然后让束鹿的宋军与之合师，得到深州的向导、粮草、军资，然后从容来与我们作战？打蛇不死，必为蛇咬！拱圣军如今只剩最后一口气，我们此时若不掐断这最后一口气，让其得到兵员补充，便又是一支强敌！

"反之，咱们倘若能齐心协力，尽快攻下深州。一则可无后顾之忧，再则可以深州为据点，大军有安身之处，况且深州城内，粮草财帛不少，更可补束鹿之失。宋军纵然有再多人马,咱们得了深州,又何惧之有?

"况诸公皆是北国勇士,又岂能做出闻风而逃之事?此事传回国内,是全族皆为人耻笑!以本帅看来,束鹿敌情未明,不必自乱阵脚。当务之急,是要急攻深州!只要攻下深州,咱们便已立于不败之地,怕他宋军个鸟?!"

韩宝自信满满,对众人晓以利害,眼见着众心稍安,他深知此时定要趁热打铁,正要下令众将各回本部,协力攻城,不料便在此时,有探马疾驰而来,至营外翻身下马,高声喊道:"报——"

韩宝虽然不知何事,但见众人脸上又露出怀疑之色,只得故示大方,喝令道:"传进来!"

那探马疾趋入帐,抬头一看,见帐内这许多人,不由一愣,叩着头后,迟疑着不敢说话。韩宝心知有异,但他要向这众将显示他开诚布公,并无隐瞒欺骗之意,这时也只得硬着头皮说道:"尔有何事?速速报来!"

"是!"那探马带来的原是紧急军情,这时也无暇多想,禀道,"禀晋公,沿河拦子马发现苦河南岸,有宋军大队人马,正欲强行渡河!"

他这话一说,中军帐内,顿时炸开了锅,众人皆是惊疑不定,连萧岚都有点儿坐不住了,站起来问道:"可看清旗号?"

"回签书,看得清楚,是南朝骁胜军旗号,有唐、李两面将旗!"

"尚不死心吗?!"韩宝冷笑道,此时他早已侦知对岸宋军的统帅是谁,骂道,"唐康、李浩二贼,又来送死。"

但是那些节度使、详稳们却不是这么想,连耶律薛禅都忍不住说道:"晋公,西边宋军方攻下束鹿,如今南边又有骁胜渡河,此必是宋人事先相约,便要在今日,两面夹击,救援深州。既然如此,只怕束鹿宋军也不会在束鹿久留……"

"是啊,老将军说的不错……"众人纷纷附和,"定是如此无疑。""咱们还须早做打算!""不可硬打深州了……"

这却也由不得他们不如此想,便是萧岚,心里也开始动摇,他也疑心这是宋军事先约好,开始大举反攻了。倘若真的是如此,那么,继续攻打深州,便是冒险。时间是极宝贵的,若是敌众我寡,大军被拖在深州,却被宋军合围成功,后果不堪设想。

但他知道此时此刻，若是他表露出半点儿动摇，韩宝便再难压制住这些节度使、详稳们，而在他心里，对于就此放弃深州，仍是十分的不甘。攻取深州的诱惑与被宋军两面夹击的害怕在他心里激烈地交战着，一时实是难以取舍。他慢慢地坐回座位，掩饰着内心的斗争。

"诸公！"韩宝喝止众人的议论，尽管他心里也是十分震惊，但他表露在众人面前的，仍是镇定自若的坚定，"此不过巧合尔！"

"这如何能说是巧合？束鹿方败，唐康、李浩又来，定有预谋啊，晋公！"

"若是预谋，宋军必待束鹿之兵兵临深州，牵制我军，唐康、李浩再从容渡河。"韩宝断然说道，"今日吾军控弦之士数万，诸公奈何畏敌如虎？！"

他说着，"刷"的一声，拔出佩剑，惊得满营震慑，立时无人再敢多说一句，韩宝挥剑砍向书案，便听一块案角掉落地上，他环视众人，厉声说道："诸公听清了，吾意已决，若要韩宝闻风而逃，除非日自西升！今日之事，若吾辈不能同心协力，心怀首鼠，自乱阵脚，则必为宋人所乘。吾当重申军法，诸部敢未闻令而擅退者，兴连坐之法，阖族老幼，尽皆处死！莫谓言之不预！"

萧岚虽然心中忐忑，但韩宝既已定策，他也决然起身，高声道："诸公，吾契丹诸军，当为表率！我当申令军中，一人后退，全队斩首！我亦素知各部各族之间，或有嫌隙，然如今大敌当前，当弃小怨。诸部之间，敢有闻败而不救者，以通敌论，全族皆处死！若能同心协力，打下深州，我萧岚在此保证，深州城中珍宝财货子女，尽归诸部所有！我契丹、渤海、汉军，由朝廷另行赏赐！"

萧岚许以重赏，韩宝威之重责，兼之诸部节度使、详稳，素畏韩宝，这时纵有不情不愿，亦只得硬着头皮应道："愿听签书、晋公调遣！"

韩宝默默看了众人一眼，他知道仅是这样压制住这些人仍是不够的，他仍要做一些部署，哪怕暂时安住他们的心，令他们心中感觉到战胜的希望仍然很大，他们才会真正拼死效力。

他默然一会儿，又说道："诸公看到那几个大洞了？火药装满，深州城墙便会炸塌。宋军纵然自西、南两面而来，其各军往来，总有个先后。以时间来算，唐康、李浩来得快，束鹿之敌来得慢。若我军能在束鹿之敌到来之前，攻破深州，击退唐康、李浩，则束鹿之敌闻之，必然惧而退师。其若敢孤军远来，正可一鼓而破之！"

他这番话，说得众人连连点头。

"既然如此，耶律薛禅老将军是老成稳重之人，本帅令老将军率本部兵马，在西北布阵，广布侦骑，以备非常。请萧签书统率诸军，协力攻城，打破深州。本帅亲率五千宫卫骑军，前往苦河，唐康、李浩若敢渡河，本帅便将他们赶进苦河喂王八！"

韩宝的这番部署，的确令众人都安心不少。

有耶律薛禅放哨，韩宝亲自去备御唐康、李浩，只要尽快攻下深州，击退唐康、李浩，那么，有了深州作据点，束鹿的宋军看起来也没那么可怕了。而且，经过韩宝与萧岚的一番分析，当初猛然听到束鹿丢失、慕容提婆大败的那种心理上的震撼，也慢慢缓解了不少。众人心里面也是相信深州很快就能攻破的，这时候他们想起萧岚许下的赏赐，又开始垂涎起城中的财物来。尤其是在束鹿损失不菲的那些部族，更加无法不对深州的财宝动心。

韩宝知道他已经完全控制住局势，又说道："望诸公同心协力，天黑之前，打破深州，今晚咱们便在深州城内开庆功宴！"说罢，挥挥手，众人连忙躬身退出，各回本阵。

韩宝目送这些节度使、详稳们鱼贯退出帐中，方转身望着萧岚，抱拳道："签书，深州便拜托了！"说罢，压低声音道，"慕容提婆那厮如何兵败，仍不得不防，今日必要攻下深州！"

萧岚点点头，抱拳回道："晋公尽管放心。"

萧岚目送着韩宝点兵离去，方回到城北本阵之中。

在攻城这等紧急关头，居然要分兵他出，而且连主将也离开，这已经不能用犯兵家忌讳来形容了，甚至是有点儿荒诞不经。然而当事情发生之时，竟又是如此的顺理成章。

萧岚努力地不让这番变故影响自己，他回到本阵之时，辽军的攻城已经重新开始——好在深州城外的辽军兵力的确雄厚，尽管分出不少的兵力，但是攻城的火力并没有受到影响。在他们进帐会议之时，攻城出现了一小会儿的松懈，宋军利用这个机会，试图夺回那两个大洞，但在萧吼与韩敌猎的指挥下，拱圣军的最后一次努力，也被挫败了。

萧岚骑在自己心爱的坐骑上，远远望着他的士兵们继续有条不紊地将火药送进两个大洞中，时间一点点流逝，他细心地观察到，宋军在做了最后徒劳无功的抵抗之后，开始悄悄地撤离北面的城墙。萧岚心里突然冒出一个想法：倘若他此时下令云梯攻城的话，夺取北城墙将易如反掌。但他又有什么必要冒这个险呢？也许姚咒就是想他如此，令两军在狭窄的城墙上缠斗，让他投鼠忌器，不敢轻易点燃火药，从而苟延残喘，或者另生他计。

萧岚打定主意，在这个最后的关头，他绝不自作聪明，致人可乘之机。

终于，身边的工匠头目向他禀报，火药已经足够了。

萧岚心里悬着的一块石头终于落地——耶律薛禅没有回音，便是好消息——他们终于抢占了先机。他朝传令官点点头，然后下了马来，将战马交给亲兵。传令官开始吹响手中的号角，按着事先的约定，所有深州城外骑在马上的辽军将士，听到这号角声后，都一齐下马，看紧自己的坐骑。

城洞里的士兵、工匠，点燃了引线，然后迅速钻进木驴内，朝北边的本阵飞奔而来。

在这短短的时间里，虽然号角长鸣，炮声不断，但可能是因为四城诸军都停止了漫天蔽地的箭雨射击，萧岚产生了一丝错觉，仿佛整座深州城都陷入一种短暂的沉寂之中。

然后，突然之间，他感觉到大地一阵巨大的晃动，"轰"的一声，一种他从未听过的巨大的声响传来，让他短暂失去了听力，他的眼前出现一副无比观壮的景象：伴随着刺目的火光，直冲云霄的烟尘，他面前那道曾经久攻不下的城墙，在一瞬间，轰然倒塌，如齑粉一般，化为一堆废墟。

在萧岚的身后，许多亲眼看到这一幕的契丹人、室韦人、阻卜人，甚至渤海人、汉人，都匍匐倒地，双手合十，口里不断地祈祷着。尽管许多辽人已经见识过火炮的威力，但是，如此巨大的破坏之力，在他们的心目中，仍是鬼神才有的力量。对于笃信鬼神的他们来说，那是一种发自内心的敬畏。

萧岚默默地望着这一切，听到韩敌猎在身旁兴奋地说道："深州，总算到手了！"

4

但是,韩敌猎显然高兴得太早了些。

当那漫天的灰尘渐渐散开,萧岚身边的传令官都已经将进攻的号角举到了嘴边,出现在他们面前的景象,却让所有人目瞪口呆!

北城倒塌之后,在那堆废墟之后,不知何时,宋人竟然悄无声息地,挖出一条宽近一步,深逾数尺,绵延数里,连接东西两城的壕沟!

甚至众人还可以隐约看见,在东城城墙之内,也有一条这样的壕沟,只是看起来尚未完工。显然,宋人在发现北城吃紧后,集中了全部人力,来挖掘北城这条壕沟。他们用挖壕沟的砖土,在壕沟的内侧,砌起了一道矮小的土墙,那里有数个缺口,则布置了数重拒马。

这条壕沟挖掘的地点十分巧妙,它正好位于城外望楼观察的死角,而当北城被炸塌之时,塌倒的城墙,虽然也波及了这条壕沟,但却并未填满它。这很难判断是因为城内工匠的精确计算,还是单纯由于幸运。

于是,萧岚与众辽军将士们发现,他们炸塌了城墙,但面前仍然有一座硬寨要攻打!

望着一队队持弩张弓站立在土墙、拒马之后严阵以待的宋军,连萧岚都忍不住感叹起来:"壮哉!姚武之!"韩敌猎也是低声赞道:"此真吾辈之楷模!"

"可惜绝非吾辈之福音。"萧岚回头看了韩敌猎一眼,苦笑道。

韩敌猎点点头,指着眼前的那些宋军,道:"但我不信那些人都是拱圣军!其中必有乡兵鱼目混珠者。"

"所见极是!"萧岚微微颔首,"可惜没有时间分辨了,试试便知。"说罢,侧过头,对一个传令官喝道,"传令,诸部继续射箭,牵制宋军,把火炮、箭楼都给我推过来,对着那土墙后面打!"

"得令!"

"令汉军备好布袋,不管他们用什么,土也罢,柴也罢,总之,将那壕沟给我填了!"

"得令!"

一个个传令官接过令箭,纵马飞奔而去。

萧岚再次转过头,望着那道土墙,冷冷地说道:"我便不信了,城墙我们都打塌了,还怕这道小小的土墙!给我打!"

他的话音落下,身后炮声再次响起,士兵们拼命地推着箭楼移动着,调整位置,很快,漫天的矢石,再次如雨点一样,砸向宋军的土墙后面。

这是自围攻深州以来,萧岚所见过的最血腥的一次战斗。

尽管火炮的精准度仍有问题,而且数量太少,每发一炮,又需要间隔相当的时间才发下一炮,但是,对于在土墙、拒马后面列阵防守的宋军来说,仍然是巨大的威胁,只要有一炮落在他们中间,就是血肉横飞,往往会有十个甚至更多的人丧命。而他们举在头顶的盾牌,对火炮毫无防御之力。

但是,为了维持阵形,宋军就坚定地站在那里,高举着盾牌,任由火炮来炸。每当有人牺牲,便立即又有人补上。没有了城墙,但宋军没有丧失他们重兵方阵的传统,哪怕拱圣军是一支骑兵,也毫不逊色。他们用无畏的牺牲与纪律来对抗火炮,充分利用了辽军火炮射击精准度欠佳与数量太少的缺点。

与此同时,他们的弓弩手精确地射杀着在盾牌、木板的掩护下,背着土袋薪柴想要填壕的汉军,他们远远地丢出一种火器,这种火器不会爆炸,但会放出呛人口鼻的烟雾,同时还能遮蔽辽军的视野。

当好不容易有汉军冲近了,土墙中间,变戏法般,出现一个个小洞,宋军从小洞中用长达数丈的长矛,刺杀试图靠近壕沟的敌人。

辽军在箭雨与火炮的掩护下,一次次冲锋,却一次次被打退。

萧岚完全无法理解,拱圣军也罢了,那些穿着拱圣军衣服的乡兵义勇,究竟是如何做到这种无畏的,难不成姚咒将他的全部主力都集中到了此处?倘若连乡兵义勇都能在火炮面前如此无畏,那么,大辽诸臣所津津乐道的火炮对重兵方阵的优势,岂非一个夜郎自大的笑话?

不过在这个时候,他也无法去思考答案,他心中所能想的,也只有一件事,就是无论如何,不惜代价,都要攻下深州!

但是现实却不那么让人称心如意。

他让传令官去下令四面同时攻城,但其余三城的部族军却并不那么尽力,各部将领都想着北城已经炸开缺口,虽遇阻碍,但取胜是迟早之事,没有人愿意在这个马上就要分享胜利果实的时候付出过多的伤亡。诸部族属国节度使、详稳心里很明白,事后没有人会因为你的功劳最大,就给你最多的战利品。实力最强的部族,才能抢夺最多的财货。此前迫于韩宝的威压也就罢了,但是如今,众人一方面惦记着分享深州的战利品,一方面提防着束鹿的那支宋军,韩宝已离开深州城下,契丹人眼见着又有求于自己,谁也不是傻瓜,谁也不可能不为自己多留几个心眼。

因此,萧岚虽然下令,诸部攻城却并不肯卖命,虽也装模作样扛着云梯冲锋,但城下一阵箭雨射下,便立刻退了。如此反复,不过做样子,应付应付。

萧岚此时也不能真的与他们翻脸,只得权且忍气吞声,集中兵力,攻打土墙。

然而,欲速则不达,他心急如焚,急欲攻下深州,不断着人催促炮手放炮,打到半晌,忽听身后几声巨响,竟然有三门火炮炸膛爆裂了。这些火炮都是大辽最珍贵的武器,不但萧岚心疼得要命,剩下的几门火炮炮膛也是热得发烫。因为连续炸膛,炮手们也不敢再发炮,生怕再出事故,不仅累自己丢了性命,事后更怕被惩罚,萧岚亦不敢强求,只得令他们暂时歇息一阵。

没了火炮的助阵,拱圣军的方阵更是显得坚不可摧。

辽军一次次进攻,抛下了不知多少具尸体,换来的只是在两个时辰之后,终于将壕沟填平了一小段。然而,不待萧岚下令从那儿进攻,宋军已经将准备好的油脂等物,疯狂地泼散到被填平的壕沟上,然后丢上一个个火把,顷刻之间,那段壕沟便燃起了熊熊大火。

萧岚不得不再一次组织人马,冒着生命危险,去用沙土扑灭大火。

如此反复的争夺、厮杀,双方都付出了巨大的伤亡,萧岚甚至孤注一掷,下令余下的宫卫骑军与他们的家丁,也下了马去冲杀,与汉军夹杂在一起去填壕沟、争夺一段土墙,然而,直到太阳西沉,他也未能攻破那道低矮的土墙。

而他的士兵们,已经累到脱力。

终于,在损失了两千余名汉军、部族属国军、数百名家丁和几十名宫卫骑军后，萧岚再也抵受不住，下令鸣金收兵。

他这时候根本不再去想深州的宋军究竟损失了多少人马，不管姚咒损失了多少人，他都感觉到一种深深的挫败感。他完全无法理解，姚咒是如何守下来的，他只知道，如果姚咒真的能逃过这一劫，从此以后，也许他都会畏惧与此人交战。

实际上，就在此时，他已经宁愿去面对束鹿那些宋军，也不愿意再面对姚咒。他几乎以为，若再与姚咒打上一天，他真的会怀疑自己究竟会不会打仗。

便几乎在萧岚鸣金收兵的同时，深州城南十里。

韩宝领着他的宫分军正得胜归来，这一次与骁胜军交锋，没费什么力气，事实上，倒是他过于谨慎了，唐康、李浩虽然摆出了渡河的阵势，但是在两百余人的先锋被击溃后，他们便只敢隔河列阵，以小船在苦河上巡弋，结果两军隔着苦河，布阵互射，唐康、李浩进则无胆，退则不甘，与韩宝僵持到黄昏，才悻悻撤阵。韩宝确信不会再有他变，留下五百人马守河，便率领大队人马返回深州。

众人虽是只得了个小胜，但心情都是不错，许多将士放松地在马上吹起胡笳，满心以为回来之后，必能进深州城安歇。

然而，走到城南十里，众人终于可以看清深州城头的旗帜之时，所有的人都呆住了。

"拱圣军还在？！"韩宝远望着深州南城上那一面面赤红的战旗，一时愕然。

同一天，大宋北京大名府。

宣抚使司。

石越与折可适、李祥上午巡视完和诜与何去非的环营车阵，回到行辕，范翔又送来唐康、李浩的一份札子，他打开看完，观看雄武一军环营车阵时的兴奋之情，便一扫而光。

又是互相攻讦！

自七月二日开始，不到三天的时间，唐康、李浩、郭元度与仁多保忠之间的相互攻击、指责，已经让石越忍无可忍。七月二日，唐康、李浩、郭元度分别上书宣台，指责仁多保忠玩寇自重，坐观深州成败。当日石越回文狠狠地训斥了三人一顿，一面又令仁多保忠解释为何在武邑逗留不进。不料，非但唐、李、郭三人大不服气，再度上书，痛陈深州之危殆，变本加厉地指责仁多保忠是报旧怨，暗示当年姚咒与仁多保忠一族有怨；仁多保忠也上书赌咒发誓，不仅细细说明自己在武邑如此部署的原因，宣称自己全是为战局考虑，更是不甘示弱，反过来痛斥唐康、李浩进退失机，败军辱国，指斥郭元度阳奉阴违，外廉内贪，受唐康贿赂而诬陷主帅。

石越迫不得已，干脆各打二十大板，回文将双方都骂了个狗血淋头，并严令唐康、李浩、郭元度三人必须听从仁多保忠节度，否则严惩不贷。

郭元度看起来是老实了，但唐康与李浩却仍不服气。

二人送到宣台的这份札子，是禀报宣台，他们的探马的情报表明，自段子介之败后，深州已有旦夕之祸，二人既被委以专阃之权，将在外，君令有所不受，虽然明知兵微将寡，难以成功，也要说服麾下众将，冒险一试，再次渡河，救援深州，庶几以报皇恩。

这意思是十分明显的，唐康既然说服不了仁多保忠，便开始攻击仁多保忠；既然扳不倒仁多保忠，那也绝不肯听仁多保忠节制。因此，二人便要打仗，也不向仁多保忠报告，而是直接向宣台禀报。

这让石越心里十分的恼火，但是要处理起来，却是十分棘手。这与他十几年前平夏时的情况大为不同，平夏之时，上面有一个意志坚定的皇帝，宰相们虽有分歧，但便是吕惠卿，对他也并无掣肘，下面则是刚刚经历军事改革，整编方毕的禁军，军队之间虽也有派系，但主要还是与西夏作战已久的西军。大体来说，那个时候，从皇帝到普通的将领都是抱着一种同仇敌忾的态度，希望大宋朝在励精图治之后，打一场扭转国运的战争。因为，许多分歧都被这种大的心态所掩盖。

而如今呢？石越权位虽然远重于平夏之时，但他所处的环境已大不相同。

较之十余年前，大宋朝上上下下，早已自视为强国。十余年前对西夏，西夏弱，宋朝强，而宋朝仍然视内部纷争不已的西夏为强敌，谁也不敢有任何大意与轻视，可现在，纵然以实力来说，辽国与大宋不过半斤八两，棋逢对手，但是朝野之中，许多人都有了前所未有的自信心。这种自信心既是好事，却也是坏事。坏的一方面，便是因为过于自信，于是大敌当前，内部的矛盾该有仍然有。

朝廷之中有矛盾，将领之间也有矛盾，在河北打仗，他要驾驭的是几乎大宋军队中的所有派系，许多将领虽然经历了对西夏的战争，作战经验更加丰富，但是坏的一面却是，他们的官爵更高，资历更深，更难驾驭，更麻烦的是，许多人还与朝中党派有牵扯不清的关系。而在以前，他要对付的不过是种谔等区区数人而已，而且种谔这些人，想法与他其实也没多大的分歧。当然，这也可能是因为，在进攻作战之时的分歧，永远会比防御作战时要来得少。

不管怎么说，对付唐康、李浩、仁多保忠，甚至是郭元度，石越也不是一句"行军法"便威胁得了的。仁多保忠虽是异族，但有保驾勤王之功，忠心耿耿；唐康与他亲如兄弟，恃宠而骄亦是难免；李浩资历极深，又是新党，石越如果不想惹出大风浪来，轻易也不能定他罪名；便是郭元度，朝中也是有人的。

况且，他能把唐康怎么样？别说他下不了这个手，就算唐康与他毫无关系，便在七月四日，他刚刚收到小皇帝亲自拟写的一份诏书，诏书中小皇帝不仅称赞了姚兕与拱圣军守城之英勇，还褒奖了唐康、李浩不惧强敌，救援深州的忠义，诏书称他们虽未竟全功，但大战契丹精锐骑兵，已令韩宝、萧岚胆寒。更重要的是，"袍泽有难，则感同身受，义之所在，则奋不顾身"，较之大宋朝一朝宣扬的契丹人"胜不相让，败不相救"的卑劣，更是形成鲜明的对照，是大宋之所以必然击败辽人之铁证⋯⋯

石越分明感觉到，小皇帝已经不甘寂寞，在这场战争中，他已经开始一点点地宣示自己的存在，而且，只要有机会，小皇帝就嘉奖、称赞那些敢于进攻，敢于与契丹打硬仗的将领与军队，而不论其是非成败。

这分明是包含深意的！

皇帝的确很聪明。

这实际上，也是对石越施压。

尽管现在皇帝所能做的也就是这么多，至少枢密使范纯仁不会因此施压石越必须救援深州，御前会议也保持了足够的耐心。但皇帝就是皇帝，大宋朝仍然是一个君主制的国家，他的影响力没有人敢小觑。

况且，实际上韩维与范纯仁也很关心深州的存亡。

而且，仁多保忠的指责是很有道理的。深州今日的局面，与唐康、李浩擅自进兵，损兵折将，致使实力大损是有直接关系的。倘若骁胜军、环州义勇等到神射军到来，两军合兵进攻，步骑配合，深州不至于落到这般境地。仁多保忠认为自己也是主张救援深州的，只是在骁胜军实力大损，辽军已然有备的情况下，他迫不得已才取其下策，屯兵武邑。

但这些都不代表石越可以去打皇帝的脸。

他能顶住压力，不再采取添油战术，继续往冀州派些无用的援军，便已经不错了。按理说他是应该这样做的，万一深州果真失守，宣抚使司至少可以以此推卸责任，而不必背黑锅，被人指责他救援不力。

这算是他做到右丞相的一个好处——官越大，表示背得起的黑锅越大。

石越同样深知深州若然失守，对士气民心将是一个极大的打击，甚至可能会影响战争的走向，宣抚使司关于深州的情况是一日两报，但是，他绝不会因此而乱了阵脚。他知道唐康的那点儿心思，唐康将深州视为他青云路上最好的一块垫脚石，保住深州对他的前程有着极大的好处。但是，对于唐康因此而沉不住气，进退失据，气急败坏，石越亦不由得有些失望。

倘若让唐康处在他现在的位置上，他能按捺得住吗？

有大格局者，无时无刻，都能把握住自己的节奏，不会轻易因为一些小小的利害，便随着别人的节奏起舞，在这方面，唐康仍需要更多的历练。

其实石越心里面也是很焦急的，他不断地着人去催促王厚、何畏之以及来援的西军诸部，同时派出数拨使者询问慕容谦的情况。此事倒是让他稍觉安慰，至少慕容谦已经到了真定府。而且便在慕容谦抵达真定府的当日，渭州番骑也到了井陉——他们在路上遇到道路被洪水冲坏，因此耽搁了不少时日。

对于慕容谦，他是放心得下的，因此他只是令他便宜行事，自己决定是否要救援深州。他知道姚雄在慕容军中，倘若过多催促，反而会干扰慕容谦的判断。

但唐康……石越丢下唐康、李浩的札子，止不住地摇头。

"丞相，还有一封札子，是定州段子介送来的……"范翔注意到石越的脸色，猜到定是对唐康有所不满，他因与唐康相善，自免不了要从中缓颊。实际上，唐康、李浩在苦河无功而返，上呈枢府的报告，虽经石越过目，却也是范翔的手笔。小皇帝会下诏大赞唐康、李浩的功绩，与这份报告的措辞巧妙，自然大大有关。

"他说什么？"石越以为是请罪的札子，也不打开，只是向范翔问道。

"他想要火铳……"

"火铳？"石越愣了一下。

范翔却是会错了意，忙解释道："听说是兵器研究院造的一个手持火炮……"

"他不知道如今有多少人弹劾他吗？"石越打断范翔，"这段子介，他不赶紧上表给自己辩护两句，还要什么火铳？败军辱国，他还想着能做定州知州？"

范翔也是吃了一惊，"朝廷已经下旨了吗？"想想，又实为段子介不平，忍不住又说道，"这实是不公平！"

"有何不平？"石越冷冷说道，"打了败仗，便要承担责任。这是国家法度，凡是吃败仗的，都要受处分。"

"丞相，恕下官直言，这可不是多劳多怨吗？镇、定那些人，缨城自守，自然不会吃败仗，也挨不到处罚。段子介这样，反而要受责罚。胜败乃兵家常事……"

"借口何人不会找？"石越"哼"一声，范翔不敢再多说，却听石越又说道，"吃了败仗，不管是何原因，总要受处分。这个法度不能废，否则后患无穷。不过朝廷亦不是不知道他的苦衷，御前会议定议，罢段子介定州知州、飞武一军都指挥使之职，但大敌当前，仍许他戴罪立功，权领定州军州事，以观后效。"

这责罚却是极轻了，范翔放下心来，笑道："这定是丞相保他了。"

"我保他有何用？"石越淡然说道，"皇上亦看中他，亲口替他说情，总不能两府诸公连皇帝的面子都不买。他倒是一点儿都不担心自己的前程，想着什么火铳，他说了要火铳做什么？"

"他想重练新兵。"范翔与石越相处日久，渐知石越心意，听石越说话，知道表面上石越虽不假辞色，实则是已经许了，因笑道，"原本弩是最好的，训练亦简单，但他怕朝廷不会将弩这种军国之器颁给他的定州兵。"

"大敌当前，还墨守成规。不过，这兵器研究院何时造出火铳的，我如何不知道？"

"丞相日理万机，哪能连兵研院这些些小事，亦能操心，或曾禀告丞相，丞相忘记，亦未可知。"范翔笑道，"不管怎么说，昔诸葛武侯罚二十以上皆亲揽，实不足法。学生已经查过，这火铳当日兵器研究院造了一批为试验之用，因非军国之器，便束之高阁。后来朝廷曾将图纸赏给高丽与邺国，那批火铳便封存起来了。"

石越疑惑地看了范翔一眼，"你如何知道这么清楚？这段子介的公文来了多久？你便行文给枢府了？"

"段子介文书上午方至。"范翔笑道，"学生如何记得这许多事？幸而宣台之中，有个博闻强记之人。十日前丞相令勾当公事黄裳回汴京清查火器账册，看看朝廷有多少火器，各存于何处，以备不时之需，黄裳回来之后，便是个活账册，凡与火器有关之事，只要问他，莫不清楚。这什么火铳，哪怕让兵研院自己去查，没个十天半月，只怕他们也不会有结果。"

"他们造了多少火铳？"

"当时造了四百支，其中有八十三支登记报废，计有三百一十七支，一直封存在汴京火器库。"

石越点点头，道："段子介既然要，便全部给他。再令真定府武库拨给他三百架弩，一百匹马。你回文给他，兵不在多，而在精。不要重蹈覆辙，少招些无赖地痞，招兵要招老实本分、有家有业之人。本相不指望他立建奇功，不要急于雪耻，要沉得住气。"

"是。"范翔连忙答应了。

石越吩咐完毕，将段子介的札子丢到一边，又问道："河东那边如何了？"

"观吕惠卿、章楶、折克行、吴安国、种朴的报告，似可确定耶律冲哥并无真正攻打河东之意，其只想牵制河东诸军。十天前，种朴派兵出雁门试探，夺了辽人两寨，但回程途中，又被耶律冲哥伏击，损兵折将。昨日枢府送来折克行、吕惠卿的奏折抄本，尚未及上呈丞相过目……"

"哦，他二人说什么？"

"折克行称此刻与耶律冲哥作战，不过徒然杀伤，无益战局，既然耶律冲哥并不主动进攻河东，河东诸军仍当以防守为主。诸军应该勤加习练，各州都要储备军粮器械，日后若要反攻辽国，河东方有用武之地。耶律冲哥用兵狡诈，凭河东诸军与之对敌，守则有余，攻则难成。要对付耶律冲哥，还是要河北成功，一旦幽州告急，耶律冲哥只怕也难以在云州安生，只要他驰援幽州，河东诸军便易于成功。"

"他倒是想打便宜仗。"石越骂道。他心道他还指望吴安国奇袭成功,但这是绝密之事,折克行不会在折奏上提起,他也只能绝口不提,只问道:"那去协防雁代的神卫十九营究竟到了何处?"

"上次来报,他们在西汤镇一带道遇山洪,道路被毁坏得厉害,有几座桥梁都被冲毁了,行进不得。此后便无消息,不过学生以为,如今已是七月,天气好转,当地官员已在抢修道路,应当要不了多久,太原便会有他们的消息。反正河东如今并无危险,他们早一日到,晚一日到,倒也无关紧要。"

"这是朝廷之失。早当在河东路也建一个火炮作坊,为防地方割据,便因噎废食!"石越痛声反省,忽见范翔脸色尴尬,因问道,"怎么……"

范翔尴尬笑道:"丞相所言,亦是吕惠卿奏折所言诸事之一。他建言朝廷亡羊补牢,在各路及重要军镇,皆要兴建火炮作坊,朝廷想问丞相意见……"

"这大可不必因人废言,只管回复朝廷,此亦非吕惠卿首创,昔日君实相公在时,早有此意,此事范枢使亦知。"

"是。"

"吕惠卿还说了何事?"

"另有三事:深州有必救之理;胡人不可领兵;请率太原兵出井陉以援深州。"

石越笑道:"他的太原兵能济得何事?不过迎合皇上而已。"

范翔更是尴尬,但他不敢隐瞒,只得硬着头皮说道:"前日勾当公事高世亮出使河东回来,曾与学生言道,吕惠卿在太原练兵,士甲颇精。太原、雁代之地,本来民风剽悍,太原兵虽只是教阅厢军,然吕惠卿在太原有年,教阅厢军一直操练不辍,非他处可比……"

石越的笑容顿时僵在了脸上,冷冰冰地说道:"他是太原都总管府,守好自己辖区便可。慕容谦已至镇、定,他若去了,是他听慕容谦节制,还是慕容谦听他的?"

"是。"范翔不敢再说,连忙闭嘴。

却听石越又没好气地问道:"王厚呢?何畏之呢?到了何处?"

范翔正要回答,却见厅外石鉴急匆匆地走来,见着石越,行了一礼,兴奋地说道："丞相，王厚、何畏之到了。"

"哦？！"石越喜出望外，站起身来。石鉴又笑道："非止二位将军，还有威远军已至南乐，云翼军已至清丰，龙卫军已至濮阳，横山番军右军也已渡过黄河，不日皆可抵达大名。"

石越与范翔对视一眼，皆是精神一振，正要出门去迎接王厚、何畏之，却见吴从龙也大步进来，禀道："丞相，好消息，枢府来了消息，太皇太后已经应允，且不忙调神锐军、振武军，先调铁林军、宣武一军前来，不过太皇太后明令，此二军须归入右军行营都总管司，由田侯节制。"

"好，好！管它由谁节制，远水解不了近渴，总比等神锐、振武来得好。看来陈履善没白回京师。"石越此时根本不再计较这些细节，笑道，"走，去迎接王将军与何将军！"

5

当石越称赞陈元凤的时候，他其实并不知道陈元凤在汴京做了些什么。

陈元凤去京师，一则是为了协调有关粮草军资之事，一则是为了亲自向太皇太后、皇帝、御前会议汇报战争的进展。后者本不是石越本意，石越原本是希望由参议官游师雄去替他报告，接受质询，但是御前会议点名要宣抚判官兼随军转运使陈元凤去，石越虽不情愿，但为了表示自己光明磊落，只得勉强答应。

对于陈元凤来说，这自然是一个难得的机会。

并不是每个官员都有机会近距离接触太皇太后、皇帝与两府诸公，更不是随随便便哪个官员，都有机会在这些人面前展示自己。有多少官员，就是因为抓住了这样的机会，因而鱼跃龙门，一飞冲天。

陈元凤抵达汴京是在七月二日，他到达的当日，段子介兵败唐河的消息，也正好抵达汴京，比仁多保忠、唐康接到消息，只晚了一天。这得益于自战争开始之后，渐渐运转起来的驿传系统。大宋的驿传系统，仿佛一台老旧生锈的机器，它运转以后，开始是缓慢的，需要一段时间，各种齿轮之间经过磨合，才终于能慢慢地变得灵光。战争初期，对传递战报的消息虽然有严格的要求，但速度不过中规中矩，驿法中规定一日四百里的速度，当时还不过是个美好的愿望：一份公文从大名府送到汴京，三百二十里，需要两三天。但是，渐渐地，在宣抚使司做出一些改良与调整之后，各地与大名府、汴京的联系变得更快捷。各州、军虽然皆归宣抚使司统辖，但是许多府、州、军官员，也会同时向汴京禀报，各地与大名府、汴京之间的驿馆，都备足了快马，遇有紧急军情，都是书不入铺，昼夜兼程，如今从大名府一份公文送至汴京，一日夜便可抵达，比战争初期速度快了一倍都不止。

段子介唐河兵败后，自己尚未来得及向大名府、汴京报告，镇、定诸府、州、军的官员们，早已迫不及待地将这个消息报告了上去，因此唐康、仁多保忠在冀州反而知晓得慢一些。实则七月一日，大名府宣抚使司综合各州、军之报告，大体已知详情，石越深知段子介在镇、定一带的人际关系不太好，因此，汴京枢密院收到这些府、州官员的急报之后，不过晚了五六个时辰，便也收到了宣抚使司的报告。再怎么说，驿路之上，宣抚使司的公文跑得总要比这些地方官员的要快些。

这也是段子介能得到宽大处分的重要原因。

等到段子介自己的奏表送到汴京，御前会议其实早已决定如何处分他了。

但是，汴京是一个充满了自相矛盾的地方，尽管韩维主持的御前会议决定从轻处分段子介，可是段子介兵败唐河的消息，仍然对汴京朝廷产生了极大的冲击。

有些迹象是如此明显。

陈元凤人刚到驿馆，便听说朝廷暗中放松了对辽使的禁锢，稍稍恢复了对辽使的礼遇。他甚至从交游甚密的同僚口中，听到北朝已经派遣议和之密使前来汴京的传闻。而这是他在大名府时一无所知的，他相信石越也被瞒在鼓里。这是人之常情，汴京诸公既然要私下里与辽使打交道，对于态度强硬的石越，在没达成什么协议之前，肯定是要瞒着的。

此后他往来两府，又听到更多的传言：据说朝廷每日都有人上书，指责石越此前主导之绝不言和诏。而且，这种言论这些日子渐渐活跃，甚至有人抨击石越徒知大言，坐拥十万大军，龟缩大名府不出，区区一深州而不能救，却妄言绝不言和，甚至含沙射影地斥责石越是玩寇自重，欲以辽人挟持国家。

这些言论倒不足以动摇石越的地位，身居高位，他一举一动，无论如何，都会有人诽谤，有人不满。

但是，谣传太皇太后乃至御前会议诸公，心里都认可"战和皆国策"，认为二者不可偏废，自春秋战国以来，以和议而保全国祚者甚多，因此大宋的上层，大部分并不排斥和议。这一点，从此前陈元凤与在汴京的友人的书信中，从此番他回到汴京所交往的官员的言语中，他都有所体悟，这或者并不是谣言那么简单。

汴京有无名氏甚至写了一篇《汉唐和亲论》，在汴京广为流传，此文称赞以汉、唐之强，亦不免于和亲胡狄，赞扬和亲给汉唐带来的和平与福祉，避免无数无辜百姓惨死沙场，认为真正谋国，不能追求虚名与脸面，而应在乎民众之实利。他极力夸赞与匈奴和好之汉宣帝、霍光，而抨击对匈奴作战之汉武帝，指责汉武帝的战争带给汉朝民众巨大的灾难，对于国家、百姓，全无半点儿好处。

这篇《汉唐和亲论》文采极佳，立论、论证，皆十分有力，颇有西汉之风，许多人疑心是苏轼的作品，但也有人认为近于韩拖古烈的文风……不过，不管此文出自何人手笔，对于普通百姓来说，石越的绝不言和诏或者能激励士气、振奋军心，但对于朝堂公卿来说，即使再坚定的主战派，也不能否认拒绝任何和议的声明其实是偏激的、意气用事的。

陈元凤知道许多大臣都是支持战争的，但是他也了解到，他们同样认为，议和也是一种必要的手段，甚至不妨一边打仗，一边议和。为了国家计，总得多准备几条退路。打了胜仗有打胜仗的议和法，两军僵持有两军僵持的议和法，万不得已，打了败仗也要准备打了败仗的议和法。

不过，这些原本都限于私下的议论。汴京的大氛围是对辽国的蔑视，对胜利的自信，对战争的热切，普通的市民、年轻的士子、中低级的官员大多沉浸在这种情绪中。陈元凤所感觉到的这些微妙的态度，则主要存在于能真正决定大宋命运的那些衮衮诸公之中。

百姓愚蠢而极易煽动，年轻的士子自以为聪明实则同样的蠢笨，至于中低级官员，绝大部分都不过是鼠首两端的墙头草，他们总是软弱的，为了自己的前程与乌纱帽。这都要谢谢石越——在报纸被管制的背景下，要操纵这些人，实在太容易了。

因此，陈元凤很清醒地知道，哪些人的态度是重要的，哪些人的态度则是可以忽略的。

虽然到七月二日为止，御前会议还从未提过"和议"二字。

但这一切，终止于七月四日。

当天，御前会议得出结论，认为段子介兵败唐河之后，深州已难坚守，左丞相韩维的态度率先动摇，他对太皇太后表示：为长远计，大宋要同时做好战争与和议的准备。他宣称纵然战争最终获胜，大宋也不可能吞并辽国，两国最终仍要有一份和议，否则边患不止，非大宋之福。既然总是要议和的，那不如早做准备，边打边谈，倘若能由使者得到的，就不必非要用战争来获取。

他的主张立即得到了高太后的赞同。

尽管高太后与御前会议都声称这个变化并不是要停止与辽国的战争，只是要给辽国"改过自新"的机会，但这次政策的调整仍然激起了一些强烈的反应。皇帝对此大为不悦，单独召见韩维面责之，却也因此被高太后呵斥了一顿。

这次风波普通百姓甚至中低级官员都无从知晓，宋廷不可能公开发封诏书宣称他们要与辽人议和，当然更不可能告诉臣民们，他们的皇帝反对议和。但陈元凤在汴京也有不少朋友，有些人甚至就在两府当差，而且在许多人看来，他还是范枢使亲信、赏识的人，年轻有为，前途无量，刻意巴结他的人也不少，这些流言总能传到他的耳朵里，通过各种各样的方法。

尽管，所有关于和议的流言加在一起，在汴京数不清的流言中，也只是微不足道的一部分，绝大部分的汴京市民甚至是一般的官员，在听到这些流言后，都会不屑一顾。对于朝中大臣那微妙心思的揣测，也是一件玄之又玄的事。

但有时候，真相与人心便隐藏其中。

而陈元凤的确是一个擅长此道的人。

七月五日的晚上，当千里之外的深州，城墙已破，拱圣军血战一日，仅存的将士们随便坐卧在城墙上、地上，拌着冷水啃着干粮的时候，当三百里外的大名府，石越正给王厚、何畏之设宴接风洗尘的时候，在汴京的驿馆，陈元凤屏退左右，点起蜡烛，正在苦心构思着自己的奏折。

与预想的不同，来汴京三日，他只见过太皇太后一面，而且只是简短的几句问话,此后,他便全是与御前会议、两府打交道。显然,他需要做点儿什么,才能给高太后、皇帝留下深刻的印象。

当然也有一点儿进展,连续两日,他拜会韩维、范纯仁,极力劝二人说服高太后,将更多的殿前司禁军调往河北,他向二人不断地保证大名府防线绝对安全,所以京师也绝对安全,不需要更多的兵力来守卫。同时,也是他建言,可以将新增的殿前司军队交由田烈武统辖。有些事情,他看得很透彻,在太皇太后眼里,田烈武是个如周勃一样忠义可信之人,即使他出自石越门下,但果真石越有任何不轨之事,天下最先站出来举兵反对的,必然是田烈武!

在这一点上,高太后绝对是有识人之明的。

如田烈武、桑充国这些人,无论与石越私交再好,甚至也赞同他的政见主张,钦佩仰慕他的为人与能力,但是,如这些人,也是真正的君子。石越若蒙冤受屈,这些人能为救石越而不惜家破人亡,但若石越有任何对赵家的不忠之意,这些人也会是最坚定果断的反对者,他们会亲手将石越送进鬼门关,而不会有半分的犹豫。

高太后此时倒未必真的在猜忌石越,但是,身居她这样的位置,做任何决定,自然都会小心谨慎,她不见得是针对石越,任何人担任三路宣抚大使,都等同于将天下的兵权送到他的手上,若有可能,她都会做一些防范。就算是司马光在世,出任此职,也是一样的。

陈元凤对此洞若观火。

他能做到宣抚判官,不也正是因为这种心理吗?范纯仁难道还不够信任石越吗?但那又如何?信任是一回事,防范亦是必不可少。

因此,陈元凤游说韩维、范纯仁的主题便是:使兵权分于行营,而非聚于宣台。

御前会议应将绝大部分禁军,直接划入诸都总管府,宣台只能直辖最基本的预备部队,这并不会影响宣抚使司的权威,因为若有必要,诸参谋官、参议官甚至勾当公事,都可以直接派往诸军接掌指挥权,但却能有效地防范宣抚使兵权过重,直接指挥权与间接指挥权在有些事情上,是有着天壤之别的。

看起来,高太后最终采纳了陈元凤的建议。

一天前,枢府来人告诉他,御前会议已经决定增派铁林军、宣武一军至田烈武麾下。枢府已经在准备舟船，这两支殿前司禁军会由水路直接运往河间府。

这算是一个好的开始，但还远远不够。

陈元凤意识到，要让高太后、皇帝真正留下深刻的印象，"和议"这个议题，如今正是最好的切入点。

他沉吟许久，亲自磨了墨，提起笔来，沾墨写了几个字，却又不是太满意，抓起来，揉成一团，丢进纸篓，又铺了一张纸，写道："臣伏闻宰臣韩维等……"

次日。

赵煦上午除了照例"列席"召见御前会议、两府、诸部寺监以及在京五品以上官员外，会有半个时辰左右，由宰执大臣讲述本朝的"圣政宝训"——这些都是大宋自太祖皇帝以降，历代祖宗的事迹，是大宋朝自太宗以后，每一个皇帝都必须学习的治国课程。这些"圣政宝训"，其实并不全是历史事实，而是经过历代讲课的大臣们所精心选择甚至是改编的，但这些赵煦自然是不会知道的。这是大宋朝"祖宗之法"的一部分，每位皇帝都必须遵守"祖宗之法"，但是，所谓的"祖宗之法"却是由儒臣们精心选择、编撰的，他们掌握着"祖宗之法"的最终解释权——这才是这个国家政治运转的最本质的东西。

在学习完"圣政宝训"之后，赵煦有一小会儿时间休息，然后，为了让他渐渐熟悉政务，从六月份开始，高太后开始让他读一些大臣的奏章，其中有些政务，例如与当前的战争无关的、涉及各路州的一些政务，他可以直接批示，即使他处置失当，高太后也不会驳回，而是照样颁行下去，等到事情的恶果出现之后，高太后才会将反馈送到他面前，让他明白自己的每一个处分，有可能造成什么样的后果。

这个变化让赵煦的心态变得平和一些，至少他可以安心，太皇太后已经在为他亲政做准备了。另一件让他安心的事情是，高太后的身体越来越坏了。她自己也意识到了这一点，在六月下旬的时候，她让清河过来指点赵煦，交给赵煦的奏折也越来越多，凡与战争有关的重要奏折，也会抄送一份到赵煦这里，让赵煦写出自己的意见，送回到高太后那里。这些意见，有些被采纳，但大部分都没有了下文。

无可置疑,祖孙之间的关系,因此缓和了许多。赵煦与高太后之间的矛盾,主要已经转移到政见的不同上,而这方面的矛盾似乎是无法调和的。

赵煦甚至不信任清河。

他这个姑姑,跟随了太皇太后太久。虽然他有时候也佩服她的见识,欣赏她的谦退,但是,他永远都无法真正信任她。对赵煦来说,这个宫廷中已经太过于阴盛阳衰了,他心里面早已决定,一旦他亲政,他的清河姑姑就要被送去洛阳,永远都不能再回汴京。

但暂时来说,清河仍然不失为他的一个好老师。

赵煦尚未亲政,便已经渐渐了解到做帝王的苦处。

一个显而易见的问题是,如果他每件事都想管,每封奏章都想看,那么,即使他一天有二十四个时辰也是不够用的。

现在他便已经没有多少时间练习弓马了。

他学到的第一件事,便是分权。天下如此之大,有些事务,他必须交给一些人去做,而这天底下,没有什么人值得信任,相比而言,他的两府宰臣们仍然是最不坏的选择。那些每日与他朝夕相处,看起来忠心可靠的,比如内侍、女人,比起两府那些讨厌的老头子,实际上更不可信。

而他从清河那里要学的,便是他应该不去理会哪些事情,而哪些事情又是他一定要关心的……奏折上面都有引黄,如何简略地浏览了引黄,便知道这份奏折究竟值不值得他拿起来,是赵煦如今最主要的功课。

他一直很认真地向清河学习着这些,他这个姑姑只要扫一眼引黄,就有本事从中间找出最紧要的那些奏折,这个本领让他十分佩服。不过,他最近却老是分心。

让他不能专心的,只有两件事。

一件是朝廷最近传出来的"和议"风波。为此,他老实不客气地训斥了韩维,却也因此挨了太皇太后一顿臭骂。而让他郁闷的是,韩维虽然在他面前表现得诚惶诚恐,但这些人都是如此,他们标榜着自己全然是为了国家社稷考虑,因此便把皇帝的威严视为粪土。韩维不仅没有收敛,反而写了一封奏折,向他表明自己的苦心,反过来倒规劝他要如何如何。

但至少在这件事上,赵煦是站在石越一边的,他要求的是收复燕云,而不是一纸盟书！

另一件事，便是立皇后之事。

他十六岁了，尽管国家处于战争中，但太皇太后仍然决定在他亲政之前，替他册立一个皇后。

身在女人堆中，赵煦早经人事，他自己也有喜欢的嫔妃，他也考虑过自己将来的皇后……

实际上，他心目中根本便已经有一个人选——右丞相石越之女石蕤。

他与石蕤小时候曾经一道玩耍，长大以后，虽然有男女之防，但他因为温国的关系，也偶尔见过石蕤几次，还经常从温国口中听到石蕤的一些事迹。如今这个小姑娘已经出落得美丽动人，在汴京的大家闺秀之中，是有口皆碑的美人儿。更加特别的是，石蕤小小年纪，就琴棋书画样样精通，还通晓夷语，弓马娴熟。据说她善解人意，落落大方，而且还聪明剔透，是个兼具柔嘉、温国和他的姑奶奶蜀国长公主之长，而无其短的人物。

虽然对石越绝无半点儿好感，但是，他倾慕石蕤却是非止一日。

但不需要询问任何人，赵煦心里也明白，那是绝对不可能的。

自仁宗皇帝开始，大宋朝皇帝的皇后都有不言自明的条件：必须出身名门，必须是开国功臣的后代，绝不能是见任宰臣的亲属。

石蕤也就够第一个条件而已。

不是开国功臣的后代也就罢了，但是要因此让石越罢相，并且彻底离开任何军政实务，那实在是太难太难了。

倘若石越不罢相，而他的女儿却做了皇后，赵煦闭着眼睛都能想象会是什么样的后果：朝廷中不会有一个大臣赞成，整个大宋朝的士大夫都会成为他与石越的敌人。甚至，石越也会成为他的敌人，也许迫于压力，石越会抢先把女儿嫁掉，绝了他这个念头。

赵煦可不想把自己逼到那步田地。

他心里面打着如意算盘，亲政之后，设法罢免石越，让石越安心当他的富家翁，然后便可以顺理成章地迎娶石蕤为后。对于赵煦来说，这才是两全其美的事。当然，最完美的则莫过于石越突然生场暴病，暴死身亡。那他就可以不费吹灰之力,解除一切的麻烦,他可以清除他亲政后最难以对付的权臣,可以大方地追赠、封赏石越,让他死后备极哀荣,还可以娶回他最心仪的女子……

但他的这个心思,是无论对谁都不敢说的。

而太皇太后却等不及了,根本容不得他答应不答应,乐意不乐意,她已经迫不及待地挑选了好几个女孩,让他来选择。

赵煦自然是一个也不想选。

可他也想不出什么好办法来逃避,他属意石蕤的事,是半点儿口风也不敢透露的。但这样一来,要合理地拒绝那些女孩,便更加困难。倘若他百般挑剔,太皇太后只会觉得他不成熟,说不定会亲自挑一个自己中意的女孩做他的皇后。对于太皇太后来说,皇后这种生物,只要贤惠温柔,规规矩矩,最重要的是没什么乱七八糟的亲戚,娘家人本分……便可以了。

"官家……"清河温柔的声音,拉回了又开始出神的赵煦,"这份札子……"清河指着赵煦手里无意识拿着的一份奏折,柔声道,"是河北宣抚判官、随军转运使陈元凤所呈……"

"唔,陈元凤吗?"赵煦不好意思地避开清河的眼神,故作从容地说道,"朕记得他,先帝时,吕惠卿罢相,便与他有关,对吧?"

清河抿嘴微微点头。

赵煦又想了想,笑道:"朕还记得他有份万言书,是论胥吏之事的,议论精到,见解出众,是个能臣。西南夷之乱,此人亦有极大功劳。难得他人品亦佳,忠心体国,虽出仕是吕惠卿所荐,却不肯党附吕某。朕还听说,他与石越是布衣之交,却也不肯阿附石越,桑先生与朕称赞过他的才华,听闻范枢使亦极赏识他……"

"官家记性真好。"清河微微笑道,"不过,以臣妾之见,要看一人品性,非止要听其言,观其行,还要看他的友人与敌人各是怎么样的人。圣人云:德不孤,必有邻。真正的君子,身边必然都是正人。有些人伪装得极好,但是看看他的朋友与敌人,便能觑其真面目。"

"那姑姑说这个陈元凤是君子吗?"赵煦问道。

清河笑了起来,"这个臣妾可不敢乱说了。臣妾从不认识此人,道听途说,往往做不得准,还得亲眼观察。"

赵煦点点头,叹道:"可惜朕也不能亲眼观察每一个臣子。"

清河笑道:"便是官家能够如此,亦不可信。哪个臣子到了官家面前,不会有所掩饰?官家能决一人一族之生死富贵,做臣子的要投官家所好,亦是人之常情。况且许多人纵非刻意,见着官家天子威仪,已是诚惶诚恐,处处小心。官家要见着人的真性情,却非易事。"

"姑姑说得极是。"他一面与清河闲聊着,一面打开陈元凤的奏折浏览,看到了一半,禁不住击案赞道,"说得好,说得好!"

清河却只是微笑着坐在一旁,并不搭话。但凡涉及奏折之内容,无论是高太后还是赵煦,只要他们不主动询问,清河便绝不会发表任何意见,甚至不会表露半点儿的好奇。

不过身处她的位置,即便她不主动询问,就算是高太后,有时候也需要与人分享讨论,何况是不过十六岁的赵煦。不过片刻工夫,赵煦便忍耐不住,将奏折递到清河面前,笑道:"姑姑瞧瞧这陈元凤的札子。"

清河微笑着接过来,打开翻看,一面听赵煦兴奋地说道:"韩丞相这几日老说和议,御前会议也以为深州与拱圣军危殆,朕听到的,尽是说为社稷计,要刚柔相济。但却从未有人与朕说过这些,若不是陈元凤是自大名府来的,朕还一无所知呢。他在奏折里说,和诜与何去非在大名府苦练新军,少则数千人,多则万余人,列成方阵,四面皆是战车,车上置火炮,战车后面则是盾牌与长枪长矛,其后又有弓弩手,大阵最中间有精锐马军。敌人远,则以弩炮攻之;近则有枪矛、弓弩。遇敌先以弓弩火炮攻之,待敌溃逃,再令马军追杀。大名府诸将皆称辽人无以当此阵者⋯⋯"

他越说越兴奋,笑道:"既有此等新军,又何忧契丹不破?况正如陈元凤所言,和议非不可为,然当选择时机。要是辽人恣意妄为,大军已兵临大名府防线,我大宋诸军束手无策,事不得已,那也只能议和,此勾践之所以事夫差也。当此之时,自不能以议和者为不忠,便是城下之盟,也只得咬牙签了,只要知耻近勇,中夏又岂能长居胡狄之下?又或若两国相争,经年累月,胜负难断,黎民困苦,不得息肩,那该议和,亦不能多顾脸面,昔日祖宗之优容西夏,便是为此。又或者吾师虽已大胜,然敌人仍有可存之理,朝廷顺天应人,体上天有好生之德,放其一条生路,使敌酋为国家守藩篱,这也算是一理……"

"可如今呢?朝廷虽未胜,却也不曾败。深州纵失,拱圣军纵亡,所打击者,不过士气民心,但若朝廷能上下一心,那深州、拱圣军之失,又何足道哉?一时挫败,反倒可以使一国军民,同仇敌忾。若因此而进退失据,才是真的称了辽人的意。这个时候开和议之说,徒然自乱阵脚。"赵煦说到这里,兴冲冲地望着清河,问道,"姑姑,你说是不是此理?"

清河此时已读完陈元凤的奏折,她慢慢地将奏折放回御案上,一面伸手理了理发鬓,抿嘴笑道:"妾是女流之辈,如何懂这些军国之事?不过官家也莫要误会了韩丞相的意思,妾观韩丞相之意,不过是同意接待辽国的使节,倒不见得会答应辽国的条件。"

"话虽如此!"赵煦摇摇头,道,"其实朕也知道韩丞相是主战的,不过,如今倘若开了这议和的口子,便是给一些误国之辈有机可乘。"

他迟疑了一下,望望清河,终于还是说道:"不知姑姑听说没有,朕听到一些传闻……"

"不知官家所说的是……"

"朕听人说,辽人的密使已到了汴京,开出的价码是高丽国、黄金五万两、白银五十万两、缗钱一百万缗、精绢两百万匹。若朝廷答应,契丹便退出河北,归还所占城池。"

清河心头一惊,望着赵煦。这个价码她自然早就知道,这是辽国密使带来的口讯,只是不知道赵煦是如何知道的,并且一个字都不差。

赵煦看着清河的表情,却误以为她是全不知情,叹了口气,说道:"姑姑可知,这个价码却是不算高,甚至出乎朕的意料,他们连岁币都不要。你说这点儿钱算什么,无非是出卖了高丽国,若然开了和议的口子,朝廷中许多人便会心动。我昨日绕着弯儿问过范枢使,打完这场仗,朝廷的军费开支只怕都要比这笔钱多出许多……"他"哼"了一声,讥道,"这朝廷里,比朕会算账的人多着呢,到时候,不知有多少人会动摇?"

清河静静地听着,迟疑了许久,才低声说道:"只恐欲壑难平!"

"姑姑说得极是。"赵煦重重地点点头,"今日给了他们这笔钱,他们退兵了,日后怎么办?过几年他们再来?占了这个便宜,这叫食髓知味。但朝廷总有许多人,见不及此的。他们也不是见不及此,而是不愿意想那么长远,辽人再来,那是他下任的事了,他们又何苦操这个心呢?"

赵煦心里算是憋了一肚子的闷气,又说道:"便是韩丞相,朕也疑心他未必没有这个想法,北朝既然开了这个价码,他便再讨价还价,削减一些。熬过今朝,缓过这口气来,咱们再兴兵报复。可朕却以为他糊涂了,人家打到家里来了,你都不能拼了你死我活,过两年,天下太平,想要轻开战端,哪有那么容易?

"以朕之见,这和议的口子,断不能开。姑姑你看这陈元凤的奏折,他对石越也是颇有微词的。石越坐镇大名府,一味地持重,这练新军固然好,但难道朝廷还待他新军练成再打仗?这岂不是平时不烧香,临时抱佛脚?!朝廷与西夏已经谈妥,朝廷卖给西夏两门克虏炮,全面开放粮食、食盐、茶叶、弓、箭、刀、枪、剑八物之互市,李秉常保证凉州以西,五百里之内,绝不出现百人以上的马军。李秉常如今战线拉得太长,御前会议已能肯定,他纵是有心,亦无力来趁火打劫。这火炮不过安抚一下他,反正辽人也有了,他迟早会有。故此,石越要西军,朝廷便将西军全部调过来也无妨,只是他不能老借口西军不至,龟缩在大名府一动不动。今日不是说龙卫、云翼、威远诸军都到了大名了吗?"

说到此处,赵煦更是没什么好气,又道:"还有章楶也是如此,全是玩寇。河东只有吕惠卿进取点儿,其余诸将,皆是唯石越马首是瞻,他们在河东与耶律冲哥过家家吗?种朴每日在雁门出操,耶律冲哥便在关外练兵,两军号声相闻,听说还互相做买卖!好不容易去打一仗,又损兵折将,更有借口了。依朕看,那场小仗,不过是演戏给朝廷看的。章楶、折克行、种朴、吴安国之流,素称知兵,倒不如京东路一个蔡京。蔡京好歹还每日在京东路练兵,上了几封折子请求北援沧州……"

清河静静地听赵煦说着,她有心想插几句嘴,替韩维、石越说两句好话,但她哪敢随便打断小皇帝的话。况且她也知道小皇帝对自己也是有猜忌与不信任的,泥菩萨渡江,自身难保,更不能多说什么。其实她心里是明白韩维的想法的,韩维绝不是要答应辽人的条件,但他身为宰辅,自然要多一点儿准备。万不得已,自然城下之盟也要签，但此时高太后与韩维都没认为大宋到了那个地步。高太后与韩维真正的想法是，与辽人边打边谈，能拖拖便拖拖，也能迷惑辽人。若然两国和议，哪怕给深州与拱圣军几天的喘息之机，那也是好的。但这些想法，自然不可能公开说明。而小皇帝所担心的辽国的价码会让一些人动摇，虽然看起来有理，却不过是杞人忧天——只要高太后与两府诸公主意拿得定，谁又能动摇得了？

　　因此，在清河看来，陈元凤的奏折，固然说得有理，却也没什么意义。只不过这些苦心，谁也无法一一向小皇帝剖明，毕竟他年纪还轻，管不住嘴巴。辽人在汴京的细作也不少，军国大事，若不能出一二人之口，入一二人之耳，那还有何意义可言？

　　她心里想着这些，却又找不到好的机会与小皇帝说这些原委，正在难受，忽听到陈衍身边的一个小黄门跌跌撞撞地跑来，在殿门口叩着头，惊慌失措地禀道："官家，官家，不好了！"

　　清河一惊，心里闪过一丝不祥的感觉，腾地站起身来，问道："出何事了？"

　　那小黄门望着清河，哭道："太皇太后，太皇太后突然，突然……"

出品 地球旅馆

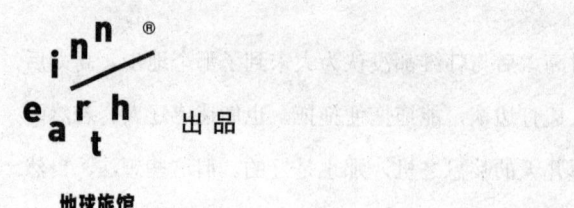

全国总经销
捧读文化
触及身心的阅读

出 品 人　张进步　程 碧

特约编辑　孟令堃
封面设计
内文设计

新浪微博　　微信公众号

发　　行　谭 婧

法律顾问　　天津益清（北京）律师事务所　王彦玲

出版投稿、合作交流，请发邮件至：innearth@foxmail.com
了解新书，图书邮购、团购、采购等，请联系发行电话：13522821582